Kai Spellmeier

Sonnen könig Pechrabe

LAGO

Bibliografische Information der Deutschen Nationalbibliothek
Die Deutsche Nationalbibliothek verzeichnet diese Publikation in der Deutschen
Nationalbibliografie. Detaillierte bibliografische Daten sind im Internet über
http://d-nb.de abrufbar.

Für Fragen und Anregungen
info@lago-verlag.de

Originalausgabe
1. Auflage 2022
© 2022 by LAGO Verlag, ein Imprint der Münchner Verlagsgruppe GmbH
Türkenstraße 89
80799 München
Tel.: 089 651285-0
Fax: 089 652096

Textauszüge aus:

Charles Clutton, *Ein trübseliges Klagelied auf die gottlosen Männer*, General Reference Col-
lection 1889.d.3.(196.).

Lord Byron, *An Thyrza* aus *Lord Byron's Werke*. Übersetzt von Otto Gildemeister. In sechs
Bänden. Reimer 1865.

Redaktion: Jil Aimée Bayer
Umschlaggestaltung: Manuela Amode
Umschlagabbildung: Shutterstock.com/Hzpriezz, Olga_C
Layout und Satz: inpunkt[w]o, Haiger | www.inpunktwo.de
Druck: CPI
Printed in the EU

ISBN Print 978-3-95761-214-4
ISBN E-Book (PDF) 978-3-95762-311-9
ISBN E-Book (EPUB, Mobi) 978-3-95762-312-6

Wir produzieren
nachhaltig
www.m-vg.de

Weitere Informationen zum Verlag finden Sie unter

www.lago-verlag.de

Beachten Sie auch unsere weiteren Verlage unter www.m-vg.de

Für Nele

Ein Wort der Warnung, bevor Sie weiterblättern:

Die Schreckensherrschaft von Henry VIII. mag längst Vergangenheit sein, aber der Stand der Dinge verbleibt weiterhin mittelalterlich. Meine Geschichte, wenn auch eine über die Liebe, kann nicht erzählt werden, indem die hässlichen Wahrheiten dieser Zeit unter den Teppich gekehrt werden. Schilderungen und Diskussionen von körperlicher und sexueller Gewalt, Folter, Suizid und Beschimpfungen sind unwiderruflich mit meinem Leben verwoben und auch die Grauen der britischen Kolonialherrschaft sind nicht wegzudenken. Ich werde Ihr Vertrauen nicht missbrauchen, indem ich Ihnen fahle Lügen auftische. Bitte achten Sie genauso auf Ihr Wohlbefinden wie auf das eines jeden Menschen, der Ihnen am Herzen liegt.

In ewiger Treue
E. A.

»Welch Freude kann die Sünde sein,
dass wir ihr stetig folgen [...]«

Charles Clutton, 1824

»Wo wir verstohlen Blicke tauschten,
Das Lächeln, das nur ich verstand,
Das Flüstern, dem die Herzen lauschten,
Den Druck, den bebenden, der Hand [...]«

Lord Byron, 1811

LINCOLNSHIRE, ENGLAND, 1810

Der Pfarrer fiel und starb. Thomas traute sich nicht, die Augen von der unordentlichen Masse abzuwenden, die leblos im Hausflur lag. Fast glaubte er, dass der Tote sich in einem Moment der Unaufmerksamkeit aufrichten und mit haltloser Rage erneut auf ihn zu stürzen würde. Starr schaute er auf die farblosen Zehen, die ihm in der erschreckenden Stille des Hauses unendlich makaber vorkamen.

Es war das erste Mal, dass Thomas einen Menschen sterben sah, aber bereits das zweite Mal, dass der Tod sein Leben am Schopf packte und schüttelte, bis nichts mehr war wie zuvor. Thomas war vier, als sein Vater sich ins Jenseits trank, sechs, als er zum Stiefsohn gemacht wurde, vierzehn, als er seinen Stiefonkel von einer Treppe schubste und ihm das Genick brach. Wäre sein Vater noch am Leben, würde Thomas nun nicht im Pfarrhaus sitzen, zusammengepfercht und atemlos, während er dabei zusah, wie die Wärme aus dem Körper des Toten wich. Zu Eis erstarrt, kauerte er auf dem Treppenvorsprung und wagte es nicht, auch nur zu atmen.

Der Pfarrer regte sich nicht. Die Zehen verharrten in ihrer Position. Der Kopf war in einem unnatürlichen Winkel gegen die Wand gepresst, und die übrigen Glieder schienen merkwürdig knochenlos. Ein Finger, absurd gekrümmt, stieß an das Holz der Vordertür.

Eine Welle der Erleichterung brach über Thomas herein, dicht gefolgt von einer zweiten Welle, die ihn in solche Panik versetzte, dass ihm der Mageninhalt die Kehle hochschoss. Er schlug die Hände vor den Mund und zwang sich, die saure, klumpige Masse wieder hinunterzuwürgen. Er konnte sich nicht auf einen toten Pfarrer übergeben.

Kaum hatte Thomas die Säure wieder die Kehle hinabgezwungen, da gab die Vordertür ein unheilvolles Knarzen von sich. Übelkeit schüttelte ihn, während er beobachtete, wie der Riegel sich hob und Licht durch den stetig wachsenden Schlitz fiel. Das Holz schabte gegen den gekrümmten Finger, schob die Hand mit einem qualvollen Schleifgeräusch über den Boden, bis die Tür in das Fleisch des Toten stieß und zum Stehen kam. Eine Gestalt presste sich durch den Spalt und erstarrte, als sie den Pfarrer erblickte.

Blut dröhnte in Thomas' Ohren. Sein Magen rebellierte, doch er war zur Regungslosigkeit verdammt, während ein Paar himmelblauer Augen über den Körper am Fuß der Treppe glitt, die aufgedunsenen Füße und nackten Zehen streifte, von Stufe zu Stufe sprang, den Treppenabsatz erreichte und auf Thomas zu ruhen kam.

Der Blick gab ihm den letzten Rest.

Thomas spie.

Ein gar hübsches Nadelkissen

König George III. würdigte Edward keines Blickes. Stur sah der alte König an ihm vorbei. Die Jahre hatten seinen Zügen keinen Gefallen getan. Sie wirkten verwaschen, ähnlich einem Gemälde, das erbarmungslos in direktem Sonnenlicht gebadet und schon vor langer Zeit seine prächtigen Farben verloren hatte. Die hohe Stirn verfloss nahtlos mit der Nase, stolz nach oben gereckt. Sie tat jedoch nichts daran, das fliehende Kinn zu kaschieren. Doch waren es die Augen, die Edward von des Königs Wahnsinn überzeugten. In Schatten gehüllt, ruhten sie tief in ihren Höhlen, praktisch blind und voller Gram. Gedankenverloren fuhr Edward mit dem Finger über den Schilling in seiner Hand.

»Samuel, versprich mir eines«, begann er, »sollte die Zeit ähnlich grausam mit meinem Abbild umgehen, stecke den Künstlern ein ordentliches Trinkgeld zu. Ich möchte vermeiden, dass die Nachwelt mich als Trauerspiel in Erinnerung behält.«

Edward schnippte die Münze in seinen Fingern, und an des Königs Stelle traten bronzene Lettern, gerahmt von einem Kranz aus Eichenlaub.

»Wer sagt, dass dein Abbild überhaupt verewigt wird? In deinen Adern fließt weder blaues Blut, noch wiegen deine Taschen sonderlich schwer. Es besteht also kein Anlass, sich um ein wenig schmeichelhaftes Porträt zu sorgen.«

Samuel kauerte vornübergebeugt am Ende einer schweren Tafel, die fast die gesamte Länge des Raumes einnahm. Die mit unzähligen Narben versehene Holzplatte war kaum sichtbar unter den Massen an Seide und Spitze, Faden und Fingerhüten, welche Samuels Tage und Nächte gleichsam füllten.

Wie er bei all dem Chaos nicht den Kopf verlor, war Edward ein Rätsel, doch er sah keinen Grund, seine Arbeitsweise infrage zu stellen. Das Ergebnis war immer mehr als zufriedenstellend.

Stetig führte Samuel Nadel und Faden durch den Stoff – die Bewegung zielgerichtet, doch ohne Hast, gleich eines Flusses, der nicht anders wusste, als immerfort seinem Lauf zu folgen.

Eine einzige Kerze spendete ihm Licht, und mit jedem Stich erglomm die Nadel für einen flüchtigen Augenblick in den Flammen. Samuels Antlitz blieb verborgen hinter einem Vorhang aus Strähnen, die ihm sanft in die Stirn fielen. Edward warf ihm einen empörten Blick zu.

»Wenn mich das beruhigen soll, so haben deine Worte ihr Ziel verfehlt. Wer braucht schon Feinde, wenn man Freunde hat, die dich stets an deine Nichtigkeit erinnern?«

Gekränkt glitt er die Rückenlehne des Sofas hinab, bis er ganz in den abgenutzten Kissen versank.

»Edward«, sprach Samuel und sah resigniert von seiner Tätigkeit auf. »Zeit wird dich nicht entstellen können, und das weißt du sehr wohl. Ich sehe keinen Grund, dir noch mehr Honig ums Maul zu schmieren. Für diesen Zweck hast du einen Spiegel und einen endlosen Strom an Verehrern.« Samuels Aufmerksamkeit glitt von Edwards Schmollmund zu der Münze in seiner Hand. »Noch dazu gebührt seiner Majestät etwas mehr Mitleid. Keine Seele hat es verdient, besinnungslos und von allen Geistern verlassen vor sich hinzusiechen.«

»Mitleid?«

Edward schnaubte und warf die Münze in einem eleganten Bogen in die Luft, worauf sie lautlos wieder in seiner Handfläche landete.

»Wer mehr Paläste besitzt als ich Zehen, der braucht mein Mitleid nicht.«

Samuel seufzte.

»Lässt du mich deinen Frack nun säumen oder möchtest du ganz ohne aus dem Haus treten?«

Er neigte den Kopf und sah Edward mit der zerrinnenden Geduld eines müden Vaters an, dabei waren sie etwa im gleichen Mannesalter. Genau konnte Edward es nicht sagen, und er hatte die leise Vermutung, dass Samuel ähnlich wenig über seine exakten Geburtsumstände wusste wie er selbst. Wenn man Samuels Worten Glauben schenken konnte, so hatte sein Leben in dem Moment begonnen, als er zum ersten Mal einen Besen in die Hand gedrückt bekam und sein neuer Lehrmeister ihm gebot, den Hof vor dem Laden zu fegen. Jenen Lehrmeister hatte Edward nie kennengelernt. Er war verstoben, bevor Edward in das Dachzimmer über der Damenschneiderei gezogen war.

»Schon gut, ich bin still wie ein Henker am Schafott.«

Die Zweifel standen Samuel ins Gesicht geschrieben. Edward presste die Lippen aufeinander, bekreuzigte sich und kniff fest die Augen zusammen.

Ein weiterer Seufzer und das leise Rascheln von Stoff bedeuteten Edward, dass Samuel seine Arbeit wieder aufgenommen hatte.

Edward öffnete die Augen und starrte an die niedrige Decke, welche im Kerzenlicht ein seltsam lebhaftes Bild annahm. Für eine Minute war Edwards Aufmerksamkeit gebannt von der wabernden Dunkelheit, dann hatte er sich auch an ihr sattgesehen und ließ den Blick zu dem Fenster über dem Sofa gleiten. Wer sich sittlich auf dem Möbelstück positionierte, dem gebührte die Aussicht auf eine breite Gasse, gesäumt von dicht aneinandergereihten Geschäften, deren Türen um diese Zeit fest verschlossen waren. Eine einsame Straßenlaterne am Ende der Gasse tauchte die Gebäude in ein schwaches Licht, sodass die Schriftzüge über den Geschäften sich nur äußerst scharfen Augen zu erkennen gaben. Tagsüber säumten Händler und Kauftüchtige die Wege, doch auch nachts kehrte nie gänzlich Ruhe ein. Eine Stadt von der Größe und Fülle Londons litt an immerwährender Schlaflosigkeit.

Edward rekelte sich auf dem Sofa, Beine über die Lehne gefaltet, ein Schuh baumelte gefährlich an einem der weiß-bestrumpften Füße. Aus diesem Winkel erkannte er nur die hohen Dächer der anderen Straßenseite und einen Schornstein, der träge Rauchschwaden in den Londoner Nachthimmel schleuste. Ein leises, doch eindeutiges Kratzen ließ Edward aufhorchen. Er schlüpfte in den Schuh, setzte sich auf und ging auf leisen Sohlen, um Samuel ja nicht zu belästigen, zum anderen Ende des Raumes. Eine schmale Treppe führte hinab in den Ladenbereich, doch Edward betrachtete die Tür daneben mit scharfem Blick und gespitzten Ohren. Wenige Sekunden später vernahm er das Kratzen erneut.

»Samuel …«, setzte Edward zögernd an.

»Nein.«

»Aber …«

»Die Leute schmücken sich gern mit Pfauenfedern und Hermelinfell, doch Katzenhaar wäre mir neu. Außerdem zerstört die Katze meine Stoffe. Sie bleibt, wo sie ist.«

»Ist ein Kater«, grummelte Edward, doch er entfernte sich brav von der Tür.

Sir Pembroke war ein Streuner mit schmuddelig-schwarzem Fell und treuen Augen. Eines Tages war er vom Dach nebenan in Edwards Zimmer gehüpft, hatte sich ein Stück Käse stibitzt und danach prompt ein Nickerchen auf der Fensterbank gemacht. Seitdem gehörte er zum Inventar, auch wenn Samuel ihn strikt ins Dachgeschoss verbannte. Edward hätte den Kater gerne in die Stube gelassen, doch Samuel hatte recht. Ein Damenschneider und ein Stubentiger vertrugen sich nicht. Mit hängenden Schultern schlurfte Edward zum Sofa zurück, nur um mit dem Gesicht voran draufzufallen.

»Langeweile steht dir nicht«, sagte Samuel. »Sie macht dich vollkommen unerträglich.«

»Da liegst du ganz und gar falsch«, erwiderte Edward entschieden. »Sie steht mir ausgezeichnet. Es ist eine wahre Kunst, im Angesicht schockierendster Tatsachen vollkommen desinteressiert auszusehen.«

Samuel widmete sich noch immer seiner Nadel, doch ein sanftes Lächeln umspielte seine Mundwinkel.

»Das ist wohl wahr, aber ich möchte behaupten, dass es nicht weniger anspruchsvoll ist, im Angesicht gähnender Tristesse wahre Aufmerksamkeit zu beweisen.«

Edward schnalzte mit der Zunge.

»Zum Glück habe ich beides längst gemeistert, sonst wäre ich arm wie eine Kirchenmaus. Versuch du einmal, mehrere Nächte mit einem angehenden Barrister zu verbringen, der das englische Eherecht für eine anregende Abendunterhaltung hält.«

»Lieber nicht«, antwortete Samuel tonlos. »Aber wo wir schon dabei sind: Was trägt der Mann von fragwürdiger Gesinnung und hohem Rang heutzutage?«

Edward konnte sich ein schmutziges Grinsen nicht verkneifen. »Wer hätte gedacht, dass du so unanständig bist?«

Edward konnte nicht behaupten, dass Samuel jemals in seiner Anwesenheit über Freundschaft hinausgehende, tiefe Gefühle für eine andere Person eingestanden hätte. Oder auch nicht so tiefgehende Gefühle der eher triebgesteuerten Art. Er behandelte all seine Mitmenschen mit gebührendem Respekt und beneidenswerter Geduld, selbst wenn diese in Edwards Augen nichts dergleichen verdienten. Falls hinter der streng gebundenen Krawatte, dem eng anliegenden Frack und der höflichen Fassade leidenschaftliche Emotionen tobten, so wusste Samuel diese gut zu verstecken. Im Gegenzug hatte Edward schon oft beobachtet, wie Samuels Kundinnen – und selbst seine Näherinnen – sich in seinem Anblick verloren. Vor allem Emmeline. Edward nahm es ihr nicht übel, denn Samuel – mit seiner ruhigen Natur, den geraden, schmalen Schultern und den sanft geschwungenen Brauen – hatte etwas Elfenhaftes an sich. Sein Äußeres faszinierend und sein Auftreten distanziert, so weckte er, meist ungewollt, das Interesse der Leute um sich herum. Erst nach Ladenschluss, wenn er sich in den privaten Bereich des Hauses zurückzog, ließ er sich den Zoll anmerken, den es forderte, ständig auf der Hut zu sein. Die Furcht, die eigene Existenz vernichtet zu sehen, weil man nicht in die engstirnige Vorstellung eines »richtigen Mannes« passte, nagte auch unablässig an Edward, selbst wenn sich ihre Gründe im Kern unterschieden.

»Nichts daran ist unanständig«, behauptete Samuel. »Meine Laufkundschaft besteht nun mal ausschließlich aus feinen Damen, und auch wenn ihre Ehemänner mich entlohnen, so glänzen sie meist durch ihre Abwesenheit. Der einzige Mann, der regelmäßig bei mir ein und aus geht, bist du.«

»Ich wiederhole: unanständig.«

»Ich geb's auf. Je schneller ich hier fertig bin, umso früher bin ich dich los.«

»Also gut«, sagte Edward und erhob sich erneut vom Sofa, nur um sich zwei Schritte später rittlings auf einen Stuhl gegenüber von

Samuel fallen zu lassen. »Als ich den Möchtegern-Barrister zuletzt traf, begrüßte er mich in Zylinder und Stiefeln, senffarbenen Kniehosen und einem doppelreihigen Frack über einem Hemd aus weißem Leinen. Nicht sonderlich spannend, wenn du mich fragst, aber nachdem er sich allem außer den Stiefeln und dem Zylinder entledigt hatte, wurde es schließlich doch noch ganz amüsant.«

Samuel hielt mitten in der Bewegung inne und wies zur Treppe.

»Wieso siehst du nicht nach, was Sally treibt? Sicherlich hört sie sich deine Eskapaden lieber an als ich.«

»Das steht außer Frage, nur bin ich ein Gentleman und die Dame kleidet sich gerade an. Ich kann ihr schlecht dabei helfen. Petticoats sind mehr dein Metier als meines.«

Samuel sah ihn über die flackernde Kerze hinweg an.

»Ihr zwei seid schon ein Dutzend Mal betrunken in dasselbe Bett gefallen und hattet dabei selten alle Kleidungsstücke beisammen. Ich glaube, sie würde es überleben, wenn du ihr dabei zusiehst, wie sie sich die Haare hochstecken lässt.«

Edward griff nach einem Knäuel aus Garn, doch Samuel war schneller. Er ließ es mit einer flinken Bewegung in seiner Manteltasche verschwinden, jedoch nicht, ohne Edward eine stille Warnung zu senden.

»Ganz richtig«, sagte Edward und ignorierte dabei die Warnung beflissen. »Doch war das nach einem Ball und mehr Gläsern Punsch, als ein Zirkus Flöhe hat. Momentan befinden wir uns vor dem Ball, und tragischerweise bin ich stocknüchtern. Die Dame muss also ohne mich klarkommen.«

Er schnappte sich ein schmales Band rosafarbener Spitze und sprang auf, bevor Samuel es ihm entreißen konnte. Der Mann hatte eine Nadel in der Hand und sah aus, als würde er jeden Moment auf Edward losgehen. Edward traf die weise Entscheidung und ließ ihn allein am Tisch zurück, während er sich im Spiegel das Band um den

Kopf legte und es auf der Stirn mit einer Schleife versah – mit einem nicht unansehnlichen Ergebnis, wie er fand.

Er war kurz davor, Samuels Meinung zu seinem neuen Kopfschmuck einzuholen, als er Schritte auf der Treppe vernahm und eine schmale Gestalt aus dem Boden hervorwuchs. Eine junge Frau mit goldbraunem Teint und aufgeweckten Augen stand wenige Sekunden später vor ihm. Ihr schwarzes Haar war unter einer Haube zurückgebunden, aus der sich nach stundenlanger Arbeit einige Locken gelöst hatten. Ihre Hände hatte sie vor ihrer Schürze gefaltet. Als sie Edward sah, legte sich ein belustigter Zug um ihre Lippen und im Gegenzug schenkte er ihr ein Grinsen.

»Mister Hamilton, Mister Arden«, sprach sie mit einem flotten Knicks.

»Emmeline!«, rief Edward voller Freude aus. »Ihr Anblick ist mir die reinste Freude. Wenn ich noch eine weitere Minute allein mit diesem Griesgram hätte verbringen müssen, so wäre ich als lebendes Nadelkissen geendet.«

Emmelines Grübchen vertieften sich.

»Ein gar hübsches Nadelkissen, wie ich finde. Rosa steht Ihnen ausgezeichnet.«

Edward warf theatralisch den Kopf zur Seite, sodass das Band durch die Luft tänzelte.

»Vielen Dank. An Ihnen ist, wie ich sehe, eine Handelsfrau verloren gegangen. Mister Hamilton sollte Ihnen eine Gehaltserhöhung geben.« Er wandte sich zu Samuel um, der Edward mit einem zweifelnden Blick bedachte. »Hast du gehört, Samuel? Emmeline verdient eine Gehaltserhöhung.«

Samuel erhob sich von seinem Stuhl, was nicht viel Unterschied machte, da selbst Emmeline ihn ein wenig überragte. Mit einem eleganten Ruck seines Arms trennte er den überstehenden Faden vom Frack.

»Wenn meine lieben Freunde mich für die Ausbesserungen, die ich regelmäßig an ihrer Kleidung vornehme, angemessen entlohnen würden, wäre das gar kein Problem.«

Er lief die Länge des Tisches entlang, warf Edward mit mehr Wucht als nötig den Frack an die Brust.

»Sollten sie mich jedoch weiterhin schamlos ausbeuten, so haben bald weder Emmeline noch ich eine Anstellung.«

»Der Herr beliebt zu scherzen«, sagte Edward und schluckte das Schuldgefühl so schnell hinunter, wie es aufgekommen war.

Er zahlte Miete für das Zimmer unter dem Dach, und nicht wenig. Noch dazu teilte er regelmäßig Wein und Speis mit Samuel, vor allem immer dann, wenn dieser bis spätnachts arbeitete und wie immer vergaß, etwas zu essen.

Aber es hatte auch seine Vorteile, die Freundschaft eines gelernten Schneiders zu teilen, und als Mann von Stil und Verstand durfte man diese nicht ausschlagen. Mal ganz davon abgesehen, dass Edward wiederholt Versuche gestartet hatte, Samuel für seine Zeit zu bezahlen, doch mehr als die Materialkosten ließ dieser sich nicht vergüten.

Emmeline war in der Hinsicht nicht so stur wie ihr Vorgesetzter. Wenn Sally sie für ihre Dienste beanspruchte, wie es an diesem Abend der Fall war, dann ließ sie sich auch dementsprechend bezahlen. Edward hingegen war dazu verdammt, hin und wieder ein paar Münzen in Samuels Atelier zu verlieren, nur um ihm Tage später, wenn dieser die Münzen unter einem Haufen Baumwolltüchern fand, vorzuheucheln, er habe keinen blassen Schimmer, wo die jetzt schon wieder herkamen.

»Was kann ich für Sie tun, Emmeline?«, fragte Samuel nun und faltete seine Hände ebenfalls vor sich. Edward hatte schon häufig beobachtet, wie die zwei äußerst förmlich miteinander umsprangen. Als hätten sie etwas zu verheimlichen. »Verlangt Miss Savage nach meinen Diensten?«

Emmelines Grübchen verschwanden und sie knickste erneut.

»Nein, Mister Hamilton.«

Edward sah, dass sie Samuel nicht ins Gesicht, sondern etwa in Richtung seines Ohrläppchens schaute.

»Sie lässt mich ausrichten, dass sie die Herren in der Anprobe erwartet. Sie sagt, sie sei ausgehbereit.«

»Gott sei Dank!«, rief Samuel. »Edward, nimm deine Sachen und geh. Je schneller du mir aus den Augen trittst, umso besser.«

Edward sah ihn mit zusammengekniffenen Lidern an.

»Ich sehe keinen Grund zur Eile«, sagte er. »Tatsächlich müssen wir vorher noch die Dame begutachten, und begutachten lässt es sich am besten mit ein oder zwei Gläschen Wein.«

Samuel schnaubte, als Edward ihm den Rücken zukehrte. Er hingegen klaubte sich einen Hut vom Regal, schob einen Berg aus Stoff hin und her, um Samuel zu ärgern, und ließ König George III. in einer Schale aus Knöpfen verschwinden.

Schließlich schenkte er Samuel und Emmeline, die ihn vom anderen Ende des Raumes beobachtete, ein triumphierendes Lächeln und stolzierte dann zielbewusst an ihnen vorbei.

Unten angekommen, trat er ins Ankleidezimmer, einem mit Spiegeln versehenen Raum, von dessen Decke ein Miniaturkronleuchter hing, damit Samuels Kundinnen sich ausgiebig von allen Seiten betrachten konnten. In einer Ecke stand ein schmaler Schminktisch mitsamt einer Vase voll blühender Pfingstrosen, die den Raum in ihren Duft hüllten.

Unter dem Kronleuchter saß auf einem samtenen Hocker eine junge Frau in einer Wolke aus weißem Musselin und rosa Spitze. Ihr kastanienbraunes Haar war in sanften Locken auf ihr Haupt getürmt und ihre Wangen leuchteten, wie sie es sonst nur taten, wenn sie bereits dem Wein zugesagt hatte. Als sie mit Schalk in den Augen unter die Wogen ihres Kleides griff und eine angebrochene Flasche Claret zum Vorschein brachte, sah Edward seine Vermutung bestätigt. Er griff nach der Flasche, doch sie hielt ihn zurück.

»Erst Komplimente, dann Wein«, forderte sie mit erhobenem Zeigefinger.

Edward schlenderte in einem Kreis um Sally herum, wobei er sie ausgiebig musterte. Sie war keine Schönheit, dennoch fiel es ihm schwer, den Blick von ihr zu lösen. Hinge ihr Porträt in einer Galerie, so wäre Edward anfangs daran vorbeispaziert, um sich nur kurze Zeit später erneut davor wiederzufinden. Was wie ein unscheinbares Gemälde mit teils groben Strichen erschien, hatte mehr Tiefe, als auf den ersten Blick zu erkennen war. Ein feiner Höcker saß auf der Nase, ein tränenförmiges Muttermal schmückte eine Schläfe und goldene Sprenkel funkelten verheißungsvoll in den dunklen Augen.

»Amelia wird heute Nacht eine ganz schreckliche Zeit haben«, sagte Edward, in Gedanken bei der jungen Jüdin, die seit über einem Jahr eine besonders enge Freundschaft mit Sally führte.

»Ach so?«, antwortete Sally. Sie sah nicht belustigt aus.

»Du kannst es ihr nicht übel nehmen. Stundenlang wird sie neben dem kostbarsten Mahl des Abends stehen und darf keinen einzigen Happen davon kosten.«

Sally schlug mit einem Fächer nach ihm, jedoch nicht, ohne ihm ein selbstgefälliges Grinsen zu schenken.

»Wer sagt, dass sie nicht davon kosten wird?«

Sie nahm einen tiefen Schluck aus der Flasche und reichte sie Edward.

»Ich werde sie sicher nicht davon abhalten.«

Edward nahm die Flasche dankend entgegen.

»Wer wird wovon abgehalten?«, erkundigte sich Samuel, der Edward gefolgt war und nun im Türrahmen verharrte. Ein Räuspern veranlasste

Samuel, rot anzulaufen und zur Seite zu treten, woraufhin Emmeline an ihm vorbeihuschte. Der Raum war fein eingerichtet, doch wenn sich mehr als drei Leute darin befanden, wurde es recht kuschelig.

»Niemand. Ganz im Gegenteil«, erwiderte Sally. In einer theatralischen Geste richtete sie sich auf und warf sich an Samuels Brust. »Dinner ist angerichtet.«

Emmeline wandte sich ab, doch die verspiegelten Wände enthüllten, wie sie damit kämpfte, ein Lächeln zu unterdrücken. Samuel bekam davon nichts mit. Er befreite sich stoisch aus Sallys Umarmung und warf seinen Freunden einen tadelnden Blick zu.

»Passt auf euch auf. Gerade heute erwarten die Leute einen Skandal – und ihr wollt es sicher nicht sein, die ihren Heißhunger befriedigen.«

Die Warnung versetzte ihrer kleinen Gesellschaft einen Dämpfer. Niemand von ihnen wollte sich ausmalen, was passierte, wenn man sie auf frischer Tat ertappte. Die Gesetze in diesem Königreich waren kein Zuckerschlecken, vor allem, wenn es darum ging, anderen vorzuschreiben, wie und mit wem sie gerne ein Bett teilen durften. Daran musste Edward nicht erst erinnert werden.

Er beobachtete, wie Emmeline ein Paar weißer Abendhandschuhe aus einer Schublade hervorzauberte. Manchmal fragte er sich, wie viel sie über seine und Sallys Gewohnheiten wusste oder sich zusammengereimt hatte. Falls sie daran Anstoß nahm, ließ sie sich nichts anmerken. Ihre Gesichtszüge wiesen die erprobte Gleichgültigkeit auf, welche alle Bediensteten meistern mussten, die Wert auf eine Anstellung legten.

»Ich gehe davon aus, es hätte keinen Zweck, dich zu fragen, ob du uns begleitest«, sagte Edward den Schneider.

»Nein, das hat es nicht.«

»Dann nichts wie los.« Edward nickte Sally zu, löste die Schleife aus dem Haar und schlüpfte in den Frack, vorsichtig darauf bedacht, keinen Wein auf die Kleidung zu kleckern. Dann pflückte er eine der Pfingstrosen aus der Vase und steckte sie sich ans Revers.

»Sorg dafür, dass unser Samuel nicht die halbe Nacht aufbleibt«, sagte Sally mit einem Augenzwinkern und schlüpfte in die Abendhandschuhe. »Der Mann braucht Schlaf. Vielleicht ist er dann auch weniger mürrisch.« Emmeline und Samuel vermieden es bewusst, einander anzusehen. Edward glaubte sogar, erkennen zu können, wie Emmelines goldbraune Wangen erröteten.

»Miss, ich werde nichts dergleichen machen. Was Mister Hamilton nach Ladenschluss tut oder nicht tut, liegt nicht in meiner Hand.«

Sally hielt mitten in der Bewegung inne. Einer ihrer Handschuhe baumelte halb vergessen von ihren Fingern.

»Oh! Ich wollte nicht … Ich würde nie … Nein, es war nicht meine Absicht, zu …«

Emmeline knickste flink und sagte: »Ich wünsche Ihnen einen genügsamen Abend. Ich werde hier Abschied nehmen, wenn Mister Hamilton es gestattet.«

Samuel nickte seinen Fußspitzen zu.

»Selbstverständlich, Emmeline. Richten Sie Ihrem Vater meine Grüße aus.«

Er trat aus dem Türrahmen und Emmeline schritt erhobenen Hauptes aus der Kammer. Wenige Sekunden später fiel eine Tür ins Schloss. Edward füllte die darauffolgende Stille mit einem großzügigen Schluck Wein.

»Ich glaube«, begann Samuel mit einem kaum vernehmlichen Zittern in der Stimme, »es wäre das Beste, wenn ihr jetzt ganz schnell auf euren Ball entschwinden würdet.«

Das ließen sie sich nicht zweimal sagen. Mit Retikül, Zylinder und Wein im Anschlag stoben sie aus dem Geschäft, bereit, die Nacht auf den Kopf zu stellen.

Von Rang und Namen

Lord Frederick Francis Melville war betrunken und bereute alles. Es war nicht das erste Mal, dass er sich in solch einer Notlage befand, aber dieses Wissen half nicht, seine Laune zu heben.

Er bedauerte seine Anwesenheit auf diesem Ball, er bedauerte es, seinen Cousin im Schlepptau zu haben, und er bedauerte es ganz außerordentlich, Miss Elizabeth Ailesbury gesagt zu haben, sie hätte schöne Augen. Jedoch nicht, weil es nicht wahr war, sondern einzig und allein, weil es hieß, dass er ihr den Hof machte – zumindest wenn man seiner Tante glaubte, und alle schienen das zu tun.

Tante Marian war in ihrer Blütezeit selbst eine allseits bekannte Dame gewesen, die auf keiner Party fehlen durfte. Jetzt war sie der Ansicht, dass diese Erfahrung ihr freie Hand in der Planung von Freddys sozialem Kalender gab, und er dankte es ihr kein bisschen, dass sie ihm vorschrieb, wann und wo er zu sein hatte. Er war ein erwachsener Mann.

Wäre er das letzte Mal, dass er einen Ball besucht hatte, nicht ähnlich betrunken gewesen wie jetzt, so hätte er Miss Elizabeth Ailesbury nie getroffen und auch ihre Augenfarbe nicht erwähnt. Dieser trübe

Gedanke erforderte mehr Alkohol, denn es konnte wohl kaum schlimmer werden.

Die Sache war die: Es war noch nicht mal ein besonders kreatives Kompliment gewesen. Er hatte lediglich gesagt: »Ihre Augen sind sehr blau, Miss«, und nun musste er auf diesem lächerlichen Ball antanzen und so tun, also würde er jemanden umwerben, den er nicht umwerben wollte.

Aber es war entschieden: Dies war die Frau, mit der er seinen Lebensabend verbringen würde, und seine Tante war höchst beeindruckt, dass er diese in vielen Aspekten außerordentlich vorteilhafte Verbindung ganz von allein geschlossen hatte. Zwar waren die Ailesburys nicht ganz so reich wie Freddys Familie, doch es gab nur wenige Familien im Lande, deren Vermögen das der Melvilles in den Schatten stellen konnte.

Die Melvilles waren erstens stinkreich, hatten zweitens Geld wie Heu und drittens genügend Kohle, um selbst den Prinzregenten blass aussehen zu lassen. Was dazu führte, dass Freddy Veranstaltungen wie diese gerne vermied. Es war kein angenehmes Gefühl, wie teure Ware auf dem Fleischmarkt behandelt zu werden.

Eine Verbindung mit Elizabeth Ailesbury hieß: Das Fortbestehen ihrer Linie wäre wieder gesichert und er würde ganz nebenbei an Land und Vermögen hinzugewinnen. Es war nicht so, als bräuchten sie mehr davon, aber man baute sich kein Imperium auf, indem man auf die Massen an Geld schaute, die man bereits besaß, und sie für gut befand.

Nein, wo Geld für ein Schloss war, in dem so viele Artefakte verstaubten, dass es unmöglich war, auch nur für eine Sekunde den Staubwedel ruhen zu lassen, da gab es auch noch Raum für eine Jagdhütte, ein Sommerhaus, einen Winterpalast und eine Auswahl an Lustgärten, eigens von königlichen Gärtnern und europäischen Landschaftsarchitekten entworfen.

»Geht es Ihnen auch gut?«, fragte Peniston Brock.

Einen Cousin mit einem Namen wie Peniston in den Annalen der eigenen Familie verewigt zu haben, war schon Schande genug, doch ihn auch noch auf eine Party mitbringen zu müssen, kam einer persönlichen Kränkung gleich.

»Nein, Peniston«, sagte Freddy, »das tut es nicht. Mein Glas …« Er stülpte es kopfüber und ein stolzer Schluck Wein, den er wohl zu leeren vergessen hatte, landete mit einem Platscher auf dem Boden. »… ist leer.«

Die zwei betrachteten wortlos die traurige rote Pfütze auf dem schneeweißen Marmor, einer nun erfüllt mit noch größerem Bedauern, der andere etwas erschüttert darüber, dass sein Cousin sich so zum Affen machte.

»Bitte, nennen Sie mich nicht so«, sagte der Cousin. »Niemand nennt mich so.«

Peniston war das Ergebnis dessen, was passierte, wenn man aus Liebe heiratete und nicht aus dem Bedürfnis heraus, Imperien aufzubauen. Freddy kannte den Kerl nicht sonderlich gut. Er war ein entfernter Cousin zweiten oder dritten Grades, so genau wusste Freddy es nicht. Man hatte ihn in die Stadt geschickt, um Verbindungen aufzubauen, die seine Mutter in den Wind geschossen hatte, als sie sich entschied, einen Leutnant anstatt einen Earl oder zumindest einen Baron zu heirateten.

Eine Dame mit einer Feder von der Länge einer Muskete im Haar und einem Paar ausladender Brüste arbeitete sich einen Weg durch die Menge auf die Cousins zu. Freddy hielt sich gerade noch davon ab, ihr den Rücken zuzukehren und davonzurennen.

»Oh nein«, flüsterte er tonlos, aber es war bereits zu spät. Die Dame stand vor ihnen, mit erhobener Hand, als sei sie eine sommerliche Kirsche, die nur darauf wartete, gepflückt zu werden. Freddy, der den

Großteil seiner Manieren noch beisammenhatte, tat wie geheißen, und küsste ihre Fingerknöchel.

»Lady Montagu, Sie sehen wie immer fabelhaft aus.«

Lady Montagu klimperte mit ihren Wimpern, als sei sie eine unschuldige junge Rose vom Lande, wo doch das Gegenteil der Fall war. Sie ließ ihren Blick ausgiebig über ihn gleiten, dann sagte sie: »Und Sie erst, mein junger Lord. Wenn Sie nicht ganz so jung wären, gäben wir ein unschlagbares Paar ab, finden Sie nicht?«

Freddy verbeugte sich tief, da er es sich in diesem Moment nicht zutraute, mit ausreichender Überzeugung zu lügen.

»Und wer ist dieser Gentleman?«, fragte sie und besah sich Freddys Cousin.

»Das ist Penis...«

»Brock«, unterbrach ihn der Cousin und küsste ihr ebenfalls die Hand.

»Penisbrock?«, sagte sie mit einem Gurren.

»Ja, das ist sein ...«

»Einfach Brock, bitte«, unterbrach ihn Peniston erneut und wurde rot.

»Lord Brock, es ist mir eine ...«

»Mister Brock, wenn es Ihnen recht ist.«

»Mister Brock«, begann die Lady von Neuem, ein Grinsen auf den Lippen, »es ist mir eine Ehre, Ihre Bekanntschaft zu machen. Ich hoffe, Sie genießen meinen Ball.«

Freddy biss sich auf die Innenseite seiner Wange und verwünschte Peniston still dafür, der Lady seine Gewöhnlichkeit unter die Nase reiben zu müssen.

»Eine äußerst beeindruckende Affäre, Mylady!«, entgegnete dieser wohlerzogen.

Lady Montagu nahm das Kompliment mit einem geschmeichelten Augenaufschlag an, dann schürzte sie neugierig die Lippen und ließ den Blick von Brock zu Freddy gleiten.

»Darf ich fragen, wie die zwei Herren miteinander bekannt sind?«

Freddy stellte das leere Glas auf dem Tablett eines vorbeilaufenden Kellners ab, war jedoch nicht flink genug, sich ein volles zu schnappen.

»Der werte Mister Brock hier ist mein lieber Cousin aus Devon. Er ist nach London gekommen, um etwas Großstadtluft zu schnuppern.«

Lady Montagu präsentierte ihnen erneut ein vollmundiges Grinsen, wobei ihre Zähne im Licht der Kronleuchter aufblitzten.

»Und wie läuft das Schnuppern, Mister Brock?«

Freddys Cousin errötete abermals.

»Das Schnuppern … äh … läuft gut, Mylady.«

»Na, dann will ich Sie nicht länger aufhalten. Aber passen Sie gut auf Ihre Nase auf. Nicht alles, was braun ist, ist Schnupftabak.« Verbunden mit einem Zwinkern glitt sie mit wippender Feder von dannen.

Peniston schwieg, bis sie von der Masse verschluckt worden war, und wandte sich schließlich an Freddy.

»Was meint sie damit?«

»Ich will es gar nicht wissen«, antwortete Freddy und schaffte es endlich, sich nicht nur eins, sondern zwei Gläser Wein von einem Tablett zu schnappen. Er nahm einen Schluck und verzog den Mund, als ihm wieder einmal einfiel, dass er Rotwein nicht mochte.

»Es gab keinen Grund, die gnädige Dame über Ihre fehlende Lordschaft zu informieren!«, herrschte er Peniston schließlich an.

Freddys Cousin nahm ihm brüsk eines der Weingläser ab.

»Es gab auch keinen Grund, sie darüber zu informieren, dass ich Peniston heiße.« Er tat es Freddy nach und nahm einen tiefen Schluck aus dem Glas, woraufhin er das Gesicht verzerrte.

Freddy unterdrückte gerade noch ein Glucksen. Na endlich, der Junge wurde ihm schon sympathischer. Immerhin bewies er endlich etwas Rückgrat. Zuvor war er nur wie ein aufgescheuchtes Huhn vor Tante Marian herumscharwenzelt.

»Aber das ist Ihr Name«, entgegnete Freddy erstaunt.

»Mag sein, aber wenn Ihr Name Abort oder Hintern wäre, dann wäre es Ihnen auch lieber, wenn es Ihnen niemand hinterherriefe, oder liege ich da falsch?«

»Vielleicht«, sagte Freddy versöhnlich.

Jetzt, wo er seinen Cousin so ansah, konnte er die Familienähnlichkeit nicht komplett abstreiten. Im richtigen Licht war da ein Rotstich in Brocks Haar und er hatte das für die Melvilles typische kantige Kinn. Seine Augen dagegen waren nicht grün wie die von Freddy und seinen Geschwistern, sondern bernsteinfarben.

»Und wer war das nun?«, fragte Brock und deutete auf die Feder, die weiterhin durch den Raum hüpfte wie eine beschwipste Hummel. Eine sehr längliche Hummel im Federkleid.

»Das ist die Dame des Abends«, verkündete Freddy verheißungsvoll. »Wenn man ihr Glauben schenken darf, eine äußerst erfolgreiche Kurtisane mit nicht nur einem, sondern gleich zwei adeligen Gönnern. Außerdem betreibt sie eine recht beliebte Spielhölle am Strand. Daher der Ball.« Freddy wies mit seinem schon wieder kläglich leeren Glas auf die versammelte Menge.

»Es ist ihr Geburtstag?«

»Nö, sie kann es einfach. Sie lädt ein, die Leute kommen, schwups, wird ein Ball draus!«

Er reckte das Glas in die Höhe, und der letzte Rest Wein landete auf dem Rock einer vorbeilaufenden Dame, die glücklicherweise nur Augen für ihren Begleiter hatte und nichts von dem Missgeschick bemerkte.

»Es ist eine ganz skandalöse Angelegenheit, vor dem der *Ton* nur die Nase rümpfen kann. Selbstverständlich sind deswegen auch alle hier versammelt.«

Die Londoner High Society ernährte sich nur von Alkohol und Gerüchten. Je weiter hergeholt das Drama und je näher an der königlichen Familie, umso glücklicher die Leute. Und wo Gerüchte geboren wurden, durfte vor allem einer nicht fehlen: Henry Burgess, ein kleiner Mann mit großer Plauze und tiefen Lachfalten unterhielt – dem haltlosen Kichern nach zu urteilen – eine Schar Damen mit zweifellos obszönen Geschichten. Burgess war ein reicher Mann, der Freddys Wissen nach nie geheiratet hatte und sein Haus mit allerlei kostbaren und überflüssigen Artefakten füllte. Zu Freddys Leidwesen hausierte Burgess am gleichen Square in Mayfair wie die Melvilles, weswegen Freddy ständig gezwungen war, neue Ausreden zu finden, um eine Einladung auszuschlagen. Tante Marian dagegen besuchte ihn gerne zum Tee und kehrte jedes Mal mit einem Ausdruck auf dem Gesicht zurück, als wäre sie in ein Freudenhaus gestolpert: leicht pikiert doch insgeheim vergnügt. Henry Burgess war ein weiterer Grund, diese Versammlungen zu meiden, wenn man nicht als Futter in dessen Mund landen wollte.

»Ich glaube, dort drüben versucht gerade einer, Ihre Aufmerksamkeit zu gewinnen«, sagte Brock mit einem Nicken.

Freddy drehte sich um und wünschte augenblicklich, er hätte es nicht getan. Umgeben von jungen Erbinnen und schnöseligen Lords stand Titus Andersey und winkte. Titus war ein außerordentlicher großer Mann mit einer außerordentlich dröhnenden Stimme und erstaunlich großen Händen, die er aufgebracht herumwedeln ließ, wann immer er sprach. Was so gut wie ständig der Fall war, denn er hörte sich gerne reden. So, wie seine Arme pausenlos um ihn herumschwangen, erinnerte er an eine menschliche Windmühle. Das unordentliche Haar verstärkte diesen Eindruck nur noch.

»Mist«, sagte Freddy, der nun Augenkontakt aufgenommen hatte und keine Möglichkeit mehr sah, Titus zu entkommen. Freddy ergab sich seinem Schicksal und gesellte sich mit Brock zu dem Zirkel von Titus' Freunden.

Er nickte Sidney Sykes zu, einem stilbewussten Herrn mit blonden Locken, dessen Kniebundhosen so tadellos sauber waren, dass sie Freddy nahezu blendeten. An dessen Arm erkannte er Lady Rebecca Elphinston, eine junge Dame mit herzförmigem Gesicht, der zwei perfekte Ringellöckchen in die silbergrauen Augen fielen. Sie schenkte ihm ein träges Lächeln und spielte abwesend mit einer der zahlreichen Korallenketten um ihren Hals. Freddy war überrascht, sie zu sehen, da ihre Familie – wenn man Henry Burgess Glauben schenkte – in Virginia auf eine Goldgrube gestoßen war und nun in die Staaten umsiedeln würde. Wie es schien, wollte sich die Lady eine letzte Saison nicht entgehen lassen. Freddys Blick glitt zu dem dritten Herrn, der zwischen Titus und Sidney kauerte und so wenig Nacken besaß, dass er fast gänzlich hinter gestärktem Hemd und Krawatte verschwand. Dies war, wie Freddy wusste, Titus' Vetter, Piers Slater, der Titus auf jeden Schritt folgte wie ein treuer Dackel. Nur sah er dabei eher aus wie eine Bulldogge.

Freddy stellte seinen Cousin vor, dieses Mal, ohne den unvorteilhaften Vornamen zu nennen, woraufhin Titus Brock mit einer Windmühlenhand so fest auf die Schulter klopfte, dass diesem der Wein glatt wieder aus der Nase herauskam. Freddy reichte ihm sein Taschentuch.

»Fred, ich habe gehört, du würdest erneut Pläne schmieden, das Junggesellenleben aufzugeben. Hoffentlich klappt es diesmal. Es ist immer eine Tragödie, wenn junge Liebe ein überraschendes Ende findet.«

Freddy hätte ihm am liebsten das Glas aus der Hand geschlagen. Titus' Nähe zu Freddys Familie versetzte ihn in den Glauben, sie seien die dicksten Kindheitsfreunde, wo doch das Gegenteil der Fall war. Noch dazu hasste er es, »Fred« genannt zu werden. Es klang wie eine Ratte, die sich durch Londons Abfälle wühlte und von verfaulten Innereien ernährte. Titus hielt sich für einen allseits beliebten Mann, doch er war ein Clown, der von einem Fettnäpfchen ins nächste tanzte, ohne es je zu merken. Freddy konnte ihn nicht ausstehen. Auch jetzt plauderte er Dinge aus, die ihn ganz und gar nichts angingen, und den Rest Londons erst recht nicht. Wenn Freddy sich noch irgendwie aus der Schlinge dieser ungeplanten Verlobung ziehen wollte, so musste er dafür sorgen, dass Titus den Mund hielt.

»Titus, ich war der Annahme, du seist in der Provence, um den Weinanbau auf dem Gut deiner Familie zu beaufsichtigen?«

In Wirklichkeit hatte Lord Andersey seinen Sohn nach Frankreich geschickt, um ihm, umgeben von nichts als blühendem Wein, die Spielsucht auszutreiben. Doch wie es schien, war Titus den Klauen seines Vaters entkommen und hatte den Weg zurück zu Sidney Sykes gefunden, seinem Waffenbruder in jeglichen Wett- und Glücksspielaffären.

Titus stürzte sich in die Schilderung einer lebhaften Diskussion mit seinem Vater, die, wie Freddy vermutete, so nie stattgefunden hatte. Das Einzige, worüber Titus lieber sprach als über die Privatangelegenheiten anderer, waren seine eigenen.

Freddy stieg innerlich aus dem Gespräch aus und begann damit, die Neuankömmlinge zu beobachten. Es war eine bunte Menge, denn Lady Montagu hielt nicht viel von Gästelisten. Normalerweise hatten nur Personen mit einem Abonnement für die Räumlichkeiten Zutritt zu den Argyll Rooms. Es war ein weitverbreitetes System, das in vielen Klubs und anderweitigen Etablissements der Stadt eingesetzt wurde, um die Spreu vom Weizen zu trennen. So konnten die Adeligen sich an Prunk und Überfluss laben, ohne daran erinnert zu werden, dass es außerhalb ihrer marmornen Hallen und alabasterner Salons noch Menschen gab, die nicht von goldenen Löffeln aßen. Die Abonnements waren so hoch, dass es sich ein dahergelaufener Geschäftsmann mit Träumen von sozialem Aufstieg zweimal überlegte, ob er mehrere Jahresgehälter für den Eintritt einer Abendveranstaltung aus dem Fenster warf. Nicht jedoch heute, denn Lady Montagu hatte eine Vorliebe für anrüchige Feste und bunte Paradiesvögel – solange diese sich an den Dresscode hielten.

Freddy sah zu, wie scharenweise Damen in Empirekleidern und Herren in engen Kniebundhosen und Frack in den Saal stolzierten und nicht selten innehielten, um mit offenen Mündern den Raum zu bestaunen. Zwei identisch aussehende Frauen mit zwei ebenfalls identisch aussehenden Männern traten ein und hielten schnurstracks auf die Tanzfläche zu. Freddy wunderte sich, ob er schon doppelt sah, als ein neues Paar in der Tür erschien.

Sie trug ein feines Kleid mit rosa Akzenten und kam ihm vage bekannt vor. Freddy sah genauer hin und erkannte sie als eine Schauspielerin, die er in einer Aufführung von Hamlet gesehen hatte, auch wenn ihm ihr Name entfallen war.

Der Mann an ihrer Seite war nicht minder auffallend. Sein Gesicht war scharf geschnitten, jeder Zug und jede Kante hart und stolz. Er war gedeckt in Schiefer- und Silbertöne, von seinen kohlschwarzen Schuhen über den aschfarbenen Frack mit passender Weste. An seinen Fingern glänzten unzählige Ringe; zu viele für einen Gentleman, der etwas auf sich hielt. Der Glanz des Saales fing sich in seinem hellen Haar. Der einzige Farbtupfer in dem Ensemble war die Pfingstrose an seiner Brust.

Freddy betrachtete abschätzend das Profil des Fremden. Er folgte dem steifen Kragen des Hemdes zu dem spitzen Kinn, glitt von wohlgeschwungenen Lippen zu einer stolzen Nasenspitze und erkannte dann, dass die Augen des Fremden direkt auf ihn gerichtet waren.

Ohne zu blinzeln, erwiderte der Mann seinen Blick, als hätte er jede von Freddys Bewegungen verfolgt. Er sah Freddy ausdruckslos entgegen und machte keine Anstalten, die Augen abzuwenden.

Freddy hatte sich geirrt, als er dachte, die Pfingstrose sei das einzige bisschen Farbe in der Komposition des Fremden. Seine Augen waren

von solch einem durchdringenden Blau, dass sie aus dem Gesicht her-
ausstachen wie eine Kornblume in einem Feld von Gänseblümchen.

Freddy spürte, wie ihm die Hitze unter den Kragen kroch. Auf einmal fühlte er sich ertappt. Bei was, wusste er selbst nicht, nur dass er
es nicht hätte tun sollen.

Die beherrschte Maske des Fremden brach auf und darunter kam
ein kaum merkliches Lächeln zum Vorschein, als hütete er ein Geheimnis – oder mehr noch, als hütete er Freddys Geheimnis und wartete
nur auf den richtigen Moment, bis es seine Lippen verlassen durfte.

Zorn stieg in Freddy auf, unwiderruflich und mit solcher Gewalt,
dass er beinahe auf den Fremden losgestürmt wäre, hätte dieser nicht
einen Schritt nach vorne getan und wäre in der Menge verschwunden.
Freddy war entschlossen, dem Unbekannten zu folgen und eine Erklärung, ja eine Entschuldigung für dieses dreiste Verhalten zu fordern,
doch er hatte nicht mit Titus Pranke gerechnet. Es gelang ihm nicht,
rechtzeitig auszuweichen und so wurde Freddy das Opfer von einem
schwungvollen Schulterklopfer. Fast wäre er frontal auf den Boden ge-
knallt, hätte Brock nicht eingegriffen. Freddy dankte ihm im Stillen.

»Ich hab gefragt, wo sie ist, deine Auserwählte!«, rief Titus. »Oder
hat sie dich schon sitzen lassen?«

Piers kicherte und reichte Titus einen Flachmann, wie um ihn für
seinen ausgesprochenen Witz zu belohnen. Freddy beneidete Titus
und Piers nur selten, doch gerade hätte er nichts gegen einen Schluck
von ihrem Drink auszusetzen gehabt.

»Soweit ich weiß, befindet sie sich noch nicht unter den Gästen«,
antwortete Freddy wahrheitsgemäß und hoffte auch, dass es dabei blieb.
Er wollte es vermeiden, Titus und Elizabeth einander vorzustellen. Niemand hatte es verdient, unvorbereitet in Titus' Arme zu laufen. Wobei, vielleicht färbten sein fehlendes Feingefühl und seine erbärmlichen
Manieren auf Freddy ab, und Elizabeth überlegte es sich noch einmal

anders. Die Frage war nur, ob Titus' Gesellschaft neben einer etwaigen Vermählung mit Miss Ailesbury wirklich das kleinere Übel war. Beide Vorstellungen bereiteten Freddy Kopfschmerzen. Vielleicht war es auch der Wein.

Lady Elphinston zupfte gelangweilt an ihrer Korallenkette und warf Sidney einen flehenden Blick zu, den Freddy aus tiefstem Herzen verstand.

»Ein Tanz?«, bot Sidney an, doch die Lady sah allein bei der Erwähnung schon tödlich gelangweilt aus.

»Immer das Gleiche«, seufzte sie lethargisch. »In diese Bälle kommt selten Schwung. Etwas Opium würde dem Punsch guttun.«

Freddy hatte ihre letzten Worte kaum verarbeitet, da stapfte sie schon davon, Sidney auf den Fersen. Wann der Dandy zum Schoßhündchen der angehenden Goldminenerbin geworden war, musste Freddy verpasst haben, aber Sidney hatte schon immer die auffällige Angewohnheit, sich mit Menschen zu umgeben, die nicht nur reichlich schön, sondern vor allem schön reich waren.

Brock stupste Freddy an und deutete auf einige Neuankömmlinge. »Das ist sie doch, richtig?«, fragte er, die Augen auf eine hochgewachsene Dame gerichtet.

Freddy warf seinem Cousin einen verwunderten Blick zu, doch dieser zuckte nur mit den Schultern und sagte: »Ihre Schwester hat sie mir bis ins kleinste Detail beschrieben. Außerdem ist sie kaum zu übersehen.«

Damit lag er wohl richtig. Freddy musste zugeben, dass er keine schönere Dame hätte treffen können, wenn er es nur aufrichtig versucht hätte.

Miss Elizabeth Ailesbury bewegte sich mit der Kraft und Eleganz einer Balletttänzerin. Sie trug ein maßgeschneidertes Kleid, das ihre Schultern offenbarte und subtil mit Seidenrosen und Perlen besetzt war. Ihre kastanienroten Locken bildeten einen starken Kontrast zu ihrer porzellanhellen Haut und schimmerten im Licht der Kronleuchter, während sie aufmerksam den Blick über die Menge gleiten ließ, als hielte sie nach jemand ganz Bestimmtem Ausschau.

»Das nenn ich große Glocken«, sagte Titus, ohne seine Stimme zu senken. Freddy glaubte, er habe sich verhört, doch Brocks schockiertes Gesicht und Piers' mädchenhaftes Kichern bestätigten seinen Verdacht.

»Miss Ailesbury ist eine wohlerzogene Dame, die sowohl hohes Ansehen als auch eine ellenlange Liste an Talenten innehat, und bei all diesen Vorzügen fällt dir nichts ein außer ›große Glocken‹?«

Es war genau solch ein Verhalten, das er den zügellosen Umständen dieser Veranstaltung verschuldet hätte, doch er wusste es besser. Titus war schlicht und einfach ein Schwein. Freddy war nicht überrascht, dass er solch hämische Gedanken hegte. Was ihn wirklich schockierte, war die Tatsache, dass er sie offen äußerte, schamlos und mit einem gewissen Stolz in der Stimme.

Freddys Gewissen war keinesfalls rein, und wenn seine Stirn aus Gitterstäben bestünde, würden die Leute dahinter einen Zoo voll hässlicher Gedanken vorfinden, doch er hatte zumindest den Anstand, seine Worte zu bedacht zu wählen, bevor er sie auf die Welt losließ. Meistens jedenfalls. Titus schien eine solche Strategie weder zu besitzen noch zu vermissen.

»Was interessieren mich ihre Stickkünste, wenn es zwei viel bewundernswertere Dinge an ihr gibt?« Titus lachte und hob den Flachmann zum Prosit.

Freddy schnappte ihn aus Titus' Hand.

»Den behalte ich als Pfand für deine Unverschämtheit.«

Titus wollte protestieren, doch Freddy ließ ihn nicht zu Wort kommen.

»Nur noch ein Wort, und dein Vater erfährt von deinem ungehobelten Verhalten. Wenn du deinen Sommer also nicht mit Weintrauben verbringen willst, dann bist du jetzt still.«

Im Gleichschritt glitten Freddy und Brock davon, doch bevor sie Elizabeth Ailesbury erreichten, bugsierte Freddy seinen Cousin ungesehen zum anderen Ende des Saals, wo das Orchester auf einer Bühne saß und den Tanzenden eine Quadrille nach der anderen lieferte.

Freddy schnappte sich zwei Gläser Punsch, und bevor Brock ihn davon abhalten konnte, kippte er den Inhalt von Titus' Flachmann hinzu und ließ ihn in einer Tasche seines Fracks verschwinden. Der Abend hatte gerade erst begonnen, und wenn Freddy ihn irgendwie überstehen sollte, dann durfte er auf keinen Fall Gefahr laufen, nüchtern zu werden. Es ging längst nicht mehr darum, was er trank, nur, dass er trank.

Er kippte das erste Glas weg und das Gemisch zog ihm fast die Kopfhaut vom Schädel. Als er wieder klar sehen konnte, stand der geheimnisvolle Fremde nur wenige Schritte entfernt. Lady Montagu zog ihn soeben in eine tiefe Umarmung und er flüsterte ihr etwas ins Ohr, was ihr ein verruchtes Kichern entlockte.

Da war er wieder, dieser unerklärliche Zorn, nur ohne die vorherige Wucht. Leise brodelte er vor sich hin, während Freddy das Paar beobachtete.

Es war erschreckend, dass etwas Nichtiges wie das Lächeln eines Unbekannten ihn heute so aus der Fassung brachte. Er wollte ihm das Geheimnis von den Lippen schlagen, was immer es war.

Lady Montagu zog wie aus dem Nichts einen riesenhaften Mann mit tiefschwarzem Oberlippenbart heran und stellte die zwei Unbekannten einander vor. Sie besahen sich abschätzend und reichten sich die Hand, während Lady Montagu in einem ununterbrochenen Strom dahinschwatzte.

»Wie wär's, wenn wir einfach … gehen würden?«, fragte Brock, und es war solch ein rationaler Vorschlag, dass Freddy ihn sofort aus dem Wind schlug.

»Nein«, parierte er und schüttete sich auch noch den Inhalt des zweiten Glases in den Hals. Erneut verschwamm der Raum vor seinen Augen und gewann eine nahezu ätherische Qualität, so wie die Juwelen an den Damen und die Kristalle an den Kronleuchtern plötzlich strahlten. Auf Schöntrinken war immer Verlass. »Wir sind auf einem skandalösen Ball mit skandalösen Gästen. Das Mindeste, was wir tun können, ist, diesem Motto alle Ehre zu machen.«

Stolperfallen

Edward Arden war betrunken und er bereute nichts. Seine Beine sahen in den hautengen Kniebundhosen umwerfend aus – er würde heute Abend definitiv nicht allein nach Hause gehen – und Lady Montagus Punsch knallte ordentlich.

Edward hatte schon viele Partys besucht, aber nur wenige waren so prunkvoll wie die in den Argyll Rooms. Es sah beinahe prahlerisch reich aus – so, wie es sich nur jemand mit zu viel Geld und Zeit ausdenken konnte. Der Ballsaal war ein Oval, behängt mit Dutzenden Kronleuchtern, dabei ganze vier Stockwerke hoch und ausgestattet mit mehreren kleinen Logen, von denen man die tanzende Masse beobachten konnte. Korinthische Säulen, fein mit Gold verziert, erweckten den Eindruck eines griechischen Tempels. An den Wänden standen bequeme, mit scharlachrotem Samt bezogene Bänke, doch der wirkliche Augenschmaus waren die unzähligen Gäste, die sich in ihren besten Kleidern auf den Kissen rekelten, um Punsch zu schlürfen und über die anderen Gäste zu lästern. Edward liebte das Stadtleben allein schon aus dem Grund, weil es so viel mehr hübsche Menschen gab als auf dem Land. Eventuell war die Summe von schönen und nicht ganz so ansehnlichen Exemplaren sogar dieselbe, nur Edward selbst war viel zu sehr damit beschäftigt, den wahren Diamanten hinterherzuschauen, sodass der Rest einfach in den Hintergrund rückte.

Jedenfalls waren sie heute alle hier versammelt, und Edward wusste gar nicht, wohin er zuerst schauen sollte. Die kristallenen Kronleuchter, die hoch über den Köpfen der Menge schwebten und den Saal in einen rosigen Glanz tauchten, lenkten ihn jedes Mal aufs Neue ab.

Niemand wusste, wie lange die Argyll Rooms noch als Treffpunkt für die Schönen und Reichen dienen würden, da eine neue und verbesserte Straße geplant war, um die Stadt zu modernisieren. Und, so hieß es, um Mayfairs Noblesse unverkennbar vom Gestank Sohos abzutrennen. Während der Adel in den Klubs und Stadtvillen des Westens verweilte, wollten sie möglichst wenig vom Gewusel aus Bettlern, Zugewanderten und einfachen Arbeitern mitbekommen, die sich in Sohos Straßen verliefen.

Die Argyll Rooms mussten weichen. Was auch immer geschah, Edward war froh, diese berühmten Festsäle gesehen zu haben, bevor sie womöglich abgerissen wurden.

»Hör mal, die Kronleuchter sind ja ganz nett, aber wenn du auch nach Amelia Ausschau halten könntest, wäre mir das ganz recht. Wir rennen jetzt schon eine halbe Stunde durch diesen Saal, und ich habe sie bisher nirgends gesehen.«

Sallys Laune nahm mit jeder Minute ab, die sie nicht an Amelias Seite verbringen konnte. Edward fürchtete einen Gefühlskollaps, wenn Amelia nicht bald auftauchte, und das Risiko wollte er nicht eingehen. Heute Nacht duldete er keine Trübsal. Auf der Tagesordnung war dafür neben endlosem Vergnügen und exzessivem Genuss schlicht und ergreifend kein Platz.

»Sie wird dich nicht sitzen lassen. Wahrscheinlich wurde sie nur von irgendeinem lästigen Kerl aufgehalten, und jetzt ist sie zu höflich, um sich aus der Affäre zu ziehen. Du kennst sie doch.«

Sally sah auf einmal alarmiert aus, und Edward biss sich auf die Zunge. Wenn der Abend damit begann, dass Sally vor Kummer jeglichen Sinn für die Feierlichkeiten verlor, konnte er sich das mit dem Vergnügen gleich abschreiben.

»Du bleibst hier stehen, ich mach mich auf die Suche«, befahl sie und war schon in die Menge eingetaucht.

Edward seufzte und akzeptierte ein Glas Punsch von einem der vielen jungen Männer, die wie tüchtige Ameisen durch den Saal trapsten, um den Durst der Gäste zu stillen. Ein unmögliches Unterfangen.

Er spürte ein Kribbeln im Nacken und war schon dabei, sich umzudrehen, als sich eine Hand auf seine Schulter legte.

»Habe ich soeben Sally fliehen sehen?«, fragte eine hohe Stimme.

Edward sah sich einer jungen Frau gegenüber, deren Anblick ihn mit solcher Freude erfüllte, dass er ihr ein zügelloses Grinsen schenkte.

»Doch nicht vor Ihnen, Miss Raine. Ganz im Gegenteil, sie hat sich soeben ins Verderben gestürzt, in dem Glauben, Sie vor ungewollten Avancen retten zu müssen.«

Amelia war so liebreizend, dass es unmöglich war, ihr nicht zu verfallen. Ihr Zauber lag darin, dass sie sich ihrer entzückenden Erscheinung nicht bewusst war, und so blieb sie frei von jeglicher Eitelkeit und Attitüden. Ihr Kleid schmiegte sich vorteilhaft an ihre ausladenden Kurven, ihre rundlichen Wangen strahlten unentwegt und in ihren dunklen Augen ruhte unverkennbar ein aufgeweckter Verstand. So war es kein Wunder, dass Sally ihr hoffnungslos zu Füßen lag. Auch Edward war ein klein wenig vernarrt in sie.

»Das war nun wirklich nicht nötig«, sagte Amelia. »Immer so dramatisch, diese Schauspielerinnen.«

Sie betastete nervös das Collier, das ihren Nacken schmückte. Es war gewoben aus feinstem Silber und versetzt mit daumengroßen Amethysten. Zwei weitere violette Edelsteine baumelten von Amelias Ohren und bildeten einen schönen Einklang mit ihrem dunklen Haar. Sie fing Edwards staunenden Blick auf und seufzte.

»Mutter meint, Schmuck sei dazu da, bestaunt zu werden, doch wenn es nach mir ginge, wäre er schön in seiner Schmuckschatulle geblieben. Nicht vorzustellen, was passiert, wenn er einen Kratzer abbekommt.«

Edward verstand ihr Unwohlsein, konnte den Neid jedoch nicht vollständig unterdrücken. Das Set war mehr wert als seine ganze Existenz. Er würde viel dafür geben, solchen Luxus genießen zu können, doch nicht alle hatten das Glück, in eine wohlhabende Familie geboren zu werden. Amelias Vater, Hector Raine, war Architekt im Dienste seiner Königlichen Hoheit, des Prinzregenten. Es dauerte sicher nicht mehr allzu lange, bis er für seine Arbeit in den Adelsstand erhoben würde.

Amelias Mutter, Judith Raine, war die Tochter eines schwedischen Bankiers, die es sich zur Aufgabe gemacht hatte, Bildung voranzutreiben und Armut einzudämmen, was beim knausrigen *Ton* nur selten Anklang fand. Zwar gab man sorglos Unsummen für das eigene Vergnügen aus, doch sah man keinen Sinn darin, weniger begnadete Menschen daran teilhaben zu lassen. Edward fand es bewundernswert, wie Judith Raine mit Charme und Scharfsinn die wohlhabenden Londoner dennoch davon überzeugte, ihre gut gehüteten Börsen zu öffnen und einen Teil ihres Vermögens in das jüdische Waisenhaus fließen zu lassen, welches sie in Whitechapel leitete.

»Ich muss Ihrer Mutter recht geben. Der Schmuck ist an Ihnen viel besser aufgehoben als in irgendeinem staubigen Kästchen. Und Sally wird sich über den Anblick freuen.«

Wer im *Ton* mitmischen wollte, musste auch nach dessen Regeln tanzen. Die Tore dorthin öffneten sich nur für diejenigen, die wussten, wie man seinen Reichtum zur Schau stellte.

Seine Worte zauberten eine charmante Röte auf Amelias Gesicht. Für einen kurzen Moment musterte sie die Leute, die in Hörweite verweilten, doch sie schien nicht weiter beunruhigt. Edward würde sie niemals dermaßen in Verlegenheit bringen. Außerhalb seines Zirkels wusste er seine Zunge zu hüten. Doch waren enge Frauenfreundschaften so alltäglich, dass niemand mit der Wimper zuckte, wenn zwei Freundinnen so gut wie unzertrennlich waren. Freundschaften zwischen Männern und Frauen zogen in der Regel weit mehr Aufmerksamkeit auf sich. Teilten unverheiratete Junggesellen und Jungfrauen weder familiäre noch romantische Bande, verbrachten aber außergewöhnlich viel Zeit miteinander, so bot dies immer ausreichend Gesprächsstoff für den skandalhungrigen *Ton*.

Daher verschwieg Sally auch meistens, dass sie ihre Unterkunft mit zwei Männern teilte, selbst wenn es Kerle waren, die kein Interesse an ihr zeigten. Die Geschlechter waren sich schließlich so grundverschiedenen, dass die Beweggründe einer solchen Freundschaft für Außenstehende ein äußerst kniffliges Rätsel präsentieren würden.

Ein kaum merkliches Runzeln erschien auf Amelias Stirn. Edward hob fragend eine Augenbraue und Amelia beugte sich näher zu ihm.

»Ich weiß nicht, was Sie verbrochen haben, Mister Arden, doch wenn ich nach dem Blick urteilen müsste, den Ihnen der Lord hinter Ihnen zuwirft, so müsste ich mindestens auf Brandstiftung tippen.«

Edward ließ sich Zeit. Er nahm genüsslich einen Schluck aus seinem Glas und tat so, als fände er die tanzende Menge ganz besonders faszinierend. Dann fand er, wonach er Ausschau hielt.

Ein junger Mann mit markantem Kiefer und roten Koteletten starrte ihn mit unverhohlenem Misstrauen an. Die Wucht seines Blicks traf Edward unvorbereitet, obwohl es schon das zweite Mal an diesem Abend war, dass sich ihre Blicke kreuzten. Auch beim ersten Mal hatte ein Sturm in den Augen des Fremden getobt.

Edward wusste, er sollte besorgt sein. Stattdessen war er unwillkürlich fasziniert. Er erwiderte die Aufmerksamkeit und spürte eine Gänsehaut aufkommen.

Bereits bei ihrer Ankunft hatte der Fremde aus der Menge hervorgestochen, seither fühlte sich Edward instinktiv zu ihm hingezogen. Er hätte das Spiel noch weitergespielt, doch ein zweiter Gentleman begann eindringlich auf den Rotschopf einzureden. Er warf Edward einen nervösen Blick zu, bevor er seinen mysteriösen Begleiter mit sanfter Gewalt von dannen schubste.

»Eine Brandstiftung?«, fragte Edward und wandte sich wieder Amelia zu. »Dann doch eher Hochverrat. Vielleicht habe ich auch seine Geliebte vergiftet.«

Amelia sah ihn verzagt an.

»Darüber sollten Sie nicht scherzen. Es ist ein etwas wunder Punkt.«

Edwards Interesse war nicht nur geweckt, es verlangte darüber hinaus knurrend nach einem saftigem Happen Tratsch.

»Oh? Was hat es denn mit diesem hübschen Choleriker auf sich?«

Denn hübsch war er allemal, das war Edward nicht entgangen. Wenn man einmal von den Medusa-Augen absah, die so herrlich grün schimmerten, dann waren da noch die breiten Schultern, der sehnige Hals und zweifellos vom Wein purpurn gefärbte Lippen. Edward war nicht abgeneigt. Er wollte herausfinden, ob der Lord genauso stürmisch küsste, wie es das Unwetter in dessen Blick versprach.

»Lord Melville ist der Sohn des Marquess of Ripon. Er lässt sich nicht allzu oft auf Veranstaltungen dieser Art blicken, doch er ist … recht begehrt.«

»Fettes Erbe?«

Amelia warf ihm einen halb tadelnden, halb belustigten Blick zu.

»Unter anderem. Er ist auch ganz nett anzusehen, wenn man den anderen Damen glaubt.«

»Oh, wir glauben den Damen«, sagte Edward gedankenlos. Dann wurde er sich wieder bewusst, dass sie sich immer noch auf einem Ball befanden, auch wenn es hier weniger steif und verklemmt zuging als in den meisten Londoner Etablissements. Er ermahnte sich, von nun an besser aufzupassen, welche Worte er kundtat und welche besser unausgesprochen blieben. Amelia gingen wohl ähnliche Gedanken durch den Kopf, denn sie schüttelte still den Kopf.

»Wenn man ihnen weiterhin Gehör schenkt, den Damen meine ich, dann wird Lord Melville jedoch auch vom Unglück verfolgt. Beziehungsweise seine Auserwählten«, erklärte sie.

»Ich wittere ein äußerst schändliches Gerücht. Spannen Sie mich nicht länger auf die Folter, ich bitte Sie!«

Ein Schmunzeln glitt über Amelias Gesicht.

»Sein erstes Bündnis mit einer Kindheitsfreundin endete, als die Pocken sie dahinrafften. Und seine zweite Verlobte verschwand spurlos, nachdem ihr Vater des Mordes bezichtigt und gehängt wurde.« Sie flüsterte den letzten Teil des Satzes und fuhr danach mit ernster Stimme fort: »Allerdings sollte man dem nicht zu viel Glauben schenken. Die Leute reden gern. Und überhaupt, Lord Melville hat erneut sein Herz verloren, wie es scheint. Miss Elizabeth Ailesbury macht sich zumindest große Hoffnungen.«

Edward hob feierlich das Glas.

»Ein Hoch auf Miss Ailesburys Gesundheit!«, rief er und leerte den Punsch.

Amelia wollte protestieren, doch in genau dem Moment bäumte Sally sich vor ihnen auf. Die Hände in die Hüften gestemmt, sah sie von Edward zu Amelia.

»Ich renne wie eine Wildgewordene durch diesen riesigen Prunkbau, und ihr zwei steht hier die ganze Zeit beisammen und zwitschert euch einen?«

»Meine liebe Sally, wenn ich mich recht erinnere, hast du mir befohlen, mich nicht von der Stelle zu rühren – und somit verdiene ich deinen Zorn nicht. Miss Raine ist mir ganz von allein in die Arme gelaufen.«

»Wie schön, Sie zu sehen, Miss Savage«, sagte Amelia schlicht, und schon schmolz Sally dahin. Der erboste Ausdruck schwand und wurde von träumerischem Entzücken ersetzt.

»Die Freude ist ganz meinerseits«, erwiderte Sally wie ein frommes Schaf.

Edward vermied es gerade noch, die Augen zu verdrehen. Junge Liebe war ebenso zuckersüß wie pathetisch. Sally hakte sich bei Amelia unter.

Ohne die Augen von ihr zu lassen, sprach sie weiter. »Wenn es dir nichts ausmacht, Edward, Miss Raine und ich haben einiges zu besprechen.«

Edward setzte zu einer Antwort an, doch Sally zog ihre Partnerin bereits mit sich. Amelia schenkte ihm noch ein Winken, dann waren die zwei verschwunden.

Edward starrte auf sein leeres Glas und dachte für sich, dass liebestrunkene Freunde wirklich zu nichts nützlich waren. Jeder Funke Logik stürzte sich freiwillig aus dem Fenster. Blieb nur zu hoffen, dass er selbst nie in Versuchung kam.

Gefühle waren ein Berufsrisiko, das Edward nicht eingehen würde. Es bedurfte eines kühlen Kopfes, wenn man sich nicht in den lusterfüllten Augen eines Freiers verlieren und in einem Labyrinth aus Liebe und Knechtschaft verrennen wollte. Meist brach Edward solche Beziehungen ab, bevor sein Gegenüber auf den Gedanken kam, Anspruch auf seine Zeit und vor allem sein Herz zu erheben.

Gedankenversunken setzte Edward zu trinken an, fand jedoch nichts als Luft im Glas. Aus dem Nichts schob sich eine Hand in sein Sichtfeld, die Finger fest um einen Krug Punsch geschlungen. Der Hand folgte ein kräftiger Arm und auf den breiten Schultern saß ein rundes Gesicht mit einem Schnauzer, für den andere Männer ihre Frau gegeben hätten. Tiefschwarz und tadellos gestutzt, erinnerte er an die Mähne eines Englischen Vollbluts, fein herausgeputzt für das nächste Pferderennen.

»Meine Rettung!« Edward seufzte und nahm den Punsch dankend entgegen. »Ich sah mich schon verdursten.«

Der Bart zuckte, gleichzeitig trat ein amüsiertes Funkeln in die Augen des Mannes.

»Das wollen wir vermeiden«, erwiderte dieser mit einem deutlichen amerikanischen Akzent.

Zwischen all den gestochen scharfen Worten der Adeligen war die sanftere Sprechweise des Amerikaners eine angenehme Abwechslung für Edwards Ohren.

London war ein Flickenteppich aus Sprachen und Dialekten, und Edward genoss es, durch Holborns und Sohos Straßen zu wandern und aus jedem Fenster mit fremden Lauten beschallt zu werden. Da war das kecke Italienisch der Straßenkünstler, das kehlige Jiddisch der Kaufmänner sowie das zornige Griechisch der Großmütterchen, die ihre Enkel zum Abendessen von der Straße riefen. Darunter mischten sich Dialekte aus allen Ecken des Königreichs. Es ergab ein buntes Konzert, dem Edward immer mit Vergnügen lauschte, wenn er sich nebenbei der einen oder anderen Redewendung einer fremden Zunge bereicherte. Wenn sich die Chance bot, teilte er sie wieder aus wie ein besonders kostbares Mitbringsel und erschlich sich so gekonnt den Gefallen seines Gegenübers.

Den Amerikaner hatte er dabei schon in der Tasche. Erschleichen musste er sich hier nichts mehr, im Gegenteil. Jetzt galt es, die Aufmerksamkeit zu genießen, die ihm heute zuteilwurde, wenn auch nur in Maßen. Schließlich befanden sie sich auf einem Ball. Spitze Ohren und Adleraugen gab es hier zur Genüge. Keine Geste blieb je unbeobachtet, und aus der noch so kleinsten Berührung entstanden gar prächtige Märchen.

»Es freut mich, Sie wiederzusehen. Man geht schnell unter bei einer Feier solcher Größe«, sagte der Amerikaner, »Sie jedoch stechen hervor.« Der Mann verschwendete seine Worte nicht. Die brüske Art wirkte charmant auf Edward, wo Direktheit heutzutage so unschicklich geworden war.

Ihm selbst war das bereits vorhin aufgefallen, als Lady Montagu sie miteinander bekannt gemacht hatte. Der Fremde hatte sich als Leslie Browne vorgestellt und Edward mit einem taxierenden, aber nicht unfreundlichen Blick die Hand gereicht. Nun war er zurück, unzweifelhaft um eine Antwort auf die Fragen zu erhalten, die er sich in Anwesenheit der Lady nicht zu stellen getraut hatte.

Edward packte die Gelegenheit beim Schopf und ließ ein wissendes Lächeln auf seinen Lippen erscheinen.

»Die Freude ist ganz meinerseits.«

Wenn er Lady Montagu richtig einschätzte, war es genau diese Art der Ausschweifung, die ihrem Ball noch fehlte.

»Bälle gehören nicht zu meiner bevorzugten Abendunterhaltung«, bekundete Browne, nachdem er Edwards Kompliment mit einem Prost entgegengenommen hatte.

Edward selbst war versucht, ihn zu fragen, womit er seine Zeit lieber verbrachte, biss sich aber wohlweislich auf die Zunge. Schließlich hatte er sich soeben noch geschworen, seine weniger anständigen Gedanken hinter Schloss und Riegel zu halten.

»Was bringt Sie dann hierher?«, erwiderte er stattdessen.

»Meine Frau«, antwortete sein Gegenüber.

Edward war der Ehering nicht entgangen. Silbern lag er um Brownes Ringfinger, und ein einziger Blick genügte, um zu wissen, dass er keinesfalls neu war. Das Metall war matt gescheuert, die Jahre hatten seine Oberfläche mit feinen Kerben versehen. Edward dachte, dass dies die Hände eines Mannes waren, der anpackte, anstatt andere für sich arbeiten zu lassen. Er fragte sich, was sie so alles mit seinem Körper anstellen konnten. Zu gerne würde er die kräftigen Finger und rauen Schwielen auf seiner Haut spüren.

»Ihre Frau ist auf dem Ball?«, fragte Edward und suchte die Menschen vor ihm nach einer Dame ab, die ihm besonders amerikanisch erschien.

Er war nicht weiter beunruhigt, dass es eine Ehefrau gab. Die meisten Männer, die ihn aufsuchten, sollten das Bett einer anderen teilen, und bisher hatte es keiner von ihnen gewagt, seine Gattin an ihrem Vergnügen teilhaben zu lassen. Die Anwesenheit einer Misses Browne auf demselben Ball, den der Gatte zum Fremdfischen nutzte, gab Edward Rätsel auf. Er wusste nicht, ob es Grund genug war, nervös zu werden.

»Sie liebt die Abwechslung, und damit meine ich nicht die Musik.«

Edward starrte ihn verwirrt an, und Browne sah unverfroren zurück, als sei die Sache offensichtlich.

»Wer siebzehn Jahre die gleiche Suppe aufgetischt bekommt, schaut sich irgendwann nach anderen Speisen um, Mister Arden. Heute Nacht sitzen wir an getrennten Tafeln.«

Die sexuellen Vorlieben anderer Menschen überraschten Edward selten, dafür hatte er schon zu viel Zeit in der Hauptstadt verbracht. Man hörte und sah mehr, als manch ein Magen vertragen konnte, vor allem in seinem Gewerbe, wo die Gelüste gut betuchter Männer zur Währung wurden.

Es war nicht ungewöhnlich, wenn sich eine verheiratete Dame nach der Geburt eines männlichen Erben einen Liebhaber zulegte. Ihr Teil des Vertrags war somit erfüllt.

Georgiana Cavendish, einst die Duchess of Devonshire, war zu ihren Lebzeiten berüchtigt gewesen für ihr stürmisches Liebesleben. Wenn man den Gerüchten glaubte, war sie selbst einer Ménage-à-trois nicht abgeneigt gewesen.

Misses Browne folgte, wenn man so wollte, einer gar englischen Tradition. Und Edwards Faszination für ihren Ehemann wuchs stetig.

»Dann hoffe ich, sie findet das Bankett zufriedenstellend«, sagte Edward, und deutete mir einer ausholenden Geste auf die Versammelten. Brownes Lippen zuckten unter seinem Bart, was ein angenehmes Kribbeln in Edward auslöste.

»Daran habe ich keinen Zweifel. Sie ist nicht wählerisch«, erklärte er, »ich hingegen schon.«

Und was er sah, traf ins Schwarze, was Brownes Geschmack anging, so viel war Edward bewusst.

Der Amerikaner zog eine Taschenuhr hervor und studierte sie abschätzend.

»Ich denke, weitere zwanzig Minuten werden reichen, dann hatte ich für eine Saison genug von Bällen. Zum Glück steht meine Kutsche stets bereit«, verkündete Browne in einem Ton, als würde er über das Wetter plaudern.

»Meine Zeit hier ist ebenfalls gezählt«, erwiderte Edward gut gelaunt. »Noch mehr von diesem Punsch, und ich lande kopfüber in einer Topfpflanze.«

Browne ließ ein Schmunzeln erkennen, bevor er sich knapp verbeugte.

»Mister Arden«, sagte er und schüttelte ihm zum Abschied die Hand. Der Händedruck war kräftig, fast geschäftsmäßig, als schlössen sie in diesem Moment eine Abmachung. Edward dachte für sich, dass dies eine akkurate Einschätzung der Situation war. Er beobachtete, wie Browne sich einen Weg durch die Massen bahnte, dann drückte er sein Glas einem jungen Burschen in die Hand. Er hatte zwanzig Minuten, um Sally zu finden. Dann wartete eine Kutsche auf ihn.

Zuerst suchte Edward den Speisesaal auf, doch weder hier noch im Billardzimmer waren Sallys und Amelias Köpfe unter den scherzenden und flirtenden Gästen zu finden. Auch im Kartenzimmer ging er leer aus. Im letzten Raum verharrte er, obwohl die Gesellschaft übersichtlich und gänzlich Sally-los war. Das Zimmer erstrahlte von Kopf bis Fuß in Blautönen, angefangen bei den Vorhängen über den Sofabezug und schließlich bis hin zur Decke, welche den offenen Himmel widerspiegelte. Doch die Krönung des Raumes war ein goldener Adler, der an einem Kronleuchter über den Köpfen der Gäste seine Kreise zog. Edward war gegen seinen Willen beeindruckt. Die Extravaganz der Oberschicht sollte ihn längst nicht mehr überraschen, doch schien sie keine Grenzen zu kennen. Es war unmöglich, nicht ins Staunen zu kommen.

Erst als er den taxierenden Blick eines blonden Dandys auf sich spürte, der mit seiner korallengeschmückten Partnerin auf einem der Sofas fläzte, fiel ihm die Suchaktion wieder ein, und er ließ den blauen Raum hinter sich. Zurück in der von weiteren Säulen geschmückten Lobby stieg er schnellen Schrittes die ausladende Treppe hinab und wich dabei einer Unzahl betrunkener Leute aus, in Gedanken schon bei den Räumen im Erdgeschoss. Zwar fand sich immer ein schattiger Winkel, der bestens für zwei Turteltauben geeignet war, doch gab es weit mehr paarungsbereite Vögel als Rückzugsorte auf diesem Ball. Möglicherweise waren die beiden schon längst ins nächtliche London entschwunden, das besseren Schutz vor ungewollten Blicken bot als diese Party.

Er bemerkte kaum, wie sich ihm jemand auf der Treppe in den Weg stellte. Jeder Einhalt kam zu spät. Schnurstracks rannte er in den Fremden hinein. Er war sich fast sicher, dass der Mann ihn mit Absicht gerammt hatte, und fing sich sofort, doch der andere geriet ins Taumeln.

Eine eiserne Hand legte sich um Edwards Herz und drückte schmerzhaft zu. Alle Luft entwich aus seinen Lungen. Vor seinem inneren Auge sah er ein Durcheinander von Körperteilen am Fuß der Treppe liegen.

Im letzten Moment griff Edward zu. Er packte eine Handvoll Stoff und riss den Fremden schroff zurück.

Ein Paar jadegrüne Augen blickte ihm voller Entsetzen entgegen. Sofort wich die Furcht, und an ihre Stelle trat ungehaltener Zorn. Ruckartig befreite sich der Gentleman aus Edwards Griff, und Edward erkannte den Lord, dessen Verlobte vom Unglück verfolgt waren. Sein Name lag ihm auf der Zunge, doch der genaue Wortlaut wollte ihm nicht einfallen.

»Finger weg«, zischte der Lord.

Sein Atem trug den unverkennbaren Geruch von Lady Montagus gemeingefährlichem Punsch. Der Lord war ordentlich betrunken. Sie standen noch immer Brust an Brust, doch Edward sah es nicht ein, diesem aufgeblasenen, sturzbesoffenen Söhnchen auch nur einen weiteren Zoll an Boden zu gewähren.

»Nur wenn Sie versprechen, sich nicht noch mal von der Treppe zu stürzen«, entgegnete Edward mit entschiedener Höflichkeit.

»Vom Stürzen kann keine Rede sein. Ein Trampel wie Sie sollte sich nicht auf gehobene Bälle verlaufen.«

So langsam fand er Gefallen an diesem kleinen Spiel. Sein Gegenüber war betrunken und auf Krawall gebürstet, doch keinesfalls unansehnlich. Edward gefiel, was er sah. Er zauberte sich ein Lächeln auf die Lippen, das Unbefangenheit vortäuschen und den Lord zusätzlich reizen sollte.

»Und der feine Sohn eines Marquess sollte nicht so tief ins Glas schauen, wenn er keine öffentliche Blamage riskieren will«, spottete Edward.

Mit Genugtuung erkannte er, dass er den Lord um einen halben Kopf überragte und dieser somit gezwungen war, zu ihm aufzuschauen. Dieses Ungleichgewicht fiel dem Lord nun auch auf. Er trat einen schwankenden Schritt zurück und strich sich entrüstet die Weste glatt. »Sie sollten vorsichtig sein. Was man nicht ersetzen kann, sollte man auch nicht zerbrechen. Und Sie können sich weder eine neue Weste noch meinen Arzt leisten«, spie er ihm entgegen.

Der Lord war sich seiner und vor allem Edwards gesellschaftlicher Stellung wohl bewusst und schien es zu genießen, ihn an seinen Platz zu verweisen. Der Seitenhieb traf sein Ziel.

Wenn man sein halbes Leben damit verbracht hatte, eine Illusion aufzubauen, war es ein grausames Erwachen, wenn jemand derart schnell hinter die Fassade sah.

Edward ließ sich den Sturm, der in seinem Inneren tobte, nicht anmerken. Er wollte dem unverschämten und unverschämt gut aussehenden Hochgeborenen nicht die Genugtuung geben, ihn verunsichert zu haben. Er zwang sich zur Ruhe und schlug einen kühlen Ton an.

»Und wer alles ersetzen kann, kennt nichts außer Zerstörung«, erwiderte er.

Ohne auf eine Reaktion zu warten, stieg er die letzten Stufen hinab und ging auf das Eingangsportal zu. Sally und Amelia würden ohne ihn auskommen müssen.

Erhobenen Hauptes schritt er durch die offene Tür hinaus in die Dunkelheit. Die Nacht war lau, doch Edward begrüßte das Gefühl frischer Luft auf seiner erhitzten Haut. Alles war besser als die stickige Atmosphäre der Argyll Rooms und die Hohlköpfigkeit ihrer Gäste. Doch auch der Szenenwechsel konnte das Bild des wutentbrannten Lords nicht aus seinem Gedächtnis vertreiben. Wie Edelsteine funkelten die grünen Augen durch die Finsternis und trieben ihm erneut Hitze in die Wangen. Edward kämpfte mit seiner Krawatte, die auf einmal viel zu eng saß und ihm die Luft abschnitt. Genervt riss er sie sich vom Hals.

Melville, das war sein Name.

Die plötzliche Erinnerung brachte sein Blut zum Kochen. Was ihn mehr aufbrachte als die unverhohlene Arroganz, die ekelerregende Selbstgefälligkeit dieses Lords, war jedoch die Tatsache, dass in seiner Brust ein verräterisches Feuer brannte, eine Art Hunger, den er nicht stillen oder ignorieren konnte. Es war ein unverkennbares Zeichen, dass sein Körper sich nach etwas verzehrte, was sein Kopf bereits abgeschrieben hatte. Was er brauchte, war Ablenkung. Und es gab einen Weg, seine Gedanken zumindest für ein paar Stunden zum Schweigen zu bringen.

Entschlossen trat er auf die Straße und folgte ihr, bis das Licht der Gaslaterne mit der Finsternis verfloss. Knapp außerhalb des Lichtkegels wartete ein schwarzes Pferdegespann. Die Tür zur Kutsche stand halb offen und Edward erkannte hinter der Glut einer Zigarre den vertraulichen Anblick eines Schnauzers.

»Ich bin teuer«, sprach er.

Für einen Moment verharrte der rot glühende Punkt in der Luft. Dann wurde die Zigarre in einer lässigen Geste ausgestoben. Mister Browne beugte sich vor und stieß die Tür vollends auf.

»Und ich bin reich«, sagte er, wobei er Edward eine Hand anbot. Edward ergriff sie, ohne zu zögern. Die Tür fiel zu, und die Kutsche trug sie weg von dem lüsternen Ball, wo der Wein wohl noch bis zum Morgengrauen in Strömen floss.

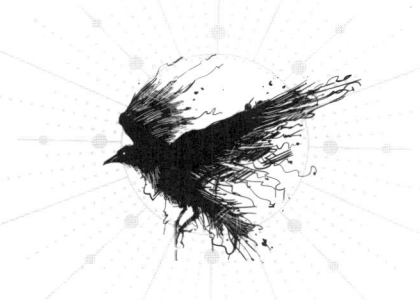

Die Seele eines Waschweibs

Meist blieb Freddy von Katern verschont, egal, wie viel Gin, Wein oder Whisky er sich in den Rachen kippte. Lady Montagus Punsch aber folgte seinen eigenen Regeln. Selbst sein sonst traumloser Schlaf blieb nicht von dessen Einfluss verschont.

Er wälzte sich die ganze Nacht von einer Seite zur anderen, wurde von wirren Bildern heimgesucht, in denen blaue Kleider über blaue Fliesen huschten und unter blauem Himmel Kreise um einen Mann mit blauen Augen tanzten. Die Bilder begannen zu pulsieren und zu verschwimmen. Der Traum war von einer eindringlichen Natur, wild und warm. Er wollte aufwachen, dieser irrsinnigen Welt entkommen, während ein anderer Teil von ihm sich in der Wärme rekelte und die Farben genoss.

Er wünschte, die Sonne würde sich wieder hinter die Vorhänge verziehen und aufhören, ihn an der Nase zu kitzeln. Doch letztendlich war es nicht das Licht, das ihn endgültig aus dem Traum riss. Seine Laken waren feucht vor Schweiß, doch besonders um seine Hüften klebten sie an ihm wie eine zweite Haut.

Mit einem Mal schlug er die Augen auf und warf die Decke zurück. Das dichte Haar in seinem Schoß glänzte verräterisch und auf dem Stoff zeigte sich ein dunkler Fleck.

Wie von einer Wespe gestochen, floh er ins Bad.

Das Wasser hatte die beißende Hitze bereits verloren, als er sich überstürzt in die Wanne sinken ließ, doch die Morgenwäsche half dabei, die verstörend blauen Bilder zu vertreiben.

Am liebsten hätte er den ganzen Tag hier gesessen. Der Gedanke, dass er letzte Nacht einen feuchten Traum gehabt hatte, trieb ihm die Hitze ins Gesicht. Er tauchte unter und hielt die Luft an, bis er schwarze Flecken vor den Augen sah. Alles war besser als Blau.

Er hatte seit seiner Jugend keinen Unfall dieser Art mehr gehabt, und selbst dann war es eine Ausnahme gewesen. Heute war er zweiundzwanzig. Zweiundzwanzigjährige Männer hatten sich unter Kontrolle. Er weigerte sich, die Tatsache seines Fauxpas zu akzeptieren, und versprach sich selbst, von nun an die Finger vom Punsch zu lassen.

Beim Ankleiden bestand er darauf, dass der Kammerdiener den Raum verließ. Er würde sich allein in die Kniebundhosen zwingen. Zwar kämpfte er für geschlagene zehn Minuten mit den Knöpfen seines Hemdes, doch der Gedanke, dass jemand anderes ihn an diesem Morgen berührte, war ihm zuwider.

Als Freddy schließlich aus dem Zimmer trat und der Kammerdiener die zusammengeknüllten Laken auf dem Boden sah, warf dieser ihm einen unverhohlen verwirrten Blick zu.

»Nass geschwitzt«, presste Freddy hervor und floh die Treppen hinab.

Ordentlich herausgeputzt, trat er ins Esszimmer und fand zu seinem großen Leid die Familie versammelt vor. Er war versucht, ihnen sofort wieder den Rücken zuzudrehen, entschlossen, das Frühstück auf sein Zimmer zu ordern, doch seine Ankunft blieb nicht unbemerkt.

»Freddy«, rief seine Schwester Florence, und ihre sonst so liebliche Stimme kam ihm ungewohnt grell vor, »dein pünktliches Erscheinen macht mich zu einer reichen Frau! Cousin Brock war überzeugt, du würdest uns heute nicht vor Sonnenuntergang mit deiner Anwesenheit beglücken. Seine Fehleinschätzung kostet ihn ein halbes Pfund.«

Freddy ließ sich auf den Stuhl am Kopf der Tafel fallen und griff nach Speck und Eiern, ignorierte aber das Butterschmalz. Etwas an dem Anblick stieß ihm unangenehm auf.

»Du bist bereits eine reiche Frau«, brummte er, »kein Grund, den armen Brock so auszunehmen, es sei denn, du hast vor, ihn zu heiraten.«

Ohne den Kopf vom Teller zu heben, wusste er, dass Tante Marian ihm einen bösen Blick zuwarf. Er linste zu Brock hinüber, dem das Schmalz vom Messer fiel und den Teller weit verfehlte. Francis, der neben Brock saß, grinste unverhohlen.

»Die geschmacklosen Witze deines Bruders beiseite«, begann Tante Marian, und ihr Ton triefte vor Missbilligung, »hat er nicht unrecht. Mister Brock weiß sein Vermögen besser anzulegen, und überhaupt solltet ihr eurem Bruder ein besseres Vorbild sein. Er ist leicht zu beeindrucken.«

Sie versetzte Francis einen strengen Blick, und er senkte die Augen auf das Porzellangeschirr.

Drei Sätze. Mehr brauchte Tante Marian nicht, um sie alle zu rügen. Dabei hatte der Tag kaum begonnen. Wenn sie erst richtig in Fahrt kam, gab es kein Entkommen.

Florence schien sich keiner Schuld bewusst.

»Cousin Brock ist ein erwachsener Mann. Wenn er meint, gegen mich wetten zu wollen, muss er auch den Verlust verkraften«, sagte sie und steckte sich keck ein Stück Toast in den Mund. Es gab keinen Grund, besorgt zu sein. Brock war nicht vermögend genug, als dass eine Heirat wirklich infrage käme. Florence' Mitgift lag außerhalb von

Brocks Reichweite und ihre Kinder würden keinen Adelstitel tragen. Eine in allen Umständen äußerst unvorteilhafte Verbindung.

»Wetten sind unschicklich«, entgegnete Tante Marian schlicht, »vor allem für junge Damen.«

Florence verengte die Augen und Freddy befürchtete, eine Diskussion würde aufkommen über die zweierlei Maß, an denen das Verhalten der Geschlechter gemessen wurde. Dafür war es eindeutig zu früh am Morgen. Freddy schluckte ein Stück Spiegelei hinunter und wollte das Thema gerade im Keim ersticken, als seine Schwester ihm zuvorkam.

»Ich weiß genau, dass Sie mit Mama ständig Wetten abgeschlossen haben. Selbst das Liebesleben der Küchenmagd wurde dabei wohl nicht ausgespart. Sie hat es mir selbst erzählt.«

Tante Marians strenge Gesichtszüge erweichten bei der Erwähnung ihrer verstorbenen Schwester. Sie legte die Gabel ordentlich neben den Teller und tupfte sich die Lippen mit einer Stoffserviette ab.

»Damals waren wir noch junge, naive Dinger. Doch auch wir wurden bald eines Besseren belehrt.« Ihre Worte waren sanft, frei von jeglicher Rüge. Sie schenkte Florence ein Lächeln, und damit war der Streit beiseitegelegt.

Freddy atmete erleichtert auf und griff nach einer Scheibe Toast. Für eine glückliche Minute war nichts zu hören außer dem Klirren von Besteck und Glas – bis Tante Marian das Wort erneut ergriff.

»Wie ich höre, hatten Miss Ailesbury und du auf dem Ball eine schöne Zeit?«

Wären Freddys Beine länger, hätte er Brock unter dem Tisch einen saftigen Tritt versetzt. So musste er es jedoch bei einem anklagenden Blick belassen.

»Es war sehr nett, ja«, antwortete er mit wenig Überzeugung. Tante Marian strahlte.

»Zwei Tänze, wie ich höre?«

Zwei Tänze, die so viel Konzentration erfordert hatten, damit Freddy seiner Partnerin nicht auf die Füße trat, dass sie kaum ein Wort miteinander hatten wechseln können. Die vielen Figuren und Drehungen hatten Freddys alkoholgetränkte Welt ordentlich ins Wanken gebracht.

Um einer Antwort zu entgehen, stopfte er sich ein Stück Toast in den Mund und brummte zustimmend.

Tante Marian war noch immer nicht zufrieden und setzte zu einer weiteren Frage an, da eilte Florence ihm zur Rettung.

»Hast du die Neuigkeiten schon gehört?«, fragte sie – natürlich, ohne besagte Neuigkeiten zu benennen.

»Du meinst auf dem Weg von meinem Zimmer in den Speisesaal? Ich muss die Tratschtantenpost haarscharf verpasst haben.«

Florence nahm gekonnt langsam einen Schluck Tee, um ihn für seine Insolenz zu strafen. Sie genoss es, ihn auf die Folter zu spannen, und er konnte nicht aufrichtig abstreiten, dass es ihn kaltließ. Sosehr er Gerüchte für unter seiner Würde hielt, er verfiel ihnen doch jedes Mal wie ein Möchtegern-vegetarischer Kater, der das Mausen nicht lassen konnte. Am Ende waren Gerüchte doch zu schmackhaft, um vollständig auf sie zu verzichten.

»Spuck es schon aus«, gab er sich resigniert.

Mit einem zufriedenen Lächeln stellte Florence die Tasse auf den goldgerahmten Unterteller zurück.

»Es gab einen Diebstahl. Auf Lady Montagus Ball.«

Freddy betrachtete seine Schwester, ohne zu blinzeln. Sie trug ihr rotes Haar in einem losen Knoten und betrachtete ihn abwartend. Er würde ihr ganz sicher nicht jedes Wort aus ihrer spitzen Nase ziehen.

»Eine gewisse Miss Raine befand sich, als sie die Argyll Rooms betrat, noch im festen Besitz ihres Amethyst-Colliers. Als sie einige Stunden später den Ball verließ, waren weder das Halsband noch die dazugehörigen Ohrringe aufzufinden.«

»Die Architektentochter?«, fragte Tante Marian, selbst nicht gänzlich immun gegen Gerüchte.

»Ganz wohl«, bestätigte Florence.

»Dann wird sie problemlos eine Nachbildung in Auftrag geben können, ohne auch nur den geringsten Verlust in ihrer Börse zu verspüren. Nun ja, Mister Raine wird wohl dafür aufkommen.«

»Freddy! Es war ein kostbares Erbstück!«

Freddy zuckte mit den Schultern.

»Wer nicht mit kostbaren Erbstücken vor die Tür treten kann, ohne sie zu verlieren, hat sie gar nicht erst verdient.«

»Sie hat sie nicht verloren, sie wurden gestohlen«, warf Francis ein.

Freddy sah seinen Bruder an, der mit seinen fünfzehn Jahren wie eine unscharfe Ausgabe von ihm aussah. Er würde erst noch in die der Familie eigenen kantigen Gesichtszüge hineinwachsen müssen. Das Einzige, das die Brüder sonst unterschied, war ein dicht gesäter Teppich von Sommersprossen, die vergnügt auf Francis' Nase tanzten. Ein Erbe, das Freddys Mutter nur ihrem Jüngsten vermacht hatte und welches Francis regelmäßig Häme einbrachte. Trotzdem kam Freddy nicht umhin, den Bruder darum zu beneiden. Es war ein unbezahlbares Erbstück; eine Verbindung zu einem nunmehr unerreichbaren Menschen, die Freddy verwehrt geblieben war.

Für einen Wimpernschlag verspürte Freddy einen Anflug von Verständnis für seinen Vater, der nach dem Tod seiner Frau vor sieben Jahren so sehr in Trauer versunken war, dass er den Anblick seiner eigenen Kinder nicht mehr ertragen konnte. Sie sahen ihrer Mutter zu ähnlich. Das Mitgefühl versiegte jedoch prompt wieder, denn anstatt sich um seine ebenfalls trauernden Kinder zu kümmern, hatte der Marquess sie ihrer Heimat beraubt und nach London abgeschoben, wo von da an Tante Marian für ihr Wohlergehen zuständig war.

»Und du warst selbstverständlich dabei, als der Dieb mir nichts, dir nichts das Collier von Miss Raines Hals gelöst und den Schmuck von ihren Ohren gezaubert hat, ja?«, wollte Freddy von Francis wissen. »Klingt für mich ganz danach, als hätte Miss Raine ein bisschen zu tief ins Glas geschaut. Außerdem ist es kein Geheimnis, dass auch junge Damen der Verlockung von Opium nicht abgeneigt sind.Oder sich in fremden Tüchern gewälzt und es dabei etwas zu wild …«

»Noch ein Wort, Freddy, und du verbringst den Rest des Tages auf deinem Zimmer!«, fuhr Tante Marian dazwischen.

Freddy sah sie überrascht an. Die Zeit, in der sie ihn auf sein Zimmer schicken konnte, wenn er sich ihren Zorn eingeholt hatte, war längst vergangen.

Francis prustete los, schaffte es jedoch gerade noch, seinen Ausbruch in ein Husten zu verwandeln. Florence grinste in ihren Tee und selbst Brock konnte seine Belustigung nicht vollends verstecken.

Tante Marians Kiefermuskeln zuckten, als würde auch sie gleich in ein Lachen ausbrechen, doch sie wahrte die Contenance. »Dieses Geschwätz kannst du dir für Herrenrunden sparen. Am Esstisch, und vor allem vor deinen Geschwistern, hat es nichts zu suchen.«

Freddy ließ das Besteck nachlässig auf den Teller fallen und nahm einen kräftigen Schluck Tee.

»Und damit verabschiede ich mich in den Klub.«

Er erhob sich und sah seinen Cousin fragend an.

»Peni…, ich meine, Brock?«

Besagter tupfte sich die Finger an einer Serviette ab und schüttelte vorsichtig den Kopf.

»Ihre Schwester versprach, mich durch den Hyde Park zu führen und bei Gelegenheit ins ägyptische Museum.«

»Wie Sie mögen. Viel Spaß bei der Leichenschau!«, rief er auf dem Weg aus dem Speisesaal.

Es war ihm nur recht, dass Brock nicht wie eine Klette an seinem Arm hing. Davon hatte er letzte Nacht genug gehabt. Der Cousin hatte alles in seiner Macht Stehende getan, um den Abend so schnöde wie möglich zu halten. An skandalöses Verhalten war kaum zu denken gewesen. Brock war der Neffe, den Tante Marian sich immer in Freddy gewünscht hatte, höflich und gänzlich ohne Widerworte.

Nur einen einzigen Moment, als Brock seine Blase von all dem Alkohol, den Freddy ihm aufgedrängt hatte, erleichtern musste, war Freddy allein gewesen.

Bei dem Gedanken an den Zusammenprall mit dem blonden Zieraffen kochten die Emotionen sofort wieder in ihm hoch. Stark wie ein besonders fieses Hexengebräu. So genau wusste er gar nicht, was es war, das er da fühlte; zu wirr war die Erinnerung an letzte Nacht. Doch er wurde den sauren Nachgeschmack nicht los.

Freddy ließ sich Zylinder und Frack bringen, bevor er den Weg antrat. Um zur St. James's Street zu gelangen, musste er den Berkeley Square überqueren und nur wenige Minuten gen Süden laufen, bevor er sein Ziel erreichte. Der Adel hatte es gern bequem, und so war kein Etablissement weiter entfernt als unbedingt nötig.

Auch die Räumlichkeiten des White's sparten nicht an Annehmlichkeiten. Von feinsten Schokoladen zu frischem Wild über Zigarren und Wein aus aller Welt; im Klub sorgte ein tadelloses Gespann an Hauspersonal dafür, dass kein Wunsch unerfüllt blieb. Noch dazu blieben die Türen für Emporkömmlinge und Neureiche fest verschlossen. Das White's war ein Etablissement, dessen Zutritt einem Mann entweder in die Wiege gelegt oder ewiglich verweigert wurde.

Dahergelaufene Fatzken mit mehr Ringen an einer Hand als Verstand im Kopf würden niemals über die Türschwelle treten. Hier konnte ein Mann durchatmen, in gleichgesinnter Gesellschaft die Seele baumeln lassen, die Schlinge von Erwartungen und Pflichten ablegen, welche sich einem stetig enger um den Hals zog und langsam die Luft abschnürte.

Der Nebel in Freddys Kopf hatte sich nach dem kurzen Spaziergang durch Mayfairs verregnete Gassen endgültig geklärt, auch wenn ihm bei dem Gedanken an seinen morgendlichen Unfall noch die Schamröte ins Gesicht stieg.

Mit leicht geröteten Wangen sprang er über eine Pfütze, erklomm die Stufen des Klubs und schritt an dem Portier vorbei in den Morgenraum. Das Zimmer war in dunkles Holz gekleidet und ausgeschmückt mit Ledersesseln, die zu einem gemütlichen Plausch und einer Tasse Kaffee einluden.

Alles war wie immer, wäre da nicht der ungewohnte Anblick, der sich vor dem Erkerfenster bot. Beau Brummell, der Inbegriff von Stil und Eleganz, an dem sich jeder Gentleman, der etwas auf seine Erscheinung hielt, messen sollte, war nicht an seinem angestammten Platz. Dort, auf dem meistbegehrten Sitzplatz des Klubs, thronte heute ein anderer.

Freddy blieb kaum Zeit, über diese Neuentwicklung nachzudenken, denn auch sein Stammplatz war besetzt. In der Ecke des Saals, wo Freddy meist ungestört Zeitung las, an einem mit Porzellan besetzten Tisch aus Mahagoni, saß ein Gentleman mit tintenschwarzem Haar und beobachtete still das Getümmel am Erkerfenster. Als Freddy ruckartig vor ihm stehen blieb, sah der Mann auf, und Freddy bemerkte den intensiven Blick und den fein geschwungenen Amorbogen seiner Lippen. Er verdrängte den Gedanken so schnell, wie er aufgekommen war.

»Lord Sims«, sagte Freddy gar freundlich, wenn man bedachte, dass der Mann sich im Sessel geirrt hatte.

»Lord Melville«, entgegnete Peregrine Sims, »habe ich Ihnen den Platz geklaut?«

Seine Stimme war so wohltuend, dass jegliche Irritation Freddys sofort verpuffte. Lord Sims war im Begriff, den Sessel freizugeben, doch Freddy hob beschwichtigend die Hand.

»Aber nein«, antwortete er, »ich war soeben dabei, Sie zu fragen, ob ich Ihnen Gesellschaft leisten kann.« Dabei deutete er auf den zweiten Sessel, und Lord Sims nickte zustimmend.

»Entschuldigen Sie meine Unverschämtheit«, sagte Sims. »Es scheint, als läge ein Gefühl von Umschwung in der Luft, und ich habe mich zu sehr davon mitreißen lassen.« Er ließ den Blick zum Erkerfenster gleiten. Freddy folgte ihm mit seinen Augen.

»Brummell hat wohl die Fliege gemacht«, bemerkte Freddy.

»Und Baron Alvanley ist so gütig und hält ihm den Platz warm«, bestätigte Lord Sims.

»Wenn man sich die Ungnade des Prinzregenten und dessen Freunden zuzieht und sein gesamtes Geld mit Krawatten aus Spinnenseide verprellt, bleibt am Ende nicht mehr viel übrig außer die Flucht über den Ärmelkanal.« Dabei klang der Lord nicht schadenfreudig, obwohl er allen Grund dazu gehabt hätte. Als Sohn eines englischen Earls und einer Inderin aus den Kolonien stach er zwischen all den bleichen Gesichtern hervor. Weder Beau Brummell noch der Alvanley hatten Sims mit offenen Armen empfangen, und da ihr Verhalten das der Leute maßgeblich beeinflusste, bewegte Sims sich in einem Meer aus kalten Schultern.

Freddy dachte für sich, dass Sims nicht mehr lange warten musste, bis auch der Baron von seinen Schulden verschluckt wurde. Wer meinte, sich Ansehen jeden Tag neu erkaufen zu müssen, würde die Schatzkammer irgendwann leer vorfinden. Das mit der Spinnenseide hielt er jedoch für ein Gerücht, obwohl es kein Geheimnis war, dass Beau Brummell einen teuren Modegeschmack entwickelt und weit über seinen Möglichkeiten gelebt hatte.

»Wir lästern doch nicht etwa?«, sagte eine Stimme zu Freddys Linken.

Er hob den Kopf und erkannte Sidney Sykes, der sich mit einer Hand auf Freddys Lehne stützte und in der anderen ein Glas Whisky schwenkte. Freddy bewunderte ihn für seine Bereitschaft, nur Hemden zu tragen, die so sehr gestärkt waren, dass man damit Augen ausnehmen konnte. Sykes gehörte in denselben Topf wie Brummell und der Baron; sie verbrachten allesamt zu viel Zeit mit ihren eigenen Spiegelbildern.

»Von Lästereien weiß ich nichts«, erwiderte Lord Sims.

»Wir bedauern lediglich, dass es all unsere Freunde plötzlich nach Frankreich zieht. Erst rennt Lord Byron Hals über Kopf davon, und nun folgt unser hochgeschätzter Beau seinem Beispiel«, ergänzte Freddy.

Er mochte Sidney Sykes, hatte mit ihm eine Schlafkammer in Eton geteilt, doch das selbstgefällige Getue ging ihm gegen den Strich.

Sykes sah ihn mit gerunzelter Stirn an.

»Wussten Sie, dass Ihr Name es ins Wettbuch geschafft hat?«

»Man wettet viel, wenn der Tag lang und die Börse tief ist«, sagte Freddy, doch ihm schwante nichts Gutes.

Florence war nicht die Einzige, die Spaß daran hatte, aus dem Schicksal anderer Gewinn zu schlagen. Jegliche Wetten, die im White's abgeschlossen wurden, fanden sich im Wettbuch wieder, wo der Einsatz ordentlich vermerkt war. Dabei wechselten Unsummen die Hände. Von Schildkrötenrennen über Gerichtsurteile zu heimlichen Affären und königlichen Stimmungsschwankungen – die Herren liebten das Glücksspiel.

»Lord Alvanley glaubt, Sie würden noch in den nächsten zwei Wochen um Miss Ailesburys Hand anhalten, doch ich konnte ihm nicht zustimmen«, erklärte Sykes, obwohl Freddy ihn nie nach den Umständen der Wette gefragt hatte.

»Ich denke, die Arme wird leer ausgehen. Dabei gäben Sie so ein hübsches Paar von Rotschöpfen ab.«

Lord Sims warf erst Freddy, dann Sykes einen empörten Blick zu. Ob er es als unschicklich befand, so über eine Dame zu sprechen, oder die Aufrichtigkeit von Freddys Heiratsmotiven hinterfragte, wusste Freddy nicht, doch er hatte keine Lust, sein Verhältnis zu Elizabeth Ailesbury zu diskutieren.

»Es wundert mich, dass meine Privatangelegenheiten solche Kreise ziehen, wo letzte Nacht vor unser aller Augen ein Raub stattfand. Ich hörte, die arme Miss Raine sei ganz außer sich.«

Es war das Erstbeste, was ihm einfiel. Wer Miss Raine war oder in welchem Gemütszustand sie sich befand, war ihm egal. Hauptsache, er konnte aufhören, über Elizabeth Ailesbury nachzudenken.

Sykes nahm einen Schluck Whisky, bevor er den Blick zu Freddy senkte.

»Miss Raine? Die Jüdin mit den Rehaugen und den äußerst üppigen Hüften?«

Bei den Worten regte sich etwas in Freddys Hirnwindungen. Vor seinem inneren Auge sah er eine junge Frau mit runden Wangen und dunklen Augen, tief ins Gespräch vertieft mit einem Mann, der Freddy seit dem vorigen Abend nicht aus dem Kopf gehen wollte. Plötzlich flammte sein Interesse auf.

»Es würde mich nicht wundern …«, begann er und legte eine künstliche Pause ein, die ihren Zweck nicht verfehlte.

»Haben Sie etwas gesehen?«, fragte Peregrine Sims neugierig.

Auch Sykes lehnte sich interessiert vor.

»Es gab da einen Herrn. Hochgewachsen, hellblondes Haar, mit Ringen behängt, als sei er eine gut betuchte Witwe mit Minderheitskomplex. Er schwirrte den ganzen Abend um sie herum.«

Freddy wusste nicht, was genau er damit bezweckte. Konnte es sein, dass der Fremde etwas mit dem Edelsteinraub zu tun hatte? Falls ja, sollte jemand dieser Spur nachgehen, und zwar bevor sie sich im Schlamm verlor.

»Sie meinen Edward Arden?«, fragte Sykes.

Freddy zuckte mit den Schultern, als bedeute ihm dieser Name nichts, dabei brannten die zwei Worte sich tief in sein Gedächtnis ein. Edward Arden also. Endlich hatte er einen Namen zu den himmelblauen Augen.

»Wo würde ein Gentleman diesen Edward Arden finden, sollte er seine Gesellschaft suchen?«, erkundigte Freddy sich beiläufig.

Sidney Sykes betrachtete ihn mit geneigtem Kopf und Freddy bekam den Eindruck, dass er irgendetwas an der Frage besonders unterhaltsam fand. Falls dies der Fall war, behielt er den Grund seiner Belustigung für sich.

»Ich bin kein Waschweib, Melville. Was weiß ich, wo der Mann sich rumtreibt?«, antwortete Sykes empört und verlor das Interesse an der Unterhaltung. Er wandte sich zum Gehen, hielt jedoch wieder inne, als wäre ihm noch etwas Entscheidendes eingefallen.

»Wenn man glaubt, was die Leute sagen«, begann er und bewies damit seine Waschweibnatur, »dann lässt er sich von einem Damenschneider in der Field Lane ausstatten. Eigenartig, nicht wahr?«

Freddys Nacken kribbelte vor Genugtuung, doch er ließ sich seinen Triumph nicht anmerken. Stattdessen nickte er bedächtig.

»Äußerst eigenartig«, bestätigte er.

Letzte Nacht besaß er nichts außer einem Knäuel von glühender Wut im Bauch. Heute hatte er einen Namen, einen Ort und ein neues Ziel. Edward Ardens Geheimnisse warteten darauf, gelüftet zu werden.

Das Regelwerk
des Überlebens

Ein Schnarchen riss Edward aus Träumen voll pelziger Raupen, Kronleuchtern aus Amethyst und Adeligen, die nie endende Treppen hin-
unterpurzelten. Er war nur kurz eingenickt, doch sein Geist hatte die
vorübergehende Stille ausgenutzt, um ihn mit bunt zusammengewür-
felten Bildern vom Vorabend zu attackieren.

Edward warf einen Blick zum Fenster und sah mit leichter Unruhe
im Magen, dass der Himmel bereits die Morgenroutine begonnen hatte. Die ersten Blautöne woben sich in den tiefschwarzen Teppich hoch
über Londons Dächern, nicht mehr als die Vorahnung eines Morgen-
grauens. Doch Edward war es Warnung genug.

Er warf das Laken zurück und erhob sich, ohne dabei groß Acht
auf seinen Bettnachbarn zu geben. Der Mann schnarchte mit solcher
Genugtuung, dass ihn so schnell nichts wecken würde.

Der Boden knarzte zögerlich, als sei er die frühmorgendliche Bewegung nicht gewohnt und somit zu träge, um mehr als einen schwachen Seufzer zu produzieren. Der Laut erinnerte ihn an Sir Pembroke,

wenn der Kater wieder mal auf Edwards Kopfkissen döste und Edward ihn ans Fußende scheuchte.

Im spärlichen Licht des sterbenden Kaminfeuers klaubte er Strümpfe, Hemd und Hosen vom Boden und gönnte sich eine Katzenwäsche, wobei das kalte Wasser in der Porzellanschale den letzten Rest Schlaftrunkenheit vertrieb.

Als Edward mit seinen Einnahmen in der Tasche auf die Straße trat, war er nicht sicher, in welchem Teil der Stadt er sich befand. Er konnte nicht allzu weit von den Argyll Rooms entfernt sein, denn die Kutsche hatte sich zügig einen Weg durch Londons mitternächtliche Straßen gebahnt und nur wenige Minuten später vor einem Stadthaus gehalten, dessen Pracht auch nachts unverkennbar war. Mister Browne hatte nicht übertrieben, als er sagte, er sei reich. Die Säulen und Buntglasfenster waren nur eine kleine Vorahnung auf das ausladende Innere des Hauses, doch Edward war zu beschäftigt gewesen, den Herrn des Anwesens seiner Kleidung zu entledigen, als dass er genau hatte hinsehen können.

Es hatte noch nicht fünf Uhr geschlagen. Während die meisten Ballgäste wohl soeben erst in ihre Betten zurückkehrten – wenn überhaupt –, brach für ihn ein neuer Tag an.

Er hatte seine Prinzipien. Ein festes Regelwerk, das ihn über Wasser und vor allem am Leben hielt. Die erste Bedingung, wenn er einem Mann in dessen Schlafkammer folgte, war, dass er sie vor dem Morgengrauen wieder verließ. Somit hatte sein Liebhaber gar nicht erst die Zeit, seine Untat zu bereuen oder, schlimmer, einen Anspruch auf ihn zu erheben, der über ein einmaliges Stelldichein hinausging. Sex war eine Sache, aber gemeinsam schlafen war eine ganz andere Art von Intimität, zumal Edward sowieso selten ein Auge zudrückte, wenn ein fremder Körper neben ihm lag.

Nun kehrte er Mister Brownes Haus den Rücken zu und machte, dass er davonkam, bevor ein Nachtwächter noch auf die Idee kam, er lungere vor dem herrschaftlichen Anwesen herum und versuche, sich Zugriff zu verschaffen.

Das Straßenpflaster glitzerte feucht, und Edward ging vorsichtig, um nicht darauf auszurutschen. Irgendwann zwischen dem Moment, als Mister Browne ihn zwischen seine Beine drückte und als Edward wieder aufwachte, musste es geregnet haben.

Er erreichte eine Kreuzung und erkannte, dass er sich in St. James's befand. Er überlegte kurz, den Heimweg anzutreten, doch der Gedanke an seine leere Kammer betrübte ihn.

Die zweite Regel besagte, dass kein Klient jemals sein privates Heim sehen oder gar wissen sollte, wo er sich schlafen legte. Sollten die Dinge komplett aus dem Ruder laufen, hatte er einen sicheren Rückzugsort. Für Nächte, in denen seine Freier ihn nicht in ihr Heim einladen konnten, hatte Edward eine kleine Wohnung unweit der Schneiderei, die eigens für solche Zwecke bereitstand. Zumal Samuel es ihm nicht danken würde, wenn er über seinem seriösen Gewerbe ein Freudenhaus eröffnete.

Samuel würde bald aufstehen und damit beginnen, seine Assistentinnen durch den Laden zu scheuchen, aber Edward hielt es für unweise, ihm zu so früher Stunde schon auf der Nase herumzutanzen. Der Mann würde ihn kreuzigen.

Auch der Purple Palace war keine Option, denn Edward wollte es vermeiden, in die Ausläufe einer feuchtfröhlichen Party zu stolpern. Der einzige nüchterne Mann in einem Raum voll lüsterner Trunkenbolde zu sein, war keine sonderlich angenehme Vorstellung.

Somit blieb nur eine Option, bis die feineren Gewerbe in Piccadilly ihre Türen öffneten. Edward beschloss, den Weg zu Fuß zu beschreiten. Zeit hatte er genügend.

Er streifte durch die Straßen, während der Nachthimmel gemächlich dahinschied. Die wenigen sichtbaren Sterne erloschen im ersten

Hauch von Tageslicht und auch die Straßen füllten sich allmählich mit Leben. Wirte schmissen die letzten Saufnasen vor die Tür, junge Burschen fegten vor den Schaufenstern und unterdrückten dabei nur selten ein Gähnen. Dienstmädchen und Lakaien rannten zum Händler um die Ecke, damit der Herr des Hauses seinen Kaffee bekam, und Arbeiter aller Art schlurften durch die Gassen, bereit für einen neuen Tag voller Schufterei im Tausch gegen einen Hungerlohn.

Bis auf ein Nicken hier und einen Gruß zum Morgen dort wurde wenig gesagt, und wenn doch, waren die Worte grob, voller Ecken und Kanten, frei von jener Affektiertheit, die jede Silbe der Oberschicht tünchte. Edward ließ sich von dieser Morgenmelodie in den Bann ziehen und spürte, wie sich seine Schultern entspannten und ein frischer Schwung in seinen Schritt kam. Zwischen all diesen unprätentiösen Worten fühlte er sich gut aufgehoben.

Als Edward nach London gekommen war, hatte er schnell lernen müssen, seine Vokale in die Länge zu ziehen, jeder Silbe ihren angestammten Platz zu genehmigen, um ungewollte Fragen nach seiner Herkunft zu vermeiden. Er hatte ein Talent dafür entwickelt, zwischen Zungen zu wechseln wie zwischen den Bettlaken seiner Freier. Kleider machen Leute, doch Worte verwandeln Illusion in Wahrheit. Ein maßgeschneiderter Anzug war herausgeschmissenes Geld, wenn die falsche Mundart aus einem Gentleman einen Hochstapler machte.

Wirklich wohl fühlte Edward sich nur, wenn er die Maske abnehmen, den Kiefer entspannen konnte und die gewohnten Laute seiner Heimat durch die Lücken seiner einstudierten Sprechart schlüpften. Diese Momente konnte er sich nur selten leisten. Es gab einen Grund, warum er seinen Dialekt so tief in sich verbuddelt hatte, dass dieser nur selten das Tageslicht sah. Niemand sollte Edward mit seiner Herkunft in Verbindung bringen. Nicht umsonst hatte er seinen Namen aufgegeben.

Nachdem er eine gute halbe Stunde zielgerichtet, doch ohne Hast, durch St. James's gelaufen war, erreichte Edward eine unauffällige Seitengasse, so schmal, dass zwei Menschen nur nacheinander hindurchpassten. Er folgte dem Lauf der Gasse und erreichte eine Treppe, die sich an das Gebäude schmiegte und im Boden verschwand. Der Pub war leicht zu übersehen, gäbe es nicht das Schild, welches über dem Eingang baumelte und in abblätternder Schrift den Namen The Judge's Folly verkündete.

Ein leichter Nieselregen setzte ein, und Edward flüchtete sich ins Trockene. Es war nicht mehr als ein kastenförmiger Raum mit einer niedrigen Decke, einem Kamin und dem Tresen nahe der Tür. Dahinter stand eine hochgewachsene Frau, die gelangweilt Gläser putzte und die wenigen Gäste ignorierte.

Käthe blickte kaum auf, als Edward eintrat, doch er kannte sie gut genug, um nicht gekränkt zu sein. Er setzte sich in die hintere Ecke des Pubs und musste nicht lange warten, bis sie mit einem Pott Tee für Edward und einem Krug Bier für sich selbst am Tisch Platz nahm, ohne ein Wort zu verlieren. Edward nahm den Tee ebenfalls schweigend entgegen.

So liefen die meisten ihrer Begegnungen ab. Mit Bier, Tee und genügsamer Stille. Edward konnte an einer Hand abzählen, wie viele Fragen sie ihm gestellt hatte. Einmal hatte sie ihn nach den Haustieren seiner Klienten gefragt. Wie er wusste, hörte man alle möglichen Dinge. Countessen hielten Zebras, Barons zähmten Tiger. Edward hatte ihr von einem Mann erzählt, dessen übergewichtiger Affe am liebsten den Papagei durch das Zimmer jagte und ihm die Federn ausriss, wenn er ihn zu fassen bekam.

Ein anderes Mal hatte sie sich erkundigt, ob er sich auch ausreichend schützte. Es hatte eine Minute gedauert, bis ihm die Bedeutung ihrer Frage dämmerte. Sie hatte ihn irgendwann durchschaut, wusste also, wie er seine Nächte verbrachte und dass er nach Schichtende das Judge's Folly aufsuchte, um in Ruhe den Tag anbrechen zu lassen.

Käthe schien sich nicht an seinem Doppelleben zu stören, und da er Vertrauen zu der sanften Riesin in ihrer Schachtel von einem Pub gefasst hatte, zitierte er wahrheitsgemäß die dritte seiner eisernen Regeln: »Wenn es trieft und stinkt, dreh dich um und flieh. Kein Geld der Welt ist es wert, an Syphilis zu verrecken.«

Im Gegenzug hatte er herausgefunden, dass es Käthe aus irgendeinem Grund von Preußen nach England verschlagen hatte, wo sie einen Schankwirt heiratete und nach dessen Tod den Pub übernahm. Käthe, die Frau mit einem Namen wie Zahnschmerzen, weigerte sich, ihn gegen etwas einzutauschen, das ein Engländer aussprechen konnte, ohne sich den Kiefer zu verrenken. Wer sie Kate oder Kathy nannte, würde in ihrem Pub nicht einen Tropfen zu sehen bekommen. Käthe war unbeugsam, und es war diese eiserne Zuverlässigkeit, die eine beruhigende Wirkung auf Edward hatte und ihn immer wieder in ihre Höhle lockte.

In regelmäßigen Abständen erhob sie sich, um einem halb schlafenden Gast den Humpen aufzufüllen oder das Feuer im Kamin neu zu entfachen. Dabei klopfte sie jedes Mal mit der Faust auf den Tisch, nur um kurz darauf zurückzukehren und am Bier zu nippen.

Langsam leerte sich der Pub, bis nur noch ein alter Mann mit trüben Augen in sein Glas starrte. Ab und zu warf er ihnen Blicke zu. Edward wusste nicht, ob aus Neugier oder vielmehr aus Misstrauen. Als er irgendwann ein paar Münzen auf den Tisch legte und einen Mantel überwarf, erkannte Edward, dass er das typische Gewand eines Klerikers trug. Gänzlich in Schwarz gekleidet, mit einer Halsbinde aus zwei rechteckigen Bändern, die zu dieser Stunde lose um seinen Nacken hing, löste der Anblick leichtes Unwohlsein in Edwards Magengegend aus. Vor einigen Jahren wäre er sofort aus dem Pub gestürzt, doch mittlerweile war die Reaktion, wenn er auf Geistliche traf, nur noch ein Echo der Furcht, welche er damals empfunden hatte. Er akzeptierte ihre Anwesenheit in seinem Umfeld, waren sie doch kaum aus der Welt wegzudenken, doch zwischen seinen Beinen hatten sie nichts verloren. Eine weitere Regel, an die er sich eisern hielt.

Er hatte mit Soldaten geschlafen, mit Kaufmännern wie Browne, mit Anwälten und Richtern, Earls, Barons, selbst einem Prinzen, und wenn es mal nicht so rundlief, schubste er auch keine Seemänner oder Handwerker von der Bettkante, solange die Bezahlung stimmte. Doch Diener Gottes mied er wie der Teufel das Weihwasser. Wer von Todsünden predigt, nur um Todsünden zu begehen, dem war nicht zu trauen; diese Lektion hatte Edward früh gelernt.

Käthe füllte den Tee in Edwards Tasse nach – vielleicht, weil sie einen Schatten in seiner Miene erkannt hatte. Sobald der Geistliche verschwunden war, sammelte sie die Münzen ein und ließ sie in der Kasse verschwinden.

Edward schüttelte den Kopf, um das Unbehagen loszuwerden. Nach einem Ball und einem erfolgreichen Rendezvous mit einem Liebhaber, der sein Handwerk beherrschte und alles andere als geizig war, gab es keinen Grund, Trübsal zu blasen.

Bei dem Gedanken an den vorigen Abend trat ihm das Bild eines erzürnten Adeligen vor Augen. Eines gut aussehenden, erzürnten Adeligen mit rotem Haar, Gesichtszügen wie in Stein gemeißelt und einem sprühenden Feuer in den Augen. Allein bei dem Gedanken an solch rohe Emotionen stellten sich die Härchen in Edwards Nacken auf.

Seit Stunden tanzte das Bild des Lords an den Grenzen von Edwards Bewusstsein, als warte es nur auf den passenden Augenblick, um zuzustoßen. Er wollte diesem Mann keinen Platz in seinem Kopf gewähren. Edwards Zeit war wertvoll, und der Lord hatte keinerlei Anrecht darauf, dennoch erschlich er sich jedes Mal aufs Neue unbemerkt ein Stück seiner Aufmerksamkeit. Edward war es bisher gelungen, den Angriffen vorzubeugen, doch nun war seine Verteidigung gebrochen.

Er musste sich gar nicht erst fragen, warum der Mann seine Gedanken fing, als wären sie nichts als Fliegen in einem Spinnennetz. Die Erklärung lag auf der Hand: Trotz des maßlosen Hochmuts, den er an den Tag gelegt hatte, fand er ihn maßlos attraktiv. Das verwerfliche Verhalten des Lords sollte ihn abschrecken, aber das Gegenteil war der Fall. Jegliche Rationalität war machtlos, wenn Edwards Hunger mächtiger war als sein Geist.

Er wusste nicht, woher der Selbstzerstörungsdrang stammte. Sich in die Fänge eines Mannes zu begeben, der ihm nur Verachtung entgegenbrachte, war über alle Maßen töricht. Der Earl war die Büchse der Pandora, und Edward wollte jeden Winkel ausgiebig erkunden.

Denn einer Sache war er sich sicher: Die Anziehung beruhte auf Gegenseitigkeit, nur hatte der Lord keinen blassen Schimmer vom Ausmaß seiner Begierde. Er begrub sie unter einem Berg von Zorn und Ekel. Er war nicht der Erste und er würde nicht der Letzte sein. Es war ein natürlicher Abwehrmechanismus in einer Welt, die Sodomie zum Ursprung allen Übels erklärt hatte.

Edward verspürte eine gewisse Genugtuung bei der Vorstellung, sich durch den faulenden Haufen negativer Emotionen zu buddeln und dahinter die wahre Leidenschaft zu befreien. Der Sex, so viel war klar, wäre explosiv. Und er würde Edward endgültig aus den Fängen des Lords befreien wie ein Gewitter, das sich entladen musste, bevor erneut Ruhe einkehren konnte.

Es war ein Spiel mit dem Feuer, doch Edward würde sich nicht verbrennen. Er lief nicht Gefahr, seine fünfte und letzte Regel zu brechen. Die Attraktion zwischen ihm und dem Adeligen war rein körperlicher Natur. Man konnte keine romantischen Gefühle für jemanden entwickeln, den man schlicht unausstehlich fand.

Edward hatte sich geschworen, sich niemals in einen Freier zu verlieben. Wer verliebt war, beging Fehler, und die konnte er sich in seinem Gewerbe nicht leisten, oder er würde mit dem Hals in der Schlinge enden.

Sodomie lebte sich am besten allein, sie vertrug sich nicht mit Liebe. Sobald Gefühle ins Rampenlicht traten, wurde aus Zweisamkeit eine Dreiecksbeziehung, in der das Gesetz ein Mitspracherecht forderte, und schon ging das gesamte unglückliche Gespann unter.

Edward und der Lord waren sich nicht das letzte Mal über den Weg gelaufen, da war er sich sicher. Ihre Schicksale würden sich erneut kreuzen, sich ineinander verflechten wie zwei Schlangen beim Paarungstanz – doch nur für einen flüchtigen Augenblick. Danach würden sie für immer getrennte Wegen gehen, das versprach Edward sich. Manche Regeln waren zum Brechen da, andere gehörten nie gebrochen – vor allem, wenn ein Menschenleben daran hing.

Geduldsprobe

Wenn es nach Samuel ginge, würde er den lieben langen Tag mit Schere, Nadel und Faden verbringen. Umgeben von halb fertigen Entwürfen und Bergen von Musselin und Leinen, war er in seinem Element. Das Problem war: Ein Schneider war kein richtiger Schneider ohne Aufträge, und Aufträge kamen nun mal von einer laufenden Kundschaft. Diese Kundschaft musste betreut, beraten, verwöhnt und umgarnt werden, oder die Bereitschaft, ihr Geld für teure Kleider und Röcke auszugeben, verrann im Sand. Er war auf die Kauftüchtigkeit dieser Leute angewiesen, denn ohne ihr Geld konnte er weder seine Bediensteten bezahlen noch seinen Magen füllen, und beides war nötig, wenn er seinen Beruf behalten und nicht an den Rand der Armut getrieben werden wollte.

So stand er wie jeden Morgen im Hauptraum der Damenschneiderei und unterhielt sich über den Tresen hinweg mit einer Kundin. Die Dame war nicht übermäßig alt, doch das ergrauende Haar unter der ähnlich ausgeblichenen Haube verlieh ihr den Eindruck einer in die Jahre gekommenen Gouvernante. Ihre Augen dagegen waren scharf und unnachgiebig, und Samuel hatte Schwierigkeiten, unter ihrem taxierenden Blick Ruhe zu bewahren.

»Drei Tage«, sagte Lady Gronow, »in drei Tagen soll das Kleid meine Adresse erreichen, keine Minute nach acht Uhr. Ich zahle keinen Penny, wenn die Leistung zu spät oder unsauber erbracht wird.«

Drei Tage bedeuteten Nachtschichten, nicht nur für ihn, sondern auch für seine Näherinnen. Dabei musste er auf Mary Conolly verzichten. Er brachte es nicht über sich, eine Hochschwangere zu nächtlicher Näharbeit zu verdonnern. Blieben nur Emmeline und Mary Mee.

»Meine Leistungen sind nie zu spät, noch sind sie unsauber, Lady Gronow, selbst bei solch kurzfristiger Nachfrage.«

Lady Gronow schwieg und Samuel ließ einen weiteren forschenden Blick über sich ergehen, ohne mit der Wimper zu zucken. Er kannte diese Reaktion auf seine zierliche Erscheinung, doch es machte sie nicht weniger unangenehm.

»Wie kommt es, dass ein Mann heutzutage noch eine Damenschneiderei führt?«, fragte sie mit einem eindeutig missbilligenden Unterton.

»Ich beherrsche mein Handwerk wie kein anderer, Lady Gronow. Es erscheint mir unweise, meine Erfahrung und mein Können aus dem Fenster zu werfen, nur weil männliche Damenschneider aus der Mode geraten sind.«

Lady Gronow schwieg, und es war ein Schweigen jener Art, wie Damen ihres Standes es gerne erzeugten, um ihre unantastbare Autorität zu demonstrieren. Meist verleitete es ihr Gegenüber dazu, nervös von einem Bein zum anderen zu hüpfen oder rot anzulaufen, doch Samuel hielt ihrem Blick stand. Er versuchte gar nicht erst, das Schweigen mit Belanglosigkeiten zu füllen. Es war nicht das erste Mal, dass jemand ihn mit einem prüfenden Blick bedachte, als ob Samuels Auftreten nicht vollauf harmonisch wäre. Die Zeit, in der er sich davon beunruhigen ließ, war lange vorbei. Meist glitten jene Blicke nach einer kurzen Sekunde wieder von ihm ab, weil es keine Unstimmigkeiten zu finden gab. Samuel hatte die Etikette der Männlichkeit bereits perfektioniert, da haderte er noch mit Nadel und Faden. Er war ein Mann, er war ein Schneider. Nur wenige besaßen die Frechheit, diese Tatsachen anzuzweifeln.

»Wer unternimmt die Vermessung? Wer die Anprobe? Doch nicht etwa Sie selbst?«

Samuel gab Emmeline einen Wink, und sie erschien aus dem Nebenzimmer, wo sie bereits auf Anweisungen gewartet hatte.

»Meine Assistentin, Emmeline. Die talentierteste meiner Näherinnen. Einzig meine eigenen Fähigkeiten übertreffen die ihren, doch es wird nicht mehr lange dauern, und sie stellt mich in den Schatten.«

Die erwartete Reaktion blieb nicht aus. Lady Gronow warf einen ersten Blick auf Emmeline, da war ihr Urteil bereits gefällt. Ihre Lippen wurden zu einer einzigen schmalen Linie.

»Ich glaube nicht, dass dies angemessene Gesellschaft für meine Tochter ist«, erwiderte sie, als wäre Emmeline gar nicht im Raum.

Die besagte Tochter versteckte sich im Schatten von Lady Gronow und hatte seit ihrem Eintritt ins Hamilton's kein einziges Wort verloren. Reglos verharrte sie immer einen Schritt hinter ihrer Mutter, mehr ein Geist als ein Wesen aus Fleisch, Blut und eigenständigen Gedanken.

Samuel kannte und hasste Lady Gronows Reaktion, deren Muster sich ein jedes Mal auf eine ähnliche Art wiederholte, wenn Emmeline unter die Augen der Kunden trat. Er wollte nicht in Emmelines Haut stecken, während sie die Breitseite der unverhohlenen Ignoranz traf und sich dabei vermutlich die Zunge blutig biss, um ihr Schweigen zu bewahren. Dabei konnte er ihr diese Musterung weder ersparen noch wiedergutmachen.

Doch Samuels Kundschaft vergaß oft, dass sie sich auf seinem Terrain befanden und er die Konditionen jeglicher Begegnungen festlegte.

»Lady Gronow«, begann er in einem sachlichen Ton, »wenn ich Sie recht verstehe, wünschen Sie ein Empirekleid mit Rüschenärmeln, einem Rundhalsausschnitt, versetzt mit hellblauer Spitze, welche sich in zwei Reihen am Saum wiederfinden soll, und obendrauf passende Handschuhe, richtig?«

Lady Gronow nickte.

»Weiterhin wünschen Sie, dass das Kleid innerhalb der nächsten drei Tage fertiggestellt wird, damit ihre Tochter nicht in einem aus der Mode gekommenen Gewand auf einen Ball gehen muss.«

Weder Lady Gronow noch Samuel waren schwer von Begriff, doch er hielt es für weise, die Fakten ordentlich auszulegen, bevor er das Ass im Ärmel ausspielte.

»Die Saison ist bereits in vollem Gange, jegliche Damenschneider im West End haben alle Hände voll zu tun und können keine Aufträge entgegennehmen, die in letzter Sekunde erteilt werden. Weswegen Sie zu mir gekommen sind.«

»Ich mag nicht im West End arbeiten und mein Etablissement ist eins der bescheidenen Sorte, gewiss, doch steht es keinem anderen in Qualität und Kunstfertigkeit nach. Meine Arbeit ist einwandfrei und genießt große Popularität in Ihren Kreisen, daher besitze ich den Luxus, mir meine Aufträge frei aussuchen zu dürfen.« Das war nicht komplett gelogen. Samuel und seine Näherinnen hatten nicht nur einen guten Ruf, sie leisteten auch exzellente Arbeit, und ihre Kundschaft wusste dies zu schätzen und großzügig zu entlohnen. Doch das hieß nicht, dass Samuel es sich leisten konnte, zahlende Kundinnen wie Lady Gronow aufgrund fehlender Sympathie und Manieren wieder fortzuschicken. Somit konnte es nicht schaden, die Wahrheit etwas auszuschmücken. »Falls es Ihnen also keine Umstände bereitet, einen anderen Damenschneider aufzusuchen, der Ihrer Tochter in zwei Nächten ein Abendkleid zaubert, als sei er eine gute Fee, dann können Sie auf meine und Emmelines Dienste mühelos verzichten. Wenn das jedoch nicht der Fall sein sollte, dann wird Ihre Tochter sicher so freundlich sein und meine Assistentin ins Ankleidezimmer begleiten, wo bereits eine kleine Erfrischung auf Sie alle wartet.« Samuels Worte verhallten und im Laden kehrte wieder Stille ein. Emmeline und die junge Lady waren bestens darin geübt, sich keinerlei Gedanken anmerken zu lassen, doch Samuels Aufmerksamkeit galt ausschließlich Lady Gronow. Es waren bereits ganz andere Damen, die sich eiserner Contenance rühmten, in seiner Gegenwart aus ihrer Haut gefahren.

Die Lady bewahrte Haltung. Sie begegnete Samuels Rede mit Schweigen, was er als Zeichen interpretierte, dass sie seiner Aufzählung aufmerksam gelauscht und zu ihrem sicheren Missfallen keine Unstimmigkeiten darin gefunden hatte. Wortlos trat sie zur Seite und gab erstmals den Blick auf ihre Tochter frei, die ein blasses, aber außerordentlich hübsches Gesicht trug.

»Du hast Mister Hamilton gehört«, sprach sie, »doch wenn ich sehe, dass deine Finger nach der Erfrischung greifen …« – sie betonte das Wort, als seien verdünnter Wein und Bonbons pures Gift – »… dann wird es keinen Ball mehr für dich geben.«

Die Tochter nickte gefügig und Emmeline knickste, bevor beide ins Ankleidezimmer verschwanden.

Die Adelige tat, als wäre Samuel Luft, und trat ans Fenster. Sie beobachtete eine schwarze Katze, die auf der Straße vor dem Laden saß und sich die Pfoten leckte. Samuel erkannte das Tier, dem Edward einen lächerlichen Namen verliehen hatte und das sich ständig Zutritt zur Schneiderei zu verschaffen suchte, als versteckte Samuel irgendwo einen Käfig voll saftiger Mäuse.

Samuel warf ihr einen abschätzenden Blick zu und hoffte, dass ihr Besitzer bald auftauchte und sie von der Pforte klaubte. Er wunderte sich, wo Edward heute blieb. Es war nicht ungewöhnlich, dass er die Nächte anderswo verbrachte, was Samuel nur recht war. Es gab ihm eine Chance, Edwards Anwesenheit zu vermissen, auch wenn er ihn sogleich wieder fortwünschte, sobald er damit begann, Samuels Geduld über Gebühr zu strapazieren. Dennoch konnte er das nagende Gefühl der Sorge nie gänzlich abschütteln, da er genau wusste, was Edward trieb, wenn er nicht in seinem eigenen Bett schlief. Samuel fürchtete, dass es Edward eines Tages hinter Gitter bringen würde. Mindestens.

Er wandte den Kopf, als eifrige Schritte ertönten. Mary Mee erschien mit einer Karaffe Wein und einem Silbertablett, auf das sie Sandwichhäppchen gestapelt hatte. Sie platzierte beides in der Sitzecke und verschwand so schnell, wie sie gekommen war. Lady Gronow ignorierte sowohl die Sitzecke als auch die Häppchen und verblieb mit steifem Rücken am Fenster, während Samuel durch den Raum laufend Geschäftigkeit vortäuschte. Er dachte gerade über die brutale Selbstbeherrschung der Gronow-Ladys nach, als seine Auftraggeberin zusammenzuckte und zwei Schritte vom Fenster zurücktrat.

Die Tür glitt auf und herein trat ein Gentleman, zweifellos ein Adeliger, in glänzenden schwarzen Stiefeln, einem dunkelgrünen Gehrock und mit einem Gesichtsausdruck, als hätte er mit jemandem eine Rechnung zu begleichen. Samuel schwante nichts Gutes. Was immer der Lord im Hamilton's wollte, er war nicht gekommen, um Petticoats zu kaufen.

»Lady Gronow«, sagte er, als die Tür ins Schloss fiel, und deutete eine knappe Verbeugung an, wobei nichts in seinem Gesicht darauf hinwies, dass ihr Aufeinandertreffen bei einem Damenschneider alles andere als gewöhnlich war.

»Lord Melville«, entgegnete die Dame und schaffte es nicht, ganz so gut wie er ihre Überraschung zu verstecken.

Samuel trat zögerlich auf den Lord zu, wobei ihm die eindrucksvollen grünen Augen auffielen, die im Schatten der Hutkrempe aufblitzten. Vor einer Woche hatte er einen teuren Seidenstoff in ebendieser Farbe erworben, welcher nur darauf wartete, in einen hochwertigen

Morgenrock verwandelt zu werden, versetzt mit dezenten Stickereien und Bändern aus Gold.

Erst als der Lord sich erwartungsvoll räusperte, erkannte Samuel, dass er ihn wortlos angestarrt hatte.

»Was kann ich für Sie tun, Mylord?«

Der Neuankömmling musterte erst Samuel, dann den Raum ausführlich, bevor er zu sprechen begann. »Ich bin auf der Suche nach etwas ganz Speziellem, und man sagte mir, ich könne hier fündig werden.«

Samuel hielt das für eine äußerst merkwürdige Aussage. Er war ein Damenschneider, kein Quacksalber. Seine Arbeit war vorzüglich, doch er war weit davon entfernt, Jacken aus reinem Silber oder Perlenkleider zu fertigen.

»Ich werde mein Bestes tun, um Ihren Wunsch zu erfüllen«, antwortete Samuel.

»Das hoffe ich. Ich wünsche, einen gewissen Mister Arden zu sprechen.«

Mehrere Sekunden vergingen, in denen sowohl Lord Melville als auch Lady Gronow ihn erwartungsvoll ansahen.

Samuel wusste nicht, was schlimmer war, dass Edward seine Klienten in seinen Laden einlud oder dass sie tatsächlich aufkreuzten und die Dreistigkeit besaßen, in Anwesenheit Fremder nach dessen Diensten zu fragen. Hatte der Lord einen Todeswunsch oder hielt er sich für so unantastbar, dass er sich nicht darum kümmerte, seine Gelüste für sich zu behalten?

Was immer die Antwort war, Samuel kochte vor Wut. Dieses Mal war Edward zu weit gegangen. Er würde es nicht zulassen, dass seine Damenschneiderei zu einem Bordell verkam.

»Mister Ardens Aufenthaltsort ist mir so unbekannt wie einerlei. Hier finden Sie ihn mit Sicherheit nicht«, sagte Samuel entschieden und schaffte es nicht ganz, die Empörung in seiner Stimme zu unterdrücken.

»Also kennen Sie ihn?«, schloss Lord Melville folgerichtig.

»Unglücklicherweise«, bestätigte Samuel.

»Na dann«, sagte der Lord mit einem unverbindlichen Lächeln, »wenn Sie nicht wissen, wo er sich aufhält, werde ich einfach mein Glück versuchen und hoffen, dass er bald auftaucht. Beachten Sie mich gar nicht.«

Samuel wurde kurz schwarz vor Augen. Er sah sich schon flach auf dem Boden liegen. So unauffällig wie möglich nahm er einen tiefen Atemzug, was sich etwas umständlich gestaltete, da sein Brustkorb wie üblich durch eine Lage eng anliegenden Stoffes unter dem Hemd zusammengeschnürt wurde. In einem geschäftsmäßigen Ton erklärte er: »Das halte ich für reine Zeitverschwendung. Es ist mehr als unwahrscheinlich, dass Mister Arden uns mit seiner Anwesenheit beglückt.«

Vor allem, wenn ihm sein Leben lieb ist, dachte Samuel für sich.

»Oh, es mangelt mir weder an Zeit noch an Geduld. Lady Gronow …« Lord Melville deutete auf die Sitzecke, wo die Häppchen noch immer unangetastet verweilten. »… wollen Sie sich setzten und mir bei einem Glas Wein von Ihrer zauberhaften Tochter erzählen? Wie ich höre, ist sie äußerst talentiert am Pianoforte.«

Lady Gronow, die den Austausch zwischen Samuel und Lord Melville mit ungeniertem Interesse beobachtet hatte, ließ sich nicht zweimal bitten. Samuel schüttelte kaum merklich den Kopf ob dieser Neugierde.

»Aber nur ein Schlückchen«, sagte sie, bevor sie mit steifem Rücken auf dem Sessel Platz nahm.

Samuel sah dem Paar dabei zu, wie sie sich vom Wein bedienten und einen Plausch begannen, doch ihre Worte erreichten ihn nicht. Das Blut rauschte so laut in seinen Ohren, dass er keinen anderen Laut wahrnahm.

Wie von allein trugen ihn seine Beine ins Nähzimmer. Mary Conolly sprang auf und zog ihm einen Stuhl zurecht, auf den er sich dankbar fallen ließ. Mary Mee hingegen betrachtete ihn mit einem besorgten Blick und musste ihn dreimal fragen, ob er einen Whisky benötigte, bevor er mit einem Nicken antwortete. Sie eilte schon davon, als Samuel es sich anders überlegte.

»Äh … nein! Nein danke. Ich brauche nur eine kurze Verschnaufpause.«

Mary Mee kehrte wieder an seine Seite zurück und warf nervöse Blicke ins Hauptzimmer.

»Wären Sie so lieb und würden unsere Gäste fragen, ob sie noch mehr Wein wünschen? Ich bin gleich wieder da.«

Sie nickte und ließ ihn unter der Aufsicht der anderen Näherin zurück. Mary Conolly tätschelte ihm den Arm, bevor sie ihren runden Bauch an den Tisch schob und die Näharbeit wieder aufnahm.

Am liebsten würde Samuel sofort alle aus dem Laden schmeißen, den Lord, die hochmütige Lady und ihre Tochter gleich mit.

Edward riskierte nicht nur sein eigenes Leben, sondern auch das von Samuel. Er wollte sich nicht ausmalen, was passierte, wenn die Schneiderei in Brand gesteckt würde, wenn seine Näherinnen ihre Anstellung und er sein Lebenswerk verlieren müssten. Ein schnüffelnder Magister war das Letzte, das Samuel brauchte. Wenn sie Edward fassten, würden sie auch ihn nicht verschonen. Sie würden in seiner Vergangenheit graben und im schlimmsten Fall Dinge finden, die ihn wie einen Betrüger aussehen ließen, dabei hatte er nie vorgegeben, jemand zu sein, der er nicht war.

Das Einzige, das ihn beruhigte, war die Vorstellung, wie er nach Ladenschluss in die Dachkammer stapfen und Edwards gesamtes Hab und Gut aus dem Fenster kippen würde. Geschah dem Kerl ganz recht.

Von diesem Gedanken beflügelt, begab er sich zurück in den Laden. Er blendete das Geschwätz der noblen Gesellschaft aus, während er Bestandslisten und Rechnungen überprüfte, und sah erst wieder auf, als die junge Miss Gronow – gefolgt von Emmeline – aus der Anprobe trat. Im Gegensatz zu ihrer Mutter schmolz sie bei Lord Melvilles Anblick nicht dahin. Emmeline schaffte es nicht ganz so gut, ihr Interesse an dem Lord zu verstecken. Samuel hatte es nun noch eiliger, ihn so schnell wie möglich loszuwerden.

Lady Gronows Heiterkeit gefror, als ihre Aufmerksamkeit von Lord Melville zu Samuel wechselte.

»Drei Tage«, befahl sie und ließ eine Karte mit ihrer Adresse auf die Theke fallen.

»Acht Uhr«, bestätigte Samuel. »Ich wünsche Ihnen einen wundervollen Tag.«

Mutter und Tochter verließen den Laden und Samuel konnte förmlich spüren, wie die Raumtemperatur von Eiszeit auf Frühsommer umschwenkte. Leider waren damit längst nicht alle Quälgeister aus dem Laden vertrieben.

»Dürfte ich nach noch etwas Wein fragen?«, bat Lord Melville, und Emmeline war schon daran, seinen Wunsch zu erfüllen, da gebot Samuel ihr Einhalt.

»Lord Melville, Ihre Beharrlichkeit ist bewundernswert, doch wird sie keine Früchte tragen.«

»Und genau da liegen Sie falsch«, schloss der Lord.

Samuel vernahm eine Bewegung vor dem Fenster, dann sprang die Tür auf. Herein trat Edward, in derselben Garderobe, in der er gestern das Hamilton's verlassen hatte. Er machte einen ausgeschlafenen Eindruck, obwohl er bis in die Puppen getanzt haben musste. Oder Ähnliches. Samuel wollte es gar nicht genau wissen. Er war noch immer entrüstet, dass Edward sein fragwürdiges Geschäft auf den Laden ausgeweitet hatte.

»Die Katze!«, warnte Samuel, als gerade ein pelziger schwarzer Kopf Anstalten machte, Edward zu folgen. Edward schob ihn artig wieder hinaus.

»Ist immer noch ein Kater«, sagte er beiläufig, bevor er sich Samuel, Emmeline und ihrem Gast zuwandte.

»Was für ein Empfang«, bemerkte er. Falls er von Lord Melvilles Anblick überrascht war, ließ er sich nichts anmerken.

»Wo warst du?«, forderte Samuel im selben Moment, da Melville »Wo waren Sie?« fragte.

Emmeline, die mehr Feingefühl besaß als Edward und der Lord zusammen, glitt lautlos aus dem Zimmer.

Edward hob eine Augenbraue und sah die Männer tadelnd an.

»Wenn ich mich nicht irre, sind Sie weder der Herr im Himmel noch meine Mutter. Somit glaube ich nicht, dass ich auch nur einem von Ihnen Rechenschaft schuldig bin. Aber da Sie sich so liebevoll über meinen Aufenthaltsort erkundigen, will ich Ihnen nichts vorenthalten. Ich war bei Hatchards.«

»In den Klamotten vom Vortag?«, fragte Lord Melville.

Die Herren kannten sich wohl, wenn der Gentleman sich so gut mit Edwards Garderobe auskannte. Samuel fragte sich, wie tief diese Verbindung ging. Vielleicht wollte er es aber auch gar nicht so genau wissen.

»Ich sehe nicht, wo das Problem liegt oder was es Sie anginge. Ich sehe tadellos aus, auch wenn Sie nicht müde werden, meine Person zu bemängeln.«

Samuel wandte sich mit leisem Zorn Lord Melville zu.

»Sie haben etwas an meinem Handwerk auszusetzen, Mylord?«

Melville hatte den Anstand, schuldvoll dreinzuschauen.

»Keinesfalls, werter Herr. Ich stelle lediglich Mister Ardens Entscheidung infrage, in Abendgarderobe einen Schaufensterbummel zu tätigen.«

»Einen Schaufensterbummel«, wiederholte Edward. »Hörst du das, Samuel? Nun unterstellt Lord Melville mir, ich sei zu arm, um mir auch nur ein Buch zu leisten. Nun, wenn das alles ist, wofür Sie ge-kommen sind.«

Edward trat zur Seite und deutete auf die Tür.

»Nein, das ist nicht alles«, sagte Lord Melville, und Samuel bekam den Eindruck, dass auch dessen Geduld nicht mehr von langer Dauer war. »Ich habe ein paar Fragen, und Sie sind der Einzige, der mich aufklären kann.«

Das war eindeutig zu viel des Guten.

»Wie wäre es«, sagte Samuel mit zitternder Stimme, »wenn du deine Geschäfte außerhalb meiner Geschäftszeiten und vor allem weit entfernt von meiner Schneiderei führen würdest?«

Edward sah ihn verwundert an, dann hob er abwehrend die Hände.

»O nein!«, rief er, und ein ungläubiger Blick trat in seine Augen. »Auf gar keinen Fall. Das hier ist nicht, was du denkst. Ich kenne diesen Mann kaum und ich habe nicht das Bedürfnis, das zu ändern.«

Selbst wenn das der Wahrheit entsprach, so hatte Samuel diesen gan-zen Unfug satt. Er sah missbilligend von einem Herrn zum anderen.

»Ich glaube, es wäre besser, wenn Sie nun gehen«, verlautete er.

Edward machte keine Anstalten, seinen Triumph zu verstecken.

»Haben Sie gehört, Lord Melville? Ihre Anwesenheit hier ist nicht länger erwünscht.«

Melville setzte zu einer Antwort an, doch Samuel kam ihm zuvor.

»Du hast mich missverstanden, Edward. Ihr beide dürft euch zügig vom Acker machen. Ich habe ein Geschäft zu leiten, und da keiner von euch meine Dienste in Anspruch nimmt, verschwendet ihr meine Zeit.«

Es war das zweite Mal in weniger als vierundzwanzig Stunden, dass er Edward aus seinem Laden schmiss, aber der Mann ließ es immer wieder darauf ankommen. Samuel war Schneider, keine Zofe, die da-für bezahlt wurde, ungezogenen Kindern hinterherzurennen. Rasch lief er zur Tür und hielt sie unmissverständlich auf.

»Einen schönen Tag noch«, sagte er streng.

Die schwarze Katze machte erneut Anstalten, sich Zutritt zur Schneiderei zu verschaffen, doch Samuel schob sie mit seinem Schuh fort.

Diesmal war es Melville, der unverhohlen grinste. Mit einem kurzen Fingerzeig verließ er den Laden. Edward folgte ihm schweigend, doch seine griesgrämige Miene zeigte Samuel genau, was er von ihm hielt.

Samuel dagegen verspürte keinerlei Schuldgefühle. Zum ersten Mal an diesem Tag war sein Laden frei von nervenzerreißender Kundschaft und nichtsnutzigen Tagedieben. Er war erfüllt von einem tiefgehenden Gefühl der Zufriedenheit. Durch das Fenster sandte die Katze ihm einen vorwurfsvollen Blick, den er beflissen ignorierte.

Emmeline tauchte aus dem Ankleidezimmer auf, dieses Mal ohne die reglose Maske der willenlosen Bediensteten, welche sie der Kundschaft nur zu gerne zur Schau stellte. Samuels Laune schoss bei ihrem Anblick gleich noch weiter in die Höhe.

»Hatten Sie eine angenehme Zeit mit Miss Gronow, Emmeline, oder ist sie ähnlich garstig wie ihre Mutter?«

Ein verschwörerisches Lächeln erschien auf Emmelines Lippen.

»Ganz im Gegenteil. Das Mädchen redet wie ein Wasserfall, sobald die Mutter außer Hörweite ist. Ich glaube, es hat kein einziges Mal Luft geholt, während ich die Maße nahm.«

»Haben Sie irgendwas Spannendes dabei aufgeschnappt?«, fragte Samuel, der selten seiner Neugier nachgab. Doch er genoss den Plausch mit Emmeline zu sehr, um der Versuchung zu widerstehen.

»Sagen wir so: Falls Lady Gronow sich weigert, die Rechnung zu begleichen, haben wir mehr als genug Material in der Hand, um sie sanft zur Bezahlung zu überreden. Ja, wahrscheinlich legt sie noch ein ordentliches Trinkgeld obendrauf.«

Samuel war schwer beeindruckt und sein Interesse wurde geweckt. Er hatte die junge Dame falsch eingeschätzt. Wieder einmal bewies sich, dass in stillen Wassern unerwartete Tiefen lauerten.

»Erzählen Sie mir mehr«, forderte er, doch Emmeline schüttelte nur den Kopf.

»Die Arbeit ruft«, erinnerte sie ihn und griff nach der blauen Spitze auf dem Tresen, bevor sie sich in die Nähkammer begab.

Summend schritt Samuel ihr hinterher und gemeinsam machten sich der Damenschneider und seine beste Näherin ans Werk.

Ausweichmanöver

Edward lief mit großen Schritten die Straße hinunter und versuchte angestrengt, nicht den Kopf zu wenden.

Einen Fuß vor den anderen setzen – vorbei an Hutmachern, Schustern und schäbigen Kneipen –, einen Schein von Nonchalance bewahren und so tun, als sei er nicht soeben in genau den Mann gestolpert, denn er kurz vorher in Gedanken entkleidet hatte.

Er hörte, wie hinter ihm Stiefelabsätze auf das Pflaster schlugen und die Schritte des Mannes stetig aufholten.

»Wozu die Eile?«, fragte eine angenehme Stimme.

Angenehm, weil die Worte weder von Alkohol noch Zorn getränkt waren. Angenehm, weil in Edwards Brust ein widerborstiger Kater saß, der sofort zu schnurren begann.

»Ich fliehe vor Ihnen, das sehen Sie doch«, antwortete Edward.

»Und was ist der Grund dieser Flucht?«

Edward machte abrupt halt. Der Lord lief noch zwei Schritte, bevor er sich umdrehte.

Es war keine weise Entscheidung, ihn anzuschauen. Zu viel Ablenkung. Edward fand es plötzlich gar nicht so einfach, einen klaren

Gedanken zu fassen. Dabei ließ er sich sonst nicht so leicht von einem schönen Gesicht beeindrucken. Jetzt hieß es Haltung bewahren.

»Da fragen Sie noch?«, sagte Edward und entschied, dass Entrüstung eine gute Wahl war, um seine Befangenheit zu überspielen. »Sie werfen mich fast von einer Treppe, erniedrigen mich vor versammelter Mannschaft, drohen mir, und dann wundern Sie sich, warum ich Ihnen aus dem Weg gehe?«

Da war nicht die Spur von Schuldbewusstsein in Melvilles Antlitz zu finden. »Sie verwechseln, wer hier wen von der Treppe warf«, sagte dieser schlicht.

Edward schnaubte und setzte den Weg fort. Melville hielt problemlos mit ihm Schritt.

»Sie haben mich mutwillig gerammt«, sagte Edward.

»Eine haltlose Unterstellung«, behauptete Melville.

»Es gibt Zeugen.«

»Zeugen, die mir und meinem Vater treu ergeben sind, Mister Arden.«

»Ihr noblen Herren seid alle gleich. Eine diamantbesetzte Hand wäscht die andere.«

»Sie haben uns durchschaut.«

Edward trat auf die Straße und wurde ruckartig zurückgezogen.

Eine Droschke preschte haarscharf an ihm vorbei, und hätte Melville ihn nicht am Kragen gepackt, dürfte man ihn zusammen mit den Pferdeäpfeln vom Pflaster kratzen.

»Danke«, sagte Edward trotzig, wenn auch mit einem Zittern in der Stimme. Sein Herz flatterte, wofür die Kutsche und des Lords fester Griff gleichsam verantwortlich waren.

Melville betrachtete ihn mit einer Mischung aus Sorge und Verachtung.

»Sehen Sie es als Wiedergutmachung für das Rammen, das nie stattgefunden hat.«

»Wie bitte?«, fragte Edward, der sofort Gefallen daran fand, wie Melville das Wort »rammen« sagte.

»Ich wiederhole mich nicht«, kam die prompte Antwort. War das ein Hauch von Rosa, der die Wangen des Lords färbte? Edward wusste genau, was hier vor sich ging. Sie flirteten miteinander. Die Frage war nur, ob der Lord das auch wusste.

»Wo gehen wir überhaupt hin?«, setzte Melville hinzu.

»Wir gehen nirgendwohin. Ich besorge mir einen Kaffee und Sie ...«

»Kaffee halte ich für eine gute Idee. Ich denke, es ist auch in Ihrem Interesse, wenn wir mein Anliegen nicht auf offener Straße besprechen. Sie sind unfähig, bei einem Spaziergang eine Unterhaltung aufrechtzuerhalten, ohne in die Speichen einer Kutsche zu geraten. Sie riskieren einen Massenunfall, sollte die Konversation eine ernstere Richtung einschlagen«, unterbrach der Lord Edward ernst.

Bei so viel Unverfrorenheit blieben ihm die Worte im Hals stecken. Sprachlos überquerte Edward die Kreuzung, sorgsam darauf bedacht, Pferden und Droschken auszuweichen. Edward versuchte so gut wie möglich, den Lord an seiner Seite zu ignorieren, bis sie das Kaffeehaus erreichten.

Es befand sich in einem ramponierten Reihenhaus, das fast gänzlich unter einem Vorhang aus Efeu verschwand. Wer das Kaffeehaus nicht kannte, würde einfach daran vorbeilaufen. Edward schlug das Efeu zur Seite und verschwand in einem dunklen Schlund. Er ging zielstrebig den Gang entlang, hörte Melville hinter sich stolpern und fluchen, und erreichte einen überdachten Innenhof, kleiner noch als Edwards Schlafkammer. Und doch hatte jemand den grandiosen Einfall gehabt, so viele Tischchen und Stühle wie möglich hineinzustopfen und Kaffee auszuschenken.

Auch an diesem Mittag war es geschäftig wie eh und je. Die Geräuschkulisse war ein stetig summender Teppich aus Tratsch und Gelächter.

Edward schnappte sich einen soeben frei gewordenen Tisch. Er sah zu, wie der Lord ihm verdrießlich hinterherstapfte und sich unsichtbare Spinnenweben vom Hut klopfte.

»Das nennen Sie ›nicht auf offener Straße‹?«, murrte Melville, als er sich setzte. »Warum nicht gleich die Bühne im Theatre Royal?«

Edward zuckte nur mit den Schultern. Zwar glitten einige Augenpaare interessiert an Edwards Profil hinab, aber es war so laut hier, dass sie niemand verstehen würde, selbst bei besonders gespitzten Ohren.

Erneut war es unmöglich, Melvilles Blick auszuweichen. Sie saßen sich gegenüber, von Angesicht zu Angesicht, und quetschten sich dabei an einen Tisch, der so schmal war, dass ihre Knie sich ständig berührten. Jedes Mal, wenn Melville seinen Schenkel streifte, fuhr ein angenehmes Brennen bis in seine Magengegend. Gleichzeitig versuchte er, sich nichts anmerken zu lassen, und entschied, seine missliche Lage als Vorteil zu betrachten. Er würde sich nicht von diesem Großkotz kleinkriegen lassen, egal, wie grün Melvilles Augen, wie weiß seine Zähne, wie verlockend seine Stimme war.

So hübsch war der Lord gar nicht. Sein Gesicht hatte eine gewisse Grobschlächtigkeit inne. Es war das unvollendete Werk eines Steinmetzes, bevor dieser das Interesse an der Arbeit verloren hatte. Die Ansätze waren da, doch der Schliff fehlte.

Anstatt sich weiterhin von der spürbaren Anziehung verunsichern zu lassen, würde Edward den Spieß umdrehen. Er war hübsch, er war pfiffig und er würde sich niemals wieder wegen eines Mannes fast von einer Kutsche plätten lassen. So viel Selbstachtung musste sein.

Edward lehnte sich zurück, entspannte die Schultern und gab den Versuch auf, jeglichen Körperkontakt mit Melville zu vermeiden. Sein Knie stieß an den Oberschenkel seines Gegenübers, und Edward behielt es dort.

Falls Melville sich daran störte, ließ er sich nichts anmerken. Mal ganz davon abgesehen, dass es nicht viele Ausweichmöglichkeiten gab.

Edward dachte, es könnte nicht schaden, einem Lord, der alles und jeden für sein Eigen hielt, eine Lektion in Demut zu erteilen.

Melville machte den Mund auf, doch in dem Moment erschien eine Bedienung neben dem Tisch. Sie setzte zwei überschwappende Tassen Kaffee ab, quetschte ein Kännchen Milch und eine Schale Zucker auf den Tisch und zischte mit einem schelmischen Augenzwinkern wieder ab.

Edward bevorzugte seinen Kaffee schwarz mit einer Löffelspitze Zucker. Er nahm einen Schluck und spürte, wie der brühend heiße Sud seine Lebensgeister weckte.

Melville beobachtete ihn abschätzend.

»Von was für einem Geschäft war vorhin die Rede?«, fragte er.

Edward nahm einen weiteren Schluck, dann noch einen – einfach nur, um den Lord zu reizen. Der grantige Blick, den Edward dafür erhielt, war die Brandblasen in seiner Kehle wert.

»Das geht Sie nichts an«, sagte er schließlich.

»Drogen?«

»Ja«, log Edward.

»Sie lügen«, schloss Melville.

»Und wenn, dann sind Sie genauso schlau wie vorher.«

Melville lehnte sich vor, doch auf dem Tisch war kein Platz, um sich abzustützen, und so war er gezwungen, die Ellbogen wieder einzufahren.

»Doch nicht etwa Edelsteine?«

»Wie bitte?«, sagte Edward, der alles erwartet hatte, aber nicht das.

»Seltener Schmuck? Kostbare Erbstücke?«, wurde Melville genauer.

Edward hob eine Augenbraue. Er hatte in seinen zwanzig Lebensjahren schon den einen oder anderen Gesetzesbruch getätigt, doch was auch immer Melville ihm unterstellen wollte, gehörte nicht dazu.

»Ich verstehe die Frage nicht. Sie klingt verdächtig nach einer Anschuldigung.«

»Haben Sie von einem verloren gegangenen Collier gehört?«

»Nein.«

»Wirklich nicht? Wie es scheint, ist es letzte Nacht vom Hals ihrer lieben Freundin Miss Amelia Raine verschwunden. Zusammen mit ihren Ohrringen.«

Edward setzte die Tasse ab. Wenn das stimmte, wollte er sich nicht vorstellen, in welchem Zustand Amelia sich befand. Er musste schleunigst Sally aufsuchen. Sie würde genauere Informationen haben oder die Gerüchte im besten Fall für ein Märchen erklären.

»Sie sind überrascht«, stellte Melville fest.

»Ich bin überrascht, in der Tat«, bestätigte Edward.

»Oder ein guter Schauspieler.«

»Daran gibt es keinen Zweifel. Ich bin sogar ein großartiger Schauspieler.« Edward verlagerte das Gewicht und trat Melville auf den makellosen Stiefel. Der feine Lord begann ihm mit seinen Spielchen auf den Geist zu gehen. Er wusste nicht, wie und ob Amelias Schmuck abhandengekommen war, aber wenn er Antworten wollte, würde er bei Melville sicher keine finden.

»Sie dagegen«, fuhr er fort, »sollten noch etwas an Ihrem Talent feilen. Mich zu ärgern, ist eine Sache, doch dann belästigen Sie meinen Freund bei der Arbeit, beschuldigen mich des Verrats und Raubes an einer guten Freundin und haben nicht einen einzigen handfesten Beweis vorzuweisen.«

Edward war versucht, Melville den Kaffee über die Hose zu kippen.

»Fadenscheinig, und das aus Ihrem Mund«, spuckte Melville. »Ich habe mich über Sie erkundigt, Arden. Wie kommt es, dass Sie keine eigene Adresse haben, keine Arbeit, kein Vermögen, ganz zu schweigen von einer Vergangenheit, und trotzdem bewegen Sie sich in den höchsten Kreisen, als seien Sie die Mätresse des Königs?«

Edward verkniff sich ein erbostes Lachen. Melville war ein einfältiges Schaf. Er traf Mutmaßungen ohne jegliche Anhaltspunkte und bewies nichts als Ahnungslosigkeit, wenn er Tatsachen gegenüberstand. Kein Wunder, wenn man als Hochgeborener völlig realitätsfremd in einem Palast aus Elfenbein und Diamanten aufwuchs und täglich Fasan zum Frühstück serviert bekam.

»Wenn das alles ist, was Sie herausfinden konnten, dann steht es um Ihre Intelligenz noch schlimmer als um Ihr Schauspieltalent«, konterte Edward, »oder glauben Sie wirklich, ich würde Ihnen abkaufen, dass Sie mit nichts außer einer lächerlichen Eingebung und halb garen Vorwürfen hier aufgetaucht sind, um mich zu überführen? Entweder sind Sie beschämend naiv oder, und das halte ich für wahrscheinlicher, ihre Überheblichkeit kennt keine Grenzen. Sie spielen uns beiden etwas vor, und das nicht sonderlich überzeugend.«

Melville knirschte mit den Zähnen und blieb ansonsten stumm. Stritt er den Vorwurf ab, ritt er sich nur weiter in den Schlamm, doch zugeben würde er auch nichts, wie Edward wusste. Wer als Melville geboren wurde, dem wurde Stolz regelrecht mit der Muttermilch verabreicht, und der Earl hatte offensichtlich mehr abbekommen, als gesund war.

Edward beschloss, dass es an der Zeit war, einen Abgang zu machen. Er war aufgebracht genug. Wenn dieser Ochse von einem Mann ihn weiterhin reizte, würde Edward endgültig die Kontrolle über seine Zunge verlieren und Dinge sagen, die er später bereuen müsste.

Der Lord wusste nicht, was er wollte, und Edward war nicht bereit, ihm auf die Sprünge zu helfen.

Er winkte der Bedienung zu und kramte ein paar Münzen aus seiner Tasche hervor.

»Ich kann …«, rief Melville, doch Edward ließ ihn nicht gewähren.

»O nein, ich zahle! Als Nächstes geht das Gerücht um, ich würde nachts in Kirchen einbrechen, um goldene Kandelaber zu stehlen, weil mir das Geld für Kaffee fehlt.« Ruckartig stand er auf und verschüttete dabei tatsächlich etwas seines Getränks. Zwar traf nichts davon Melvilles Stiefel, doch der Ärmel seines Fracks kam nicht so glimpflich davon.

»Viel Erfolg bei der Diebessuche«, sagte Edward schadenfreudig.

Für zwei Sekunden beobachtete er noch, wie Melville fluchend den Ärmel ausschüttelte, dann bahnte er sich einen Weg durch den Innenhof und folgte dem Durchgang zurück auf die Straße.

Edward bezweifelte, dass er Samuel so schnell wieder unter die Augen treten konnte, ohne sich eine Standpauke einzuholen. Kurzerhand beschloss er daher, dem Purple Palace einen Besuch abzustatten. Dieser befand sich in einer Seitenstraße des Strands und war somit in Laufweite. Dort würde er hoffentlich Antworten auf das Rätsel des Juwelenraubs bekommen.

Edward lief durch Soho und Covent Garden und warf dabei wiederholt unauffällige Blicke über die Schulter. Er wollte vermeiden, dass Melville sich an seine Fersen heftete. Er nahm Umwege durch Seitenstraßen, schlängelte sich über Märkte und behielt seine Umgebung im Auge, während er vorgab, Zierblumen und Hüte zu betrachten. Erst als er sicher sein konnte, dass Melville ihm nicht folgte, begab er sich zur Maiden Lane. Er schlüpfte in eine Seitengasse zwischen einem Friseursalon und einem Pub, dann stand er bereits vor einer unscheinbaren Tür. Bevor er klopfen konnte, wurde sie aufgerissen und eine Hand winkte ihn hektisch ins Innere.

In den kleinen Vorraum drängten sich neben Edward noch zwei weitere Personen. Die erste, einen Kopf kleiner als Edward, die Krawatte unordentlich um den Hals gebunden und mit verschmiertem Kohlestift im Gesicht, war Betty Blackstone, heute ausnahmsweise nicht in Frauenkleidern.

Die zweite Person hatte ihrem Äußeren mehr Aufmerksamkeit zukommen lassen als Betty. Der Mann trug einen teuren Gehrock, dazu eine goldene Kette mit einem Monokel um den Hals. Sein grauer Haarschopf wurde bereits von Geheimratsecken heimgesucht. Er war Edward vollkommen unbekannt. Edward war versucht, diesen Umstand zu ändern, doch zu seinem Leidwesen hatte Betty andere Pläne. Bevor er eine Chance hatte, sich dem nach kostbarem Duftwasser riechenden Gentleman vorzustellen, winkte Betty und bedeutete Edward, dass dies nicht der richtige Zeitpunkt war, um mit potenziellen Freiern zu liebäugeln. Er verzichtete nur ungern auf die Möglichkeit, einen reichen Mann um einen hübschen Teil seines Vermögens zu erleichtern, aber er würde sich selbst nicht mehr in die Augen schauen können, wenn er seine Freunde für etwas Gevögel und ein paar Münzen stehen ließ.

Edward verabschiedete sich mit einem Zwinkern und folgte Betty den Hausflur hinunter.

»Wer war das?«, wollte er wissen, während sie eine gewundene Treppe erklommen.

»Irgendein Franzose, wer weiß das schon.«

Betty, der immer genauestens wusste, wer im Purple Palace ein und aus ging, war mit den Gedanken eindeutig woanders.

Oben angekommen, tippelte er den Gang entlang und schob Edward ungeduldig in einen Raum voll grüner Plüschsessel. Die Farbe erinnerte ihn sofort an Melville, und Edward fragte sich, ob er fortan keinen Baum ansehen konnte, ohne an die durchdringenden Augen des Lords denken zu müssen. Es gefiel ihm überhaupt nicht, dass der arrogante Earl sich ständig einen Weg in seine Gedanken erschlich, und da auftauchte, wo er nichts zu suchen hatte.

Eine Reihe bekannter Gesichter verteilte sich im Raum, alle wirkten sie ähnlich aufgebracht wie Betty. Bei ihrem finsteren Anblick verpuffte der letzte Rest an Erregung, den der Franzose noch eben in ihm ausgelöst hatte. Sie trugen Mienen, als sei jemand gestorben. Edward war sich nicht sicher, ob er den Grund ihrer kleinen Versammlung erfahren wollte.

Auf einem Sessel saß John de Camp und tupfte sich ununterbrochen die schweißnasse Stirn ab. Sally stützte sich auf eine Armlehne und fächelte John Luft zu, und hinter ihnen lief George, der Älteste der Truppe, auf und ab, sein Humpeln deutlicher als an anderen Tagen.

»Setzen, setzen!«, rief Betty, und alle sanken gehorsam in einen Sessel, bis auf George, der die Aufforderung ignorierte.

»Nun sagt schon! Was ist passiert?«, fragte Sally. Besorgnis tränkte ihre Stimme.

John putzte sich mit dem Taschentuch die Oberlippe ab und begann zu erzählen.

»Sie haben jemanden erwischt. Zwei Leute. Im Akt. Letzte Nacht. Eindeutige Beweislage.«

Kälte legte sich über Edwards Schultern. Sie drang durch die Kleidung, fuhr unter die Haut, fraß sich erbarmungslos in seine Knochen.

»Lord Attwood. In seinem Haus. Vere Street, Marylebone.«

John war von Natur aus ein stiller Mensch, der Worte nur noch abgehackt ausspuckte, wenn er von seinen Nerven überwältigt wurde.

»Der Earl of Lennox?«, fragte Sally.

Sie hatte beide Hände so fest um ihren Fächer geschlungen, dass ihre Knöchel weiß hervortraten.

Edward kannte den Earl. In ihren Kreisen war er kein Unbekannter. Er war ein Junggeselle, und das mit Ende dreißig. Es lag nicht daran, dass er ein schlechter Liebhaber war, denn küssen konnte er gut. Edward wusste das aus eigener Erfahrung. Nur küsste der Earl eben das falsche Geschlecht. Und genau diese Vorliebe war ihm jetzt zum Verhängnis geworden. Edward unterdrückte nur schwer ein Schaudern. Er brauchte keine Erinnerung daran, dass er das Leben eines Kriminellen führte, und doch kamen Mahnungen wie diese alle paar Monate wieder.

»Der Earl muss sich keine Sorgen machen«, grummelte George. Tiefe Furchen gruben sich in seine Haut. Unter normalen Umständen füllte sein Lachen jeden Winkel des Hauses, doch heute glich er einem grimmigen Bären, dessen abgehackte Schritte einen unheilvollen Rhythmus in den Holzboden stampften. »Der ist mit Sicherheit auf freiem Fuß, während der andere hinter Gittern hockt. Unsereins bekommt immer die volle Wucht der Schande zu spüren, während der Adel sich hinter Türen aus Mahagoni verschanzt und so tut, als sei nichts geschehen.«

Damit hatte er wohl recht, doch solch ein Skandal würde an niemandem spurlos vorübergehen, nicht einmal an einem angesehenen Earl. Es würde nicht viel brauchen, um den einen oder anderen willigen Zeugen zu finden, der für ein paar Schilling gegen ihn aussagte. Seine Gesinnung war ein offenes Geheimnis.

»Wer ist der andere Mann?«, fragte Edward.

»James Cooke. Ein Lakai«, antwortete John, und Edward sank das Herz.

Der Earl würde alles abstreiten und den Bediensteten zum Sündenbock machen. Und zahlen würde der Lakai, daran bestand kein Zweifel.

»Wer hat sie erwischt?«, fragte George, die Stirn in tiefe Falten gelegt.

»Der Butler und die Hausdame.«

»Glaubwürdige Zeugen. Dann gibt es keine Hoffnung«, deklarierte George und rieb sich über das Gesicht.

»Vielleicht schon«, warf Betty ein und sah Edward vorsichtig an.

Edward hatte eine unangenehme Vorahnung, blieb jedoch stumm.

»Betty, ich sag es ungern, aber wenn es stimmt, was John sagt, dann wird der Lakai nur noch zum Galgen laufen, und dann nie wieder«, erklärte Sally.

In ihren ausdrucksstarken Augen erkannte Edward die gleiche Müdigkeit, die auch er verspürte. Es hörte nie auf. Kaum war einer von ihnen verurteilt, musste der Nächste um sein Leben betteln.

»Erst werden Cooke und Attwood einem Richter vorgeführt«, warf Betty ein, ohne Edward aus den Augen zu lassen, »und wie es aussieht, wird das niemand anderes sein als Lord Richard Carr.«

Nun drehten ihm auch die anderen die Köpfe zu. Zum ersten Mal seit seiner Ankunft trat Stille ein.

»Edward«, sagte Sally, und es war sowohl eine Bitte als auch ein Befehl, »du musst es versuchen.«

Edward schüttelte vehement den Kopf. Bei der Erinnerung an sein letztes Treffen mit dem Richter begann sein Herz, schmerzhaft gegen seine Rippen zu schlagen.

»Du musst«, forderte George mit schwerer Stimme.

»Bitte«, flehte John.

Edward sah zu Betty, der entschlossen das Kinn reckte.

»Attwood wird sich schon irgendwie selbst aus der Schlinge ziehen. Aber das Einzige, was uns von dem Lakaien unterscheidet, ist, dass wir hier sitzen dürfen und nicht im Gefängnis. Du kannst zu Carr gehen und das Schlimmste verhindern oder dabei zusehen, wie der Mann am Galgen baumelt. Aber eines Tages wirst du dir wünschen, dass jemand deinen Hals rettet – und Gnade dir Gott, wenn niemand deine Gebete erhört.« Betty, sonst warmherzig und immer zu einem Scherz aufgelegt, servierte Edward diese Wahrheit mit schonungsloser Härte.

Edward hatte sich geschworen, dem Richter nie wieder vor die Augen zu treten, doch er konnte den Ernst der Lage nicht verleugnen.

»Schon gut, ich tu es«, sagte Edward heiser. Natürlich würde er es tun. Was waren schon ein paar schlaflose Nächte gegen ein Menschenleben? »Bringt mir Feder und Tinte, und ich setze einen Brief auf.«

Betty verließ wortlos das Zimmer. Während er im Nebenraum nach Schreibutensilien suchte, wich Edward den Blicken der anderen aus. Sein Bauch zwickte und rumorte. Kein Wunder, mit nichts außer Kaffee und Übelkeit erregenden Neuigkeiten im Magen. Er hatte schon mit seinen eigenen widersprüchlichen Emotionen zu kämpfen, er konnte nicht auch noch Georges Verzweiflung und Sallys Mitleid verdauen.

»Wie geht es Miss Raine, Sally? Stimmt es, was sich die Leute erzählen?«, fragte Edward, um auf den eigentlichen Grund zu kommen, warum er den Purple Palace aufgesucht hatte. Außerdem konnte er die Ablenkung gerade dringend gebrauchen.

Sally rieb das Muttermal auf ihrer Schläfe. Ein eindeutiges Zeichen, dass sie aufgewühlt war.

»Es ist wahr. Das Collier und die Ohrringe sind futsch. Und Amelia ... nun, es ging ihr schon besser.«

»Wie ist es passiert?«

Sally zuckte mit den Schultern. »Es war irgendwann gegen Morgen. Eigentlich wollten wir gar nicht so lange bleiben, aber der Punsch von Lady Montagu entriss uns jegliches Zeitgefühl. Wir mussten Stunden in einem der Gästezimmer gewesen sein, und da war das Collier noch da. Später, als wir wieder in den Ballsaal kamen, musste ich mal und ließ Amelia nur für einen Moment allein.«

Mit einem Ruck, der John zusammenfahren ließ, öffnete sie den Fächer und wedelte sich nervös Luft zu.

»Ich hätte nicht gehen sollen. Als ich zurückkam, war sie nirgends zu sehen, also klapperte ich die Zimmer ab und fand sie schließlich auf dem Boden im Blauen Salon. Sie war schrecklich betrunken und ganz verheult und suchte unter den Sofas nach den Amethysten. Aber da waren sie nicht und auch nirgendwo sonst.«

Amelia konnte den Schmuck kaum verloren haben. Sie war zu besorgt gewesen, als dass ihr solch ein leichtsinniger Fehler unterlaufen wäre. Daher mussten es äußerst geschickte Finger gewesen sein, die ihr die Steine von Hals und Ohren gepflückt hatten. In Gedanken begab er sich in die Argyll Rooms zurück, doch er konnte nicht behaupten, dass ihm jemand aufgefallen war, der besonders verdächtig ausgesehen hatte. Es war eine bunte Affäre gewesen, auf der sich sowohl der Adel als auch Neureiche und eine Mischung aus Kunstschaffenden und Schaulustigen mit dem nötigen Kleingeld herumgetrieben hatten. Es war unmöglich, die eine Person herauszupicken, die den Ball mit Edelsteinen verlassen hatte, die ihr nicht gehörten.

Sally sah mit stumpfen Augen ins Leere. Erst als John die Hand ausstreckte, um ihr nervöses Wedeln zu unterbinden, wurde sie sich ihrer Umgebung wieder bewusst.

Sie sah John schuldbewusst an und sagte: »Ist nicht so wichtig. Amelia wird schon wieder, und es sind nur ein paar lächerliche Amethysten. Nichts im Vergleich zu …«

Ihre Worte blieben im Raum hängen. Sie musste nicht aussprechen, was ihnen allen schmerzhaft bewusst war.

Die Luft war dick wie gekippte Milch und roch genauso. Edward sprang unvermittelt auf, wobei John erneut zusammenzuckte und Sally fast ihren Fächer fallen ließ. Er kämpfte mit dem Fenster, als Betty wieder in den Raum trat.

Betty legte Pergament, Tinte, Feder und Wachs auf einen Tisch und gab den anderen einen Wink, Edward alleine zu lassen.

Sally richtete sich auf, küsste Edwards Wange und trat in den Flur.

»Passt auf euch auf«, sagte sie und sah alle bedächtig an. »Da draußen werden sie sich die Münder zerreißen und bei jedem Mann, der schief läuft, gleich zweimal hinschauen.«

John und George stolperten aus dem Zimmer. Betty legte eine kräftige Hand auf Edwards Schulter, dann folgte er den anderen.

Edward verstand nun, warum Betty sich der Schminke und dem Abendkleid entledigt hatte, mit dem er sonst im Purple Palace Hof hielt. Betty hatte Angst, und das beunruhigte Edward mehr als Johns Schweißausbruch oder Georges gravierende Miene.

Betty zog die Tür zu und ließ Edward mit dem unbeschriebenen Pergament allein. Sofort wünschte er sich ihrer aller Gesellschaft zurück. Eben hätte er noch alles für einen Moment gegeben, um seine Gedanken in Ruhe ordnen zu können, doch die plötzliche Einsamkeit war noch bedrückender als die angeknackste Stimmung seiner Freunde. Nun stand nichts mehr zwischen ihm und dem Brief an Richard Carr. So schnell war ein gewöhnlicher Tag zu einem Häufchen Elend verkommen. Der Streit mit Melville schien Edward nichtig, geradezu banal im Vergleich. Lieber würde er jetzt in dem kleinen Innenhof sitzen und sich einen Schlagabtausch mit dem Lord liefern, als dass er über Hinrichtungen nachdachte.

Er schlug sich den Lord aus dem Kopf, verfluchte die Plüschsessel, die ihm plötzlich gewöhnlich und geschmacklos erschienen, und setzte sich an den Tisch. Je schneller er den Brief verfasste, umso eher konnte er diesem Raum entfliehen. Er tauchte die Feder in die Tinte und begann zu schreiben.

Gezinkte Karten

Das Wetter war ein Geiselnehmer und Francis sein Komplize. Seit zwei Tagen regnete es in Strömen. Das stete Geräusch der Tropfen auf den Fensterscheiben verfolgte Freddy bis in seine Träume. Auch sein Bruder ließ ihm keine Ruhe. Wenn er nicht Seite für Seite einen Roman über ein verzogenes Mädchen mit Vaterkomplexen und Bindungsängsten nacherzählte, zwang er Freddy zu einem unendlichen Spielemarathon, wobei weder Schach noch Whist ausgespart wurden.

Jedes Mal, wenn Francis eine Runde verlor und ihm gegen das Schienbein trat, sprangen Freddys Gedanken zu Edward Arden. Für eine Sekunde saßen sie wieder im Kaffeehaus, dann verscheuchte der Schmerz die Erinnerung.

Freddys Bein war schon übersät mit einem blühenden Strauß blauer Flecken, doch gleichzeitig brannte die Innenseite seines Oberschenkels, als hätte Arden noch einen Augenblick zuvor sein Knie an ihn gelehnt.

Eine Möglichkeit, diesem lethargischen und sadistischen Umfeld zu entkommen, war der Gentlemen's Club. Dafür müsste Freddy jedoch vor die Tür treten, und außer Zigarren, Whisky und Männern, die sich über ihre Ehefrauen beschwerten, bot das White's nicht viel

Abwechslung. Zumal es an Spirituosen in seinem eigenen Haus nicht mangelte.

Die zweite Möglichkeit, den schnöden Alltag etwas aufzumischen, war, sich Florence und Brock anzuschließen, wie sie eine Galerie nach der anderen abklapperten. Er würde sich stundenlang die äußerst deprimierende Geschichte von diesem und jenem längst verstorbenen Künstler anhören müssen. Da waren Emma Woodhouses zum Scheitern verurteilte Verkupplungsmanöver doch spannender.

Wie Brock überhaupt heiratsfähige Frauen kennenlernen wollte, wenn er ständig am Rockzipfel seiner Cousine hing, war Freddy ein Rätsel. Zumal bei diesem Vornamen alle Hoffnung verloren war. Der Mann war zu bemitleiden. Ein ewiger Junggeselle, nur weil sein Vater kein Talent bei der Namenswahl bewiesen hatte. Dabei war Brock nicht mal unansehnlich.

Eine Karte traf Freddy an der Nase und rettete ihn davor, weiter über die Attraktivität seines Cousins zu ruminieren. Er schüttelte sich, während Francis ihm über den Spieltisch hinweg mit einem ungeduldigen Runzeln entgegenstarrte.

»Dein Zug«, mahnte er.

Freddy legte folgsam eine Dame ab und sammelte den Stich ein.

»Wieso heißt es überhaupt ›deutsches Whist‹?«, wollte Francis wissen.

Freddy legte eine andere Dame ab und sah zu, wie Francis sie mit einem König einsammelte. Ein leichtsinniger Fehler, doch Freddy war nicht wirklich bei der Sache.

»Weil die Deutschen zu steif sind, um vier Leute auf einer Party zu versammeln. Daher sind sie gezwungen, Whist zu zweit zu spielen«, entgegnete er.

»Also wie wir«, sagte Francis und gewann auch den nächsten Stich.

Freddy bedachte seinen Bruder mit einem vorwurfsvollen Blick.

»Na, stimmt doch! Selbst Tanta Marian ist bei Henry Burgess zum Tee eingeladen.«

Freddy stöhnte innerlich auf, als sein Bruder den Namen des überkandidelten alten Nachbarn erwähnte. Wahrscheinlich saßen die beiden in dem mit zahlreichen Einhörnern geschmückten Salon, während Burgess Tante Marian mit verruchten Sagengeschichten fütterte. Zugegeben, die Sex-Eskapaden griechischer Halbgötter waren wohl spannender als Kartenspiele mit den Neffen.

»Dich hält niemand davon ab, eigenen Tee-Terminen nachzugehen, Francis.«

»Und wer passt dann darauf auf, dass du nicht an deiner eigenen Schwermut erstickst? Seit Tagen schlurfst du durchs Haus wie eine Debütantin mit Herzschmerz.«

Freddy senkte empört das Blatt. Francis übertrieb maßlos. Er konnte nichts dafür, dass das Wetter so trist und die Tage so leer waren.

»Nennst du mich eine einsame Jungfer?«

»Ich sag nur, dass deine Taschen voll sind und sich dir in London jede Tür öffnet, wenn du nur in ihre Richtung schielst.«

»Warum bist du dann nicht da draußen? Du hast nicht minder Geld«, gab Freddy zurück.

»Ich steh nicht so auf Spielhöllen und Lusthäuser.«

Das stimmte wohl. Francis verbrachte seine freien Stunden lieber mit einem Buch über Botanik oder Zoologie. Freddy hatte noch nie verstanden, was an sezierten Fröschen, Affengehirnen und der Fremdbestäubung von Orchideen so faszinierend war. Manchmal dachte er, dass es Francis guttäte, weniger Zeit mit der Nase in einem Buch und dafür mehr mit der Hand unter dem Rock einer Dirne zu verbringen. Gleichzeitig verspürte er leisen Stolz auf seinen kleinen Bruder, der sich nicht von anderen beirren ließ, egal, wie sehr sie sich über sein Interesse an fleischfressenden Pflanzen lustig machten.

Zumal Sex nicht der Zenit körperlicher Lust war, den sich alle davon versprachen. Um ehrlich zu sein, hatte Freddy mehr Spaß mit sich selbst. Zumindest, wenn er bewusst der Erregung nachging, und nicht von verwirrenden Träumen überfallen wurde.

Von süßem Honig und himmlischem Genuss war bei seinen Vorstößen zwischen die Beine einer Frau bisher nichts zu finden gewesen. Da waren stets nur unbeholfenes Gefummel und ein bitterer Nachgeschmack, der sich auch nach einem gründlichen Bad nicht lösen wollte. Als hätte er ein Verbrechen begangen, hielten ihn Schuldgefühle anschließend fest im Griff. Nur wusste er nicht, was tatsächlich schiefgelaufen war.

Manchmal fragte Freddy sich, ob jeder Mann schlichtergreifend log, wenn er von seinen Eroberungen prahlte. Als sei nicht der Sex an sich das Haupterlebnis, sondern ausschließlich, wer die fantasiereichsten Geschichten darüber erzählte.

Als könnte Francis seine Gedanken lesen, warf er Freddy einen eigenartigen Blick zu.

»Man könnte fast meinen, du hättest Liebeskummer«, sagte er.

Die Behauptung war so weit entfernt von Freddys Gedanken, dass er überrascht gluckste. »Blödsinn«, entgegnete er.

Elizabeth Ailesbury war hübsch und wohlerzogen, aber Freddy konnte nicht behaupten, dass sie sein Herz höherschlagen ließ. Er hatte nichts an ihr auszusetzen und empfand ihre Gesellschaft als angenehm, doch dasselbe konnte er von Florence und Tante Marian behaupten.

Die Vorstellung, Elizabeth Ailesbury zu Lady Melville zu machen, ein Haus mit ihr zu teilen und Kinder zu zeugen, ließ ihn kalt. Daher hatte er auch entschieden, den Kontakt mit ihr so schnell wie möglich abzubrechen. Er wollte ihr nicht noch mehr falsche Hoffnungen machen und fühlte sich schuldig, dass der gesamte *Ton* ihn und Elizabeth bereits als unabdingbare Tatsache betrachtete. Je früher er sie erlöste, umso schneller würde sie sich nach einem anderen Gatten umschauen können.

Freddys Gedanken wurden von einer plötzlichen Unruhe im Hausflur unterbrochen. Er vernahm gedämpftes Stimmengewirr, eine Tür fiel ins Schloss, Schritte näherten sich und als Freddy aufsah, stand eine fröhliche Florence schon im Salon. Wenn er es nicht besser wüsste, würde er denken, sie käme von einem erholsamen Picknick im Park, wo sie sich an Trauben und Wein gelabt und ordentlich Sonne getankt hatte.

Brock erschien neben ihr und zog im Vergleich zu Florence eine Miene, als bereute er zutiefst, den Fuß vor die Tür gesetzt zu haben. Freddy konnte es ihm nicht verübeln. Würde man ihn auswringen, könnte man einen ganzen Teich mit Wasser füllen. Er blinzelte genervt und wischte sich Regentropfen aus den Augen.

»Florence, hast du versucht, unseren lieben Cousin zu ertränken?«, fragte Freddy, und zum ersten Mal an diesem Tag schlich sich ein Grinsen auf sein Gesicht.

Florence blickte etwas schuldbewusst drein.

»Ich hätte mein Retikül nicht in der Kutsche vergessen sollen. Cousin Brock war so freundlich und bot an, es zu bergen, machte dabei jedoch nähere Bekanntschaft mit einer Pfütze.«

Florence warf sich auf ein Sofa und schlüpfte aus den Schuhen.

»Ihr spielt Whist?«

»Mehr schlecht als recht«, antwortete Francis, »Freddy ist zu nichts nütze. Aber jetzt, wo ihr da seid, können wir eine richtige Runde beginnen.«

Florence schürzte die Lippen.

»Spiele ohne Einsatz langweilen mich. Lasst uns lieber Faro spielen«, schlug sie vor.

»Tante Marian duldet keine Glücksspiele im Haus«, sagte Francis entschieden.

»Tante Marian ist zu Besuch bei Burgess und du hast nur Angst, gegen mich zu verlieren«, erwiderte sie.

»Na gut. Du kannst die Bank sein«, sagte Francis.

»Ich werde nicht dabei zusehen, wie ihr Gewinne macht, während meine einzige Aufgabe ist, die Karten auszuteilen. Und von meinem kleinen Bruder lass ich mir gar nichts vorschreiben.«

»Francis, du bist die Bank«, befahl Freddy.

»Bin ich nicht!«

»Ich bin die Bank«, warf Brock ein, der noch immer bedröppelt im Türrahmer stand, »aber vorher ziehe ich mir etwas Trockenes an.«

Er verschwand aus dem Salon und hinterließ einen dunklen Fleck auf dem Teppich.

Während Francis die Karten zu mischen begann, erhob Florence sich von dem Sofa und glitt auf leisen Sohlen zu Freddy. Dabei trug sie einen Gesichtsausdruck, der ihm sagte, dass sie einen Angriff plante.

»Was immer es ist, meine Antwort ist Nein.«

Florence schürzte die Lippen und trat hinter die Lehne.

»Du weißt gar nicht, was ich sagen möchte.«

Sie zupfte an einer Strähne von Freddys Haar. Er schlug genervt ihre Hand fort.

»Das muss ich auch nicht. Ich weiß jetzt schon, dass es mir missfallen wird.«

Florence vergrub ihre Hände erneut in Freddys Haar und knetete seine Kopfhaut. Freddys Augen flatterten genussvoll, doch er würde sich nicht von ihr erweichen lassen, egal, welche Methoden sie noch anwandte, um sich seinen Gefallen zu erschleichen.

»Ich gehe morgen zum Maskenball in Osterley House«, sagte Florence in beiläufigem Tonfall.

Freddys Augen flogen auf und er grinste höhnisch.

»Das halte ich für eine Lüge«, entgegnete er.

Florence gab ihm einen Klaps auf den Kopf.

»Warum verdirbst du mir jeden Spaß?«

»Tu ich gar nicht. Du scheinst riesigen Spaß daran zu haben, Brock durch die Stadt zu jagen. Habe ich je ein Wort darüber verloren?«

Florence ließ sich auf einen Stuhl fallen und warf ihm einen zornigen Blick zu.

»Freddy, mein Debüt liegt Wochen zurück. Seitdem war ich auf keinem einzigen Ball, während die Saison an mir vorbeizieht. Und das alles nur, weil du Tante Marian erzählt hast, ich hätte mich peinlich betrunken.«

»Du hast dich peinlich betrunken«, sagte Freddy, um sie zu reizen.

»Ich hatte kaum mehr als ein Glas Wein und war vielleicht beschwipst, aber peinlich und betrunken sind maßlose Übertreibungen, und das weißt du! Und wo wir schon bei ›peinlich‹ sind: Der einzige Grund, dass du mich nicht auf einen Ball lässt, ist, weil du nicht mit deiner Schwester in der Öffentlichkeit gesehen werden willst!«

»Unfug«, sagte er nur.

»Ich bin beliebter als du, sieh es ein. Du bist nicht gerade der Mittelpunkt einer jeden Party. Mich dagegen mögen die Leute«, behauptete Florence weiter.

Francis hatte aufgehört die Karten zu mischen, und sah sich stattdessen genüsslich die Kabbeleien seiner Geschwister an. Es war die beste Unterhaltung des Tages und er wollte sich keine Sekunde entgehen lassen.

»Es ist mir egal, wie beliebt du bist. Ich muss niemandem etwas beweisen. Maskenbälle sind schlicht und ergreifend zu wild für eine Dame von Rang, die ihren Alkohol nicht halten kann«, tadelte Freddy.

Florence ließ sich nicht beirren.

»Weißt du, was ich glaube? Ich glaube, in Wirklichkeit bist du der Peinliche von uns beiden und willst nicht, dass ich sehe, wie du dich auf Bällen verhältst. Du hast Angst, dass ich sofort zu Tante Marian renne und ihr alles erzähle. Aber im Gegensatz zu dir habe ich es nicht nötig, meine Geschwister zu verpetzen.«

Freddy sah aus dem Augenwinkel, wie Brock den Salon betrat. Bei der Erinnerung an Lady Montagus Ball kroch ihm die Hitze ins Gesicht.

»Florence, wenn ich dich nicht auf Bällen sehen möchte, dann nur, weil ich um dein Wohlergehen besorgt bin«, sagte er, was seiner Schwester ein Schnauben entgleiten ließ. »Männer sind Haifische und du bist nichts als eine niedlicher, kleiner Babydelfin.«

»Du bist ein Heuchler vor dem Herrn!«, rief Florence.

»Ich meine es ernst! Ich werde den Ball nicht damit verbringen, deinen Anstandswauwau zu geben.«

»Brock kann mein Anstandswauwau sein. Zumal er ganz hingerissen von Lady Elphinston ist und es kaum erwarten kann, sie wiederzusehen, nicht wahr, Brock?«, fragte Florence und warf ihm einen Augenaufschlag zu, der ihn vermutlich zum Schmelzen bringen sollte. Doch Freddy hatte das Gefühl, dass Brock nicht gerne Wauwau genannt wurde. Außerdem hatten er und die Lady auf dem Montagu-Ball kein einziges Wort miteinander gewechselt. Wenn das Brocks Strategie war, alleinstehenden Damen den Hof zu machen, würde er sein Leben lang ein Bachelor bleiben.

»Ich erwähnte schlicht, dass die Lady Korallen sehr zu mögen scheint, wenn sie sich so mit ihnen behängt«, sagte Brock mit gerunzelter Stirn, ohne auf Florence' Bitte einzugehen.

Ein Bote unterbrach das Gespräch. Mit einer kurzen Verbeugung wandte er sich an Freddy.

»Es wurde soeben ein Brief für Lord Melville abgegeben.«

Der Bote kam zum Tisch und streckte die Hand mit der Post aus, doch Florence schnappte sich den Brief zuerst und ließ ihn prompt unter ihren Allerwertesten gleiten.

»Den bekommst du erst, wenn du mir versprichst, Tante Marian zu überreden, mich zum Maskenball gehen zu lassen«, forderte sie.

Der Bote verharrte überrumpelt mit dem Arm in der Luft, ehe er sich zusammenriss und wortlos aus dem Salon verschwand.

Freddy hielt wortlos die Hand auf.

»Clementina und ich haben schon vor Wochen die Karten erstanden. Ich kann sie jetzt nicht hängen lassen!«

Freddy hatte recht wenig Mitgefühl für Florence' beste Freundin. Clementina Carrington war eine junge Dame, deren hübsches Aussehen den Hang zu reißerischen Lästereien und unverhohlenem Neid auf die Reichtümer anderer nicht kaschieren konnte, dabei war sie eine der reichsten Erbinnen in London. Ihre Eltern planten in wenigen Wochen einen Ball, um die frisch renovierte Saaldecke ihres Heims einzuweihen. Clementina sprach seit Beginn der Saison von nichts anderem. Freddy verstand nicht, was an einem Neuanstrich so besonders sein sollte, dass gleich eine ganze Veranstaltung angesetzt werden musste.

Er zuckte nur mit den Schultern und sah bedeutungsvoll auf seine weiterhin leere Hand.

»Du wirst weder mit mir reden noch tanzen müssen«, bot Florence an, ohne Anstalten zu machen, den Brief von ihrem Po zu befreien.

»Tanzende Geschwister sind unschicklich«, warf Francis ein.

»Du kannst die ganze Nacht so tun, als würdest du mich nicht kennen, und ich werde den Gefallen mit großer Freude erwidern.«

Freddy seufzte. Er war des Streites überdrüssig und sah keinen Sinn darin, Florence weiterhin zu enthalten, was sie ohnehin auf Biegen und Brechen bekommen würde. Und wenn sie in der Ballnacht aus dem Fenster kletterte. Immerhin würde Brocks Anwesenheit Freddy von seinen Pflichten als Aufpasser erlösen.

»Tu, was du nicht lassen kannst. Aber heul dich nicht bei mir aus, wenn dich niemand zum Tanz bittet.«

Florence warf schnippisch den Brief auf den Tisch.

»Ja, richtig, weil das Selbstwertgefühl einer Frau so zerbrechlich ist, dass sie sich an der Schulter ihres Bruders ausheulen muss, wenn sie keinen Tanzpartner findet.«

Freddy verdrehte die Augen und riss den Brief auf, ohne auf das Siegel zu achten. Florence wandte sich indes mit einem Gewinnerlächeln an Brock.

»Oh, wie gut, du bist trocken. Eine Schande, wenn du dir vor dem Ball eine Erkältung einfangen würdest!«

»Können wir jetzt spielen?«, fragte Francis, der Brock ungeduldig den Kartenstapel hinschob.

Während Brock dreizehn Karten offen auf dem Tisch verteilte, begann Freddy, den Brief zu überfliegen.

Sein Atem stockte. Eine kalte Faust legte sich um seinen Magen und drückte mit jedem unheilbringenden Wort, das sich ihm darbot, fester zu. Sein Blick flog zum Briefende.

Dort, in einem altbekannten Schnörkel, der keinen Zweifel zuließ, saß die Signatur des Marquess of Ripon.

Ruckartig stand er auf.

»Freddy, bleib sitzen! Wir haben noch nicht mal angefangen!«, rief Francis empört.

»Mir ist die Lust am Spiel vergangen«, sagte Freddy und flüchtete aus dem Salon.

Er konnte Francis' erzürnten und Florence' besorgten Blick im Nacken spüren, doch er hatte plötzlich andere Sorgen.

Er nahm die Treppen in den ersten Stock, trat in seine Kammer und warf die Tür hinter sich ins Schloss. Dann glitt er an ihr hinab und entfaltete den Brief erneut.

Im spärlichen Licht, das durch die regenbehängten Fenster fiel, begann er zu lesen.

FREDERICK,

DEINE TANTE INFORMIERT MICH, DASS DU ELIZABETH AILESBURY DEN HOF MACHST. ICH HALTE DIES FÜR EINE BESONNENE VERBINDUNG UND BEFÜRWORTE DEINE WAHL.

DU WIRST NOCH DIESE WOCHE UM IHRE HAND ANHALTEN. DU ENTSTAMMST EINER EHRWÜRDIGEN UND UNGEBROCHENEN LINIE UND ES IST DEINE AUFGABE, DEN FAMILIENNAMEN AUFRECHTZUERHALTEN. ES WIRD ZEIT, DEINE PFLICHTEN ZU ERFÜLLEN. DIE JAHRE JUGENDLICHER ALBERNHEITEN SIND VORBEI.

ICH ERWARTE DIE NEUIGKEITEN DEINER VERLOBUNG IN KÜRZE.
DEIN VATER,

RIPON

In anderen Worten: Freddy war wirklich und wahrhaftig am Arsch.

Die Göttin und die Pest

Zur Abwechslung hätte Edward gerne auf den Ball verzichtet, doch Betty Blackstone trieb ihm den Gedanken kurzerhand wieder aus.

»Ich will es gar nicht erst hören!«, rief sie mit erhobenem Finger, wobei die Perlen um ihr Handgelenk klimperten.

Nach den grausigen Neuigkeiten der letzten Woche war Edward der Appetit auf ohrenbetäubende Musik und albern kreischende Menschen vergangen.

Betty jedoch war zurück in ihrem violetten Ballkleid, dessen ausladende Rüschen sie regelrecht erdrückten. Das Haar ihrer Perücke war zu einem Turm geflochten, auf dessen Spitze ein glitzernder Kolibri thronte. Natürlich durfte auch der Kohlestift nicht fehlen.

»Wo wären wir, wenn wir uns jedes Mal vor Angst verkriechen würden, nur weil sie einen dabei erwischt haben, wie er sich durchnudeln ließ? Das ist kein Leben!«, rief sie theatralisch. »Zumindest keins, das ich leben möchte«, setzte sie schnippisch hinzu.

Sie hatte gut reden, schließlich blieb sie in den sicheren Mauern des Purple Palace, während Edward sich nach draußen wagte. Dabei wollte er nichts anderes tun, als sich ordentlich zu verkriechen. Vorzugsweise mit

Sir Pembroke im Arm. Es hatte seine Vorteile, einen Kater durchzufüttern, der süchtig nach Speck und Aufmerksamkeiten war. Immer ein treuer Gefährte, dessen Schnurren das Einschlafen so viel einfacher machte, vor allem dann, wenn die Welt sich mal wieder von ihrer unschönen Seite zeigte.

Seit Tagen prangte der Vere-Street-Skandal auf der Titelseite jeder Zeitung, von Tagesblättern wie *The Times* bis hin zum *Observer am Sonntag*. Dabei wurden die Ereignisse immer in ominösere Beschreibungen gehüllt, als sei die Realität zweier wollüstiger Mollys zu unvorstellbar, um sie in Worte zu fassen. Von einem Sittlichkeitsdelikt war die Rede, von Lastern, Sünde und Boshaftigkeit. Man könnte meinen, sie hätten Satan höchstpersönlich aus der Hölle heraufbeschworen. Doch was genau Lord Attwood und James Cooke in dem Hinterzimmer trieben, als sie von den Bediensteten überrascht wurden, blieb der Fantasie überlassen. Fest stand: Es war von solch widernatürlicher Perversion, dass sie würden zahlen müssen, vermutlich mit ihren Leben.

Edward hatte seine Dachkammer nur verlassen, um sich im Purple Palace nach einer Antwort auf den Brief zu erkundigen. Doch seine Bitte hatte bisher keine Früchte getragen. Lord Carr schwieg. Die ausbleibende Reaktion war ein eindeutig. Der Richter hatte kein Interesse daran, seinen Hals für einen niedrigen Hausdiener und einen schändlichen Lord zu riskieren.

Edward konnte es ihm nicht übel nehmen. Auch er hing an seinem Leben. Anstatt sich gegen die Verurteilung der Männer auszusprechen, könnte er gleich den St. James's Palace in Brand stecken. Beides kam einem Selbstmord gleich.

»Edward, Darling«, flötete Betty und nahm neben ihm Platz. »Ich meine es ernst. Wasch dir den Kummer aus dem Gesicht, wirf dir was Hübsches über und schwing das Tanzbein.«

Betty ließ es einfach klingen, doch es war Edward unmöglich, sich Attwoods und Cookes Schicksal aus dem Kopf zu schlagen. Es fühlte sich falsch an, jetzt zu feiern, während andere auf ein mögliches Todesurteil warteten.

Obendrauf war jede Berührung, die Edward mit einem Mann austauschte, jede Nacht, die er in einem fremden Bett verbrachte, ein Tanz mit dem Feuer. Er war nur eine zufällige Entdeckung oder eine neugierige Schnüffelnase davon entfernt, im Newgate Prison zu landen, wo er, anstatt mit reichen Hochgeborenen, mit Flöhen, Ratten und Kriminellen schlafen würde.

»Ich weiß nicht, ob ich es wagen möchte, mich momentan auf einem Ball zu zeigen«, sagte er.

»Seh ich etwa aus, als hätte ich Angst?«, fragte Betty und breitete die Arme aus.

»Nein«, sagte Edward.

»Na, siehst du! Hab ich aber. Ein nutzloser Prinzregent mit nichts als Steuererhöhungen im Kopf ist genug; ich muss mich nicht auch noch von Furcht regieren lassen.« Sie tätschelte ihm mütterlich die Hand. »Ein Ball wird dir guttun. Dich auf fröhliche Gedanken bringen. Tu einfach so, als hättest du Spaß, und irgendwann kommt er ganz von selbst. Vielleicht siehst du sogar etwas, das dir gefällt. Von nun an werden wieder andere Dinge als Trübsal geblasen«, gackerte Betty.

Ein kleiner Teil von Edward war empört, dass Betty im Angesicht solchen Unheils derbe Witze machte. Gleichzeitig verstand er, dass es ihre Art war, mit der Situation umzugehen. Bei einem Schiffbruch gab es die Wahl zwischen Ertrinken und Schwimmen, und Betty schwamm in großen Zügen davon.

Edward konnte den Rest seines Lebens in seiner Kammer verbringen, doch er fürchtete Einsamkeit mehr als Verachtung. Lieber wurde er von wenigen geliebt und vielen geächtet, als dass er von seinem Fenster aus zusah, wie sich die Welt ohne ihn weiterdrehte. Irgendwann würde sich selbst der Kater langweilen und einen spannenderen Meister finden.

Noch dazu hatte Edward zwar nichts an Sir Pembrokes Kuschelkünsten auszusetzen, aber er vermisste die Arme eines Mannes um seine Mitte. Sex kam mit dem Vorteil, dass er sowohl Spaß als auch Geld einbrachte. Zumindest, wenn der Partner nicht gänzlich untalentiert war.

»Einverstanden«, sagte Edward, »aber ich brauche eine Maske.«

Betty war hellauf begeistert. »Ein Maskenball?«, rief sie. »Jetzt bin ich neidisch. Ich könnte dich begleiten und müsste mich nicht einmal umziehen!«

Damit lag sie nicht falsch. Zahlreiche Männer nahmen die Gelegenheit beim Schopf, zwangen sich in Korsetts und grelle Kleider und verbrachten die Nacht damit, in Ohnmacht zu fallen und sich gegenseitig unter die Röcke zu linsen. Was sicher witzig war, außer man hatte etwas zu verstecken.

»Karten sind seit Wochen ausverkauft. Aber wenn es dich so sehr reizt, überlasse ich dir meine«, schlug Edward vor.

»Papperlapapp«, rief Betty, »du bist in der Blüte deiner Jugend. Es gibt so viele hübsche Veilchen, die nur darauf warten, von dir gepflückt zu werden. Mich vertrockneten Rosenbusch will niemand mehr haben.«

Edward runzelte die Stirn.

»Du bist kaum zehn Jahre älter als ich«, sagte er.

»Zwölf«, berichtigte Betty ihn, »also vertrau dem Wort eines alten Frauenzimmers und nutze die Zeit, die dir noch bleibt. Bald hängen Dinge, die nicht hängen sollten, und was jetzt noch standhaft ist, lässt dich mit der Zeit auch im Stich. Memento mori und dergleichen, du weißt schon.«

Betty zerrte ihn aus dem Sessel und hinein in einen überfüllten Raum am anderen Ende des Ganges. Hier gab es keinen Fleck, der nicht mit Stoff und Stickereien versehen war. Kleider und Mäntel quollen aus allen Ecken, und die wenigen Oberflächen waren übersät mit Glasperlen, Hüten und Pinseln.

Betty griff hinein in das Chaos und präsentierte Edward ein ockerfarbenes Kleid mit ausladendem Reifrock.

»Die Farbe gefällt mir, aber die Fische, die ich fangen möchte, sind keine Frauenhelden. Wams und Frack sind mir lieber.«

Betty grummelte enttäuscht vor sich hin. Sie hängte das Kleid wieder zurück und begann damit, sich zielgerichtet durch Schubladen und Schmuckkästchen zu wühlen. Sie ging dabei vor wie ein Bibliothekar, der genau wusste, welches Werk sich wo befand. Nur würde kein Bibliothekar der Welt seine Bücher durch die Luft werfen, wie Betty es nun mit den Kleidungsstücken tat. Eher er sichs versah, war Edward unter einem Berg aus Stoff begraben.

»Na los, rein da!«, befahl sie und stopfte ihm einen unordentlichen Stapel in die Arme. »Während du dich umziehst, treibe ich 'ne Flasche Wein auf.«

Als sie erneut die Kammer betrat, einen Claret und zwei Gläser in den Händen, stieß sie ein Pfeifen aus.

»Wie von König Midas geküsst«, sagte sie bewundernd.

Edward trug ein schneeweißes Wams, das mit goldenen Ranken bestickt war. Ein ockerfarbener Frack schmiegte sich an seinen Oberkörper und ein Mantel aus feinster Seide wogte um seine Fersen wie flüssiges Gold.

Edward fühlte sich kostbar. Wer auch immer sich heute Nacht seinen Gefallen erkaufen wollte, würde einiges dafür hinblättern müssen.

»Fehlt nur noch das Krönchen zum Abschluss.«

Betty drückte ihm Wein und Gläser in die Hand und zog aus den Untiefen der Schatzkammer eine venezianische Maske hervor. Federn rahmten wie Sonnenstrahlen die leeren Augenhöhlen, und Edward wusste: Sein Auftritt würde für Aufruhr sorgen.

Während er sich die Maske anlegte, schenkte Betty ihnen ein.

»Worauf stoßen wir an?«, fragte Edward mit einem großzügig gefüllten Glas Wein in der Hand.

»Wer braucht schon einen Grund?«, entgegnete Betty, »Aber gut. Wir trinken auf Stolz und Standhaftigkeit.« Betty zwinkerte und setzte ihre grell geschminkten Lippen an das Glas.

Edward hob das seine und trank.

Wenig später stand er allein im Schatten einer Hauswand und beobachtete das Getümmel vor Osterley House. Es war ein beeindruckendes Gebäude, umringt von Säulengängen und gekrönt von einer gewaltigen Kuppel. Eine Kutsche nach der anderen fuhr vor und entlud Scharen kichernder und grölender Gäste.

Bei Edward schlichen sich erneut Zweifel ein. Nicht mit dem sinkenden Schiff unterzugehen, war eine Sache, doch hier stolzierte er wie der König höchstpersönlich durch die Gegend, während James Cooke im Gefängnis verrottete und auf sein Urteil wartete.

Er beschloss, Lord Carr nun doch noch am nächsten Tag einen Besuch abzustatten, sollte er bis zum Morgen keine Antwort erhalten haben. Das war er Attwood und Cooke schuldig.

Die Lust auf den Ball war ihm trotz allem vergangen. Er war im Begriff, der Veranstaltung direkt wieder den Rücken zuzukehren, als sein Blick auf die Treppe vor dem Anwesen fiel. Warmes Licht strömte aus dem offenen Portal und hüllte die Leute in tanzende Schatten. Etwas an der eleganten und zugleich widerwilligen Haltung eines Gentlemans, der soeben einer Dame die Hand reichte, ließ ihn aufmerken. Das Paar verschwand in der Eingangshalle, doch Edward war sich sicher, dass er soeben einen Schimmer roten Haares hatte aufblitzen sehen. Er spürte, wie Aufregung seinen Atem beschleunigte.

Bevor er sichs versah, schritt er über die Straße. Am Eingang zeigte er seine Karte vor, dann trat er in das Gebäude.

Edward hatte große Lust, die Fehde zwischen ihm und Melville erneut zu entfachen. Er sehnte sich nach dem schwindelerregenden

Rausch aus Zorn und Erregung, den Melvilles scharfe Zunge in ihm auslöste. Vielleicht war ein Zank mit einem selbstgefälligen und nicht weniger attraktiven Lord genau das, was er jetzt brauchte.

Im Saal angekommen, dämmerte ihm, dass es gar nicht so einfach werden würde, Melville in der Masse der Gäste zu finden. In dem weiten, kreisförmigen Raum wogte ein Meer von Kostümen, manche kostspielig und originell, andere konnte man kaum eine Verkleidung nennen. Ritter und Nonnen hüpften über die Tanzfläche, Queen Elizabeth I. und Cleopatra lachten sich schlapp darüber, wie Dionysios versuchte, einen Drachen zu bezirzen, und eine Gruppe von hochschwangeren Frauen kippte sich Port in den Rachen und warf ihm anzügliche Blicke zu, wobei Edward nicht sagen konnte, ob sich hinter den viel zu großen Bäuchen wirklich Damen versteckten.

Edward sah zur Kuppel hinauf, deren Farbe ihn an die blassblauen Eierschalen einer Singdrossel erinnerte. Goldene Äderchen wuchsen zur Spitze hinauf, wo ein verglastes Kuppelauge auf die Gäste hinabsah. Er erlaubte es sich, für die Dauer einiger Atemzüge in diesem himmlischen Anblick zu versinken, bevor er sich erneut ins Getümmel stürzte. Er spürte, wie sich ihm die Gesichter zuwandten und Dutzende Paar Augen an seinem goldenen Kostüm hinabglitten, schenkte ihnen jedoch keine Beachtung.

Die Suche nach dem schnöseligen Lord war heikler als erwartet.

Einen Tupfer Rot in diesem wilden Farbteppich zu erkennen, war, wie in einem Molly House einen Mann zu finden, der nur für ein nettes Gespräch aufgekreuzt war – ein Ding der Unmöglichkeit. Zumal er vorhin nicht hatte erkennen können, welche Verkleidung Melville gewählt hatte.

Einmal glaubte er, den richtigen Farbton entdeckt zu haben, doch als er näher herantrat, sah er nur eine hübsche Adelige in einer griechischen Toga und mit einer faustgroßen Brosche auf der Schulter.

Die Dame sah im wahrsten Sinne göttlich aus, verfehlte aber ganz klar Edwards Geschmack.

Plötzlich kam er sich reichlich einfältig vor. Hier rannte er kopflos über einen Ball und jagte einen Adeligen, als sei er eine frisch verliebte Jungfer. Edward rannte niemals Männern nach, schon gar nicht schnoddrigen Lords, die sich für etwas Besseres hielten.

Er gab seine Suche auf und schüttelte leise den Kopf über sich selbst. Eine Erfrischung würde ihm die Flausen austreiben.

Edward bahnte sich einen Weg zur Theke, griff wahllos nach einem Glas und trat in den schattigen Säulengang, der die Tanzfläche umrahmte, gleich einer Krone auf einem königlichen Haupt. Er nippte an dem Getränk und ließ den Blick über die Masken und Kostüme gleiten. Wüsste er es nicht besser, müsste er denken, er wäre in einem Fiebertraum gefangen.

»Sie teilen die Menge wie Moses das Rote Meer«, sagte eine Stimme wie aus dem Nichts.

Edward drehte den Kopf. Er war nicht der Einzige, der sich in die Nische gerettet hatte. An einer Säule lehnte ein Mann in Sansculotten und einem roten Frack mit Goldknöpfen. Ein Dreispitz kaschierte seine Geheimratsecken. Er kam ihm seltsam bekannt vor.

»Der Akzent sitzt. Sie klingen wie ein waschechter Franzose«, erwiderte Edward.

»Ich bin ein waschechter Franzose. Ich habe es lediglich aufgegeben, mich wie ein Engländer zu verhalten.«

»Eine kuriose Entscheidung, die Maske bei einem Maskenball zu Hause zu lassen.«

»Immer noch besser als all die Einfaltspinsel, die meinen, ein Turban und ein Vollbart würden sie zu Ali Baba machen.«

»Oh, ich muss zugeben, Französisch steht Ihnen ausgezeichnet.«

Der Mann lächelte und bewies damit, dass er bestens wusste, welches Spiel hier gespielt wurde.

»Ich bin nicht der Einzige, der den Blick nicht von Ihnen abwenden kann. Sie erregen Aufsehen.«

Das war Edward aufgefallen, doch manchmal war Bescheidenheit charmanter als schamloses Selbstbewusstsein.

»Unmöglich. Soeben sah ich eine Dame in Hosen. Womöglich war es aber auch nur ein Mann mit wohlgeformten Waden. Das nenne ich aufsehenerregend.«

Er trank einen Schluck Wein und nutzte die Pause, um den Fremden zu betrachten. Der Mann hatte ein schmales, glatt rasiertes Gesicht, auch wenn der Bartschatten bereits zu erkennen war. Betty würde sagen, er hätte seine besten Jahre hinter sich, doch manche Männer alterten wie feiner Wein – und Edward gefiel die Auslese. Der Fremde erwiderte Edwards Blick aus wachsamen Augen, doch die Fältchen darum verliehen ihm einen Eindruck von aufrichtiger Wärme.

Edwards Aufmerksamkeit glitt von dem spitzen Kinn über den Adamsapfel und blieb an dem Monokel hängen, das seinem Gegenüber an einer Kette um den Hals lag.

»Wir kennen uns«, schloss Edward, »aus dem Palast.«

London war voller Paläste, doch der Franzose verstand Edwards Deckname für den Purple Palace.

»Sie erschienen aus dem Nichts und waren ebenso schnell wieder verschwunden«, antwortete er, »dabei hätte ich gerne Ihren Namen erfahren.«

Edward mochte Männer, die wussten, wie man ihm schmeichelte.

»Edward Arden«, sagte er und deutete eine Verbeugung an.

»Louis-Auguste, Marquis de Villette«, erwiderte der Franzose. Der Name rollte von seinen Lippen und Edward ließ sich den Klang auf der Zunge zergehen, »aber meine Freunde nennen mich Louis.«

Er hob das Glas und Edward erwiderte die Geste, machte jedoch den Fehler, zur Tanzfläche zu linsen. Was er dort sah, brachte sein Herz zum Stolpern.

Lord Melville schritt auf ihn zu. Ihre Blicke kreuzten sich, verschmolzen für einen Wimpernschlag, dann wandte Melville sich ab und seiner Begleiterin zu.

Erst jetzt erkannte Edward die Dame an seinem Arm. Sie näherten sich ohne Umschweife der Nische, die Edward mit seinem neuen Bekannten teilte. Ehe sichs Edward versah, war die Zweisamkeit geplatzt.

»Oh«, sagte die junge Frau, der kunstvolle Blumen in ihr kastanienrotes Haar geflochten waren, die ebenfalls ihr Dekolleté und den Saum ihres Kleides schmückten.

»Lord Melville, es scheint, als sei dieser Ort bereits besetzt.«

»Ach herrje!«, rief Melville mit schuldbewusster Miene. »Ich war wohl zu abgelenkt, um auf meine Umgebung zu achten.«

Die Dame nahm das Kompliment mit einem dezenten Lächeln entgegen, doch Edward durchschaute die Farce. Das Wochenende hatte Melville nicht zu einem besseren Schauspieler gemacht. Auch Louis hob eine Augenbraue und warf Edward einen belustigten Blick zu.

»Lord Melville, wer hätte gedacht, dass man Sie auf einem Maskenball antrifft? Was genau stellen Sie dar?«, fragte Edward.

Melville trug einen bodenlangen pechschwarzen Umhang, dessen Haube sein Gesicht in Schatten hüllte. Der einzige Farbklecks in dem dunklen Ensemble war das rote Haar, das hervorlugte.

Melville griff mit einer Hand in die Tiefen seines Umhangs und brachte eine ebenfalls schwarze Maske zum Vorschein. Er legte sie an und betrachtete Edward über einen langen Schnabel hinweg.

Edward hatte Schwierigkeiten, den Blick von Melvilles Jadeaugen zu lösen, die auf dem dunklen Hintergrund noch an Leuchtkraft gewannen.

»Einen Pestdoktor. Sehr geschmackvoll«, sagte Edward schließlich, um seine Befangenheit zu überspielen.

Melville senkte die Maske.

»Ich glaube, Sie kennen meine Begleitung noch nicht«, begann der Lord. »Mister Arden, darf ich Ihnen Miss Ailesbury vorstellen?«

Edward unterzog die Dame einer zweiten, dafür ausführlicheren Musterung. Das war also die berüchtigte Verlobte Melvilles, über die er schon viel gehört hatte. Edward erkannte sofort, was der Lord in ihr sah. Sie war schön, keine Frage, doch sie trug sich mit der Würde einer Frau, die wusste, was sie wollte, und es auch bekam. Noch dazu würden die zwei wunderhübsche rothaarige Sprösslinge in die Welt setzen, darin bestand kein Zweifel.

»Sehr erfreut«, erwiderte Edward, »und das hier ist der Marquis de Villette. Bevor Sie uns mit Ihrer Anwesenheit beglückten, waren wir dabei, eine neue Freundschaft zu schließen.«

Louis und Miss Ailesbury tauschten höfliche Floskeln und bewunderten gegenseitig ihre jeweiligen Kostüme. Edward glaubte zu sehen, wie Melville den Franzosen abschätzend beobachtete.

»Neue Freundschaften sind zauberhaft. Wie der Beginn eines guten Romans, finde ich«, sagte Miss Ailesbury gekonnt.

Edward bezweifelte, dass sie jemals einen Roman von der Sorte lesen würde, die seine und Louis' Freundschaft beschrieb. Nach Edwards Vorstellung würden darin sicher zauberhafte, jedoch ganz unsägliche Dinge geschehen. Sollte sie jemals von der Natur dieser Beziehung erfahren, gäbe es nicht genügend Riechsalz auf der Welt, um die junge Lady wieder unter die Lebenden zu holen.

Edward und Louis waren auf dem besten Weg gewesen, aus der reißenden Kostümparty einen gemütlichen Abend zu zweit zu machen, doch Melville hatte ihnen einen gehörigen Strich durch die Rechnung gemacht. Er schien nicht geneigt, die Nische schnell wieder zu verlassen.

»Lord Melville, Ihre Schwester ist eine ausgezeichnete Tänzerin. Ein Wunder, dass man sie so selten auf Bällen sieht«, begann Miss Ailesbury eine Unterhaltung.

Edward folgte ihrem Blick und erkannte die rothaarige Frau in der Toga wieder. Er fragte sich, wieso er die Ähnlichkeit nicht gleich erkannt hatte. Der einzige Unterschied zwischen den Geschwistern bestand darin, dass die junge Melville der Inbegriff der Wonne war, während ihr Bruder mit den Zähnen knirschte.

Die Musik verklang. Lady Melvilles Tanzpartner empfahl sich und ließ sie allein auf der Tanzfläche zurück. Da bekam Edward eine Idee.

Er hatte das Gefühl, Melville sähe es gar nicht gern, wenn ein dahergelaufener Gentleman seine Schwester zum Tanz aufrief. Also würde Edward genau das tun.

Kurzerhand drückte er dem feinen Lord das Weinglas in die Hand und trat aus der Nische hervor.

Er hatte fast vergessen, wie auffallend sein Kostüm war, da begannen sich die Köpfe bereits zu drehen. Auch Melvilles Schwester bemerkte sein Erscheinen. Sie fing seinen Blick auf und erkannte sofort, dass sie das Ziel seiner Begierde war. Bewegungslos verharrte sie auf der Tanzfläche. Ihre Augen funkelten mit dem Reif in ihrem Haar um die Wette. Sie sah aus wie Athene persönlich, unerschrocken und erwartungsvoll.

Angestachelt durch die plötzliche Aufmerksamkeit, sank Edward in eine tiefe Verbeugung und bot ihr feierlich die Hand an. Sie ließ mehrere Sekunden verstreichen, bevor sie reagierte.

Edward konnte nur vermuten, dass ihr Bruder hinter seinem Rücken drohend den Kopf schüttelte, denn sie reckte widerwillig das Kinn und ließ ihre Hand in Edwards gleiten.

Musik ertönte. Eine Reihe anderer Pärchen formte sich hinter Edward und Lady Melville, die auseinandertraten und sich voreinander verbeugten.

»Ich schätze ein gutes Rätsel wie jede andere«, begann sie mit wachem Blick, »und doch tanze ich selten mit Gentlemen, die mir weder ihr Gesicht noch ihren Namen zu erkennen geben.«

Sie traten aufeinander zu, umrundeten sich und kehrten an ihren Ausgangsort zurück.

»Die Maske kann ich nicht verlieren, sie gehört zum guten Ton. Aber meinen Namen will ich Ihnen nicht vorenthalten. Edward Arden – erfreut, Ihre Bekanntschaft zu machen, Mylady.«

Edward bezweifelte, dass sie viel mit dem Namen anfangen konnte. Melville würde seiner Schwester wohl kaum von dem pathetischen Versuch, ihn als Dieb zu enttarnen, erzählt haben.

»Lady Florence Melville«, antwortete sie mit einem Lächeln. »Und womit habe ich diese Ehre verdient?«

»Ich will Ihnen nichts vormachen, daher erspare ich Ihnen schmeichelhafte Lügen«, erwiderte Edward und wartete, bis das Paar neben ihnen die Figur wiederholt hatte.

»Bin ich ein Ablenkungsmanöver? Oder gar ein ahnungsloses Opfer in einem Eifersuchtsspiel?«, fragte sie schmunzelnd.

»Weder noch. Nichts liegt mir ferner als Neid und Täuschung. Mich treiben niedere Motive.«

Das Schmunzeln vertiefte sich und erreichte ihre Augen. Die Konversation verwob sich mit der Musik; ein stetiges Auf und Ab im Rhythmus der Schritte.

»Ich sollte erschüttert sein, doch Ihre Worte schüren meine Neugier«, deklarierte sie.

»Lady Melville, ich genieße unsere Zusammenkunft mehr, als ich ausdrücken kann«, sagte Edward wahrheitsgemäß. In dem Moment, als sie sich demonstrativ über den Befehl ihres Bruders hinweggesetzt hatte, hatte er sie zu seiner Heldin erkoren. »Daher schmerzt es mich, Ihnen mitzuteilen, dass ich für Ihren Bruder nur unschöne Worte übrig habe.«

Die Brosche auf Florence' Schulter zuckte verräterisch, während sie offensichtlich versuchte, ein Lachen zu unterdrücken.

»Ich bitte darum, meine Schamlosigkeit zu entschuldigen«, fügte Edward hinzu.

Als sie sich wieder beruhigt hatte und sie einander abwartend gegenüberstanden, schenkte sie ihm ein konspiratives Lächeln.

»Sie müssen sich niemals dafür entschuldigen, meinen Bruder auf den Arm zu nehmen. Ich betrachte es als meine schwesterliche Pflicht, ihm so viele Qualen wie nur möglich zu bereiten.«

Sie kamen in der Mitte der Tanzfläche zusammen, trennten sich abermals, umrundeten ihre Nachbarn und fanden wieder zueinander.

»Außerdem bewundere ich Ihren Einfallsreichtum. Mein Bruder ist äußerst besitzergreifend. Er schätzt es nicht, wenn man mit seinem Eigentum spielt.« Sie schlug einen beifälligen Ton an, doch es lag ein bitterer Zug um ihren Mund.

»Sie machen nicht den Eindruck von einer Lady, die sich damit zufriedengibt, jemandes Eigentum zu sein.«

Florence schwieg während einer Abfolge von Figuren, die das Paar nebenan einbezogen. Dann richtete sie die Augen, welche ihrem Bruder so ähnlich waren, wieder auf Edward.

»Machen wir uns keine falschen Vorstellungen. Ich bin meines Vaters Tochter, meines Bruders Schwester und eines Tages bin ich meines Mannes Frau. Aber ich gebe Ihnen recht«, sagte sie, vollbrachte eine Drehung und ergriff seine Hand, »zufrieden bin ich nicht.«

Die Musik verhallte, ersetzt durch brausenden Applaus. Lady Melville knickste und Edward verbeugte sich galant, wobei ihn ein leises Schuldgefühl überkam.

Edward fühlte sich schuldig. Ihr Tanz begann in einer Hochstimmung und endete mit einem schalen Nachgeschmack. Er konnte Melvilles Schwester nicht aus der Klemme helfen, doch er würde sie nicht mit solch trüben Gedanken zurücklassen.

»Ich denke, ein zweiter Tanz würde unsere Gemüter wieder beflügeln«, schlug Edward vor.

»Das denke ich nicht«, sagte eine gezwungen heitere Stimme. Unter den knappen Worten brodelte es gefährlich.

Edward ignorierte Lord Melville, der an das Paar herangetreten war. Seine Schwester grinste spöttisch.

»Erhebst du Anspruch auf den nächsten Tanz mit meinem Partner?«, fragte sie mit erhobener Augenbraue. »Ihr würdet ein entzückendes Paar abgeben, keine Frage.«

Ihr Bruder lief magenta an. Edward konnte nicht sagen, ob Scham oder Zorn seine Wangen färbte.

Melville trat noch ein Stückchen näher und packte Edward am Oberarm. Die Geste mochte sanft erscheinen, doch der Griff war eisern. In Edwards Brust kämpften Empörung und Erregung um die Oberhand. Melvilles Finger brannten sich regelrecht durch den Stoff hindurch, bis jeder Muskel in Edwards Arm zu glühen begann. Sein erster Impuls war, sich loszureißen, doch er genoss es, wie sein Herz sich in der Nähe des Lords überschlug.

»Auf ein Wort, Mister Arden«, sagte Melville brüsk.

Es war keine Bitte. Die unterdrückte Wut in seiner Stimme kam einer süßen Symphonie gleich. Edward versuchte gar nicht erst, das Lächeln zu unterdrücken, das sich auf sein Gesicht stahl. Die Fehde war erneut entfacht.

Enthüllung

Arden besaß die Frechheit, Florence zuzuzwinkern, als sei er der Prinzregent persönlich. Freddy verdoppelte seine Anstrengungen, ihn schnellstmöglich aus dem Ballsaal zu geleiten.

»Entführen Sie mich etwa?«, flötete Arden.

»Der Gedanke ist mir schon gekommen, ja«, sagte Freddy durch die Zähne.

»Und womit habe ich das verdient?«, erwiderte Arden, als sei er sich keines Fehlers bewusst.

Freddy manövrierte ihn in den Garten, vorbei an einer Reihe römischer Büsten, bis sie ein Heckenlabyrinth erreichten. Wäre Brock hier, hätte er schon längst eingegriffen. Nur lag der Cousin mit einem Schnupfen im Bett und das Szenario, das Freddy unbedingt hatte vermeiden wollen, war eingetreten – er war zu Florence' Anstandswauwau ernannt worden. Und diesen Pflichten kam er nun nach.

Er stapfte durch das nasse Gras und war froh, dass er sich gegen Stoffschuhe und für schwarze Lederstiefel entschieden hatte. Sie rundeten die Verkleidung ab und durchnässten nicht. Mit grimmiger Zufriedenheit stellte er fest, dass Ardens dünne Schuhe nicht für den Ausflug ins Grüne gemacht waren. Vor einer Fackel machte er schließlich halt und ließ von ihm ab.

»Sie werden in Zukunft die Finger von meiner Schwester lassen«, deklarierte er in strengem Ton. Aus irgendeinem Grund schien Arden die Aussage sehr zu amüsieren. Überhaupt lächelte er in einem fort, als gäbe er eine königliche Audienz. Am liebsten hätte Freddy ihn geschüttelt, bis das respektlose Grinsen von seiner Visage rutschte.

»Dabei ist sie so charmant. Ganz anders als ihr Bruder«, sagte Arden. »Nein, ich denke Lady Florence und ich werden unzertrennliche Freunde.«

Der Mann war unausstehlich. Freddy wusste nicht, wie, aber Arden schaffte es jedes Mal, sein Blut zum Kochen zu bringen. Allein sein Anblick reichte aus. Irgendwas an ihm war faul, und Freddy würde dem auf den Grund gehen.

»Sie schmeißen sich an die Brust von Hochgeborenen wie ein hungerndes Straßenkind. Beweisen Sie wenigstens etwas Würde und Anstand.«

»Zwei Dinge, die Sie nicht besitzen. Wenn ich mich recht erinnere, platzten Sie völlig unverfroren in meine private Unterhaltung.« Ardens Ton war eisig. Freddy wusste, seine Worte hatten ihr Ziel getroffen. Unter dem Deckmantel falschen Frohmuts kam Ardens Zorn zum Vorschein.

»Wir befinden uns auf einem Ball. Wenn Sie Privatsphäre begehren, suchen Sie sich ein Freudenhaus«, schoss Freddy zurück.

»Selbst in einem Freudenhaus wäre ich nicht vor Ihrer Angewohnheit sicher, sich ständig in meine Beziehungen einzumischen. Was soll diese Obsession mit meiner Person?«

Freddy schürzte die Lippen. Was auch immer Arden ihm unterstellte, dieser würde ihn nicht davon ablenken können, worum es hier wirklich ging: Lügen und Betrug.

Alles an ihm war zu glatt, von dem makellosen Auftreten zu dem viel zu polierten Akzent.

»Ein Hahn, der sich golden anmalt, ist noch lange kein Phönix. Er ist nur ein Gockel mit Größenwahn«, spottete er, ohne auf die Unterstellung einzugehen. Er ließ seinen Blick verächtlich über Ardens Aufmachung gleiten. Dabei fiel ihm auf, wie die Maske das Licht der Fackeln auffing und Ardens Augen geheimnisvoll flackerten.

»Und ein Lord im schwarzen Umhang ist kein heldenhafter Verteidiger junger Damen in Not, auch wenn er sich für solch einen hält«, entgegnete Arden schnippisch.

Freddy zuckte mit den Schultern. Er hatte die Verkleidung allein deswegen gewählt, weil niemand von ihm einen Heiratsantrag erwartete, wenn er einen Pestdoktor mimte. Nicht gerade das beste Omen für eine lebenslange Partnerschaft.

Arden seufzte.

»Jedes Mal das Gleiche. Sie überfallen mich, nur um mir vorzuwerfen, ein Emporkömmling zu sein, der seinen angestammten Platz vergisst. Na schön, selbst wann das der Fall wäre, was stört es Sie? Ich bin nicht der Erste und werde nicht der Letzte sein, der nach einem bequemeren Leben fristet. Daran ist nichts verwerflich.«

Freddy schnaubte.

»Wenn es nur das wäre. Aber es gibt aufrichtige Methoden, um Wohlstand zu erreichen. Nichts an Ihnen ist aufrichtig.«

»Sie halten mich noch immer für einen Taschendieb, der seine eigenen Freunde ausraubt!« Arden legte den Kopf schräg. Sein Haar schimmerte ebenso golden wie der Rest seines Kostüms. Es dauerte einen Augenblick, bis Freddy zu einer Antwort fähig war.

»Das vielleicht nicht, aber Sie haben etwas zu verstecken«, sagte er hastig.

»Wer hat das nicht?«, antwortete Edward.

»Wir haben alle Geheimnisse. Sie dagegen haben Leichen im Keller. Wer sind Sie wirklich, Mister Arden? Was führen Sie im Schilde? Wie erschleichen Sie sich immer wieder aufs Neue Zugang zu Kreisen, in denen Sie nichts verloren haben?«

Freddy beobachtete mit Genugtuung, wie Arden endlich das Grinsen verging. Gekränkt schürzte er die Lippen.

»Wäre ich Blaubart, hätte ich ein Schloss. Leider hat sich die Gelegenheit nie ergeben, sieben Frauen zu ermorden und sie in meinem Kerker zu verstecken!«, schnauzte er zurück.

Freddy versteckte sein Grinsen nicht. Er hatte das Gefühl, seine Schnüffelnase käme Arden eindeutig zu nah. Dieser reagierte überaus empfindlich auf Freddys Sticheleien.

Bevor Freddy das Wort ergreifen konnte, ertönte ganz in der Nähe ein kaum unterdrückter Schrei, dann folgte aufgeregtes Flüstern. Es klang wie ein Bienenschwarm, der einen Angriff plante.

»Ist nicht wahr!«, sagte eine Stimme.

»Eine Tragödie!«, rief eine zweite.

»Tot, sagen Sie?«, keuchte eine dritte.

Freddy und Arden verstummten. Ohne sich abzusprechen, traten sie näher an die Hecke. Freddy spitzte die Ohren, ließ Arden dabei aber nicht aus den Augen.

»Wer hat ihn gefunden?«

»Der Butler.«

»Der schon wieder? Er hat auch den Lakaien erwischt«, sagte eine Dame mit alkoholgetränkter Zunge.

»Was wohl schlimmer war?«

»Überall war Blut!«

»Wie hat er's getan?«

»Mit einem Briefmesser!«

Freddy hörte ein Stoßgebet und jemand rief: »Um Gottes willen!«

»Die arme Magd, die das aufwischen darf.«

»Geschieht ihm recht«, schloss die Betrunkene.

»Also wirklich!«, sagte eine andere Dame erbost.

»Isso,« lallte die Erste. »Kommt einem Schuldgeständnis gleich. Am Ende hätten sie ihn so oder so gehängt.«

Jemand schnaubte, doch die anderen stimmten der Betrunkenen zu. »Lord Attwood war ein kranker Mann. Wenn nur alle seiner Sippschaft so gütig wären und sich gleich selbst den Gnadenstoß gäben.«

Die Gruppe entfernte sich, bis die Stimmen mit der Dunkelheit verschmolzen.

Unbehagen breitete sich in Freddys Magen aus. Er richtete sich auf, doch Arden bewegte keinen Muskel. Im fahlen Licht der Fackel, das auf seine goldene Maske fiel, sah er aus wie eine der leblosen Büsten, die den Garten schmückten. Er selbst konnte nicht sagen, ob es dieser Anblick war, der die Wärme aus der Nachtluft sog, oder aber die Neuigkeiten von Attwoods Tod. Er hatte das dringende Bedürfnis, die Stille zu durchbrechen. Arden hingegen starrte bewegungslos ins Leere, ohne auch nur zu blinzeln.

Freddy wollte die Hand ausstrecken, doch Arden schien ferner denn je. Geradezu unmenschlich. Freddy unterdrückte ein Schaudern. Er wagte es nicht, ihn zu berühren. Stattdessen sprach er den ersten Gedanken aus, der ihm in den Sinn kam. »Na ja, einer weniger.«

Es waren eindeutig die falschen Worte. Arden wandte sich Freddy zu. Das Feuer war in seine Augen zurückgekehrt. Nur sah er nun aus, als würde er Freddy am liebsten in Brand stecken. Der Ausdruck unverhüllter Abscheu in seinem Antlitz war neu. Fast wünschte Freddy sich das dämliche Grinsen zurück.

»Pardon?«, sagte Arden mit unverkennbarer Wut in der Stimme.

»Sie haben es doch gehört«, erwiderte Freddy, unwillig, klein beizugeben.

»Ich weiß nicht, was Sie gehört haben. Alles, was ich weiß, ist, dass ein Mann so verzweifelt war, dass er sein eigenes Leben beendet hat.«

Freddy spürte, dass er seine Zunge hüten sollte, aber er würde nicht vor Arden buckeln.

»Männer wie Attwood und seine Dienstboten sind den Dreck an meinen Schuhsolen nicht wert. Was kümmert es mich, ob sie leben oder sterben?«

Ardens Gesicht verzog sich zu einer hämischen Fratze.

»Nennen wir das Unheil doch beim Namen, nur damit keine Irrtümer entstehen. Von was für Männern reden wir genau?«

Freddy hatte die Zeitungen gesehen, hatte das Geflüster gehört. Gleichzeitig hatte er jede Auseinandersetzung mit dem Vere-Street-Skandal gemieden wie die Pest. Der Gedanke allein drehte ihm den Magen um.

»Sie schweigen. Wie ungewöhnlich«, spottete Arden. »Nun gut, ich habe keine Scheu. ›Päderasten‹ ist das Wort, das sie suchen. Mollys, Männer der Hintertür, Sodomiten. Richtig?«

Jedes Wort sandte einen Schock durch Freddys Körper. Er versuchte, die Beklemmung abzuschütteln, die von ihm Besitz ergriffen hatte, doch es gelang ihm nicht.

»Es spielt keine Rolle«, keuchte Freddy. Er wusste nicht, wie sie überhaupt bei diesem Thema gelandet waren, aber er war es satt, über solch perverse Dinge zu sprechen. Nie wieder wollte er einen Gedanken daran verschwenden.

»Und wieder mal liegen Sie falsch! Das alles spielt eine Rolle, und keine geringe, wenn ich meinen darf.« Arden lachte, doch es klang hohl und humorlos. »Sie wollen wissen, wer ich bin, aber weigern sich, wirklich hinzusehen. Dabei ist es so offensichtlich.«

Freddy starrte Arden an, der sich vor ihm aufgebäumt hatte. Er konnte seinen heißen Atem spüren, sah die Schweißtropfen auf seiner Oberlippe glänzen, trotz der frostigen Temperatur.

Was auch immer Arden andeutete, Freddys Gedanken verweigerten jegliche Ordnung. Sie sprangen wild umher, hüpften Kreise um die logische Schlussfolgerung.

»Hier ist mein Geheimnis, Melville, ein Blick auf die Leichen in meinem Keller«, begann Arden.

Freddy wollte es nicht hören, doch er war unfähig, von diesem Ort zu fliehen. Seine Beine folgten den Befehlen nicht. Seine Gedanken, eben noch unzähmbar, setzten völlig aus.

»Ich verkaufe mich, und zwar ausschließlich an Männer. Ich schlafe mit ihnen. Doch wissen Sie, was das Schlimmste ist? Ich schäme mich nicht. Im Gegenteil, ich genieße es jedes Mal.«

Die Erkenntnis schlug ein und Entsetzen übermannte Freddy. Ruckartig trat er zurück und fiel fast in die nächste Hecke. Er wollte so viel Distanz wie nur möglich zwischen sich und Arden bringen.

»Das meinen Sie nicht ernst«, sagte er. »Es gibt in ganz England nicht genügend Männer für solch ein Unterfangen.«

Freddy sah, wie die Spannung aus Ardens Körper wich. Seine Schultern senkten sich und er atmete wie nach einem Wettlauf. Als er Freddys Worte hörte, legte er den Kopf in den Nacken und lachte. Es klang inbrünstig und befreit.

»Was glauben Sie, was passiert wäre, wenn Sie und Ihre Verlobte mein Gespräch mit de Villette nicht unterbrochen hätten?«, fragte Arden neckisch.

»Sie ist nicht meine Verlobte!«, zischte Freddy. »Und de Villette ist Franzose. Die legen aller Art Unarten an den Tag.«

Arden weidete sich offensichtlich an Freddys Bestürzung und Unwohlsein.

»Wo es Männer gibt, gibt es Mollys«, sagte er schlicht.

Er rückte seine Maske zurecht. Für ihn war die Unterhaltung beendet. Er wandte sich zum Gehen, aber Freddy versperrte ihm den Weg.

»Wir sind noch nicht fertig«, sagte er. Seine Stimme klang selbst in seinen eigenen Ohren höher, als ihm lieb war.

»Ich habe Ihnen nichts mehr zu sagen«, entgegnete Arden, »und Sie haben Ihre Meinung von mir zur Genüge verdeutlicht.«

Dabei klang er sonderbar ernüchtert. Freddy schluckte das Schuldgefühl hinunter, bevor es sein Urteilsvermögen benebeln konnte. Er hatte eine reine Weste – ganz im Gegenteil zu Arden – und somit keinen Grund, sich zu schämen. Arden war, genau wie Freddy es vermutet hatte, ein Verbrecher. Nur hatte er sich in der Natur des Verbrechens geirrt.

Schweigend standen sie sich gegenüber. Das Geständnis hinterließ einen sauren Nachgeschmack in Freddys Rachen. Er spürte das Gewicht der Offenbarung, die Macht, die mit ihr kam. Und Arden hatte ihm diese Information freiwillig in die Hände gespielt, als hätte er nichts zu verlieren. Dabei stand alles auf dem Spiel. Ardens Leichtsinn würde ihn noch ins Grab bringen, wenn er diese Informationen so schamlos preisgab.

Freddy würde das einzig Sinnvolle tun. Arden musste aus seinem Leben verschwinden. Er musste sich von Freddys Freunden und vor allem von seiner Familie fernhalten, oder er zwang Freddy dazu, härtere Maßnahmen zu ergreifen.

Bei dem Gedanken wurde er von einem Anflug von Wehmut ergriffen, doch auch dieses Gefühl erstickte er im Keim. Arden war drauf und dran, sich Florence' Freundschaft und somit auch einen Weg in Freddys Leben zu erschleichen. Es gab keinen Grund, den Kabbeleien und endlosen Streits nachzutrauern.

»Sie werden …«

Doch was genau Arden würde, fand er nie heraus. Jemand stolperte in Freddys Rücken und raubte ihm die Balance. Er kippte vornüber, spürte starke Hände um seine Schultern, sog den Geruch von frischem Duftwasser ein und fand schließlich mit Ardens Hilfe auf die Beine zurück.

Verärgert über das fremdbewirkte Gestolpere und die plötzliche Nähe zu Arden drehte er sich zu dem Verursacher um und sah gerade noch, wie sich zwei Damen in bauschigen Hochzeitskleidern in die Büsche stahlen. Eine von ihnen ließ ein kehliges Kichern hören und enttarnte sich damit selbst. Freddy wünschte den Turteltauben, dass sie sich beim Paarungsakt schön in die Dornen setzten.

Ein Blick auf Arden sagte Freddy, dass auch er die Bräute entdeckt hatte. Ein amüsiertes Lächeln umspielte seine Lippen. Er sah aus, als hätte er nichts dagegen einzuwenden, sich selbst mit dem französischen Marquis im Irrgarten zu verlaufen. Freddy sah die beiden schon beim Nacktbaden im Springbrunnen.

So schnell, wie das Bild in seinem Kopf entstanden war, zwang er es wieder fort. Doch es war wie eine lästige Mücke, die um seine Schläfe schwirrte, bereit, jeden Moment zuzustechen, wenn er sie nicht ein für alle Mal auslöschte.

»Behalten Sie Ihre Hände gefälligst bei sich!«, schimpfte er.

Arden sah ihn unbekümmert an. Noch immer kitzelte dessen Waschwasser in Freddys Nase. Es roch blumig, mit einem Hauch von etwas Herbem.

»Wie Sie meinen. Beim nächsten Mal lasse ich Sie einfach mit dem Gesicht voran in den Dreck fallen.«

»Es wird kein nächstes Mal geben«, sagte Freddy bestimmt.

Zum zweiten Mal an diesem Abend ertönte ein Schrei. Er fuhr Freddy direkt ins Knochenmark. Eine Gänsehaut breitete sich auf seinen Armen aus. Angst packte ihn, denn er kannte diese Stimme.

Er fuhr herum und rannte. Arden war ihm egal. Er wich Statuen aus, sprang über Büsche, schubste Gestalten auf die Seite. Alle standen sie da und versperrten ihm den Weg. Ein Mann grölte, Freddy ignorierte ihn. Er kannte nur ein Ziel: immer weiter, hinaus aus den Schatten, hinein ins Licht. Hinter ihm fielen Schritte auf den Schotter, doch er schenkte seinem Verfolger keine Beachtung. Florence war in Gefahr. Und er war nicht bei ihr.

Er stürmte durch die weit geöffneten Türen ins Haus, schlitterte auf nassen Sohlen über den Marmor, fluchte laut. Eine Ansammlung von Gästen verrenkte sich die Köpfe, um einen Blick auf das Geschehen zu erhaschen. Freddy drängte sich hindurch und erkannte seine Schwester.

Florence hatte die Arme um den Oberkörper geschlungen. Sie kniete vornübergebeugt auf dem Boden; eine mittelalterliche Hofdame beugte sich schützend über sie.

Freddy überbrückte die Distanz und fiel auf die Knie.

»Bist du verletzt?«, fragte er atemlos.

Sie schüttelte den Kopf. Ihre Augen waren trocken, doch er konnte Tränenspuren auf ihren Wangen sehen.

Kurzerhand nahm er sie in die Arme und sie gab sich zitternd seiner Berührung hin.

»Es ist mein Kleid«, hickste Florence an Freddys Schulter. »Nur mein blödes Kleid. Ich sollte nicht so ein Aufhebens machen.«

Sie entwand sich seiner Umarmung. Entschlossen griff sie nach Freddys Arm und erhob sich. Seine Schwester straffte die Schultern und reckte stolz das Kinn, wieder ganz die starrsinnige, kleine Florence.

Mit einer Hand hielt sie sich noch immer die Brust. Voller Entsetzen erkannte Freddy, dass die Toga von ihrer Schulter gerutscht war und sie damit kämpfte, sich nicht zu entblößen.

Bevor er reagieren konnte, hüllte jemand sie in einen goldenen Umhang. Freddy sah auf und erkannte Arden. Sorge stand in sein Gesicht geschrieben.

Freddy wich seinem Blick aus. Er wollte kein Mitgefühl von Arden. Er wollte vor allem, dass Arden ihn und seine Schwester in Ruhe ließ. Wäre er nicht aufgetaucht, hätte Freddy seine Schwester nie aus den Augen gelassen.

»Was ist passiert?«, fragte Freddy und schluckte den Frust über Arden hinunter.

»Ich bin mir nicht sicher«, begann Florence.

Irgendwie hatte Arden es geschafft, ein Glas Wein aufzutreiben, das er ihr nun reichte. Sie nahm einen Schluck, dann fuhr sie fort. »In einer Sekunde erzählte ich Clementina von meinem Faro-Gewinn, und in der nächsten löste sich mein Kostüm auf. Vor allen Leuten.«

Erst jetzt erkannte Freddy die dunkelhaarige Freundin seiner Schwester, die ihm ein wackeres Lächeln schenkte.

»Ich hatte es mit Mamas Brosche befestigt. Wie einfältig von mir. Eine Lady sollte ihre Sittlichkeit besser zu schützen wissen als mit einer einzigen Anstecknadel.«

Freddy stimmte ihr in Gedanken zu. Clementina fummelte an ihrem Oberteil herum, dann sicherte sie die Toga mit einer Rosenbrosche an Florence' Schulter.

»Und wo ist Mutters Brosche?«, fragte Freddy.

Florence sah ihn ratlos an.

»Hast du sie fallen lassen?«, fügte er ungeduldig hinzu.

»Das hätte ich doch bemerkt. Nein, sie war einfach verschwunden.«

Arden bückte sich und hob eine einfache Spange vom Boden auf.

»War die Brosche wertvoll?«, fragte er und betrachtete das verbogene Metall. Es war schmucklos und braun angelaufen.

Florence machte große Augen. »Das waren echte Saphire«, gestand sie. »Ein Verlobungsgeschenk meines Vaters an meine Mutter.«

Freddy ging plötzlich auf, was für ein Spiel hier gespielt wurde. »Jemand hat die Brosche gegen die Spange ausgetauscht«, rief er und riss sie aus Ardens Händen.

Und dieser jemand hat sich mit den Juwelen aus dem Staub gemacht«, schloss Arden, der denselben Gedanken gehabt haben musste. »Wie gut, dass ich ein Alibi habe.«

Freddys Blick schoss von der Spange zu Arden, dessen Augen ihm vielsagend entgegenfunkelten, intensiver als jeder Saphir. Freddy spürte, wie sich seine Lippen verzogen. Verbrecher war Verbrecher. Bevor er zu einer abfälligen Bemerkung ansetzten konnte, hob Arden erneut die Stimme.

»Lady Melville«, begann er und richtete seine Aufmerksamkeit auf Florence, »wer außer mir und Ihrem Bruder hat sich heute Nacht in Ihrer nächsten Nähe aufgehalten?«

Florence schien ihre Fassung zurückzuerlangen. Sie strich sich eine Strähne aus dem Haar und runzelte nachdenklich die Stirn.

»Clementina, selbstverständlich, aber sie würde so etwas niemals tun«, erklärte sie.

Clementina starrte Arden mit kugelrunden Augen an und nickte wortlos. Sie war nicht die Einzige, die an seinen Lippen hing. Mit heißem Zorn im Magen musste Freddy feststellen, dass sich ein ehrfürchtiger Kreis an Schaulustigen um ihn gebildet hatte. Dabei war das Letzte, was Freddy wollte, mit Arden in der Öffentlichkeit gesehen zu werden.

»Außerdem sprach ich für wenige Minuten mit Lord Sims und dann ...« Florence stockte der Atem und ihr Blick wurde glasig.

»Die Bräute!«, rief Clementina aufgeregt. »Zwei Bräute in weiten Hochzeitskleidern und langen Schleiern tanzten Kreise um Florence herum. Wir hielten es für einen höchst amüsanten Spaß, aber ... «

»Aber die Bräute stahlen die Brosche und verschwanden kurz darauf im Irrgarten!«, vollendete Arden den Satz und sah Freddy erschrocken an.

Freddy war im selben Moment zu dem Schluss gekommen. Die Übeltäter waren wortwörtlich in ihn hineingestolpert, ohne dass er etwas geahnt hatte!

»Durchkämmt den Irrgarten!«, rief er, und die Menge kam sofort in Bewegung. »Wir suchen zwei Personen in Brautkleidern!«

Er bezweifelte, dass die Diebe so dumm waren, auf dem Ball zu verweilen, aber wenigstens gab es den Schaulustigen etwas zu tun. Und mit etwas Glück, stolperte jemand über einen Hinweis, der zu ihrer Festnahme führen würde.

Die ersten Gäste strömten aufgeregt tuschelnd hinaus und Arden machte Anstalten, ihnen zu folgen. Zum zweiten Mal an diesem Abend packte Freddy ihn am Arm und zog ihn zu sich heran.

»Nicht Sie«, zischte er und spürte, wie Ardens Muskeln sich unter seinem dünnen Hemd anspannten. Das blumige Parfüm stahl sich erneut in seine Nase. Freddy verlor für einen Herzschlag den Faden, bevor er sich wieder besann. »Sie haben heute genug getan. Es wird Zeit, dass Sie uns in Ruhe lassen.«

Dann ließ er von Arden ab, als hätte er sich verbrannt, und sah mit Genugtuung, wie dessen Nasenflügel erzürnt flatterten. Edward Arden mochte kein Dieb sein, aber er blieb ein Verbrecher. Und wer sich im Schlamm wälzte, sollte sich nicht mit Abfall schmücken.

Verhandlungen

London war die Jauchegrube der Düfte. Wer durch ihre Straßen wanderte, durfte sich auf ein Feuerwerk von Gerüchen vorbereiten, ein Parfüm aus Exkrementen, kaltem Nebel, Industrieabfällen und altem Schweiß.

Inner Temple bot keine Ausnahme, doch sollte man meinen, dass die Brutstätte des englischen Rechts eine Wohltat für jede Nase sei. Stolz prangte der Pegasus, das Wappen der Anwaltskammer, in jeder erdenklichen Ecke, doch ein Emblem allein – egal wie mächtig – tat nichts daran, den Geruch von Moder und Verfall zu überdecken.

Edward war froh, dass sein Magen leer und seine Stimmung im Keller waren. So konnte ihm der faule Wind, der durch die Gassen des Bezirks pfiff, nichts anhaben.

Er folgte den verwinkelten Gängen, glitt durch Unterführungen und an schattigen Nischen vorbei, bis er ein Seitengebäude erreichte. Das Aroma von Staub und Pergament ersetzte den Gestank der Straße und Edward schritt den dunklen Korridor entlang bis zu einer Tür, die nur angelehnt war.

Edward nahm einen Zug klammer Luft und stieß die Tür auf.

Der Richter saß hinter einem massiven Sekretär. Eine graue Perücke ruhte achtlos auf der Lehne des Stuhls. Das Kratzen einer Feder auf Pergament füllte den Raum, bis Edwards Räuspern dem ein Ende setzte.

Carrs Blick wanderte von den Schriften auf dem Tisch zu dem Besucher. War er überrascht, so versteckte er es gut hinter einer stoischen Miene. Doch hinter der hohen Stirn lauerten Abgründe und er wusste es gut, sie zu bewahren.

»Schließ die Tür«, sagte er.

Für Außenstehende mochte es nach einer einfachen Bitte klingen, direkt, doch nicht unfreundlich. Edward aber erkannte eine Härte in seinem Ton, ein Zeichen, dass Carr nicht so ruhig war, wie er vorgab.

Edward tat wie geheißen. Carr wartete, bis das Klicken des Schlosses ihre Privatsphäre bestätigte.

»Der Riegel«, sagte Carr, doch Edward war bereits zum Fenster gewandert. Er würde sich nicht freiwillig mit Carr in einem Raum einschließen. Die Möglichkeit, dass jederzeit jemand hineinplatzen könnte, würde dafür sorgen, dass der Richter keine ungewollten Annäherungsversuche startete. Hoffentlich.

Carr war kein beeindruckender Mann, rein äußerlich. Er hatte ein rundes Gesicht, kleine Augen, milchige Haut und eine Nase, die weder besonders groß noch anderweitig auffallend war.

Carr war stets bemüht, einen freundlichen, sogar freundschaftlichen Eindruck zu hinterlassen. Er bewies ein Talent darin, das Vertrauen anderer zu gewinnen. Wer mit Leichtigkeit Geständnisse aus Schuldigen herauskitzelte, dem stand nicht viel im Weg beim Aufstieg in den »Court of King's Bench«, dem höchsten Gerichtshof nach dem Parlament. Wobei der gute Familienname ihm sicher nicht geschadet hatte.

Der nette Eindruck täuschte. Auch Edward hatte einst die Gesellschaft und Großzügigkeit des Richters genossen, doch dessen vorgetäuschte Wärme füllte ihn nur noch mit leiser Abscheu.

Edward sah hinaus auf den Innenhof, wo die Barrister in ihren schwarzen Roben über das Pflaster eilten und der Wind damit drohte, ihnen die Perücken zu stehlen. Er konnte Carrs abwägenden Blick im Nacken spüren.

»Was bringt dich zu mir?«, fragte der Richter. »Soweit ich weiß, habe ich meine Schulden bei dir immer großzügig beglichen.«

Edward zog es vor, weiterhin die vor dem Wetter fliehenden Männer zu beobachten, anstatt Carr anzusehen.

»Es ist nichts dergleichen. Ich komme aufgrund einer anderen Angelegenheit zu Ihnen. Sie hat nichts mit unserem alten Abkommen zu tun. Haben Sie meinen Brief nicht erhalten?«

»Hätte ich einen Wunsch nach deiner Gesellschaft verspürt, so hätte ich dich aufgesucht. Da unsere Wege sich jedoch unmissverständlich trennten, gibt es nichts, was du sagen könntest, das noch von meinem Interesse ist. Der Brief wanderte ungelesen ins Feuer.« Ungeduld schlich sich in Carrs sachlichen Ton. Auch er schien ihre letzte Zusammenkunft nicht vergessen zu haben.

Carr hatte eine Vorliebe für Schmerzen. Er verband sie mit Lust, sie steigerten seine Erregung. Edward teilte diese Neigung nicht, doch er war sich nicht zu schade, eine rauere Hand anzulegen, wenn ein Gentleman das wünschte. Es war keine Seltenheit.

London besaß mehrere Etablissements, die allerlei Vergnügen mit Peitschen und anderen Folterwerkzeugen anboten. Manche hatten sich ein Imperium durch das lustvolle Foltern von Nobelmännern und -frauen aufgebaut. Je höher der Preis, desto größer die Pein, doch kein Geld der Welt würde Carr noch mal die Türen zu Edwards Schlafzimmer öffnen.

Es war wenige Monate her, und die Wunden dürften längst verheilt sein, aber Edward war sich sicher, dass eindeutige Narben auf Carrs Hintern zu finden sein mussten.

»Ich bin nicht gekommen, um mich erneut in Ihren Dienst zu stellen. Doch ich komme mit einer Bitte«, sagte Edward. Er drehte dem Fenster den Rücken zu und sah Carr zum ersten Mal ungehindert ins Gesicht. Der Richter hatte die Fingerspitzen aneinandergelegt und betrachtete Edward mit einer Spur von Neugier.

»Eine Bitte«, wiederholte er. »Hast du dich in Schwierigkeiten gebracht, Edward?«

Edward unterdrückte ein Schaudern. Er würde es vorziehen, wenn Carr seinen Namen nicht mehr in den Mund nahm.

»Nicht ich. Aber James Cooke.«

Carr lehnte sich in seinem Stuhl zurück.

»Ah.«

Sein Gesicht blieb glatt, seine Augen ausdruckslos. Er wollte es ihm offensichtlich nicht leicht machen. Dabei lag die Sache auf der Hand. Attwood hatte sich selbst aus der Gleichung genommen. Wer auch immer nun ein Urteil über seine Seele sprach, Carr war es nicht. Doch lag das Schicksal des Lakaien weiterhin in Carrs Händen – und Attwoods Tod, wenn auch selbst gewählt, würde den Blutdurst der Leute nur verstärken. Wenn es nach der öffentlichen Meinung ginge, war James Cooke so gut wie tot.

»Sie können Cooke vor der Hinrichtung retten«, versuchte Edward es erneut.

Carr zeigte ein Lächeln, das nichts mit Freundlichkeit oder Sympathie zu tun hatte. Es war die Maske eines Richters, die Mitgefühl vortäuschte, wo keins war.

»Warum sollte ich das tun?«

Edward spürte, wie seine Selbstbeherrschung feine Risse bekam. Er hatte letzte Nacht kein Auge zugetan. Geister waren durch seinen Kopf gespukt und hatten ihn wach gehalten. Da war Attwood gewesen, blutgetränkt, ein Briefmesser in der Hand. Carr hatte sich zu ihm gesellt, peitschenschwingend, während ihm das Blut bis zu den Fersen rann. Und nicht zuletzt waren seine Gedanken zu Melville zurückgekehrt, das rot schimmernde Haar halb verdeckt von der schnabelförmigen Pestmaske.

Edward wollte vermeiden, dass Cooke ihn ebenfalls heimsuchte.

»Sie könnten ebenso an Cookes Stelle stehen«, sagte er.

»Nein, könnte ich nicht«, widersprach Carr sanft, aber bestimmt. »Erstens bin ich kein brotloser Dienstbote. Zweitens weiß ich mich abzusichern.« Fast unmerklich verengte Carr die Augen, doch es hatte einen beachtlichen Effekt. Die Wärme verschwand vollends aus seinem Gesicht, wurde ersetzt durch eiskalte Berechnung. »Deswegen ist es auch besser, wenn du schnellstens wieder von hier verschwindest. Falls dein Hals eines Tages in einer Schlinge steckt, möchte ich nicht mit dir in Verbindung gebracht werden. Und bei deiner Berufswahl ist es nur eine Frage der Zeit.«

Edward war nicht überrascht, dass Carr solche Grausamkeit bewies. Spätestens als er Edward dazu treiben wollte, so lange auf seinen Hintern einzuschlagen, bis das Fleisch einem Schlachtfeld glich, war ihm nicht nur die masochistische, sondern auch die sadistische Ader des Richters bewusst geworden. Als Edward sich geweigert hatte, riss Carr ihm die Peitsche aus der Hand und feuerte sie ihm ins Gesicht. Es hatte drei Tage gedauert, bis Edwards Lippe aufhörte zu bluten.

»Es geht hier nicht um Machtspielchen …«

»Es geht immer um Machtspielchen«, unterbrach Carr ihn.

»Es geht um einen unschuldigen Jungen, der dasselbe Verbrechen begangen hat wie Sie«, fuhr Edward fort. »Wenn überhaupt. Wer weiß, was zwischen Attwood und Cooke wirklich vorgefallen ist.«

Edward spürte, wie der Schweiß sein Hemd tränkte, und er verfluchte jenen Mann, der meinte, Krawatten seien der Gipfel der Mode, wo sie einem doch nur die Luft abschnitten. Er schluckte seine Frustration hinunter und versuchte, sich nicht anmerken zu lassen, wie dünn seine Haut geworden war. »Tote legen kein Zeugnis ab«, sagte Edward. »Ich weiß nicht, was genau in der Vere Street vorgefallen ist, aber wenn Cooke jegliche Schuld abstreitet, kann Attwood nicht widersprechen.«

»Es gibt Zeugen.«

»Zeugen, die durch ein Schlüsselloch geschaut haben, wenn man den Berichten glaubt. Das beeinträchtigt die Sicht.«

Carr seufzte und legte die Hände flach auf den Tisch. Sie waren knochig, schwarz vor Tinte und tanzten über das Pergament, als würde er gerade eine schwierige Entscheidung treffen müssen, dabei hatte er sein Urteil längst gefällt.

»Edward, falls du es vergessen hast, sind nicht in England, sondern in Frankreich adelige Häupter gerollt, bevor die Regierung gestürzt wurde. Wie du sicher feststellst, sitzt mein Kopf noch fest auf meinem Hals und auch das Gesetz bleibt weiterhin unangetastet. Da ich nicht plane, auch nur an einer dieser Tatsachen zu rütteln, wird dein Freund sich einen guten Anwalt suchen müssen, wenn er weiteratmen möchte.«

Carr stand auf. Edward fürchtete, er würde auf ihn zukommen, doch der Richter umrundete den Sekretär und hielt die Tür auf.

»Wir sind hier fertig, denke ich.«

Edward erwog, sich zu weigern, ihm einen Kampf zu bieten, doch er würde nichts erreichen. Die Lage war aussichtslos und Carr würde nur Gefallen daran finden, Edward in die Schranken zu weisen.

Ohne ein Abschiedswort glitt er aus dem Raum und folgte dem lichtarmen Gang, bis eine Abzweigung ihn endlich von Carrs klebrigem Blick befreite.

Vielleicht musste er Juristen wie Priester von seiner Liste streichen. Sie handelten vorgeblich im Namen der Gerechtigkeit, doch halfen sie nur sich selbst. Solche Scheinheiligkeit löste eine derartige Abscheu in ihm aus, dass es ihm unmöglich erschien, jemals wieder mit einem Juristen zu schlafen. Dabei konnte er es sich nicht leisten, plötzlich

Moralvorstellungen zu entwickeln. Erstens durfte er sich dann gleich selbst hinter Gitter begeben, und zweitens blieb von seinem Kundenstamm nichts übrig, wenn er sie vorher auf die Reinheit ihrer Seele prüfte.

Edward trat auf die Fleet Street. Er nahm einen tiefen Atemzug und schüttelte die Beklemmung von seinen Schultern. Der Geruch von Pferdeäpfeln und brackigem Themsewasser belebte seine Sinne. Er würde einen anderen Weg finden müssen, Cooke vor seinem Schicksal zu retten.

Hosen und Petticoats

»Maskenbälle sind Satans Lustgärten. Das sagt zumindest Mutter.«

Clementina saß auf einem Sessel unter dem Salonfenster der Melvilles. In ihrem senfgelben Ensemble und mit einer passenden Schleife im Haar bot sie einen starken Kontrast zu dem Nebel, der sich gegen die Scheiben presste. Weder die London-Platanen noch die Statue von George III., der stolz auf seinem Pferd thronte, waren auf dem Berkeley Square zu erkennen. Florence kam es vor, als hätte ein urzeitliches Monster die Welt mit einem Happen verschluckt und nur ihr Haus stehen lassen.

»Traf deine Mutter nicht deinen Vater zum ersten Mal auf einem Maskenball?«, fragte Florence.

Clementina war ihre beste Kindheitsfreundin, doch Florence mochte sie lieber, wenn sie nicht laufend die Predigten der Lady Carrington zum Besten gab.

»Das ist wahr, aber Mutter sagt, damals wären solche Veranstaltungen noch viel gediegener gewesen.«

Noch am vorigen Abend, gerade als Florence und Clementina in die Kutsche stiegen, um zum Ball zu fahren, war Lady Carrington um ihre Tochter herumgehuscht, als würde auch sie sich in ihrem schreiend bunten Barockkleid und der komplizierten Perücke noch in derselben Nacht einen Gatten schnappen. Zu dem Zeitpunkt schien sie Maskenbälle noch für ein ganz wunderbares Vergnügen zu halten. Florence hatte es längst aufgegeben, den Launen der Lady Gehör zu schenken. Sie änderten sich je nach Tagesform. Zumal Lady Carrington bald selbst einen Ball geplant hatte, wenn auch ohne Masken.

Florence war sich sicher, dass Clementinas Mutter ihr die Schuld dafür in die Schuhe schob, dass ihre Tochter ohne potenziellen Verehrer nach Hause gekommen war. Schließlich hatte Florence sich berauben lassen und damit jede Aufmerksamkeit auf sich gezogen.

Florence und Lady Carrington hatten keine besonders hohe Meinung voneinander, rissen sich jedoch aufgrund von Clementina zusammen.

»Wenn ich mich recht erinnere, verkleidete sich Ihre Mutter auf einem dieser gediegenen Maskenbälle als Kronleuchter und verlor nicht nur ihren kristallenen Hut, sondern auch die Schuhe und einen Strumpf.« Tante Marian sagte dies, ohne die Miene zu verziehen, und Florence hatte Schwierigkeiten, nicht in haltloses Prusten auszubrechen.

Clementinas Ohren glühten rosa auf, doch sie sprach tapfer weiter. »Wie dem auch sei. Bis zu unserer Einweihungsfeier wird Mutter mich auf keinen Ball mehr lassen. Nicht, wenn frevellose Diebeselstern unschuldige Damen überfallen und ihnen die Juwelen vom Leib reißen.«

Tante Marian nickte zustimmend, und Florence verging das Lachen.

»Auch dir täte eine kleine Auszeit gut, Florence. Wie mir ist, kannst du auf keiner Feier erscheinen, ohne Aufsehen zu erregen.«

Florence schwieg und richtete ihren grollenden Blick auf ihren Bruder, der sich mit Tante Marian ein Sofa teilte. Freddy blickte schuldbewusst drein, doch Florence ließ sich nicht erweichen. Glücklicherweise tat auch Tante Marian nichts daran, Freddys Schuldgefühl zu verringern.

»Wäre Mister Brock nur vor Ort gewesen. Er hätte solch kriminelles Verhalten unterbunden«, seufzte sie.

Freddys Stirn legte sich in Falten.

»Mein werter Cousin ist ein respektabler Mann, aber noch lange kein Bluthund. Auch er hätte nicht ahnen können, dass zwei verschleierte Bräute Florence um ihre Brosche erleichtern würden. Noch dazu ist er nicht gerade einschüchternd, vor allem mit seiner Rotznase.«

Florence schüttelte sich unwillkürlich bei dem Gedanken an das Brautpaar. Letzte Nacht hatte sie die beiden Gestalten noch für urkomisch gehalten, wie sie in wogend weißen Kleidern und mit bodenlangen Schleiern über die Party gehüpft waren. Sie hatte mit ihnen getanzt, Witze ausgetauscht und sich köstlich darüber amüsiert, mit diesen Wildfremden solchen Spaß zu haben. Sie waren um einiges lockerer gewesen als Clementina. Aber eben auch viel krimineller, wie Florence hatte feststellen müssen.

Sie sah zu ihrem Bruder, der sich noch immer über Brock beschwerte. Manchmal hatte Florence den Eindruck, dass Freddy eifersüchtig auf des Cousins Beliebtheit im Hause Melville war. Dabei hatte er nichts zu befürchten. Gleichwohl, sie würde sich hüten, ihm das zu beichten. Es tat ihm gut, nicht der einzige erwachsene Mann im Haus zu sein. Brock war ein ausgezeichneter Spiegel, um Freddy seine Fehler vorzuführen. Er konnte bei Brock noch Unterricht in Sachen Höflichkeit nehmen.

»Freddy, hast du deinen Vater informiert?«, fragte Tante Marian.

Florence sah, wie sich Freddys Schultern versteiften.

»Nein, wieso?«, fragte er mit seltsam tonloser Stimme.

»Nun gut, dann werde ich das übernehmen«, seufzte sie und erhob sich. »Seine Tochter attackiert, sein Eigentum gestohlen! Er wird glauben, ich führe hier einen Zoo.«

Sie flatterte aus dem Raum wie ein aufgeschreckter Schmetterling.

»Ich wurde nicht attackiert!«, rief Florence ihr hinterher, doch Tante Marian war bereits verschwunden.

Florence fing Freddys Blick auf, konnte die Emotionen darin aber nicht deuten. Es hatte eine Zeit gegeben, da konnte sie ihn lesen wie eine altbekannte Gutenachtgeschichte. Doch damals war ihre Mutter noch am Leben gewesen. Seit ihrem Tod trugen sie beide mehr Sorgen mit sich herum, als sie zugeben wollten.

»Dir geht es auch wirklich gut?«, erkundigte Freddy sich. Er linste auf ihre Fingernägel.

Florence zwang sich, die Hände nicht zu Fäusten zu ballen. Sie hatte nichts zu verstecken. Als Kind hatte sie oft an den Nägeln geknabbert, bis ihre Nagelbetten bluteten. Das war kurz nach dem Tod ihrer Mutter gewesen. Heute waren ihre Nägel makellos gefeilt, doch hin und wieder überkam sie der Drang, die Zähne anzusetzen. Meist dann, wenn ihre Emotionen drohten, sie zu überwältigen.

»Wenn du mich das noch einmal fragst, muss ich Clementina bitten, dich aus dem Salon zu geleiten – so, wie du es gestern mit Mister Arden gemacht hast.«

Wie zu erwarten, verdüsterte sich Freddys Miene sofort.

»Mister Arden war äußerst galant. Du musst ihm unbedingt seinen Umhang zurückgeben, Florence«, warf Clementina ein, die scheinbar nicht mitbekommen hatte, dass Edwards Erwähnung ihrem Bruder Zahnschmerzen bereitete.

Seit sie hier war, hatte der Name ihren Mund schon ein gutes Dutzend Mal verlassen. Florence war selbst ganz verzaubert von seiner Erscheinung, aber Clementina hatte einen regelrechten Narren an ihm gefressen.

Was Florence viel mehr beschäftigte, war jedoch die Tatsache, dass die Miene ihres Bruders sich jedes Mal verdunkelte, wenn Clementina von Mister Arden sprach. Florence wüsste zu gern, was zwischen den beiden vorgefallen war. Freddy mochte nicht der umgänglichste Mensch sein, verstrickte sich jedoch selten in öffentliche Fehden. Florence erkannte keinen ersichtlichen Grund für die Animosität, die zwischen ihnen herrschte.

»Er wird seinen Mantel zweifelsohne zurückerhalten. Ich werde persönlich dafür sorgen«, versicherte sie Clementina, ohne Freddy aus den Augen zu lassen.

Und da war er wieder, der saure Zug um seinen Mund.

»Es ist besser, wenn ich den Mantel überbringe«, sagte er mit der Miene eines Priesters bei einer Beerdigung.

»Wer ist Mister Arden eigentlich?«, fragte Florence. Dieses Mal trieb sie nicht der Drang, ihren Bruder zu ärgern, sondern aufrichtige Neugier. Auch ihr waren die strahlend blauen Augen hinter der Goldmaske nicht entgangen.

»Da bin ich mir auch nicht so sicher«, sagte Freddy gedankenverloren. Er erhob sich und ging auf die Tür zu, drehte sich aber noch einmal um. In seinen Augen lag aufrichtiges Mitgefühl.

»Wenn du mich brauchst, ich bin bei Francis in der Bibliothek.«

Meist spielte er den unerträglichen großen Bruder, doch zur Abwechslung lag eine Zärtlichkeit in seiner Stimme, die ihr sagte, dass er sich ehrlich um sie sorgte. Florence hätte ihn gerne umarmt, doch hatte sie sich in den letzten vierundzwanzig Stunden bereits ausreichend zu Gefühlsausbrüchen hinreißen lassen. Der Gedanke an ihren Auftritt in der vorigen Nacht trieb ihr die Wärme in die Wangen. Hätte sie nicht geschrien, als wäre sie lebendig aufgespießt worden, würde ihre Familie nicht um sie herumschwirren wie ein Pack besorgter Ammen. Somit beließ sie es bei einem Nicken, und ihr Bruder verschwand den Gang hinunter.

Sie bedauerte, dass Freddy aufgehört hatte, jeden Gedanken mit ihr zu teilen. Doch, so nahm sie an, je älter man würde, umso höher wuchsen die Mauern, die man um sein Herz baute. Es war ein natürlicher Prozess des Erwachsenwerdens, dass man lernte, vielleicht nicht die Emotionen, aber zumindest die Zunge im Zaum zu halten.

Fest stand: Freddy war nicht weiter als einen Hausflur entfernt. Sie musste nur an seine Tür klopfen und er würde öffnen. Anders als ihr

Vater, der sich in Yorkshire auf Melville Manor verbarrikadierte und seine Kinder nur zu Weihnachten sah.

»Du hast so einen einfühlsamen Bruder«, schmachtete Clementina. »Weißt du, wer noch außerordentlich einfühlsam ist?«

Florence zwang sich, nicht die Augen zu verdrehen.

»Lass uns nicht mehr von Mister Arden sprechen oder jeglichen Einzelheiten, die mich zwingen, den Verlust der Brosche erneut zu durchleben«, bat Florence.

Zur Scham, die sie über die unfreiwillige Szene auf dem Maskenball fühlte, gesellte sich das Schuldgefühl über den Verlust der Brosche. Sie hätte sich nicht damit schmücken sollen, schon gar nicht für einen trivialen Anlass wie einen Maskenball.

Zu ihren Lebzeiten hatte ihre Mutter, Lady Melville, die Brosche nur zu einem einzigen Anlass hervorgeholt, und das war das Jähren ihres Hochzeitstages gewesen. In ihrer kindlichen Obsession mit allem, was funkelte, war Florence ganz fasziniert gewesen von dem Schmuckstück. Nach dem frühzeitigen Tod der Mutter war die Brosche in Florence' Schmuckkästchen gewandert. Wenn sie unfähig war, ein Andenken aufzubewahren, einen Gegenstand, so real wie der Grund unter ihren Füßen, wie sollte sie dann erst etwas so Flüchtiges wie eine Erinnerung am Leben halten? Florence richtete die Augen auf die stuckverzierte Decke – nicht, um die kunstvolle Dekoration zu bewundern, sondern allein um die Tränen davon abzuhalten, sich auf ihre Wangen zu ergießen.

Clementina verließ den Sessel und ließ sich auf dem Sofa neben Florence nieder. Sie strich eine Locke hinter Florence' Ohr und drückte sanft ihre Schulter. Die simple Geste reichte aus, um die Spannung in Florence' Nacken zu lösen.

Heute war einer der Tage, an dem ihre Gedanken mehr als sonst um ihre Mutter kreisten. Daher begab sie sich lieber in Gesellschaft, als dass sie allein mit ihren Nägeln blieb.

»Hast du die Dame im Hofnarr-Kostüm gesehen?«, fragte Clementina prompt, um sie aufzuheitern.

Florence dankte ihrer Freundin insgeheim für das Talent, unangenehme Themen mithilfe oberflächlichen Geplänkels zu umschiffen. Sie wusste bereits, was als Nächstes kommen würde, und sparte sich eine Antwort.

»Sie trug Hosen, Florence, Hosen! Ich würde niemals auch nur an solch einen Irrsinn denken.«

Florence musste schmunzeln. »Nein, das würdest du nicht«, bestätigte sie. »Aber es war sicher ein ganz befreiendes Gefühl.«

Clementina schnaubte.

»Befreiend? Warum nicht gleich nackt auftauchen?«

Florence konnte sich ein lautes Kichern nicht verkneifen.

»Clemmie! Solche Worte aus deinem Mund!«

Clementinas Wangen färbten sich rötlich, doch sie fiel in das Kichern mit ein.

»Spaß beiseite«, begann Florence, »ich bewundere die Dame. Ich wünschte, ich würde den Mut aufbringen, den Petticoat gegen Hosen zu tauschen.«

Clementina blieb das Kichern im Hals stecken.

»Das meinst du nicht so. Keine Frau, die etwas auf sich hält, würde Hosen tragen wollen. Sie sind vulgär.«

»Selbst die Prinzessin hat vor einigen Jahren Pantalons getragen«, erinnerte Florence sie. »Und sie ist keinesfalls vulgär.«

Clementina verehrte Prinzessin Charlotte, die einzige Tochter des Prinzregenten und somit die zukünftige Thronfolgerin. Auch Florence konnte und wollte sich ihrem Charme nicht entziehen. Sie war eine bewundernswerte Frau, liebenswert und familienorientiert, das Gegenteil zu ihren Eltern, die sich hassten von dem Moment an, da sie sich zum ersten Mal sahen.

Die Prinzessin hatte erst vor wenigen Wochen Hochzeit gefeiert und das frisch getraute Paar schien sich aufrichtig zu lieben.

»Nun, damals war sie noch ein Kind. Ein wenig ungezähmt vielleicht. Heutzutage würde sie nicht mehr auf derart törichte Gedanken kommen. Die Ehe tut ihr gut.« Aus Clementinas Mund war dies harsche Kritik an ihrer geliebten Prinzessin. »Versprich mir, dass du nicht in Hosen auf die Straßen gehst, ja?«, sagte sie schließlich versöhnlich.

Florence tat so, als würde sie das Versprechen in Erwägung ziehen, dann schüttelte sie den Kopf.

»Ich bin es müde, dass mir ständig vorgeschrieben wird, wie ich mich zu kleiden und zu verhalten habe. Ich bin kein Kleinkind mehr.« Sie wollte ihre Freundin nicht ärgern, auch wenn sie Clementinas Entsetzen unterhaltsam fand. »Sollte mir der Wechsel von Kleidern zu Hosen mehr Autorität über meine Zukunft einbringen, so zöge ich ihn wahrlich in Erwägung«, schloss Florence.

»Lieber verzichte ich auf Autorität und bewahre dafür meine Tugend«, entgegnete Clementina mit gerecktem Kinn.

Florence betrachtete ihre Freundin mit einem Schmunzeln. Sie starrte stur aus dem Fenster, die Knöchel überkreuzt, die Hände im Schoß gefaltet. Ein Bild der Sittlichkeit.

Florence konnte ihr die Standhaftigkeit nicht übel nehmen. Sie selbst hatte keine Geduld für Duckmäuser. Würde Clementina ihr jedes Wort nachplappern, ohne selbst eine Meinung zu äußern und ihr treu zu bleiben, Florence hätte schon längst jeden Respekt vor ihr verloren.

»Clemmie, lass uns nicht streiten. Nach all dem Aufruhr sehne ich mich nach Ruhe und Harmonie.«

Clementina ließ sich erweichen.

»Du hast recht. Lass uns über andere Dinge sprechen. Zum Beispiel über die Gästeliste für den Einweihungsball unserer neuen Saaldecke.«

Florence bekam gar nicht erst die Chance zu antworten. Clementinas Enthusiasmus für den anstehenden Ball war unübertrefflich.

»Dein Cousin wird sich sehr darüber freuen, dass Lady Elphinston zugesagt hat, und auch dein Bruder wird nicht ohne seine Angebetete ausgehen müssen. Elizabeth Ailesbury kommt in Begleitung ihrer Mutter, der Viscountess.«

Florence wusste nicht, wen Freddy insgeheim anbetete, aber etwas sagte ihr, dass es nicht Miss Ailesbury war. Sie konnte ihn, was seinen Damengeschmack betraf, nur schlecht einschätzen, aber sie erinnerte sich nicht, ihn jemals sichtbar vernarrt gesehen zu haben. Vielleicht war er Florence nicht ganz unähnlich. Auch sie hatte sich noch nie derart zu einer Person des anderen Geschlechts hingezogen gefühlt. Manchmal vermutete sie, dass Liebe nur als Mittelchen gegen Langeweile diente; eine Erfindung, die allein für Tratsch und Ablenkung erschaffen worden war. Sie selbst hatte in ihren achtzehn Jahren noch keinen Funken von dem verspürt, woran ihre Freundinnen regelmäßig erkrankten. Wundersamerweise war sie dennoch eine herausragende Ratgeberin für Herzensangelegenheiten. Womöglich, weil Verliebte wie kopflose Hühner durch ihre Affären stolperten, während Florence' Kopf immer solide auf ihren Schultern saß.

Florence bemerkte erst, dass Clementina aufgehört hatte, eine ewige Liste an Namen herunterzurasseln, als ihre Freundin sie mit geschürzten Lippen ansah.

»Florence, sollen wir ihm nun eine Einladung zukommen lassen oder nicht?«, fragte sie ungeduldig.

Florence konnte nicht vortäuschen, auch nur einen Schimmer zu haben, von wem Clementina sprach.

»Pardon, um wen geht es noch gleich?«

Für eine Sekunde bedachte ihre Freundin sie mit einem pikierten Blick, dann wurde ihr Missmut von einem träumerischen Ausdruck überschattet.

»Mister Arden, natürlich«, hauchte sie ehrfürchtig. »Um wen sonst?«

Waffenstillstand

»Ich bin ein Damenschneider, kein Bote. Wenn Sie Mister Arden etwas übergeben wollen, tun Sie das gefälligst persönlich!«

Edward erreichte den Fuß der Treppe, als er diese erzürnten Worte vernahm. Die Dielen knarzten unter seinem Gewicht.

Aus dem Nähzimmer ertönte das scharfe Geräusch eines Stoffes, der entzweigerissen wurde. Samuels Stimme drang aus dem Verkaufsraum in den Flur. Nichts daran war weiter ungewöhnlich für einen Donnerstagmorgen im Hamilton's. Erst Emmelines vehementes Winken alarmierte Edward, dass etwas nicht stimmte.

Er schlich ihr entgegen, eine unausgesprochene Frage auf seinen Lippen. Emmeline wies stumm mit dem Finger auf den Durchgang zum Laden.

»Das würde ich gerne tun, nur scheinen Sie die einzige Person zu sein, die seine wahre Adresse kennt, und doch weigern Sie sich strikt, mir diese Information zu verraten!«, sagte eine zweite Person, deren herrische Tonlage Edward nur zu bekannt vorkam.

Er unterdrückte ein Stöhnen.

»Wagen Sie es ja nicht, dieses Ding hier abzuladen und abzuhauen!«, rief Samuel.

»Sie lassen mir keine Wahl!«

Edward lieferte sich einen stillen Kampf mit Emmeline, die sich quer in der Flur stellte und ihm den Fluchtweg durch den Hinterausgang abschnitt. Nicht mal sein Hundeblick brachte sie zum Erweichen. Sie zeigte streng mit dem Finger in die entgegengesetzte Richtung, wo die Stimmen rasant anschwollen.

Edward ergab sich seinem Schicksal. Es war im besten Interesse aller Beteiligten, wenn er den Streit unterbrach, bevor einer der Herren etwas tat, das er bereuen würde. Er warf Emmeline einen vernichtenden Blick zu und trat in den Verkaufsraum.

»Gentlemen, es ist zu früh am Tag für ein Schreiduell.«

Das Gezeter verstummte abrupt. Samuel sah ihn mit verengten Augen an.

»Es ist sechs Uhr abends, Edward.«

Edward ignorierte den herablassenden Tonfall und richtete seine Aufmerksamkeit auf Lord Melville. Sein Bauch grummelte, dabei hatte er eben erst gefrühstückt – oder zu Abend gegessen, wenn man sein Leben von Zahnrädern und Uhrzeigern dirigieren ließ. Es war letzte Nacht, die ihm schwer im Magen lag. Er hatte nicht erwartet, den Lord wiederzusehen, jedenfalls nicht nach seinem zugegeben leichtsinnigen Geständnis. Edward hatte sich damit verwundbar gemacht. Und alles nur, weil Melville ihn mit seinem Starrsinn und seiner Arroganz so sehr gereizt hatte, dass Edward sich nicht mehr zügeln konnte. Nun stand der Mann, der ihm buchstäblich einen Strick aus seinen Worten drehen konnte, zum zweiten Mal innerhalb einer Woche im Hamilton's.

Edward konnte nicht leugnen, dass Melville in den schwarzen Stiefeln und dem maßgeschneiderten moosgrünen Frack gut aussah. Gleichzeitig verachtete er sich dafür, dass er sich zu einem Mann hingezogen fühlte, der ihn mit jeder Faser seines Seins verabscheute.

»Was verschafft mir die Ehre?«, fragte Edward betont kühl.

Melville tippte mit einem behandschuhten Finger auf ein Päckchen, das auf der Ladentheke lag.

»Ihr Umhang«, erklärte Melville und vermied es, Edward anzusehen. »Meine Schwester sendet ihren aufrichtigen Dank.«

Edward war berührt. Er hatte einen Narren an Florence gefressen. Sie war genauso hübsch wie ihr Bruder, jedoch um Welten liebenswürdiger. Sie erinnerte ihn an wild blühenden Flieder, sprühend vor Lebenslust. Lord Melville dagegen war ein Nachtschattengewächs, mit betörenden Blüten, doch voller Verdruss. Und obwohl Edward endlos über dessen Charakterschwächen meckern könnte, breitete sich bei der Erinnerung an den vorigen Abend ein Fleckchen Wärme in seiner Brust aus. Für nichts als einen flüchtigen Augenblick, als der Lord seine Schwester in die Arme schloss, lag solche Zärtlichkeit in der Geste, dass sich das Bild der auf dem Boden knienden Geschwister in Edwards Gedächtnis eingebrannt hatte.

»Richten Sie ihr meine besten Grüße aus. Und sollte es ihr jemals an einem Tanzpartner mangeln, stehe ich ihr mit Freuden zur Verfügung«, verlautete Edward.

In Gesellschaft von Frauen wie Sally, Emmeline oder der jungen Melville geschah es oft, dass Edward sich ein wenig betrogen fühlte. Er genoss ihre Gesellschaft, schätze ihre Freundschaft, doch weder stockte sein Atem noch stolperte sein Herz, wenn ihre Blicke sich kreuzten.

Edward erwartete eine schnippische Antwort, doch Melville nickte nur steif. Ein Muskel zuckte an seinem Kiefer. Beim Anblick von Melvilles markantem Seitenprofil wurden Edwards Knie weich.

Als Mann sollte er kein Interesse an Männern haben, und sein Leben wäre um einiges einfacher, wenn sein Körper und Geist sich an diese Regeln halten würde. Aber Edward hatte es aufgegeben, gegen etwas anzukämpfen, dem er machtlos gegenüberstand.

Er bewunderte Frauen, doch er begehrte Männer. Was Menschen wie Betty betraf, die von einem zum anderen glitten, als existierten diese Grenzen nicht, so traf beides zu.

Melville räusperte sich und grummelte etwas, das wie »Tja« klang, dann stiefelte er zur Ladentür, wobei die steifen Schultern Edward stark an einen Zinnsoldaten erinnerten. Er schien über etwas zu grübeln, griff dann nach der Türklinke und verließ die Schneiderei ohne einen Abschiedsgruß.

»Tu mir einen Gefallen und halt ihn fern von hier, ja?«, murrte Samuel. »Und räum das weg«, fügte er hinzu und klatschte Edward das Paket mit dem Umhang in die Arme, bevor er in die Anprobe entschwand.

Der Tag war kaum gestartet, und schon waren ihm bereits zwei übellaunige Männer über den Weg gelaufen. Fast hätte er wieder kehrtgemacht und sich in seinem Bett vergraben.

Stattdessen trat er auf die Straße, wo er von einer undurchdringlichen Nebelwand empfangen wurde, und machte sich, das Päckchen unter dem Arm, auf den Weg zum Purple Palace. Er hatte das untrügliche Gefühl, dort auf einen Franzosen zu treffen, der, ganz im Gegensatz zu Samuel und Melville, Charme und Manieren besaß. Leider war es Edward unmöglich gewesen, im Durcheinander des Maskenballs mehr über den Marquis de Villette in Erfahrung zu bringen. Gleichzeitig war er sich gewiss, dass Louis die offensichtliche Attraktion zwischen ihnen nicht entgangen war. Zweimal waren sie sich bereits über den Weg gelaufen, und bei jeder dieser Begegnungen, egal, wie flüchtig, war da ein unverkennbarer Funke gewesen. Ein drittes Treffen würde nicht ohne ein heftiges Feuer – und ein prächtiges Taschengeld – enden. Edward konnte es in seinen Lenden spüren.

Er hatte kaum vier Schritte getan, da tauchte wie aus dem Nichts ein Paar breiter Schultern aus dem Nebel auf. Es gelang ihm nur knapp, einen Zusammenstoß zu verhindern. Das Schimpfwort rollte ihm schon von der Zunge, doch er fing sich im letzten Moment.

»Eines Tages fallen Sie noch in die Themse, und dann wird niemand da sein, um Sie zu retten«, sagte Melville.

»Ein Glück, dass ich gelernt habe, wie man schwimmt. Somit bin ich gar nicht erst auf einen Retter angewiesen.«

Melville trat einen Schritt zur Seite, öffnete eine Kutschentür, machte jedoch keine Anstalten einzusteigen. Noch immer vermied er Edwards Blick.

»Nun steigen Sie schon ein«, sagte er ungeduldig.

»Sie wissen gar nicht, wohin ich will«, entgegnete Edward verblüfft.

»Wo auch immer es ist, Sie werden nicht in einem Stück dort ankommen, wenn Sie durch diese Suppe laufen.«

Obwohl Edward nicht sagen konnte, was Melville dazu bewegte, plötzlich solche Hilfsbereitschaft zu zeigen, war er sich nicht zu schade, das Angebot anzunehmen. Einem geschenkten Gaul schaute man nicht ins Maul, schon gar nicht, wenn besagtes Tier an eine teure Kutsche geschnallt war, die Schutz vor dem nasskalten Wetter bot.

Er kletterte ins Innere. Melville tat es ihm gleich, und schon saßen sie einander gegenüber, vorsichtig darauf bedacht, dass ihre Knie einen gebührenden Abstand zueinander hielten.

»Maiden Lane, Covent Garden«, eröffnete Edward.

Melville leitete die Anweisung an den Kutscher weiter.

Das Gefährt kam ins Rollen und für ein paar schmerzhafte Minuten herrschte Schweigen. Melville starrte aus dem Fenster, als hätte er noch nie Nebel gesehen und fände ihn äußerst faszinierend. Edward nahm sich vor, nicht derjenige zu sein, der die Stille brach. Sein gestriger Ausbruch, zwar impulsiv und äußerst leichtsinnig, war ihm keinesfalls peinlich. Er schämte sich weder für seine Beschäftigung noch sein Begehren. Es war Melville, der Schwierigkeiten hatte, diese Wahrheit zu verdauen.

»Das ist ein äußerst unhöflicher Schneider. Wie er Kunden hält, ist mir ein Rätsel«, sagte Melville, nachdem der Nebel wohl an Faszination verloren hatte.

»Normalerweise ist er umgänglicher. In letzter Zeit scheint er äußerst reizbar.« Edward konnte Melvilles abwägenden Blick auf sich spüren.

»Muss ich mich wundern, warum Sie mir nichts, dir nichts aus dem Hinterzimmer der Schneiderei aufgetaucht sind?«, fragte der Lord.

»Nein, daran sollten Sie nun wirklich keine Gedanken verschwenden.«

»Haben Sie etwa …?« Melville beendete den Satz nicht. Zum ersten Mal, seit sie in der Kutsche saßen, kreuzten sich ihre Blicke. Edward erwartete, Verachtung in den grünen Augen seines Gegenübers zu sehen, doch zu seiner Überraschung fand er dort zögerliche Neugier.

»… ein Verhältnis?«, vollendete Edward die Frage, ohne seine Augen von Melville zu lösen. »Auf gar keinen Fall!«

»Gut«, sagte Melville, und unterstrich das Wort mit einem Nicken.

»Ist es das?«, fragte Edward.

Melville klappte mehrmals den Mund auf und zu, ohne seine Gefühle in Worte fassen zu können, was Edward ein Grinsen entlockte. Er fand großen Gefallen daran, sein Gegenüber in Verlegenheit zu bringen.

»Ich meine nur«, sagte der Lord, als er die Fassung zurückerlangte, »er ist nicht gerade ein umgänglicher Mann.«

»Vielleicht habe ich ein Faible für nicht umgängliche Männer«, triezte Edward und beobachtete zufrieden, wie Melvilles Kopf nun anlief wie eine überreife Tomate.

»Sie haben keine Scham, oder?«, fragte Melville, doch in der Anklage klang ein Hauch von Interesse mit.

»Oh, doch, die habe ich. Nur nicht dafür.«

»Wofür dann?«

Abgesehen davon, dass Melville inzwischen wahrlich puterrot war, schlug er sich tapfer. Edward hatte ihn unterschätzt. Ob es Mut war oder Leichtsinn, hier saß der Lord, auf engstem Raum mit einem Sodomiten, und verwandelte die Kutsche in einen Beichtstuhl.

Edward war bereit, vor ihm in die Knie zu gehen, doch er hielt es für weise, Zurückhaltung zu üben. Er konnte es nicht wagen, kopfüber aus der fahrenden Karosse geworfen zu werden.

»Ich glaube, es wäre besser, wenn wir diese Unterhaltung vertagen, Lord Melville. Zum einen ist eine Kutsche kein angemessener Ort für diese Art von Gespräch, zum anderen haben Sie bereits zu viel gegen mich in der Hand.«

Kurz glaubte er, Enttäuschung über Melvilles Züge huschen zu sehen. Diesmal war es Edward, der den Blick abwandte und so tat, als gäbe es dort draußen etwas anderes zu sehen als Nebelschleier. Er war nicht schüchtern, wenn es darum ging, Gefallen in Geld zu verwandeln. Er handelte mit vielem, aber seine Geheimnisse gehörten nicht zum Sortiment. Kein Geld der Welt würde ihn dazu bewegen, ein Wort über die Zeit zu verlieren, als man ihn noch »Thomas« nannte. Nachdem das Geheimnis seiner Bettpartner nun keines mehr war, blieb nicht viel mehr übrig als die Geschichte vom Tod eines Pfarrers, an dessen Ende Edward nicht unbeteiligt gewesen war.

Für eine Sekunde erlaubte er sich die Vorstellung, das Siegel auf dem Zeugnis seiner Sünden zu brechen, den Worten freien Lauf zu lassen und seine Vergehen der Welt zu offenbaren. Was würde passieren, wenn er einen Mord gestand, als würde er von seinem Frühstück erzählen?

Sobald der Gedanke geformt war, packte ihn schwindelerregende Furcht. Er war lebensmüde. Da konnte er sich gleich bei Sturm auf eine Klippe stellen, die Arme ausbreiten und den Wind sein Ding machen lassen.

Edward linste zu Melville, der nichts von dem Unwetter mitbekam, das in seinem Kopf tobte. Der Lord wippte nachdenklich mit dem Fuß, während seine Haut wieder einen normalen Farbton annahm.

Mit einem Mal schien er Edwards Blick zu spüren, denn er sah auf und betrachtete ihn nachdenklich, ohne einen Hehl aus seinem Interesse zu machen. Etwas schien ihn zu beschäftigen.

»Raus damit. Worüber denken Sie nach?«

Melville ließ sich Zeit, bevor er zu einer Antwort ansetzte. »Sie führen ein gefährliches Leben.«

Es war eine Feststellung. Keine Drohung, kein Vorwurf. Es verlangte keiner Reaktion, und doch verspürte Edward das Bedürfnis, sich zu erklären.

»Ich bin nicht allein.«

Der Zweifel stand Melville ins Gesicht geschrieben.

»Sie glauben mir nicht. Das ist keine Überraschung. Sie denken, Menschen wie ich seien Abtrünnige und Einzelgänger, Schattenwesen, die sich am Rande der Gesellschaft bewegen. Sie liegen nicht völlig falsch. Für eine Weile war ich allein. Doch nur, bis ich Gleichgesinnte fand, und aus ihnen wurden treue Freunde. Ich wage sogar zu sagen, eine Familie.«

Melville legte die Stirn in Falten und grübelte über die Worte nach, während die Kutsche über das Pflaster rollte.

»Das macht Ihr Leben nicht weniger gefährlich«, sagte er schließlich.

»Vielleicht nicht. Aber ich weiß, dass es Menschen gibt, die mir den Rücken freihalten, wenn es mal brenzlig wird.«

Sally, Betty und selbst Samuel würden alles in ihrer Macht Stehende tun, um Edward aus jeglichem Schlamassel zu befreien. Ganz im Gegenteil zu einem gewissen Richter mit Gewaltfantasien, der mit Vergnügen dabei zusah, wenn sich der Knoten um den Hals seiner Opfer zuzog.

Edward betrachtete Melville, der diese Informationen um einiges gelassener hinnahm als vorige Nacht. Ein Gedanke nahm langsam Gestalt an.

Nach seinem Besuch in Inner Temple hatte Edward die Hoffnung schon aufgegeben, doch vielleicht war James Cooke noch nicht verloren. Auch wenn das hieß, dass Edward sich in Melvilles Schuld begeben musste und ihm allein die Vorstellung Zahnschmerzen bereitete, würde er den Versuch wagen. Edward zwang sich zu sprechen, bevor er den Mut verlor.

»Wo wir schon beim Thema sind, anderen den Rücken freizuhalten«, begann er, »ich könnte Ihre Hilfe gebrauchen.«

Melvilles Fuß hielt mitten in der Bewegung inne, bevor er sich zum Boden der Kutsche senkte. Ein Anflug von Misstrauen schlich sich in sein vornehmes Gesicht.

»Was verleitet Sie dazu, auch nur zu denken, dass ich Ihnen helfen würde?«

Da war er wieder, der selbstzufriedene Lord, den Edward so verabscheute. Er schluckte den Ärger, der sofort in ihm aufbrannte, hinunter und berief sich darauf, dass seine persönliche Abneigung für den Lord ihm nicht im Weg stehen sollte.

»Lord Melville, halten Sie mich für einen schlechten Menschen?«

Offensichtlich hatte Melville nicht mit dieser Frage gerechnet. Er sah ziemlich verwirrt drein.

»Wie bitte?«

»Ignorieren Sie für einen Augenblick unsere gegenseitige Abneigung und beantworten Sie mir folgende Frage: Wünschen Sie mir den Tod?«

»Nein. Natürlich nicht«, sagte er gekränkt.

»Nun gut. Dann können Sie vielleicht auch etwas Verständnis, nur ein klein wenig Mitgefühl für den Lakaien aufbringen, der im Newgate Prison auf sein Urteil wartet.«

Melville konnte Edward noch immer nicht folgen.

»Lord Attwoods Lakai«, erklärte er. Edward erkannte, wie Melville in Abwehrhaltung ging, und fuhr schnell fort. »Sie sollen sich nicht gegen die öffentliche Meinung stellen oder Ihre Solidarität für unsereins bekennen. Das verlange ich gar nicht. Aber als Mann, der sich in gewissen Kreisen bewegt, haben Sie sicher den einen oder anderen Kontakt, der von Nutzen sein könnte. Lassen Sie einfach Ihre gewiss vorzüglichen Beziehungen spielen.«

Melville biss sich auf die Lippen und ließ Edward auf eine Antwort warten.

»Ich kann einen Schuldigen nicht freisprechen, Mister Arden«, sagte er schließlich und klang dabei äußerst feindselig.

»Das erwarte ich auch nicht. Alles, was wir benötigen, sind mildernde Umstände, die den Angeklagten vor der Höchststrafe bewahren.« Edward lehnte sich zurück und ließ seine Worte bei seinem Gegenüber einsickern. Melville hingegen ließ ihn nicht aus den Augen, während er unzweifelhaft ein Dutzend Gründe suchte, warum er Edwards Bitte ausschlagen könnte.

»Ich bin mir nicht zu schade, selbst für die Kosten aufzukommen«, warf Edward ein. »Aber mir wird kein Barrister Gehör schenken. Ihnen dagegen schon.«

»Machen wir uns nichts vor. Egal, wie viel Geld Sie angespart haben, es wird mehr als das brauchen, um einen Anwalt zu überzeugen, sich dem Fall anzunehmen.«

Edward steckte den Seitenhieb ohne Widerworte ein. Dies war kein guter Zeitpunkt, um kleinlich zu sein.

»Helfen Sie mir oder nicht?«

Anders als bei Carr, wo die Gewissheit, dass er keine Unterstützung erwarten konnte, in Stein gemeißelt gewesen war, bevor er das Amtszimmer überhaupt betreten hatte, war Edward nun unfähig, Melvilles

Reaktion vorherzusagen. Er war nicht naiv, gab sich keiner falschen Hoffnung hin, aber der Lord hatte mehrere Gelegenheiten verstreichen lassen, um das Gespräch im Keim zu ersticken. Edward wartete noch immer auf eine Antwort.

»Das kommt drauf an«, sagte Melville zögerlich.

»Sie wollen über ein Menschenleben verhandeln? Sie spielen dreckig, Lord Melville, aber wir wissen beide, dass Sie die Oberhand haben. Ich bin bereit, jeden Zoll zu zahlen.«

Melville schürzte die Lippen.

»Ich sehe schon, Ihre Meinung von mir ist nicht gerade die beste.«

»Meine Meinung von Ihnen ist irrelevant. Also, was verlangen Sie im Gegenzug für Ihre Hilfe?«

Melville schüttelte den Kopf wie ein Lehrer, der die Leistung seines Schülers bemängelte. Er konnte kaum verletzt sein, dass Edward ihn nicht mit Samthandschuhen anpackte. Sie waren längst jenseits von Höflichkeitsfloskeln und vorgetäuschten Sympathien angelangt.

»Ich bin nicht ganz so skrupellos, wie Sie denken. Ich möchte schlicht die Brosche meiner Schwester zurück und – lassen Sie mich ausreden! – da Sie sowohl mit dem Adel als auch mit, sagen wir, weniger vornehmen Gestalten verkehren, könnte ich Ihre Augen und Ohren gebrauchen.«

Fast hätte Edward protestiert, doch es schien ihm, als hätte auch Melville endlich verstanden, dass er unmöglich selbst hinter dem Schmuckraub stecken konnte.

Melville fuhr fort: »Die Diebe haben bereits zweimal zugeschlagen, beide Male auf einer feierlichen Abendveranstaltung, wo alles, was Rang und Namen hat, sich von seiner besten und teuersten Seite zeigte. Hier spielt jemand ein gewagtes Spiel, Mister Arden. Ein Raub genau dort, wo unzählige Augenpaare sind und doch niemand hinschaut. Wenn Sie meine Hilfe wollen, werden Sie von nun an zu jeder dieser Veranstaltungen antanzen und Augen und Ohren offen halten.«

Edward hatte mit vielem gerechnet, doch sicher nicht damit, so leicht Unterstützung zu erhalten und mit nichts als ein Paar Ballauftritten davonzukommen. Wenn Melville wollte, dass er den Ermittler spielte, sich auf Partys herumtrieb, Wein schlürfte, vielleicht mit ein paar Männern flirtete, um bei Gelegenheit einen Verbrecher zu enttarnen, so würde er sich fügen. Er war in seinem Leben schon weit schlimmere Pakte eingegangen.

»Selbstverständlich besorgen Sie mir die Einladungen für sämtliche dieser Anlässe«, forderte Edward.

»Selbstverständlich«, wiederholte der Lord in einem Ton auf halbem Weg zwischen Belustigung und Hohn. Edward erschlich sich meistens mit Charme und einem Schuss Schamlosigkeit Zutritt zu die exklusiven Bälle des *Ton*. Es waren ebensolche Festivitäten, auf denen sich die vielversprechendsten Freier fangen ließen, doch die Kosten für so ein Vergnügen waren nicht gering. Es zahlte sich aus, den einen oder anderen Gönner zu haben.

Die Kutsche verlor an Fahrt und kam sanft zum Stehen. Weder Edward noch Melville machten Anstalten, die Tür zu öffnen.

»Als ich meinte, ich sei bereit, jeden Zoll zu zahlen, war das nicht gelogen. Sie sind um einiges zahmer, als ich vermutet habe.« Edward ließ ihm keine Zeit, diese Aussage zu verdauen. »Wir haben einen Deal«, setzte er fort und hielt seine Hand auf. Melville erwog kurz, was er tun sollte, dann streifte er einen Handschuh ab und schlug ein. Seine Haut war angenehm warm und frei von Blessuren, wie Edward registrierte. Er selbst spürte den Händedruck tief in seinen Knochen. Er sog die Wärme auf, fühlte ein Brennen – genau dort, wo Melvilles Daumen sich in seinen Handrücken presste. Er machte keinen Versuch, den Kontakt zu unterbrechen. Auch Melville, so vermutete Edward, ließ den Moment länger als nötig passieren. Edwards Magen grummelte, doch dieses Mal klang es wie das sanfte Schnurren einer

Katze, die im Sonnenlicht badete. Dann war Melvilles Hand fort, und zurück blieb nur der Geist der Berührung.

Edwards Kopf war wie leer gefegt. Ihm fehlten die Worte. Mechanisch wandte er sich zur Tür, taumelte ungelenk über Melvilles Füße und schaffte es irgendwie, die Kutsche zu verlassen, ohne das Päckchen fallen zu lassen. Erst war er sich nicht sicher, was er hier wollte, bis der Nebel den vertrauten Anblick des Bull Inn Court freigab.

»Wo haben Sie sie gefunden?«, erklang Melvilles Stimme aus dem Inneren des Wagens.

Er musste Edwards Verwirrung gesehen haben, denn er präzisierte nur einen Augenblick später: »Die Familie, von der Sie vorhin sprachen. Wo haben Sie sie gefunden?«

Edward gelang es nicht ganz, seine Überraschung zu verstecken.

»Hier«, erwiderte er und deutete mit dem Kopf auf die Gasse hinter sich. Dann nickte er Melville zu und war schon drei Schritte gegangen, als er sich noch mal umwandte. »In Zukunft ist es wohl besser, wenn Sie Ihre Korrespondenz an diese Adresse richten. Ein weiterer Besuch im Hamilton's könnte unschöne Folgen haben – für uns beide.«

Edward glaubte, ein Lächeln auf Melvilles Lippen zu erkennen, doch die trübe Luft konnte ihm etwas vormachen. Der Lord tippte sich mit der Hand an die Stirn, dann fiel die Tür zu und einen Augenblick später war er im Dunst verschwunden.

Gut gehängt, schlecht verheiratet

Freddy starrte auf die Tapete und fühlte sich persönlich von ihr angegriffen.

Auf einem purpurroten Grund rankten sich blühende Rosen in schrillen Farben. Als wäre dies nicht bereits Affront genug, schwirrten Bienen und Schmetterlinge von Blüte zu Blüte. Er hätte schwören können, dass sie sich bewegten. Noch dazu schien es ihm, als würden die Insekten hämisch grinsen. Wer auch immer die Entscheidung gefällt hatte, das Empfangszimmer in dieses grässliche Motiv zu decken, wollte seine Besucher entweder einer besonders schmerzvollen Geduldsprobe unterziehen oder sie gleich wieder vertreiben.

Es wirkte. Freddy hatte weder besonders viel Geduld noch das Bedürfnis, weiterhin auf dieses garstige Rot zu starren. Es hatte schlicht nichts in einem Empfangsraum verloren, geschweige denn in sonst einem Zimmer.

Doch der wahre Grund, warum sich sein Fluchtinstinkt bemerkbar machte, hatte wenig mit der Tapete und alles mit seinem Vorhaben zu tun. Dazu gesellten sich Kopfschmerzen, die, seit er diesen Raum betreten hatte, zu einem Übelkeit erregenden Pochen angeschwollen waren. Er wünschte sich die nichtssagende Leere des Nebels zurück, der noch immer jeden Winkel Londons füllte. Alles war besser als bedrohlich feixende Insekten mit giftigen Stacheln.

Ein streng aussehender Butler trat in den Raum. Er verbeugte sich und bat Freddy in einem gekünstelt nasalen Ton, ihm zu folgen. Er klang dabei wie eine pikierte Hornisse.

Freddy tat wie geheißen und wurde über einen Korridor, der dicht an dicht mit lebensgroßen Porträts und Kampfszenen behängt war, zu einer schweren Doppeltür geleitet.

Der Butler warf ihm einen warnenden Blick zu, als würde er bei einer falschen Bewegung einen Stachel ausfahren, und öffnete die Tür weit in ihren Angeln. Freddy machte sich schnell daran, den gruseligen Butler hinter sich zu lassen.

Der Salon war überraschend schlicht eingerichtet, zumindest im Vergleich zu den anderen Räumen. Hier und da war ein Stück Wand zu sehen, und obwohl sich auch auf dieser Tapete Blumen tummelten, zeigten diese sonnengelben Exemplare keine Spur von Angriffslust. Freddy glaubte sogar, Lavendel riechen zu können.

Die behagliche Atmosphäre tat nichts daran, die Fluchtgedanken zu zerstreuen. Er wäre gerne überall, nur nicht hier.

»Lord Melville«, grüßte ihn eine kühle Stimme, in der eine Spur Selbstgefälligkeit mitschwang, »womit haben wir diesen Besuch verdient?«

In der Mitte des Raumes standen zwei Damen verschiedenen Alters, deren Ähnlichkeit sie eindeutig als Mutter und Tochter auszeichnete. Sie teilten die schmale Gestalt, das kastanienrote Haar und die fein geschwungenen Brauen. Nur waren Elizabeth Ailesburys Augen von einem sanften Blau und gefüllt mit zurückhaltender Freude, während die dunkelgrauen Augen ihrer Mutter erwartungsvoll aufblitzten. Ein Blick auf das resolut zurückgebundene Haar und die tadellose Körperhaltung der Viscountess genügte, und Freddy wusste, dass sie eine Frau war, die Späße und Liederlichkeit nicht tolerierte.

»Lady Ailesbury«, begann Freddy, »ich komme mit einer beachtlichen Frage und hoffe, dass Miss Ailesbury mir die Ehre einer Antwort erweist.« Er schenkte Elizabeth ein Lächeln, das sich falsch auf seinen Lippen anfühlte, aber hoffentlich Charme versprühte.

Der Viscountess schwoll vor Stolz die Brust. Sie legte gebieterisch eine Hand auf den Arm ihrer Tochter, ohne Freddy aus den Augen zu lassen.

»Dann werde ich Ihnen einen Moment geben, Ihre Frage gebührend zu äußern.« Sie wandte sich Elizabeth zu. »Spann den Earl nicht zu lange auf die Folter, Darling.« In den lieblichen Worte schwang ein unmissverständlicher Befehl mit.

Die Viscountess ließ von ihrer Tochter ab und schritt mit gerecktem Kinn in den Flur, wo sie innehielt und Freddy wortlos musterte. Er senkte gebührend den Kopf und sah, wie ihre Lippen sich zu einem schmalen Lächeln verzogen, bevor sie ihn mit Elizabeth zurückließ. Die Salontüren blieben selbstverständlich weit offen, wie um Freddy zu sagen, dass man ihn und Miss Ailesbury während ihres Treffens nicht eine Sekunde aus den Augen lassen würde.

Elizabeth stand noch immer in der Mitte des Raumes und sah überraschend hübsch aus. Nicht dass ihr vorteilhaftes Aussehen überraschend war, aber Freddy fand sich das erste Mal in der Position, gänzlich mit ihr allein zu sein. Zuvor hatten sie ausschließlich in Gesellschaft anderer miteinander verkehrt und er hatte ihr nie seine ungeteilte Aufmerksamkeit geschenkt.

Es stimmte, was die anderen sagten: Sie war eine ausgesprochene Schönheit. Und doch ließ ihn der Anblick kalt. Einst hatte er die Farbe ihrer Augen bestaunt, doch nun schienen sie ihm wie zwei Regenpfützen. Äußerst hübsche Regenpfützen, doch waren sie lediglich das schwache Echo eines glorreichen Mittsommerhimmels.

»Welche Freude, an einem scheußlichen Tag wie diesem ein freundliches Gesicht wie Ihres zu sehen«, begann sie gekonnt.

»Die Freude ist ganz meinerseits«, log Freddy. In Wahrheit spiegelte das lichtlose graue Wetter seine Stimmung bestens wider.

Elizabeth nahm die schwache Floskel lächelnd entgegen.

»Es ist ein Wunder, dass Sie den Weg zu uns gefunden haben. Dieser Nebel macht aus London einen sumpfartigen Irrgarten«, sagte sie.

Einen Irrgarten, in dem Freddy sich jetzt gerne verlieren würde.

»Sie schmeicheln mir, doch die Ehre gebührt allein meinem Kutscher. Ohne ihn wäre ich längst in der Themse gelandet.«

»Ich hoffe, Sie können schwimmen«, erwiderte sie, und für einen Augenblick fühlte er sich an Mister Arden erinnert, der ihn angeherrscht hatte, er würde keinen Retter brauchen.

Er schlug sich die Erinnerung aus dem Kopf. Es war Zeit, dass er sich auf das Wesentliche konzentrierte. Immerhin hatte er ein Erbe anzutreten, Erwartungen zu erfüllen, Verantwortung zu tragen.

Er wusste nicht, was schlimmer war, das Pochen hinter seiner Stirn, als würde jemand mit einem Hammer seinen Schädel attackieren, oder das Gefühl, sich jeden Moment hinter einen der lindgrünen Sessel übergeben zu müssen. Der Brief seines Vaters lag ihm nach wie vor schwer im Magen.

»Setzen wir uns«, sagte Miss Ailesbury und deutete auf eine Gruppe zierlicher Sofas, die in einem Halbkreis um einen Kamin versammelt waren. Ein stolzes Feuer brannte darin.

Elizabeth ließ sich elegant auf ein Sofa gleiten und Freddy nahm ihr gegenüber Platz. Er traute seinen Beinen nicht und war dankbar für die weichen Kissen. Doch selbst die Wärme des Feuers konnte das klamme Gefühl nicht vertreiben, das sich in seinen Knochen eingenistet hatte.

»Was hat es mit dieser mysteriösen Frage auf sich, Lord Melville?«

Sie bedachte ihn mit einem Schmunzeln, das er als charmant empfunden hätte, wäre er nicht so konzentriert darauf, sich sein Unwohlsein nicht anmerken zu lassen.

»Nun, als Dame von wachem Verstand und schneller Auffassungsgabe glaube ich, dass Sie meine Absicht längst durchschaut haben«, entgegnete Freddy und war erleichtert, dass seine Stimme frei von Bitterkeit war.

»Und als Dame von Anstand und wohlweislicher Zurückhaltung muss ich Ihnen sagen, dass Spekulation zu nichts als hohen Erwartungen führt, welche unvermeidlich Enttäuschung nach sich ziehen. Daher bevorzuge ich es, mich in Ignoranz zu wiegen.«

Es gab nur einen züchtigen Grund, warum ein lediger Mann einer unverheirateten Frau seine Aufwartung machte. Sowohl Freddy als auch Elizabeth wussten um ihre Rollen in diesem Schauspiel. Die Bereitschaft, dem Skript zu folgen, war das, was Freddy von einem Mann wie Edward Arden unterschied, der auf Sittsamkeit und Ordnung spuckte und sich mit Freuden der Verdorbenheit hingab.

Nach der Offenbarung auf dem Ball hatte Freddy entschieden, ihm ein für alle Mal aus dem Weg zu gehen. Er konnte und wollte nicht mit einer solchen Person gesehen werden. Am Tag zuvor war er ins Hamilton's gegangen, um die Verbindung zu ihm endgültig zu kappen. Freddy hatte erwartet, von Abscheu überrollt zu werden, als Mister Arden ihm unter die Augen trat, aber das erwartete Gefühl blieb aus.

Stattdessen war da eine Erleichterung gewesen, die er sich bis jetzt nicht erklären konnte. Vielleicht war er einfach froh gewesen, Arden wohlauf zu sehen – vor allem nach der Geschichte, die Lord Attwood widerfahren war. Er musste sich eingestehen, dass er Arden, selbst wenn ihm dessen Zügellosigkeit und fragwürdige Bettpartner aufstießen, vielleicht nicht gerade mochte, aber seine unverfrorene Ehrlichkeit und der Wille, für andere einzustehen, zumindest etwas Respekt verdienten. Was mehr war, als er von den meisten Männern in seinem Umfeld sagen konnte.

Elizabeth sah ihn erwartungsvoll an und Freddy besann sich, dass er einen Part zu spielen hatte.

»Ich bin gekommen, Miss Ailesbury, weil ich um nicht weniger als Ihre Hand anhalten möchte. Sie sind eine beeindruckende Frau von unvergleichbarer Anmut. Ein jeder Mann sollte sich glücklich schätzen, die Ehre zu haben, Sie zur Frau zu nehmen. Ich hoffe, dass ich Sie zur Quelle meines Glücks machen kann.«

Die Worte schwebten zwischen ihnen, untermalt von dem Knacken des Feuers im Kamin.

Elizabeth ließ die Stille wirken, während sie den Blick über ihn gleiten ließ.

Er konnte nicht einschätzen, welche Gedanken ihr durch den Kopf gingen. Für ihn war es die richtige Entscheidung, auch wenn sie ihm Bauchschmerzen bereitete. Zwar war er einen Pakt mit Arden eingegangen, doch die Vermählung war ein klares Zeichen, dass er sich von allem abgrenzte, wofür dieser stand. Niemand sollte ihm vorwerfen können, dass er die Gesellschaft von Sodomiten suchte, oder gar zu dem absurden Schluss kommen, dass er selbst einer war.

»Lord Melville, bitte rücken Sie näher«, sagte Elizabeth schließlich und deutete auf den freien Platz neben sich.

Freddy zögerte.

»Ich verspreche, ich plane nichts Unanständiges mit Ihnen. Aber finden Sie es nicht auch reichlich seltsam, dass wir uns über das Feuer hinweg geradezu anschreien, während wir unser Innerstes nach außen kehren?«

Freddy hatte nicht den Eindruck, dass sie besonders laut gesprochen hatten, doch er folgte ihrer Bitte. Mit wachsender Verwirrung schloss er die Distanz und ließ sich neben Elizabeth auf das Sofa fallen.

»Lord Melville«, begann sie erneut und senkte ihre Stimme, sodass Freddy gezwungen war, noch näher zu rücken, »entschuldigen Sie meine Kühnheit, doch wie Sie sich denken können, ziehen die weit geöffneten Salontüren ungewollte Zuhörer an. Meine Mutter wird jedes unserer Worte bis hierhin mitverfolgt haben.«

Freddy linste zur Tür des Salons, ohne den Kopf zu drehen, und glaubte, links hinter dem Rahmen einen Schatten zu erkennen.

»Spielen wir uns nichts vor, Lord Melville. Sie würden nie mit mir glücklich werden«, wisperte sie – noch immer mit heiterer Miene, als würde sie über das Wetter sprechen.

Freddy spürte, wie Panik in ihm aufstieg und ihm langsam, aber sicher die Kehle zuschnürte.

»Sie respektieren mich und vielleicht mögen Sie mich sogar, doch Ihre Gefühle für mich gehen keinesfalls tiefer als die für eine entfernte Verwandte, die Ihnen als Kind mal einen Keks geschenkt hat. Sie lieben mich nicht. Sie können mich nicht lieben, weil Sie mich nicht kennen. Und ich bin mir fast sicher, dass Sie mich gar nicht kennen wollen. Sie kennen weder meine Lieblingsfarbe noch wissen Sie meinen Zweitnamen. Sie haben mich schlicht nie danach gefragt und ...«

Freddy setzte zu einer Entschuldigung an, doch sie ließ ihn nicht zu Wort kommen.

»... und ich nehme es Ihnen nicht übel. Für Sie bin ich nicht mehr als eine von vielen heiratsfähigen jungen Damen, die sich nett an Ihrem Arm und in Ihrem Haus machen würden. Und für mich ...« Sie machte eine Kunstpause, in der das Pochen in Freddys Kopf zu einem unerträglichen Rauschen anschwoll. »... für mich sind Sie nicht mehr als ein weiterer reicher Lord, der mein Herz nicht höherschlagen lässt, als selbst der Duft von hausgemachten Pasteten es vermag.«

Freddy wusste nicht, was er auf diese Ansage erwidern sollte. Keine Ausflüchte würden sie vom Gegenteil überzeugen, wenn sie beide wussten, dass die Worte der Wahrheit entsprachen.

Arden sollte recht behalten – Freddy war kein besonders guter Schauspieler. Er war miserabel darin, Interesse zu heucheln, wo keines war.

»Miss Ailesbury, ich muss mich aufrichtig bei Ihnen entschuldigen«, begann er.

»Nein, das müssen Sie nicht. Auch ich habe mich nicht von meiner besten Seite gezeigt. Ich kann nicht behaupten, dass ich viel mehr über Sie weiß, als dass Sie eine Schwester haben, der unlängst eine Brosche gestohlen wurde. Wie es scheint, beruht das Desinteresse auf Gegenseitigkeit.«

»Dann sollte ich mich wohl besser von Ihnen verabschieden.«

»Nein, bleiben Sie«, erwiderte Elizabeth.

Zu seiner Überraschung nahm sie seine Hand in ihre, auf eine fast liebevolle Art. Sie warf einen flinken Blick zur Tür und gab Freddy zu verstehen, dass sie den Anschein für ihre Zuschauer bewahren mussten.

»Ich kann nur vermuten, dass die Erwartungen Ihrer Familie Sie zu mir gebracht haben. Nun, die Erwartungen meiner Familie führten dazu, dass ich Sie heute empfing. Genauer gesagt, die meiner Mutter.«

Freddy schwieg. Jetzt, wo seine Farce durchschaut war, ebbten sowohl die Übelkeit als auch die Kopfschmerzen ab. Trotzdem schien Elizabeth noch nicht mit ihm fertig zu sein. Zum ersten Mal, seit er das Haus der Ailesburys betreten hatte, verspürte er einen Anflug von Neugier.

»Nichts liegt mir ferner, als meine Mutter zu enttäuschen. Der Verlust meines Vaters vor ein paar Jahren setzt ihr noch heute zu und ich bringe es nicht über mich, ihre Schmerzen zu vergrößern. Verstehen Sie?«

Freddy wurde von plötzlicher Zuneigung erfasst. Er musste sich eingestehen, dass er Elizabeth bisher kaum Menschlichkeit zugestanden hatte. Sie war nichts als ein notwendiges Übel gewesen, die Konsequenz einer Zukunft, der er sich aus Pflichtgefühl hatte beugen wollen. Dabei hatte er ihre Gefühle kein einziges Mal in Erwägung gezogen. Und nun stellte sich heraus, dass sie sich in ähnlichen Umständen befanden.

Freddys Vater hatte sich umfassend aus der Gesellschaft zurückgezogen, nachdem seine Frau verstorben war. Meist war es still um ihn, doch wenn er sich äußerte, war sein Wort Gesetz. Freddy hatte nie in Erwägung gezogen, sich dem nicht zu beugen. Und in seiner Angst, sich seinem Vater zu widersetzen, hatte er sowohl seinen eigenen als auch Elizabeths Willen völlig außer Acht gelassen.

Freddy versuchte, nicht in Schamgefühlen zu versinken, und drückte sanft ihre Hand.

»Ich verstehe durchaus«, sagte er leise. »Auch ich spüre den Verlust meiner Mutter. Und auch ich bin den Erwartungen meines Vaters ausgeliefert. Ich fürchte, diesen nicht gerecht zu werden, doch ihn zu enttäuschen, steht für mich außer Frage.«

Zuversicht blühte in ihren Augen auf.

»Dann verbindet uns ein gemeinsames Ziel, und ein solches ist kein schlechter Start für eine Freundschaft. Wir wollen unsere Eltern glücklich sehen«, sagte sie.

Freddy war weniger um seines Vaters Glückseligkeit besorgt, sondern mehr darum, dessen Zorn nicht auf sich zu ziehen, aber er nickte zustimmend. »Nur scheint Enttäuschung der unweigerliche Ausgang dieses Szenarios zu sein.«

»Ich denke nicht, nein.«

Freddy horchte auf. Elizabeth klang zu zuversichtlich für jemanden, der im Begriff war, die Hoffnung der eigenen Mutter zu zerstören.

»Was schlagen Sie vor?«, fragte er, unsicher, ob er die Antwort hören wollte.

Elizabeth lehnte sich verschwörerisch zu ihm.

»Wir werden niemanden enttäuschen, weil wir uns offiziell verloben. Nur für eine Weile. So lange, bis es mir gelingt, Mama von meinen wahren Absichten zu überzeugen.«

»Die da wären?«, erkundigte sich Freddy, zu gleichen Teilen neugierig und verwundert. Er war fast überzeugt, dass sie sich einen Spaß erlaubte, denn um einer Vermählung aus dem Weg zu gehen, reichten Überredungskünste allein nicht aus. Es würde schon ein biblisches Wunder brauchen, um Lady Ailesbury davon abzubringen, ihre Tochter an einen wohlhabenden Mann zu binden. »Früher oder später wird der Tag kommen, an dem Sie Ihren Namen ablegen und sich mit dem eines anderer schmücken müssen«, sprach er den Gedanken aus.

»Daran muss ich nicht erinnert werden, Lord Melville«, rügte sie ihn, doch sie klang nicht verbittert. Ein Lächeln spielte auf ihren Lippen. Ihr Blick glitt über sein Gesicht, als würde sie nach einem Zeichen suchen, dass sie ihm vertrauen konnte. »Sie werden verstehen, dass ich bei der Namenswahl gerne ein Mitspracherecht hätte«, sagte sie schließlich, und Freddy vermutete, dass sie die Worte vorsichtig gewählt hatte. Offensichtlich wollte sie sich nicht in die Karten schauen lassen.

Er war versucht, ihr das Angebot auszuschlagen, zumal für ihn nicht sonderlich viel dabei raussprang, und setzte schon zu einer höflichen Absage an, als sie erneut das Wort ergriff: »Bitte, Lord Melville.« Mehr sagte sie nicht. Der Ernst in ihrer Stimme verblüffte ihn. Für die Lady war das hier keine Ablenkung vom schnöden Alltag. Ihr hing mehr daran, als sie zugeben wollte.

»Und welchen Vorwand würden wir nutzen, um eine Hochzeit zu vermeiden?«, fragte Freddy mit fehlender Überzeugung.

»Nichts einfacher als das«, antwortete Elizabeth, sichtlich ermutigt, dass er ihren Vorschlag in Erwägung zog. »Wir schieben das Wetter vor. Wenn das Jahr so weitergeht wie bisher, dann haben wir noch Monate, bis auf die Sonne wieder Verlass ist. Noch dazu können wir kaum eine Vermählung feiern, wenn sich ein Juwelendieb unter uns befindet. Das sind böse Omen.«

Freddy hatte das Gefühl, Elizabeth war dieser ausgeklügelte Plan nicht erst gestern eingefallen. Wäre er nicht so erleichtert gewesen, dass ihm eine Zukunft als Vater ihrer Kinder nunmehr erspart blieb, hätte er ihr diesen Trick übel genommen. Jetzt war er fast ein bisschen beeindruckt, auch wenn er noch die eine oder andere Schwachstelle sah.

»Schön und gut. Aber wir können unsere Eltern nicht ewig hinhalten, Miss Ailesbury. Sie wissen genauso gut wie ich, dass die Wolken sich irgendwann verziehen, dass der Dieb bald gefasst ist und einer Hochzeit somit nichts mehr im Weg stehen wird.«

Elizabeth verlagerte unruhig ihr Gewicht, doch so schnell, wie die Verunsicherung ihn ihr Antlitz getreten war, glätteten sich die Wogen wieder.

»Das lassen Sie meine Sorge sein«, erklärte sie mit einem zuversichtlichen Lächeln, jetzt, da sie sein Einverständnis hatte.

»Miss Ailesbury«, mahnte Freddy zögerlich, doch sie unterbrach ihn, bevor er seine Zweifel aussprechen konnte.

»Lord Melville, ich weigere mich, eine Verbindung einzugehen, die arm an Liebe und frei von Leidenschaft ist. Sie können mir nichts dergleichen geben, und mir geht es mit Ihnen ähnlich. Ich werde mich nicht in einen Käfig sperren lassen, den ich nicht selbst gewählt habe. Ich mag nicht viel Geltung haben, doch dieses bisschen Selbstbestimmung lass ich mir nicht nehmen.« Sie flüsterte eindringlich und warf einen besorgten Blick zur offenen Tür. »Wenn es Sie beruhigt, dann werde ich Ihnen eine Angelegenheit größter Diskretion verraten. Insgeheim bin ich schon einem anderen versprochen. Nur ist der richtige Zeitpunkt noch nicht gekommen, um unsere Verbindung publik zu machen.«

Freddy unterdrückte den Drang, ebenfalls zur Tür zu schielen. Er wollte sich nicht ausmalen, wie die Viscountess reagieren würde, wüsste sie um die Machenschaften ihrer Tochter. Ihm selbst schwirrte ein wenig der Kopf.

»Miss Ailesbury, das klingt ganz danach, als würde Sie jemand ausnützen«, flüsterte Freddy besorgt.

»Keinesfalls. Es grämt ihn, dass wir unsere Verbindung geheim halten müssen. Wenn es nach ihm ginge, wüssten alle längst Bescheid. Es ist Mutter. Sie hat einen eisernen Willen und lässt sich nur äußerst schwer umstimmen. Die Lage verlangt äußerstes Fingerspitzengefühl.«

Freddy konnte seine Überraschung nicht länger verbergen. In seinen Augen verkörperte Elizabeth Aufrichtigkeit und Sitte wie kaum eine andere. Wer hätte gedacht, dass sie hinter der Fassade eine leidenschaftliche Affäre versteckte? Gleichzeitig schien ihm diese Liebelei harmlos im Vergleich zu dem, was er nun über Arden wusste.

»Nun gut. Wir würden beide einen Nutzen aus der Scharade ziehen. Mein Vater wird zumindest für einen Augenblick Ruhe geben und Sie haben Zeit, Ihre Mutter positiv zu stimmen, bevor Sie die Nachrichten platzen lassen.«

Wer auch immer Elizabeths Herz gestohlen hatte, würde einiges bieten müssen, um ihre Mutter zufriedenzustellen. Freddy war, schlicht gesagt, ein dicker Fisch, und das ganz ohne falsche Bescheidenheit. Immerhin war er ein angehender Marquess mit einem mehr als stattlichen Einkommen im Jahr. Es gab nicht viele Männer in England, deren Zukunftsaussichten die seinen in den Schatten stellten. Freddy fürchtete, Miss Ailesbury führte einen aussichtslosen Kampf, vor allem wenn sie sich in einen brotlosen Mann verguckt hatte. Zu gerne wüsste er um die Identität dieses geheimnisvollen Liebhabers, schluckte aber die Frage, die ihm auf der Zunge lag. Je weniger er wusste, umso leichter würde er Ahnungslosigkeit vortäuschen können, falls Elizabeth' Strategie versagte.

Erleichterung breitete sich auf ihrem Gesicht aus, doch es war nichts im Vergleich zu der Last, die Freddy von den Schultern fiel.

Zum ersten Mal, seit er den Brief seines Vaters geöffnet hatte, fühlte er sich, als könnte er wieder frei atmen. Er hatte wirklich geglaubt, sich für den Rest seines Lebens an eine fremde Person ketten zu müssen, mit der ihn nichts verband und an der er kein Interesse hatte. Er nahm sich vor, in Zukunft Einspruch zu erheben, wenn weitreichende Entscheidungen über seinen Kopf hinweg gefällt werden sollten.

»Ich bin Ihnen zu tiefstem Dank verpflichtet. Nicht jeder Gentleman würde sich zu solch einem Unterfangen bereit erklären. Ich weiß, dass ich viel von Ihnen verlange.«

Freddy knirschte schuldbewusst mit den Zähnen. Er wusste, dass er ihren Dank nicht verdient hatte, denn er war bereit gewesen, sie zur Gemahlin zu nehmen, ohne je einen Gedanken an ihre Wünsche und Bedürfnisse verschwendet zu haben.

»Das tun Sie nicht. Wie Sie sagten, es spielt uns beiden in die Hände, wenn wir unsere Eltern für eine Weile an der Nase herumführen.« Er schenkte ihr ein aufrichtiges Lächeln, das sie rückhaltlos erwiderte.

»Ich werde nun meine Hand an Ihre Wange legen, woraufhin meine Mutter in den Salon stürmen wird, weil solch eine Intimität selbst zwischen zwei vermeintlich Verlobten die Grenzen der Schicklichkeit überschreitet. Also nicht erschrecken!« Kaum berührten ihre zarten Finger seine raue Haut, rauschte eine Wolke aus flatternden Röcken durch die Doppeltür.

Auf dem Gesicht der Viscountess kämpfte strahlende Freude mit kaum verhohlenem Entsetzen.

Freddy erhob sich und ließ ihr erneut eine knappe Verbeugung zukommen. Als er wieder aufsah, war jede Spur von Zügellosigkeit verschwunden.

Die Viscountess sah ihn gönnerhaft an und sagte: »Mir war, als hätte ich soeben einen Freudenschrei vernommen.«

Elizabeth trat neben Freddy und legte ihre Hand an seine Schulter.

»Nein, Mama, aber du hättest keinen besseren Zeitpunkt wählen können. Wir haben die erfreulichsten Neuigkeiten.«

Während er versuchte, einen angemessen fröhlichen Eindruck zu machen, beobachtete er, wie Lady Ailesbury die Augen theatralisch aufriss.

»Nein, dass ich das miterleben darf! Meine eigene Tochter, verlobt! Das nenne ich einen Grund zum Feiern«, verkündigte sie. »Mister Hive?«, rief sie, und der strenge Butler surrte in den Raum, jedoch nicht, ohne Freddy mit einem verachtungsvollen Blick zu strafen.

»Mister Hive, setzen Sie ein zusätzliches Gedeck für das Dinner. Wir haben heute Abend einen Gast. Und stellen Sie unverzüglich zwei Gläser Scotch in der Bibliothek bereit. Lord Melville und ich haben einiges zu besprechen.«

Freddy erstarrte. Er hatte nicht bedacht, dass auf eine Verlobung noch Verhandlungen folgten. Es graute ihm davor, über Mitgiften und Erbschaften einer Ehe zu sprechen, die nie stattfinden würde. Noch dazu machte Elizabeths Mutter den Eindruck einer gnadenlosen Geschäftsfrau, die sich nicht unterbuttern ließ.

Freddy spürte, wie ihm das falsche Lächeln aus dem Gesicht rutschte. Seine Verlobte musste seine Anspannung registriert haben, denn sie drückte ihm ermutigend den Arm.

»Mama, lass Gnade walten, ja? Immerhin sind wir so gut wie eine Familie.«

Die Viscountess bedachte erst ihre Tochter und schließlich Freddy mit einem abschätzenden Blick aus ihren stahlgrauen Augen.

»Ich denke nicht. Wer eine Ailesbury heiratet, muss sich zu behaupten wissen. Eine Ehe ist nichts für Weicheier. Folgen Sie mir, Lord Melville«, forderte sie und verließ den Salon.

Mit einem Schlag war die Übelkeit zurück.

Wenn Götter speisen

Henry Burgess war ein großartiger Gast und ein noch viel besserer Gastgeber. Seine Einladungen kamen in Seide verpackt, mit eigens für den Anlass angefertigten Siegeln, auf parfümiertem Papier und verbunden mit einem Strauß blühender Rosen. Noch dazu sparte er nicht an Invitationen, was ihn umso beliebter machte. Er hielt weder mit seinem Geld noch mit seiner Meinung zurück, und nichts mochten die Leute lieber als kostenlose Unterhaltung.

Henry war dankbar, als ein Türklopfen ihn davor rettete, sein verzerrtes und verbeultes Spiegelbild in einem Messer zu betrachten. Dreimal dröhnte es durch die Eingangshalle. Der Laut wanderte den Korridor hinab und fand seinen Weg in den üppigen Speisesaal, wo Henry und sein Butler, Mister Howe, dem Tischgedeck den letzten Schliff verliehen.

Nichts mochte Henry Burgess lieber als Gesellschaft. Er hielt nichts von Einsamkeit und mied sie wie eine Katze das Wasser. Umringt von Leben, blühte er auf.

Erneut klopfte es an die Tür. Henry legte das Messer an seinen angestammten Platz auf der Tafel.

»Wie sehe ich aus?«, fragte er, als das Klopfen verhallte.

Mister Howe rückte einen Stuhl zurecht und trat näher. Für sein vorangeschrittenes Alter hatte Howe sich gut gehalten – besser als Henry, wie er sich leider eingestehen musste. Das Haar war akkurat über die lichte Stelle auf seinem Kopf gekämmt und in all den Jahren, die er bereits in Henrys Dienst stand, schien sein Hosenbund sich kaum geweitet zu haben. Henrys Hüften dagegen waren mit der Zeit nur noch fülliger geworden, und sein Kopf war so kahl, dass es nichts mehr zu kaschieren gab.

Howe klopfte unsichtbaren Staub von Henrys Schulter, nahm die Krawatte in Augenschein, die er ihm noch vor einer Stunde angelegt hatte, und nickte.

»Vorzüglich«, sagte er, wohl wissend, was Henry hören wollte.

Er schenkte seinem Butler ein verschwörerisches Grinsen und straffte die Schultern.

»Auf geht's«, verlautete er feierlich, »nichts wie rein mit den Gästen.«

Mister Howe tat wie geheißen. Henry beobachtete, wie er aufrecht die Tafel entlangschritt und schließlich im Korridor verschwand.

Henry kannte jeden, wusste alles und vergaß nichts. Er war sowohl Quelle als auch Sprachrohr von ofenfrischem Tratsch. Wie genau er an alle diese Informationen kam, wusste niemand, doch sie enthielten immer ein Körnchen Wahrheit.

Alles, was unschöne Fakten brauchten, bevor sie in die Welt hinausgesandt wurden, war eine geschmackvolle Schleife – und Henry wusste, wie man sie besonders kunstvoll band. So war ihm selten jemand böse, wenn die Privatangelegenheiten plötzlich zum Stadtgespräch wurden. Die Namen, die über Henry Burgess' Lippen fielen, waren wichtig genug, um genannt zu werden.

Er verließ den Speisesaal und gelangte über eine Seitentür in den Salon. Der Raum war gedeckt eingerichtet, in Ebenholz und dunklem

Samt. Schwere Vorhänge rahmten den Ausblick auf den nächtlichen Garten, wo das Licht des Salons auf Marmorbüsten und präzise getrimmte Hecken fiel.

Das Schmuckstück des Raumes war ein Porträt von Henry, wie er, viele Jahre jünger und um einiges schlanker, gekleidet in einen purpurnen Mantel, vor einer klassischen Landschaft posierte. Einst war er ein ziemlicher Hingucker gewesen, aber zumindest hatte er sich den Witz beibehalten und sein Vermögen vergrößert. Wer genau hinsah, konnte den Blick auf ein Einhorn erhaschen, das sich hinter den Säulen eines zerfallenen Tempels versteckte.

Jenes Einhorn fand sich mehrmals im Salon wieder. Es trabte über den Teppichboden, zierte die stuckverzierte Decke und tanzte feierlich auf einer goldenen Spieluhr, die den Salon alle paar Stunden mit einer bezaubernden Melodie erfüllte. Wer das Zimmer betrat, wusste somit unmissverständlich, dass er von einer ehrwürdigen Reihe schottischer Ahnen abstammte.

Howe erschien in der Tür zum Salon und kündigte Alban Barlow an.

»Henry, du wirst alt und dick«, grüßte ihn Sir Barlow, ein Major-General, der unter Wellington in der Schlacht bei Waterloo gekämpft hatte.

»Besser alt und dick als grau und verbittert, Alban«, antwortete Henry und schüttelte ihm lachend die Hand.

Alban war ein stolzer Mann mit einem grauen Schnurrbart, der einen strengen Eindruck vermittelt hätte, würde er nicht ununterbrochen flattern wie eine altersschwache Schwalbe. Henry wusste, dass dieser Schnauzer nicht wenigen Soldaten eine erinnerungswürdige Nacht verschafft hatte. Henry selbst wäre auch gerne mal in den Genuss gekommen, aber sein Freund hatte immer schon weit jüngere Liebhaber bevorzugt. Nicht umsonst war er ein beliebter General gewesen.

»Ich brauche einen Whisky, Henry«, sagte Alban und stützte sich theatralisch auf seinen Gehstock. »Vor allem, wenn Orme gleich auftaucht. Der geht mir mit seinem hochgestochenen Gerede jetzt schon auf den Geist, dabei ist er nicht mal eingetroffen. Lieber greife ich wieder zur Waffe, als dass ich mir den ganzen Abend das Ohr abkauen lasse.«

Alban war Henrys ältester Freund. Sie hatten mehrmals zusammen den Kontinent bereist, bis Alban eine Karriere im Militär einschlug, während Henry es bevorzugte, den Fronten fernzubleiben und sich der Politik im Inland zu widmen.

Der fehlgeleitete Schuss eines Kadetten hatte Alban ein Loch im Fuß und einen humpelnden Gang verpasst, den er mit besagtem Gehstock aus Mahagoni ausglich. Nun ließ er sich ächzend auf ein Sofa fallen.

Henry bedachte ihn mit einem strengen Blick. »Wir haben heute Abend Gäste, also reiß dich zusammen. Orme und du seid erwachsene Männer, keine räudigen Eton-Jungs.«

Ein erneutes Klopfen rief Mister Howe aus dem Zimmer. Henry beobachtete, wie Albans Blick dem Butler mit einem leichten Runzeln folgte. Er setzte zu einer Frage an, aber Henry kam ihm zuvor.

»Seit drei Jahrzehnten hat Mister Howe kein einziges Wort über das verloren, was in meinem Heim vorgeht. Das wird sich auch zukünftig nicht ändern, mein argwöhnischer Freund.«

Henry konnte Albans Zweifel nachvollziehen. Soeben hatten ein Butler und eine Hausdame ihren Herren ebender Sünde bezichtigt, der alle Gäste des heutigen Abends schuldig waren. Nur verstand sein Freund nicht, dass Mister Howe zu solch einem Verrat nicht fähig war. Er war der einzige Mann, dem Henry seine tiefsten Geheimnisse anvertraute, und der einzige Hausdiener, der in dieser Nacht anwesend war.

»Ein treuer Bediensteter ist Gold wert«, verlautete Alban leise.

Gold kann ihn nicht aufwiegen, dachte Henry für sich, und da war Mister Howe auch schon zurück. Er kündigte zwei weitere Männer an, woraufhin Lord Orme mit einem unscheinbaren, dunkelblonden Mann im Schlepptau in den Salon stiefelte.

Orme breitete die Arme aus und zog Henry in eine kräftige Umarmung, wobei Henry einen Mund voll Zigarrenrauch einatmete.

Den Lord zeichnete vor allem eines aus, und zwar sein unvorstellbarer Reichtum, der jedes Jahr neue Größen annahm. Das Geld, das er aus unzähligen Plantagen in den West Indies schöpfte, fütterte seine Sammlungen kostbarer Artefakte aus aller Welt. Es war diese Sammlerleidenschaft, die Henry und ihn verband.

»Darf ich dir meinen Freund Mister Watts vorstellen, Henry?«, trötete der Lord und wies feierlich auf den zweiten Mann, der einen schüchternen Eindruck machte. »Er ist ein ausgezeichneter Künstler. Selten habe ich einen Mann getroffen, der sein Handwerk so exzellent beherrscht wie er.«

Besagter Watts wagte es kaum, den Blick von seinen eigenen Füßen zu heben, und Henry fragte sich, ob sich das Handwerk, von dem Orme da sprach, auf die Leinwand beschränkte. Der Lord gabelte gerne angehende Künstler auf und versprach ihnen eine steile Karriere, jedoch nicht ohne Hintergedanken. Lord Ormes Interesse für die feinen Künste galt für die Schöpfung im gleichen Maße wie für den Schöpfer, vor allem, wenn beide hübsch anzusehen waren.

»Nichts bereitet mir mehr Freude, als einen wahren Künstler unter meinem Dach zu finden«, grüßte er den Fremden, dessen wässrige Augen nur flink über Henrys Gesicht huschten und auf Henrys Schulter zu ruhen kamen.

»Ich habe schon viel von Ihnen und Ihrer Sammlung gehört, Lord Orford«, antwortete Mister Watts und ergriff unsicher Henrys ausgestreckte Hand.

»Den Titel können Sie sich schön sparen, nennen Sie mich einfach Henry. Ich bin ein einfacher Mann«, sagte er.

Lord Orme lachte, Alban schnaubte und auf Mister Watts Gesicht sprossen unzählige rote Flecken. Er fuhr sich mit einer Hand durch die dunkelblonden Locken und blinzelte nervös. Henry verstand, was Orme in dem jungen Mann sah, dessen Scheu etwas Reizendes an sich hatte.

»Henry hält sich für gemeines Volk und vergisst dabei zu gern, dass er der Sohn eines ehemaligen Premierministers ist und in einem Palast haust«, sagte Orme abfällig.

»Etwas Bescheidenheit würde dir manchmal auch ganz guttun, Hector«, rügte Henry ihn.

»Hector zieht den Größenwahn der Bescheidenheit vor, Henry, das solltest du mittlerweile gelernt haben«, warf Alban ein.

Alban hatte hart für sein Ansehen gearbeitet und hatte nicht viel für einen über, der vor allem andere für sich arbeiten ließ und sich dann auf dem Gewinn ausruhte.

Bevor die Kabbelei der beiden ausarten konnte, war Howe zurück. Henry bedachte ihn mit einem dankbaren Lächeln, dann führte der Butler die letzten Besucher in den Salon und schloss die Türen hinter ihnen.

Die versammelten Gäste verstummten, als zwei hochgewachsene Gentlemen den Raum betraten. Einer mit Geheimratsecken und dem silbergrauen Haar eines Schlittenhundes bewegte sich trotz des vorangeschrittenen Alters mit der Agilität eines Jungspundes.

Doch es war der zweite Mann, der die restlichen Besucher des Salons in Atem hielt. Seine Züge glichen der einer antiken Muse, der sich Bildhauer in Scharen vor die Füße warfen, um das Antlitz in Marmor zu verewigen. Sein Haar war so hell, dass sich das Kerzenlicht darin brach und es golden aufflammen ließ. Und seine Augen waren von solch einem intensiven Blau, dass Henry versucht war, den Salon völlig neu zu modellieren, die dunkle Polsterung herauszureißen und alles in einem sommerlichen Kobaltton erstrahlen zu lassen.

Ein Mann von solcher Schönheit musste sich der Wirkung bewusst sein, die er auf seine Umwelt hatte, doch seine Miene blieb reglos wie die Oberfläche eines spiegelglatten Sees.

Es war sein Begleiter, der das Schweigen brach.

»Henry, es gibt wenige Dinge, die mein Herz höherschlagen lassen als eine Einladung zu einem deiner sagenhaften Dinners.«

Henry konnte sich vorstellen, was es war, das selbst die Euphorie über solch eine Einladung noch übertrumpfte. Es hatte zwei Beine, die Aura eines jungen Gottes und stand direkt vor ihm. Es fiel ihm schwer, seine Augen von dem mysteriösen Unbekannten zu lösen, doch er zwang seine Lippen dazu, eine Antwort zu formen.

»Der Marquis de Villette, du weißt immer bestens, wie man mir schmeichelt.«

Keiner der anderen Männer sagte ein Wort. Noch immer schienen sie ganz benebelt von dem Neuankömmling.

»Und wer ist deine charmante Begleitung, wenn ich fragen darf?«

»Mein Freund, Mister Edward Arden«, antwortete Louis mit einem wissenden Lächeln.

»Sehr erfreut«, erwiderte besagter Herr. Der Klang seiner Worte war sanft, doch selbstsicher, wie einer, der nie die Stimme erheben musste, da er mühelos die ungebrochene Aufmerksamkeit aller hielt.

Zwei Sekunden verstrichen, dann fünf, bevor Henry sich besann und eilig begann, die versammelten Gäste einander vorzustellen. Der Großteil war bereits miteinander bekannt, allein Mister Watts und Mister Arden waren Neuzugänge in Henrys erlesenem Kreis.

Henry beobachtete die Reaktion seiner Freunde, als sie auf Mister Arden zutraten. Albans Schnurrbart flatterte, als hätte er frische Beute gerochen, und Orme schüttelte dem jungen Mann so lange die Hand, bis Alban ihm ohne großes Federlesen den Gehstock zwischen die Zehen rammte.

Mister Watts wurde bei der Vorstellung irgendwie übergangen, doch er schien es selbst kaum zu merken. Ein kurzer Blick sagte Henry, dass der Künstler ebenso verzaubert von dem Neuankömmling war wie die übrigen Gäste.

»Sie sind sicher durstig«, sagte Henry und gab Howe einen Wink, der in kürzester Zeit ein Silbertablett mit frischen Getränken herantrug. Henry nahm die kristallenen Gläser und drückte sie den neuen Gästen in die Hände, wobei er so schwungvoll vorging, dass der goldglänzende Whisky fast auf den Teppich schwappte. Er wollte sich eben nach Ardens Person erkundigen, da kam Orme ihm zuvor.

»Ich weiß, dass wir uns schon einmal über den Weg gelaufen sind, Mister Arden, nur bin ich mir nicht sicher, wo.« Er betrachtete den schönen Gast, als wäre er ein Rätsel, das er lösen wollte. »Womit verbringen Sie Ihre Zeit?«, fügte er hinzu und sprach aus, was sich alle anderen ebenfalls fragten.

»Ich tue, was jeder Mann in London macht, der etwas von sich hält. Ich verprasse Geld, das ich nicht habe, und trinke mehr Whisky, als mein Magen verträgt. Im Gegensatz zu jedem Mann in London aber findet man mich ab und an in einem Molly House wieder. Gut möglich, dass Sie dort über mich stolperten.«

Wie um seine Worte zu unterstreichen, hob er sein Glas und nahm einen Schluck. Über den Rand hinweg sandte er Louis einen vielsagenden Blick.

Henry dämmerte, was hier vor sich ging. Der junge und ausgesprochen hübsche Mann hatte weder einen Titel noch einen anderweitig einflussreichen Namen. Doch anscheinend wusste er es, seine Vorzüge einzusetzen, denn mit Louis hatte er sich einen großzügigen Gönner angelacht.

»Und Sie stammen aus London?«, erkundigte Alban sich brüsk.

Auch Henry war der Mangel eines Akzents aufgefallen. Mister Arden klang wie einer, der in Mayfair erzogen und in Oxford ausgebildet worden war.

»Mein Vater besaß einen Pub in Whitechapel, meine Mutter war die Tochter eines Schlachters. Doch ein Mann ist nur das Schicksal, das er akzeptiert. Und ich träumte schon immer von einem Leben fernab von verdünntem Bier und harten Brotkanten.«

Es imponierte Henry, dass Arden keine Scham über seine Herkunft zeigte. Zwar schienen die rigiden Schranken des *Ton* langsam aufzubrechen, doch selbst Neureichen wurden weiterhin die Türen zum Almack's vor der Nase zugeschlagen.

»Glauben Sie mir«, setzte Henry an, »Sie sind zu Höherem geboren. Ein einziger Blick genügt, um das zu erkennen. Ihr Auftreten spricht Bände. Sie haben einen natürlichen Edelmut inne, den selbst manche Adelige ein Leben lang missen.«

Louis hob eine amüsierte Augenbraue auf Henrys Lobrede, doch Arden zeigte keine falsche Scheu. Seine einzige Reaktion war ein genügsames Nicken.

»Meine Herren, darf ich Sie zum Dinner bitten?«, fragte Henry in die Runde.

Howe, der nur auf Henrys Zeichen gewartet hatte, warf die Tür zwischen Salon und Speisesaal auf. Er gab den Blick frei auf eine schwere Tafel, die fast die gesamte Länge des Saals füllte. Ein Luftzug ließ die zahlreichen Kerzen erzittern, und für einen Augenblick schien es, als erwachten die Gemälde an den Wänden zum Leben.

Alban und Orme hatten hier schon viele Stunden verbracht und ließen sich auf ihre angestammten Plätze fallen, doch Watts und Arden war die Ehrfurcht auf die Stirn geschrieben. Henry beobachtete mit Genugtuung, wie sie ihre Blicke von den goldenen Kandelabern zu dem Kronleuchter gleiten ließen, dessen Kristalle aussahen wie die Tränen eines Riesen. Als sie sich daran sattgesehen hatten, wurde ihre Aufmerksamkeit von dem Gemälde über dem Kamin gebannt. Ein Mann, jung und sehnig, sein bloßer Leib in ein Tuch gehüllt, hing in den Fängen eines mächtigen Adlers. Mitten in der Luft umschlangen sich Mensch und Tier in etwas, das Kampf und Umarmung zugleich war.

»Erkennen Sie es?«, fragte Henry.

Die Frage war an Mister Arden gerichtet, doch es war der Maler, der antwortete: »Ganymed, geraubt«, sagte er, ohne den Blick von dem Gemälde zu lösen. Wie ein Verdurstender sog er jedes Detail in sich auf.

»Richtig«, sagte Henry, »was wissen Sie von der Sage?«

Watts sah Henry befangen an. »Ganymed war ein Schafhirte, bis Zeus ihn in der Gestalt eines Adlers auf den Olymp entführte und ihn zu seinem persönlichen Mundschenk erhob. Außerdem schenkte Zeus ihm unsterbliches Leben.«

Henry nickte und wies mit einer Hand auf die übrigen Plätze.

»Doch das ist nicht die ganze Geschichte«, sagte Henry und setzte sich ebenfalls. »Ganymed, so heißt es, war der schönste Mann, der jemals auf Erden gewandelt ist. Zeus, hingerissen von Ganymeds Liebreiz, verliebte sich in ihn. Ganymed war mehr als ein einfacher Mundschenk, er war auch Zeus' Liebhaber.«

Mister Arden sah milde beeindruckt aus, als Henry zu ihm blickte.

»Nicht ganz freiwillig«, warf Louis ein, der die Geschichte nicht zum ersten Mal hörte.

»Nein«, gab Henry zu, »doch Zeus ist nicht gerade dafür bekannt, höflich um die Hand seiner Angebeteten gefragt zu haben, nicht wahr? Er war ein Gott. Er nahm sich, was ihm gefiel, selbst wenn es ein jugendlicher Knabe war.«

»Du hattest schon immer einen eigenartigen Geschmack, Henry«, warf Alban ein, der ungeduldig auf die Porzellanschüsseln und Silbertabletts stierte, die sich auf dem Tisch stapelten.

Henry griff feierlich nach dem Deckel einer Servierschale und enthüllte eine Hammelfleischsuppe, in der Kapern und Karotten schwammen. Mister Howe nahm dies als Zeichen und deckte die übrigen Speisen auf, wobei eine reiche Auswahl an Entrees zum Vorschein kam, von Fischhäppchen und Hühner-Consommé zu frischen Bohnen und Shrimps in Knoblauchöl.

»Greifen Sie zu, meine Lieben«, ließ Henry verlauten und schöpfte sich großzügig von der Suppe ein.

»Diese französische Art des Speisens scheint mir sehr aufrührerisch«, sagte Alban. Er schnüffelte an den Shrimps und schaffte es irgendwie, seinen Bart nicht in das Fett zu tauchen. »Die russische Methode sagt mir mehr zu. Die Kurse werden nach und nach serviert und ich muss mir nicht selbst auftun.«

»Ich muss widersprechen«, kam es von Louis. »Sie mögen uns vielleicht im Krieg besiegt haben, doch von Speisen und Trank verstehen sie nichts. Die französische Küche ist unübertreffbar.«

Während die Konversation stetig dahinplätscherte, tat Henry sich schwer daran, die Augen von seinem jüngsten Gast zu lösen. Und er war keinesfalls der Einzige. Mister Arden blieb an diesem Abend für keine Sekunde unbeobachtet. Selbst wenn er sich nicht am Gespräch beteiligte, ruhten immer mehrere Paar Augen auf ihm.

Nur Mister Howe schien gegen den Zauber des Schönlings resistent zu sein. Wie der Zeiger in einem gut geölten Uhrwerk glitt er um den Tisch, füllte die Gläser und tauschte nach und nach die Speisen aus.

Für den Hauptgang servierte der Butler weitere Köstlichkeiten, darunter Fasan in Parmesankruste, glasierten Kalbsbraten auf Chicorée und gegrillten Fisch in einer Tomatencremesauce.

Henry war beeindruckt. Nicht von dem hervorragenden Essen und auch nicht, weil Arden ausgesprochen attraktiv war, vielmehr aber, weil dieser wusste, diese Vorzüge gewählt einzusetzen. Sicher, der junge Mann war sich seines Aussehens bewusst und bediente sich dessen Wirkung zu seinem Vorteil, doch gleichzeitig zeigte er keine Spur von Hochmut. Entweder wusste er diese Charakterschwäche gut zu verstecken oder er war ein seltenes Exemplar ehrlicher Bescheidenheit, was ihn nur noch charmanter machte.

Eines beherrschte er definitiv bestens: die Kunst, nur so viel über sich preiszugeben, dass sein Gegenüber zwar befriedigt, doch nie gesättigt war. Hier war ein Meister am Werk.

»Mister Burgess«, setzte Arden in diesem Moment an und die Konversation um den Tisch verstummte. Alle lauschten seinen Worten. »Wie ich höre, sind Sie ein leidenschaftlicher Sammler ganz ...« Er warf einen Blick auf den nackten Ganymed. »... unkonventioneller Artefakte. Mir fällt es schwer, meine Neugier im Zaum zu halten. Ich möchte mehr erfahren über diesen unbekannten Zweig der Geschichte.«

Henry schluckte genussvoll einen Happen Hasenbraten, bevor er antwortete: »Faszinierend ist er allemal, nur nicht so unbekannt, wie Sie denken mögen. Man muss nur die Zeichen erkennen. Ganymed ist einer von vielen Helden seiner Art. Sie haben sicher schon von Achilles und Patroklos gehört und neben den Griechen und Römern wurden auch die Ägypter in Versuchung geführt. Horus und Seth beispielsweise, wobei ihre Geschichte keine schöne ist. Nun ja, welche ist das schon?«, schloss Henry.

Howe schenkte ihm frischen Wein ein. Henry folgte dem Butler mit seinen Augen, verlor sich in dessen einstudierten Bewegungen, mit welchen er durch den Raum glitt, bis Howe den Blick erwiderte. Der Butler hüstelte fast unmerklich und erinnerte Henry an die fünf Paar Ohren, die eifrig darauf warteten, dass er seine Rede fortsetzte.

»Ich schweife ab«, sagte Henry und fokussierte sich auf Arden. »Sie lobten meine Sammlung und ich will nicht abstreiten, dass sich darin der eine oder andere Schatz befindet. Doch wenn Sie eine wirkliche Goldgrube des Hedonismus sehen wollen, dann empfehle ich einen Besuch in Fonthill Abbey.«

Orme gluckste und kippte Wein auf seine Weste, ohne etwas davon zu bemerken.

»Davon würde ich abraten«, warf er ein, »vor allem, wenn man so jung und ansehnlich ist wie unser Freund hier. Entweder werden Sie auf ewig für Ihre Assoziation mit dem Besitzer der Abbey verstoßen oder nie wieder ihre Mauern verlassen.«

Louis nickte zustimmend, während Orme noch immer in sich hineingrinste.

»Fonthill Abbey?«, fragte Arden interessiert.

»Sagt Ihnen der Name William Beckford etwas, Mister Arden?«, fragte Henry. Erkenntnis zeichnete sich auf dem edlen Gesicht des jungen Mannes ab.

»Ein komischer Geselle. Etwas exzentrisch für meinen Geschmack«, warf Louis ein.

»Sie kennen ihn?«, fragte Mister Watts neugierig.

William Beckford war eine Person, um die sich so viele Legenden rankten, dass es fast einfacher war, lediglich zu glauben, er sei nichts als eine besonders anrüchige Märchenfigur.

»Flüchtig. Ich traf ihn einst in Portugal. Damals waren wir beide noch junge Männer und ich war leicht zu beeindrucken. Beckford hielt sich für einen König – und so, wie er reiste, umringt von einem Harem aus Knaben, denen er die Taschen mit Gold füllte, war die Illusion recht überzeugend.«

»Sie müssen wissen, William Beckford war einst der reichste Mann Englands, und das will etwas heißen«, erklärte Henry. »Als

Kind nahm er Privatunterricht bei Mozart, kurz darauf starb sein Vater, der Bürgermeister von London, und hinterließ ihm ein unvorstellbares Vermögen. Es dauerte nur ein paar Jahre, und Beckfords Durst nach Reichtümern und Männern sorgte für solches Aufsehen, dass er ins Exil floh. Selbst der König wollte seinen Kopf. Im Ausland schrieb er einen Roman, ein scheußliches, aber äußerst unterhaltsames Werk voller ermordeter Jünglinge und anderen Geschmacklosigkeiten.«

Henry sah mit Genugtuung, wie Mister Arden sich in seinem Stuhl zurücklehnte und jedem seiner Worte lauschte.

»Nun, mit der Zeit glätteten sich die Wogen und Beckford kehrte zurück, doch man mied ihn wie die Pest. Alleine gelassen mit seinem Geld, entwarf er sich ein neugotisches Schloss, das er mit Kunst und hübschen Dienern füllte – und darin lebt er noch heute.«

Watts sah aus, als würde ihm bei so viel skandalöser Kunstgeschichte das Wasser im Mund zusammenlaufen. Henry hoffte, der Mann war ein besserer Maler als Gesprächspartner, oder es bestand wenig Hoffnung für Ardens Porträt.

»Ich kenne ihn«, sagte Mister Arden im selben Augenblick.

Henry sah die Reaktion seiner Gäste und wusste, dass er nicht der Einzige war, der sich fragte, wie tief diese Bekanntschaft reichte.

»Er besitzt ein Anwesen in Marylebone. Böse Zungen behaupten, Lord Attwood sei dort ein regelmäßiger Besucher gewesen.«

Bei der Nennung Attwoods zogen sich dunkle Wolken über der Tafel zusammen. Selbst die Kerzen im Kronleuchter schienen an Leuchtkraft zu verlieren.

Nichts wäre Henry peinlicher als eine Abendgesellschaft unter seinem Dach, die in Depressionen statt trunkener Euphorie endete.

»Ich fürchte, das sind genügend Gruselgeschichten für eine Nacht. Was halten Sie von Aprikosen-Tartes und Maraschino-Pudding mit

Schlagsahne? Und dazu eine gute Flasche Port, um uns auf süßere Gedanken zu bringen.«

In Windeseile ließ Howe das benutzte Geschirr vom Tisch verschwinden und deckte neue Tellerchen auf – sowie ein göttliches Angebot an süßen und salzigen Desserts.

Der Wechsel hatte den gewünschten Effekt. Alban und Orme begannen, sich über die Mousse au Chocolat zu streiten, und Watts erwähnte mehrmals, dass die in Sherry geschwenkten Pilze wahre Ambrosia waren, wobei er aussah, als würde er gerne ein Bad darin nehmen. Nur Mister Arden hielt sich mit seinem Lob zurück und pickte lustlos an der Kruste einer Tarte herum.

Die Stunden glitten dahin. Henry war zum Bersten voll. Seine Gäste verließen das Haus am Berkeley Square in denselben Pärchen, in denen sie vor vielen Stunden den Salon betreten hatten. Alban stieg singend die Stufen zur Straße hinab. Orme hing über Watts Schulter und lallte ihm eine Geschichte ins Ohr, der es völlig an Zusammenhang mangelte. Es brauchte Howe und Watts, um den Lord in die Droschke zu bugsieren.

Mister Arden und Louis konnten weder die Augen noch die Finger voneinander lassen. Henry hoffte nur, dass sie noch Zurückhaltung wahren würden, bis sie es in die Kutsche geschafft hatten. Er bezweifelte es. Als Howe das Portal hinter ihnen zuzog, waren sie schon fest ineinander verschlungen.

Erst als Howe den Riegel vorschob, fiel die Last des Abends von Henry ab. Sosehr er feuchtfröhliche Abende in bester Gesellschaft genoss, forderten sie doch stets ihren Zoll. Selbst unter Gleichgesinnten bewahrte er den Anschein eines ewigen Junggesellen. Doch wenn man so erprobt darin war, Einsamkeit vorzutäuschen, war man bald selbst das Opfer der eigenen Scharade. Zumindest wusste Henry, dass sie wirkte.

»Darling«, sagte Howe. Für einen Butler, der selten sprach, hatte er eine überraschend schöne Stimme, die nie ihre beruhigende Wirkung verfehlte. Howe legte die breiten Hände auf Henrys Schultern und hauchte: »Zeit, dass du ins Bett kommst!«

Henry lehnte seine Stirn an Howes Kinn und atmete einen letzten Hauch von Cologne ein.

»Zeit, dass wir ins Bett kommen«, murmelte er.

Während sie Arm in Arm in der Eingangshalle verweilten, träumte Henry bereits von Howes sanftem Schnarchen. Es gab kein schöneres Schlummerlied auf der Welt.

Teufelsaustreibung

Pferdehufe zerrissen die Nacht. Edward löste die Lippen von Louis' Mund und trat zurück. Im Schein der Gaslaternen beobachtete er eine Kutsche, die von Osten den Berkeley Square erreichte, an Henry Burgess' Adresse vorbeizog und vor einem stattlichen Gebäude auf der Westseite des Parks zum Stehen kam.

Seit Tagen begrub der Nebel ganz London unter sich, doch nun lichteten sich die dichten Schwaden. Zum ersten Mal konnte Edward wieder weiter sehen als zu den Fingerspitzen seiner ausgestreckten Hand.

Er hörte ein Pferdeschnauben, dann das Geräusch von Absätzen, die auf den Gehweg klackerten. Stumm beobachteten Edward und Louis, wie die Kutsche sich in Bewegung setzte und in die Dunkelheit glitt. Zurück blieb eine bewegungslose Gestalt, nicht mehr als der Schatten eines Mannes.

Edwards Herz stockte, nur um im nächsten Moment umso rasanter gegen seine Rippen zu schlagen. Stockstill stand der Mann da, pechschwarz, eine leblose Silhouette gegen das Laternenlicht. Edward wusste mit absoluter Gewissheit, dass er beobachtet wurde. Aber hatte der Mann den Kuss gesehen?

Edward dachte, er hätte schnell genug reagiert, doch nun war er sich nicht sicher. Es war fahrlässig, sich auf offener Straße gehen zu lassen, selbst bei Nacht.

Ein Ruck fuhr durch den Fremden. Edward konnte die Abscheu körperlich spüren. Wie eine Ohrpfeife schlug sie ihm über den Park hinweg entgegen.

Der Schatten drehte ihnen den Rücken zu und schritt durch den Lichtkegel. Der Mantel flackerte grün auf, dann nahm er die Stufen zu dem Gebäude und ließ sich selbst ein, ohne einen weiteren Blick auf Edward zu verschwenden.

Edward wurde von einer bösen Ahnung überkommen. Er starrte auf das Haus und wartete. Worauf, wusste er nicht. Erst das Gefühl warmer Finger, die sich um sein Handgelenk legten, brachte ihn in die Gegenwart zurück.

»Edward?«, sagte Louis mit leichter Sorge in der Stimme.

Edward wartete darauf, dass in einem der Fenster ein Licht erschien, dass sich eine Bewegung abzeichnete. Alles blieb still und dunkel, als hätte er sich die Begegnung nur eingebildet.

»Weißt du, wer dort wohnt?«, fragte er und ließ nur zögerlich den Blick von dem Haus ab.

Erneut war das rhythmische Geräusch von Pferdehufen zu hören. Dieses Mal hielt die Kutsche direkt vor ihnen.

Louis hielt Edward die Tür auf und reichte ihm die Hand. Edward nahm sie an, jedoch nicht, weil er seinen Beinen nicht traute, sondern weil die Berührung des Franzosen eine beruhigende Wirkung auf sein pochendes Herz hatte.

Als sie nebeneinander in der Kutsche saßen, warf Louis durch den Vorhang einen Blick auf das Haus.

»Das mit den Rundfenstern und den Reliefs?«, fragte er.

Edward brummte seine Zustimmung.

»Die Familie Hepburn, glaube ich«, murmelte Louis, ehe er nach einem zweiten Blick ergänzte: »Nein, die leben am Grosvenor Square. Das hier ist das Anwesen der Melvilles.«

Edward versteifte sich. Er wusste nicht, ob er Erleichterung oder Beschämung fühlen sollte. Sein Verdacht hatte sich bewahrheitet. Melville hatte sie gesehen.

»Wir trafen ihn auf dem Maskenball, erinnerst du dich?«, fragte Louis und ließ den Vorhang zugleiten, als sich die Kutsche in Bewegung setzte.

Edward entwich ein Lachen.

»Oh ja, ich erinnere mich. Ich tanzte mit seiner Schwester.«

»Was ihm gar nicht gefiel«, warf der Marquis ein.

»Nein, er hält nicht viel vom gemeinen Volk.«

»Das ist es nicht. Ich vermute, er war eifersüchtig.«

Edward ließ die Worte auf sich wirken. Er hatte selbst schon geahnt, dass sich hinter Melvilles Verachtung noch etwas anderes versteckte, aber es war das erste Mal, dass jemand seine eigenen Gedanken zur Sprache brachte. Edwards Haut kribbelte; Wärme breitete sich in seiner Brust aus. Das plötzliche Hochgefühl hatte nichts mit Louis' Hand auf seinem Oberschenkel zu tun.

»Denkst du?«, fragte Edward mit geheuchelter Leichtigkeit.

Louis fuhr mit dem Finger über Edwards Bein. Er glitt näher und drückte die Nase an seinen Hals.

»Hm«, murmelte er in Edwards Nackenbeuge. Der Laut löste ein angenehmes Kitzeln auf der Haut aus. »Ich habe in meinem Leben schon viele Männer getroffen, deren Verlangen das Gesicht von Abscheu trug. Denn sie verstehen ihr Begehren nicht.«

Er begann, mit den Lippen Edwards Hals nachzufahren, bis er die zarte Stelle unter seinem Ohr erreichte. Edward schloss die Augen und spürte, wie sein Körper ganz von allein auf die Zärtlichkeiten reagierte.

Sein Blut kam in Fahrt, seine Lungen weiteten sich und Muskeln in seinem gesamten Körper zuckten vor aufkommender Erregung.

»Ich dagegen weiß genau, wonach es mir verlangt. Und wenn Melville zu geblendet ist, sich das zu holen, was er wirklich begehrt, dann soll ich mich nicht beschweren. Mehr für mich.«

Edward hatte sich gestern im Purple Palace zu ihm gesellt und seine Seite seitdem nicht mehr verlassen. Die Leichtigkeit ihrer Verbindung, gepaart mit Louis' unaufdringlichem Selbstbewusstsein, war ungemein erfrischend in einer Welt, die von aufgeblasenen Pfauen beherrscht wurde. Louis schien sich nicht von Melville bedroht zu fühlen. Warum sollte er auch?

Der Franzose war ein schöner Mann, und Edward war nicht zu nobel, um sich einzugestehen, dass auch dessen Reichtum ihm imponierte. Es war die Mischung aus ungenierter Begierde und respektvoller Unaufdringlichkeit, die ihn umso attraktiver machte. Er hatte sein Interesse an Edward nie versteckt, doch er bedrängte ihn auch nicht, hielt stets gebührenden Abstand und wartete darauf, dass Edward ihm ein Zeichen des Einverständnisses gab. Obendrauf schien er frei von jeglicher Eifersucht. Edward hatte immer geglaubt, dass ein gewisser Grad an Alphagehabe die Leidenschaft zusätzlich entfachte. Doch er irrte sich.

Er selbst war keine willenlose Puppe. Das Wissen, dass Louis nicht versuchte, ihn zu kontrollieren, steigerte Edwards Begierde nach ihm umso mehr. Ein Mann, der wusste, dass es weder Lügen noch Ketten brauchte, um einen Partner zu verführen, war wahrhaftig unwiderstehlich.

Und doch kehrten Edwards Gedanken immer wieder zu dem Rüpel von einem Lord zurück; völlig grün hinter den Ohren, starrsinnig wie ein Esel und so gerissen, dass er sich jedes Mal aufs Neue einen Weg in Edwards Kopf erschlich.

Er senkte das Haupt und fing Louis' Lippen ab. Er würde sich die Gedanken an Melville einfach wegküssen.

Edward packte den Marquis im Nacken, zog ihn näher, sog ihn ein. Der Kuss war tief und verlangend. Louis erwiderte ihn ohne Zurückhaltung. Seine Hand glitt in Edwards Schritt, griff zu, entdeckte seine Härte. Edward brummte vor Genugtuung. Er presste sich in Louis' Umarmung, forderte wortlos mehr.

Erst als die Kutsche für einen Moment stehen blieb, dann ruckartig nach vorne schoss, rief Edward sich seine Umgebung in Erinnerung. Bestimmt schob er die Hand des Marquis fort.

»Nicht hier«, sagte er, »wir sollten warten, bis wir hinter verschlossenen Türen sind. Wäre nicht das erste Mal, dass Straßenräuber eine Kutsche überfallen und dabei jemanden in flagranti erwischen.«

Louis behielt seine Hände bei sich, bettete den Kopf aber auf Edwards Schulter.

»Ich bin dieses Land satt«, sagte er. Es klang sachlich, ohne die Verbitterung, mit der Franzosen sich sonst über England beschwerten.

»Was hält dich davon ab, nach Paris zurückzukehren? Die Revolution ist vorbei, Napoleon wurde verbannt und dein Namensvetter hat sich den Thron zurückgeholt.«

Louis tappte mit dem Finger gegen das Kutschenpolster.

»Ich wollte schon seit einer Weile gehen. Aber außer einem leeren Palais erwartet mich dort nichts. Meine Familie ist längst tot, meine Freunde sind hier oder in Amerika.«

»Nun gut, bleib hier. Ich aber hätte nichts gegen einen leeren Palais einzuwenden. Mir würde schon das eine oder andere einfallen, was ich damit anstellen könnte«, neckte Edward ihn.

Louis stahl sich einen Kuss, begierig und ungestüm, bevor er sich wieder von Edward löste und ihm ein Lächeln voll falscher Unschuld schenkte.

»Du solltest mit mir kommen. Ihr Engländer seid Barbaren. In Frankreich töten wir niemanden nur für seine etwas exzentrischen Vorlieben.«

»Lass das nicht Marie-Antoinette hören«, sagte Edward.

Louis warf ihm einen pikierten Blick zu. Über ermordeten französischen Adel war wohl nicht zu spaßen.

Edward streckte die Hand aus und fuhr ihm sanft mit dem Daumen über die Lippen, bis Louis nachgab und ihm versöhnlich auf den Finger biss.

»Mir gefällt die Idee«, sagte der Marquis, nachdem Edward seine Hand widerwillig von dessen Mund gelöst hatte. »Du und ich in meinem Palais an der Seine. Wir könnten uns ein schönes Leben machen. Was denkst du?«

Er lehnte sich zu Edward, bis sein Mund keinen Fingerbreit von ihm entfernt war. Edward betrachtete die geschwungenen Lippen, die nur darauf warteten, dass er nachgab. Er ließ sich nicht länger bitten. Er schloss die Distanz. Ihre Zungen trafen sich, benetzten sich gegenseitig, spielten keck miteinander und zogen sich zurück, bis das Spiel wieder von vorne begann. Louis' heißer Atem und das angenehme Kratzen seiner Bartstoppeln auf Edwards Lippen steigerten seine Begierde ins Unermessliche.

Edward seufzte in Louis' Mund. Es war ein Laut zwischen Erregung und Bedauern. Es war eine Schande, dass er keine romantischen Gefühle für den schönen Franzosen empfand. Er war ihm von Grund auf sympathisch. Seit letzter Nacht wusste er auch, dass der Sex alles andere als enttäuschte. Der Mann verstand es bestens, jegliche Körperteile genau so einzusetzen, dass Edward in Ekstase nahezu zerfloss.

Jetzt löste er sich von Louis und betrachtete ihn im fahlen Licht, das durch den Vorhang flackerte, wann immer sie eine Straßenlaterne passierten.

Vielleicht war es einen Versuch wert. Edward wollte schon immer einmal fremden Boden unter seinen Füßen spüren. Louis und er waren kein Paar, doch sie würden gute Freunde abgeben. In der kurzen Zeit, die sie sich kannten, hatte er bereits Vertrauen zu dem Franzosen gefasst. Er war umgänglich, intelligent, interessant und schien eine ähnlich hohe Meinung von Edward zu haben. Guter Boden für eine lange Freundschaft. Je mehr Zeit sie miteinander verbrachten, je öfter sie ein Bett teilten, umso enger würden sie zusammenwachsen. Es war bereits aus unwahrscheinlicheren Umständen Liebe entstanden.

Außerdem war auch Edward es satt, ständig ein Damoklesschwert über seinem Kopf schweben zu haben. Er würde viel dafür geben, nicht mit konstanter Angst im Nacken leben und lieben zu müssen.

Louis, Paris, ein Palais; es klang zu schön, um wahr zu sein. Was hatte er zu verlieren?

Zu seinem Verdruss schoben sich Samuels und Sallys Gesichter vor sein inneres Auge. Aber es blieb nicht bei ihnen. Ein schlecht gelaunter Adeliger mit grobem Kinn und grünen Augen sah ihm widerspenstig entgegen. Und wie vorhin in Henrys Speisesaal geisterten auch Attwood und James Cooke durch seinen Kopf, der eine bereits verloren, der andere in Melvilles Händen. Die Aussichtslosigkeit der Lage drohte Edwards Stimmung endgültig zu kippen. Er konnte nicht mehr tun, als sein Vertrauen in den Lord zu setzen und zu hoffen, dass dieser sich an ihre Abmachung hielt.

Das mit dem Wegküssen klappte nicht so, wie Edward es sich vorgestellt hatte.

»Ich spreche kein Französisch«, sagte Edward schließlich schlicht und hörte selbst, wie betrübt er dabei klang. »Ein Ausflug nach Frankreich hat zweifellos seinen Reiz, aber ich wäre ohne die nötigen Sprachkenntnisse völlig aufgeschmissen.«

Die Kutsche verlangsamte sich und hielt an.

»Na dann«, sagte Louis und trat aus der Kutsche. »Folg mir in die Schlafkammer, und der Unterricht kann beginnen.«

Edward ließ sich nicht zweimal bitten.

Es war Zeit für einen Exorzismus. Ein nackter Mann zwischen Edwards Beinen war genau das Richtige, um ihm den Kopf leer zu fegen. Wenn selbst Louis' Talent, ihm mehrere Höhepunkte zu besorgen, nicht helfen sollte, Melville endgültig auszutreiben, musste Edward zu anderen Waffen greifen.

Einige werden groß geboren ...

Sally Savage war nicht nervös. Es war ein schlechtes Zeichen. Die Finger sollten zittern, das Herz klopfen, der Atem unregelmäßig gehen, doch ihr Körper ließ sich nicht aus der Ruhe bringen. Normalerweise sollte sie an dieser Stelle hinter dem Vorhang auf und ab laufen, während sie immer wieder dieselben Zeilen wiederholte, dabei über die Silben stolperte und jedes Mal verzweifelt nach den Wörtern suchte, wenn sie ihr kurzzeitig entfielen.

Doch von Aufregung und Unsicherheit war keine Spur. Sally wusste, sie war noch nie besser auf eine Rolle vorbereitet gewesen wie in diesem Moment. Sie sprach ihr aus der Seele; die Worte flogen ihr zu, als wären es ihre eigenen, nicht Shakespeares. Der Abend musste ein Erfolg werden. Und doch.

Sally brauchte die Bühnenangst wie ein Rabe die Flügel. Sie gab ihr Auftrieb, hob sie zu neuen Höhen. Die Möglichkeit, dass sie vor aller Augen bloßgestellt werden konnte, weil ihre Erinnerung im entscheidenden Moment aussetzte, gab ihr den Kick, den sie benötigte, um ihrer Rolle wahrhaft Leben einzuhauchen. Sally wusste von Darstellern, die in der Nacht vor einer Aufführung kaum schliefen, die den gesamten Tag zum Abort rannten vor Nervosität. Bei ihr selbst setzte die Aufregung immer erst ein bis zwei Stunden vor der Aufführung ein, doch nun blieb sie aus. Selbst das Stimmengewirr der Gäste, die nach und nach die Reihen füllten, hatte keinerlei Auswirkungen.

»Schätzchen, du ziehst ein Gesicht wie der Prinzregent, als er zum ersten Mal seine Braut sah. Da hilft auch die Schminke nicht. Lass das ja hinter der Bühne zurück, wenn du vor die Leute trittst. Die bezahlen dich nicht dafür, dass du sie mit dieser verdrießlichen Schnute wieder aus dem Theater jagst.«

Sally drehte sich zu Misses Siddons um, die im Kostüm einer reichen, trauernden Witwe mitsamt dramatischem Schleier in einer Ecke saß und sich Luft zufächelte.

»Ich weiß nicht, ob ich das schaffe«, gab Sally zu.

Misses Siddons schnaubte. Sally wusste nicht, ob sie die ältere Schauspielerin mochte oder fürchtete. Vielleicht tat sie beides. Siddons war ein großer Name, und wenn Sally eines Tages nur halb so viel Erfolg haben sollte wie ihr Vorbild, konnte sie sich glücklich schätzen.

»Das wirst du sehr wohl«, sagte Misses Siddons. »Ich hab dich spielen sehen. Viola ist dir wie auf den Leib geschrieben. Du müsstest schon sehr dumm sein, um das zu vermasseln.« Sie schloss die Augen und fächelte ordentlich weiter. Die Konversation war damit beendet. Falls diese Worte Sally aufmuntern sollten, so war der Versuch gescheitert.

»Ich gehe frische Luft schnappen«, sagte Sally, doch die Schauspielerin ignorierte sie.

Sally bahnte sich einen Weg durch die Flure. Schauspieler und Bühnenpersonal rannten wie von der Tarantel gestochen an ihr vorbei. Sie dagegen war noch immer die Ruhe selbst.

Hoffentlich würde der Anblick von Amelia ihr helfen. Dieser gelang es immer, Sally aus dem Konzept zu bringen, egal, wie oft sie sich sahen. Amelias Gegenwart führte jedes Mal dazu, dass Sally jegliche Kontrolle über Sprache und Grammatik verlor. Es war genau das, was sie jetzt brauchte. Ein kleiner Wirbelwind, der sie durchrüttelte, bevor sie als Viola auf die Bühne trat.

Sobald sie aus der Hintertür schritt, verfluchte sie sich dafür, keinen Umhang mitgenommen zu haben. Dabei sollte der Sommer gen Ende Mai schon in den Startlöchern stehen. Sally hatte genug von diesem ewigen Schmuddelwetter.

Sie lief um eine Ecke und hielt sofort inne, als sie flüsternde Stimmen vernahm. In einer Nische hinter einer Statue von Dionysios erkannte sie zwei Gestalten. Der Versuch eines privaten Gesprächs scheiterte kümmerlich. Das Zischen und Fauchen war so deutlich, dass Sally jedes Wort verstand.

»Hüten Sie Ihre Zunge! Was, wenn Sie jemand hört?«

Ganz recht, dachte Sally.

»Sie sorgen sich um mich?«

Sally kannte diese Stimme. Sehr gut sogar. Sie spitzte die Ohren und achtete darauf, kein Geräusch von sich zu geben. Ihre Neugier war geweckt.

»Ich sorge mich um mich selbst! Die Leute denken noch, Sie würden mit mir flirten.« Die unbekannte Stimme war tief und unwirsch. Sally trat näher heran. Sie wüsste zu gerne, mit wem Edward sich in die Haare gekriegt hatte.

»Das tue ich auch«, antwortete ihr Freund sogleich und klang dabei völlig ungeniert, geradezu stolz.

»Dann hören Sie jetzt sofort damit auf!« Der Fremde schien äußerst entrüstet, doch Edward lachte nur.

Sally fragte sich, seit wann er mit Männern flirtete, die kein Interesse an ihm hatten. Es war äußerst untypisch für ihn, so unvorsichtig zu sein, wo so viel auf dem Spiel stand. Sie wollte ihm ungern den wohlverdienten Spaß verderben, aber Attwoods und Cookes Namen waren längst nicht aus den Zeitungen verschwunden. Ganz London wartete auf das Urteil des Richters und Edward lechzte in der Öffentlichkeit anderen Männern hinterher.

Mehrere gehetzt wirkende Arbeiter näherten sich Sallys Standort. Sie schleppten schwere Seile, wobei ihnen der Schweiß in die Augen lief. Sally sah von der schnell antrabenden Truppe zu Dionysios und spürte einen Anflug von Furcht aufkommen. Sie durften Edward und seinen Begleiter keinesfalls bei ihrer alles andere als freundschaftlichen Unterhaltung erwischen.

Sally trat einen weiteren Schritt auf die Nische zu und hob die Stimme: »Edward, der Mann hat recht. Du solltest aufpassen, was du sagst.«

Der Unbekannte erstarrte, doch Edward trat mit fröhlicher Miene aus dem Schatten hervor, wobei er fast mit den Arbeitern zusammenstieß.

»Sally, immer eine Freude«, begrüßte er sie mit einem so blendenden Lächeln, dass Sally ernsthaft in Versuchung gekommen wäre, würden Männer auch nur den kleinsten Reiz bei ihr auslösen. Sie wartete, bis die Arbeiter um die Ecke verschwanden, dann schloss sie ihn in eine innige Umarmung. Bei den ständigen Theaterproben verbrachte sie jede Sekunde, die nicht von Shakespeare beansprucht wurde, in Amelias Gesellschaft. Und obwohl es keinen süßeren Zeitvertreib gab, erkannte sie nun, wie wenig sie Edward seit dem letzten Treffen im Purple Palace gesehen hatte.

Edward schienen ähnliche Gedanken durch den Kopf zu gehen, denn er erwiderte die Geste mit überschwänglicher Stärke. Es fühlte sich immer wieder gut an, so aufrichtig umarmt zu werden. Der Moment war viel zu schnell vorbei.

Edward trat zurück und winkte den Unbekannten aus dem Schatten.

»Darf ich dir Lord Melville vorstellen?«

Der Mann zögerte erst, verließ dann doch die Nische, wobei er Edward einen kochenden Blick zuwarf. Er hob seinen Hut zum Gruß, aber ein Lächeln blieb aus. Sally erwiderte den Gruß, wobei sie ihn ausgiebig musterte. Einerseits, weil sie nicht erkennen konnte, was Edward an diesem verdrießlichen Hochgeborenen fand, und darüber hinaus, weil der Name etwas in ihr anschlug, das sie nicht sofort einordnen konnte. War es nicht eine Melville gewesen, die ebenfalls das Opfer eines Juwelenraubs geworden war?

»Ich würde dir empfehlen, jegliche Komplimente für dich zu behalten«, wies Edward sie scherzhaft an. »Lord Melville reagiert nicht sehr gut auf Schmeicheleien.«

Besagter Lord wurde sofort rot und versteckte sich unter seinem Zylinder.

»Zumindest nicht von einem …«, murmelte er, doch er sah, wie sich Edwards Augen verhärteten, und verstummte.

Sally begann innerlich zu kochen. Beinahe hätte sie die Stimme erhoben und Edwards Ehre verteidigt, doch dieser kam ihr zuvor.

»Einem was genau?«, fragte er mit einem angriffslustigen Unterton.

»Nichts«, antwortete Lord Melville, ohne Sally oder Edward anzusehen.

Edward öffnete den Mund, drauf und dran, den Lord zur Schnecke zu machen, als Sally ihm gerade noch Einhalt gebot. Zwar wäre sie gerne Zeuge davon geworden, wie Edward den Adeligen einen Kopf kürzer machte, doch dies war nicht der richtige Zeitpunkt und erst recht nicht der richtige Ort dafür.

»Vielleicht spart ihr euch diese Unterhaltung für später, ja? Dann kann euch auch nicht halb London überhören«, schlug sie vor.

Edward schürzte die Lippen, ließ aber von dem Lord ab.

»Was tust du hier?«, fragte er stattdessen. »Solltest du nicht auf der Bühne stehen, bereit, die Menge zu verzaubern?«

»Keine Bühnenangst«, gestand sie zerknirscht.

»Oh«, sagte Edward, der wusste, in welch prekäre Lage sie das brachte.

»Es heißt, der Prinzregent würde kommen«, warf der Lord ein. »Falls das hilft.«

Sally horchte in sich hinein, doch sie schien noch immer völlig losgelöst von ihren Gefühlen. Dies war ihre bisher größte Rolle und somit eine Chance, ihre Karriere endgültig zu entfachen. Es geschah nicht jeden Tag, dass man an der Seite einer Schauspiellegende wie Misses Siddons eine Hauptrolle darbieten konnte, während der Prinzregent von seiner Loge aus zusah, wie man sich in einem Liebeschaos verrannte.

»Nicht wirklich,«, sagte sie enttäuscht. »Und was treibt euch dazu, unter Dionysios' wachendem Auge Streitgespräche zu führen?«

Sie tätschelte die Wade des steinernen Gottes und sah erwartungsvoll von Lord Melville zu Edward.

»Nun, eigentlich sollten wir im Saal sein und nach Langfingern Ausschau halten, aber Mister Arden hier scheint seine Aufgabe nicht sonderlich ernst zu nehmen«, entgegnete der Lord mit Zorn in der Stimme. »Ein Versprechen ist für ihn wohl nicht mehr als ein äußerst dehnbarer Begriff.«

Die Verwirrung musste ihr ins Gesicht geschrieben stehen, denn Edward setzte zu einer Erklärung an, wobei sein Blick schwer auf Melville lastete: »Nachdem der erste Versuch, den Lakaien zu schützen, scheiterte, erklärte der feine Lord sich bereit, eine schützende Hand über Cooke zu halten, wenn ich für ihn im Gegenzug auf Diebessuche ginge. Seine Schwester erlitt ein ähnliches Schicksal wie Miss Raine, als ihr eine Brosche geraubt wurde.«

Sally wusste nicht, was sie davon halten sollte. Die Erleichterung, dass für Cooke dank dem Lord noch eine Chance bestand, sollte ihn in ein sympathisches Licht rücken, aber es missfiel ihr, dass ein Menschenleben für eine Brosche gehandelt wurde. Dennoch brannte sie darauf, die Schurken, die Amelia solch einen Schreck eingejagt hatten, bestraft zu sehen.

»Sie glauben, diese Langfinger schlagen heute Nacht erneut zu?«, fragte Sally den Lord mit leicht gehobenen Augenbrauen. Er sollte nicht denken, dass sie ihm wohlgestimmt war, nur weil sie mit ihm sprach. Bisher ließ sein Auftreten einiges zu wünschen übrig.

Melville hatte nur einen kurzen Blick für sie übrig, bevor seine Augen wieder zu Edward wanderten. Sally konnte stetig brodelnde Entrüstung darin lesen, aber das war nicht alles. Wenn ein Mann ihr so wenig Aufmerksamkeit schenkte, während er Edward mit Beachtung überschüttete, waren da meist noch andere Motive. Sie fragte sich, was genau zwischen ihrem Freund und seinem widerwilligen Bewunderer vor sich ging. Sobald die Vorstellung vorbei war, würde sie Edward beiseitenehmen und eine Erklärung fordern.

»Wenn der Prinzregent auftaucht, befindet sich auch eine Schar gut betuchter Adeliger in seinem Schlepptau,« antwortete Melville, Edward noch immer fest im Visier. »Und die behängen sich gerne mit Edelsteinen, als seien sie laufende Kronleuchter. Zusätzlich werden alle davon abgelenkt sein, was auf der Bühne vor sich geht. Es ist eine nicht auszuschlagende Chance.«

Sally sah Edward erwartungsvoll an, der den Worten des Lords zwar schweigend, aber mit gerunzelter Stirn gelauscht hatte. Er rollte mit den Augen.

Sally hätte ihm stundenlang dabei zuschauen können. An manchen Menschen war Schönheit verschwendet; hübsch anzusehen, aber mehr auch nicht. Unter Edwards makelloser Hülle war jedoch etwas, das man mit keinem Geld der Welt erkaufen konnte: Charisma. Er hatte die Fähigkeit, Menschen in seinen Bann zu ziehen, und er setzte sie zielgerichtet ein.

Sie hatte schon versucht, ihn zu überreden, in die Theaterwelt einzusteigen, doch ihre Überredungskünste prallten an ihm ab wie die Annäherungsversuche hoffnungslos hingerissener Damen. Das Leben auf der Bühne sagte ihm nicht zu. Die Konkurrenz war groß, die Bezahlung schlecht, die Anstellung unsicher. Noch dazu musste man nach der Pfeife eines anderen tanzen. Es war zermürbend und nichts für jemanden, dessen Herz nicht bei der Sache war.

Sally träumte von einem Leben auf den Bühnen der Welt, wo niemand sie übersehen konnte. Wovon Edward träumte, wusste sie nicht, aber die Bühne gehörte nicht dazu.

»Ich glaube einfach nicht, dass wir eine Chance haben, den Übeltäter zu stellen und zu fangen, selbst wenn er vor Ort sein sollte«, sagte Edward.

»Ich sehe das anders. Das letzte Mal waren wir sehr nah dran. Die Diebe sind wortwörtlich in uns hineingestolpert. Es passiert immer direkt vor unserer Nase, nur sind wir stets zu langsam«, sagte der Lord.

»Ich halte es für reine Zeitverschwendung«, warf Edward ein. Sally hatte das Gefühl, er würde es rein aus der Intention heraus tun, den Lord zu provozieren. Es funktionierte.

»Na, dann rennen Sie doch zu Ihrem Greis von einem Franzosen, wenn Sie sich zu fein hierfür sind. Aber unsere Vereinbarung können Sie sich dann sonst wo hinstecken!«, fauchte Lord Melville. Sally konnte eine Ader an seiner Schläfe pochen sehen.

Edward war das genaue Gegenteil. Jegliche Emotionen glitten aus seinen Augen, als würde er sie in eine dunkle Kammer packen und wegsperren. Sally hätte schwören können, dass die Temperatur um mehrere Grad gefallen war. Sie rieb sich die Arme und begann von einem auf den anderen Fuß zu hüpfen, doch sie hätte sich auch das Kleid vom Leib reißen können, um nackt Räder zu schlagen, und keiner der Männer hätte ihr Beachtung geschenkt. Sie lieferten sich ein stilles Blickduell.

»Sally!«, rief eine Stimme, und sofort wurde ihr wieder wärmer.

Sie wandte sich von den Streithähnen ab und erkannte eine kleine Gestalt, die, in einem weinroten Mantel gehüllt, auf sie zutippelte.

»Ich glaube, ihr solltet jetzt eure Plätze aufsuchen«, sagte Sally, ohne den Blick von Amelia zu lösen. Sie wollte Edward und seinen unangenehmen Freund nur noch loswerden.

»Miss Savage«, grüßte Amelia sie, und die Art und Weise, wie ihr Atem dabei ins Stocken geriet, löste einen Freudentaumel in Sally aus.

»Lord Melville, Mister Arden«, fügte Amelia mit einem Nicken hinzu.

»'n Abend«, murmelten die beiden gleichzeitig.

»Die Herren wollten soeben gehen«, verkündete Sally.

»Auf Wiedersehen«, murmelten sie erneut wie aus einem Mund und zischten ab.

Amelia runzelte die Stirn über das seltsame Verhalten der Herren, aber Sally wollte die kostbare Zeit mit ihr nicht damit verschwenden, das Verhalten zweier Streithähne zu erläutern.

Sie war froh, sie gehen zu sehen. Was auch immer da vor sich ging, die zwei hatten offensichtlich einiges an Klärungsbedarf. Sie würde Edward später danach fragen.

»Du siehst wunderschön aus«, sagte Sally an Amelia gewandt.

Der weinrote Stoff des Mantels bildete einen verführerischen Kontrast zu Amelias dunklem Haar. Er schmiegte sich an ihre weiche Mitte und flatterte um ihre Füße. Nur Schmuck trug sie kaum, bis auf zwei kleine Rubinstecker in ihren Ohren. Seit Lady Montagus Ball hatte sie zu große Angst, ein weiteres Mal das Opfer eines Überfalls zu werden.

Sally griff nach Amelias Händen und drückte sie fest. Sie war selbst ganz versucht, mit ihr hinter Dionysios zu verschwinden, doch wie sie nun wusste, war er kein besonders guter Schutzherr.

»Ich wollte dir viel Erfolg wünschen«, sagte Amelia, die Komplimente immer umschiffte, als wären es vergiftete Äpfel. »Ich muss zurück, bevor Mutter sich Sorgen macht.«

Bei den Worten stürzte Sallys Herz in den Magen.

»Deine Mutter ist hier?«

Amelia nickte.

»Ich habe ihr so viel von der großartigen und talentierten Sally Savage erzählt, dass sie sich die Aufführung nicht entgehen lassen wollte.«

Sally hatte Amelias Mutter noch nie getroffen, zumindest nicht offiziell. Misses Raine war eine viel beschäftigte Frau, doch das eine oder andere Mal war Sally ihr bei einer Abendveranstaltung über den Weg gelaufen. Sally hatte immer so schnell wie möglich nach dem nächsten Ausgang gesucht.

Amelias Mutter wusste natürlich nichts von dem Verhältnis zwischen Sally und ihrer Tochter. Sie dachte schlicht, dass sie eine enge Freundschaft führten, und auch wenn sie den Umgang Amelias mit einer Schauspielerin nicht gerade zelebrierte, so hatte sie nie versucht, Amelia die Verbindung auszureden.

Und heute saß sie im Publikum und würde über zwei Stunden dabei zusehen, wie Sally in Männerkleidung über die Bühne rannte und versuchte, der Liebe einer Frau zu entkommen.

Ein Blick würde genügen, damit Misses Raine sie durchschaute.

»Habe ich etwas Falsches gesagt?«, fragte Amelia besorgt.

Sally erwiderte ihren Blick und grinste. Am liebsten hätte sie Amelias Gesicht mit Küssen bedeckt, doch sie beließ es dabei, sie fest zu drücken. Wärme kroch durch ihr dünnes Kostüm, und Amelias Fliederparfüm ließ ihr die Knie weich werden.

»Keinesfalls. Du findest immer die richtigen Worte«, sagte Sally und konnte es kaum fassen, wie glücklich sie war. Auf der Bühne eine Traumrolle und eine Traumfrau im Publikum. Und endlich war die Nervosität zurück.

»Und nun husch, husch! Wir sehen uns später!«

Amelias Wangen röteten sich, dann drehte sie sich um und eilte fort. Sally sah ihr nach, bis auch die Schleppe ihres Mantels hinter einer Ecke verschwand. Schließlich wandte sie sich zum Hintereingang.

Vielleicht wurde Sally nicht mit Größe geboren, doch heute Nacht würde sie allen beweisen, dass Größe längst in Reichweite war; dem Prinzregenten und Misses Raine voran.

Eine lachhafte Behauptung

Edward hatte gelernt, hartnäckig zu sein. Der Charakterzug war aus einer Überlebensstrategie geboren. Wer es im Leben zu etwas bringen wollte und nicht von Geburt an mit einem hübschen Sümmchen versehen wurde, der musste lernen, dass Rückschläge die Normalität waren, Erfolg jedoch eine Seltenheit. Nur Einfältige und vom Glück Verfolgte überlebten ohne Sturheit, und Edward war keins von beidem. Aus diesem Grund hatte er sich einen recht dicken Schädel zugelegt.

Sie hatten kein Wort miteinander gewechselt. Weder als sie ihre Plätze in der Loge bezogen hatten noch in der Pause oder nachdem der Vorhang gefallen war. Edward hatte mit dem Rest des Publikums gelacht und geklatscht, durch die Zähne gepfiffen und Sally Lob zugeschrien, doch Melville war stumm geblieben.

Mit vor der Brust verschränkten Armen und angespanntem Kiefer stierte der Lord nun auf die Bühne und behandelte Edward, als wäre er Luft. Selbst die anderen Logengäste ignorierte er.

Edward war das nur recht. Er zeigte Melville die kalte Schulter und wandte sich Sidney Sykes zu, der zwar etwas zu großen Wert auf die Wahl der richtigen Manschettenknöpfe legte, mit seinen dichten Wimpern und hohen Wangenknochen aber nett anzusehen war. Gemeinsam lästerten sie über die schrecklich grellen Farben, in die sich so manche Damen kleideten. Sie schrien vor Lachen, als Misses Siddons in ihrer Rolle als Gräfin Olivia dem Knappen Cesario, gespielt von Sally, ein Liebesgeständnis machte, nicht ahnend, dass dieser nur eine Frau namens Viola im Männergewand war.

Selbst als Sykes witzelte, ob es bei den Frischverliebten kriselte, weil Miss Elizabeth Ailesbury eine Loge mit ihrer Mutter und nicht mit ihrem Verlobten teilte, hüllte Melville sich in Schweigen.

Wie es schien, war der griesgrämige Lord heute aber nicht der Einzige, der sich entschieden hatte, die Vorstellung nicht im Geringsten zu genießen. Lord Sims, ein durchaus attraktiver Mann mit dunkelbrauner Haut und schwarzem Haar, warf ständig grimmige Blicke in Edwards Richtung und ignorierte jeden Versuch vonseiten Lady Elphinston, höfliche Konversation zu betreiben.

»Ich trau mich kaum noch mit Schmuck aus dem Haus!«, erklärte die Lady angeregt, und ihre blonden Ringellocken wippten auf und ab. »Dabei wollte ich meine letzten Tage in London ausgiebig genießen. Wer weiß schon, ob es in Virginia Bälle gibt?«

Lord Sims brummte nur unverbindlich und sah erbost zu ihnen hinüber. Edward versteckte sich so gut wie möglich hinter Sykes und hoffte, dass dessen Ärger Melville galt und nicht ihm.

Während der gesamten Vorstellung machte Edward keinen Versuch, sich mit Melville zu versöhnen. Wenn dieser sich wie ein Fünfjähriger verhalten wollte, dem sein Spielzeug weggenommen worden war, sah Edward sich nicht in der Pflicht, ihn mit Samthandschuhen anzufassen. Er würde nicht klein beigeben. Schon gar nicht, nachdem

Melville ihm gedroht hatte, ihre Abmachung zu brechen. Wer so skrupellos war, hatte Edwards Gunst nicht verdient.

Edward grölte bei einer lustigen Szene besonders laut, klopfte Sykes auf den Rücken und ließ seine Hand länger als nötig auf dessen Schulter ruhen. Er machte keine Anstalten, das selbstzufriedene Grinsen zu verstecken, als er Melvilles Reaktion aus dem Augenwinkel sah. Der Lord rümpfte verdrießlich die Nase und sah aus, als würde er Sykes am liebsten vor die Füße spucken.

Edwards Triumphgefühl hielt jedoch nicht lange an. Er ärgerte sich, dass er ausgerechnet für solch einen aufgeblasenen, ja selbstsüchtigen Gockel Gefühle entwickeln musste. Er machte sich nichts vor. Der Lord hatte es irgendwie geschafft, sich hinterrücks ein Stück von Edwards Herz zu stehlen, und er würde den Teufel tun und ihm auch noch den Rest davon überlassen. Er hatte sich für gewisse Freier schon zu einigen Untaten überreden lassen – das Erfüllen abenteuerlicher Geschmäcker zahlte sich immer gut aus –, aber seine Würde riskierte er für Melville nicht. Das ging schlicht zu weit.

Vorhin war er kurz davor gewesen, Melville von seiner Schwäche für ihn zu erzählen. Die Nacht mit Louis hatte ihm die Gedanken an Melville nicht austreiben können. Im Gegenteil, Edward hatte sich vorgestellt, mit Melville an der Stelle des Franzosen in ein Bett zu fallen. Seither wurde er von den schmutzigsten Gedanken verfolgt, die allesamt Melville involvierten, wobei seine Hände, seine Zunge und andere verheißungsvolle Glieder die Hauptrolle spielten. Also hatte er beschlossen, den Kampf aufzugeben. Etwas sagte ihm, dass auch der Lord nur halb so feindselig eingestellt war, wie er zu sein vorgab.

Edward dankte Sally still dafür, dass sie sein Geständnis vorhin unterbrochen hatte, bevor er einen schlimmen Fehler begehen konnte. Melville war nicht zu helfen. Edward würde schon über ihn hinwegkommen, sobald sie ihre Abmachung erfüllt hatten.

Nur glänzten die Diebe, wie Edward es prophezeit hatte, bisher mit Abwesenheit. Wie sollte man auch kostbaren Schmuck stehlen, wenn der Adel sich in privaten Logen fernab vom Getümmel versammelte? Es gab keine Möglichkeit, jemandem unbemerkt Juwelen abzuknöpfen und dann die Fliege zu machen. Zu viele Zeugen und zu wenige Verdächtige auf zu engem Raum.

Melville musste zu einem ähnlichen Schluss gekommen sein. Entschlossen stand der Lord noch während des Schlussapplauses auf und verließ die Loge ohne ein weiteres Wort.

Edward war versucht, ihn davonziehen zu lassen. Wenn er so eingeschnappt war, dass er selbst die Diebessuche vernachlässigte, wo das Gewimmel nach der Veranstaltung die beste Gelegenheit für ein paar flinke, unbeobachtete Handgriffe bot, sah Edward sich nicht berufen, die Launen des feinen Lords einzudämmen. Doch der Gedanke, dass Melville James Cooke einfach so verrotten lassen würde, nur weil es ihm nicht passte, wie Edward mit ihm umsprang, ließ ihm keine Ruhe. So musste er wohl oder übel die Gouvernante des feinen Adels spielen.

Er warf einen letzten Blick zur Bühne, wo Sally gerade in einem Blumenhagel ertrank, und folgte Melville schnellen Schrittes. Er würde ihr später gratulieren müssen.

Melville war nicht der Größte, doch zu Edwards Glück hatte er seinen Zylinder nicht wieder aufgesetzt. Edward musste nur den roten Haarschopf finden, und schon war es eine Leichtigkeit, sich an seine Fersen zu heften.

Melville stolzierte schnurstracks auf seine Kutsche zu, doch Edward hatte andere Pläne. Er griff nach Melvilles Arm und leitete ihn in die entgegengesetzte Richtung. Das Ziel war egal, Hauptsache, er vereitelte die Fluchtpläne des Lords.

»Aber, aber«, warnte er, als Melville sich losreißen wollte, »Sie wollen doch vor versammelter Mannschaft keine Szene riskieren, richtig?«

Melville ließ sich grummelnd abführen. Sobald sie das Theater hinter sich gelassen hatten, schüttelte er Edwards Griff ab, lief aber wortlos weiter.

Edward wusste nicht, wohin sie gingen. Ein paar Minuten liefen sie schweigend durch Covent Garden, bis er ein schmiedeeisernes Tor erblickte, das in einen Park führte, der gerade mal groß genug war, um die mächtige Eiche darin zu umfassen. Er schob Melville kurzerhand hinein und ignorierte dessen aufkeimenden Protest.

»Auch wenn ich Ihr Verhalten durchaus amüsant finde, verliert Ihr Trotzanfall stetig an Unterhaltungswert«, sagte Edward und versuchte, einen beifälligen Ton anzuschlagen, auch wenn ihm härtere Worte auf der Zunge lagen.

»Was wollen Sie von mir?«, fragte Melville.

Edward war versucht, all die Dinge einfach auszuspucken, die er von Melville wollte, doch er hielt sich zurück. Diese Droschke war längst abgefahren.

»Ich will, dass Sie sich an unsere Abmachung halten. Oder haben Sie Ihr Versprechen schon wieder vergessen?«

»Nein!«, giftete er.

»Gut. Ich möchte nicht, dass jemand jegliche Chance auf ein gerechtes Urteil verwirkt, nur weil Sie Ihre hübsche Brosche nicht zurückbekommen.«

Melville sah aus, als würde er Edward gleich an die Gurgel gehen wollen. Es sollte ihn erschrecken, doch er fühlte sich von Melvilles Feuer angezogen wie eine Motte vom Licht.

Dass Edward die Fähigkeit besaß, Melville derart zum Kochen zu bringen, gefiel ihm bestens. Er war Melville alles andere als gleichgültig, ganz egal, wie sehr der feine Lord an dieser Illusion festhielt.

»Cooke hat bereits einen Anwalt und Carr wurde auch schon daran erinnert, wer ihm damals zu seiner Richterposition verholfen hat«, sagte Melville hitzig, »aber ziehen Sie mich ruhig weiter durch den Schlamm. Dass Sie es überhaupt aushalten, dieselbe Luft wie ich zu atmen, wo Sie doch so angewidert von mir sind. «

»Sie sollten von Ihrem hohen Ross steigen. Sie sind selbst nicht gerade ein vorurteilsfreier Mensch. Seit unserer ersten Begegnung haben Sie mich behandelt, als sei ich nichts als Straßendreck. Das ist es doch, was Sie wirklich von mir denken! Sie täten uns beiden einen Gefallen, endlich zuzugeben, dass Sie sich für etwas Besseres halten, nur weil Sie mehr Titel im Namen haben als Anstand in ihrer vor Arroganz geschwollenen Brust.«

Melville riss wütend den Mund auf, nur um ihn gleich darauf wieder zuschnappen zu lassen. Sie beide wussten, dass Edward die Wahrheit sprach, wenn er Melvilles Hochmut und voreingenommenes Handeln anprangerte. Anstatt den Vorwurf abzustreiten, bedachte der Lord ihn mit einem verächtlichen Blick.

»Ich gebe zu, meine Umgangsweise war nicht immer edel, aber denken Sie wirklich, dass ich Sie hasse, nur weil Sie keinen Adelstitel tragen?«, fragte er.

Edward hob einladend die Arme.

»Überzeugen Sie mich vom Gegenteil! Warum, Lord Melville, hassen Sie mich wirklich?«

Melville schnaubte so sehr, dass Edward glaubte, seine Ohren flattern zu sehen.

»Wo fange ich an?«, sprach Melville, und begann auf und ab zu laufen. Das Laub raschelte im Wind und erzeugte ein verheißungsvolles Flüstern, wie das angespannte Getuschel unzähliger Schaulustiger, die sehnlichst auf den finalen Schlagabtausch hingefiebert hatten.

Edward musste nicht lange auf die Bezichtigungen warten.

»Sie sind unzuverlässig. Sie sind nie auffindbar, wenn man Sie braucht. Ich muss jedes Mal durch die halbe Stadt rennen, bevor ich Sie zu fassen bekomme. Was haben Sie eigentlich gegen eine feste Adresse, wie jeder anständige Mensch sie auch hat? Sie machen nicht nur mir das Leben schwer, sondern fordern in Ihrer Selbstgefälligkeit, dass andere Menschen Zeit und Mühe opfern, nur um Ihren Aufenthaltsort zu erfahren.«

Edward nickte gelassen.

»Ich habe das Gefühl, Sie sind noch nicht fertig.«

Und er behielt recht. Melville legte einen anklagenden Finger auf Edwards Brust. Trotz des Lederhandschuhs und der dünnen Schicht Hemdstoff, die sie trennten, schoss ein Hitzewall wie ein Lauffeuer durch seinen Körper, ausgehend von der Stelle, wo Melvilles Fingerspitze sich in Edwards Haut bohrte. Er zwang sich, dem Lord weiterhin unverwüstliche Geduld vorzuspielen, während seine Knochen zu weiß glühendem Eisen wurden.

»Sie sind vorlaut! Sie hören sich selbst gerne reden und können es nicht lassen, hier und dort eine spitze Bemerkung loszuwerden, damit auch ja niemand Ihren Witz und Verstand vergisst. Nie lassen Sie eine Gelegenheit aus, um ein Kompliment zu ernten. Es ist beschämend, wie Sie sich heute Abend an Sykes rangeschmissen haben! Aber Sie besitzen keine Scham. Die Hauptsache ist, Edward Arden kann sich in universeller Beliebtheit rekeln.«

»Sie halten mich für einen Mann von Witz und Verstand?«

Edward amüsierte sich köstlich. Es gefiel ihm, dabei zuzusehen, wie der feine Lord aus der Haut fuhr. Er hatte etwas von einem in sich eingeschlossenen Sturm, mit verwehten Locken und Augen, die geradezu Funken sprühten. Selbst sein Ton nahm einen rauen Charakter an. Er war noch nie attraktiver, nie atemberaubender gewesen als jetzt, wo er vor Lebendigkeit erzitterte. Am liebsten hätte er Melville gepackt und gegen den Stamm der Eiche gepresst, ihn geküsst, bis er sich in seiner Berührung vergaß. Er wusste, dass diese Grenze nicht zu überschreiten war, selbst wenn jeder Zoll seines Körpers danach schrie.

Stattdessen zwang er sich, einen Atemzug nach dem anderen zu tätigen, seine Lungen mit kühler Nachtluft zu füllen, während Melvilles Zeigefinger ihm noch immer ein Loch in die Brust brannte. Er wartete geduldig, bis er sich sicher sein konnte, dass Melville sich alles von der Seele gesprochen hatte, bevor er dessen Hand nahm und sie von seiner Brust entfernte. Die simple Geste kostete ihn mehr Mühe, als er für nötig gehalten hätte.

Melville folgte ihr mit weit aufgerissenen Augen, als wüsste er nicht, wie seine Hand den Weg zu Edward gefunden hatte.

»War's das? Oder besitze ich noch weitere Mängel, über die ich umgehend in Kenntnis gesetzt werden muss?«

Zu seiner Erleichterung verriet seine Stimme nichts von der Unruhe, die sein Gegenüber in ihm auslöste.

Melville sah ihn nur mit fest aufeinandergepressten Lippen an.

Edward machte einen Schritt zurück. Er brauchte einen klaren Kopf für das, was jetzt folgte. Wenn sie sich so nahe standen, wurden Grammatik und Satzstellung zu höherer Alchemie.

»Sie glauben, Ihre Worte fielen bei mir kaum ins Gewicht, dabei könnten Sie nicht mehr irren. Ganz im Gegenteil, Ihre Bekanntschaft bedeutet mir weit mehr, als Ihnen bewusst sein mag. Sie bilden sich ein, wir befänden uns in einem Dauerzustand der Zwietracht, aber ich hasse Sie nicht. Zugegeben, Sie neigen zu unverschämtem Hochmut. Doch Sie haben sich eine Meinung von mir gebildet und entschieden, dass ich nichts verdiene als Ihre Verachtung. Warum ist dem so? Haben Sie darüber schon einmal nachgedacht?«

Nun stand dem Lord der Mund offen.

»Ich weiß, dass Sie im Grunde kein oberflächlicher Mensch sind, daher ist Ihr Bemühen, mich an meinen Platz zu verweisen, einfach nur absurd.« Edward wartete auf Melvilles Einspruch, doch es schien ihm endgültig die Sprache verschlagen zu haben.

»Ich glaube, es verhält sich wie folgt«, setzte Edward fort. Er durfte jetzt nicht ins Stocken geraten, durfte den Mut nicht verlieren. Er sah Melville unverwandt entgegen und schlug einen sanften Ton an. »Ich glaube, Sie sind verliebt in mich.«

Für den kürzesten Augenblick hielt die Welt den Atem an, bevor Melville geräuschvoll nach Luft schnappte.

»Das bin ich nicht«, entgegnete er inbrünstig, doch Edward ließ sich nicht beirren.

»Ich glaube, Sie mögen mich so sehr, dass Sie sich entschieden haben, mich zu hassen.«

»Eine lachhafte Behauptung!«

»Ich glaube, Sie betonen meine Fehler nur, um zu vertuschen, was Sie wirklich über meinen Charakter denken. Wir neigen dazu, im Streit auseinanderzugehen, doch finden Sie immer wieder einen Vorwand, noch mehr von meiner Zeit in Anspruch zu nehmen.«

Der Lord war vollends verstummt. Bis auf den lauen Nachtwind, der durch Melvilles Locken wehte, rührte er sich nicht. Es schien, als hätten Edwards Worte ihm jegliche Lebendigkeit geraubt. Seine ausdruckslosen Gesichtszüge waren unmöglich zu lesen.

»Und zuletzt denke ich«, fuhr Edward fort, da er nun nichts mehr zu verlieren hatte, »und ich sage das nicht, um Sie zu kränken oder Ihren Charakter anzugreifen, aber ich denke, der Grund, warum Sie mein Verhalten und meine Beliebtheit als anstößig empfinden, ist, dass Sie es nicht ertragen können, wenn ich Geheimnisse und Späße mit anderen teile, seien es de Villette, Sykes oder gar Ihre eigene Schwester. Sie wollen der alleinige Empfänger meiner Aufmerksamkeit sein.«

Als die letzten Worte seinen Mund verlassen hatten und in der Nacht verhallten, blieb nichts zurück außer dem Rascheln der Blätter hoch über ihnen und Edwards eigenem Herzschlag, der wild wie die See in seinen Ohren tobte.

Melville hatte noch immer keinen Finger geregt. Fast wollte Edward, dass sie für immer so verharrten, verewigt im Moment der Wahrheit, ihrer Masken beraubt und mit unendlichen Möglichkeiten auf dem Pfad, der vor ihnen lag.

Edward fürchtete Melvilles Antwort, und gleichzeitig brannte er auf seine Reaktion.

Als Edward keine Anstalten machte, seine Rede fortzuführen, löste Melville seine Starre und reckte das Kinn.

»Sie glauben, ich wäre eifersüchtig.«

»Ich glaube, Sie sind verliebt in mich«, sagte Edward ein zweites Mal, »aber so etwas zuzugeben, erfordert Mut, den nur wenige besitzen. Das Leben ist keinem Menschen wohlgesonnen, aber ein Sodomit ist doppelt bestraft.«

Melville richtete sich zu seiner vollen Größe auf. Seine Züge waren wutverzerrt. Als er schließlich sprach, fiel jedes Wort wie ein Peitschenschlag. »Ich bin kein Sodomit!«

Edward sah das Zittern in Melvilles Schultern. Er roch die Furcht, die den Lord einhüllte wie ein bitteres Parfüm. Er wagte es nicht, eine Hand auszustrecken und die Distanz zwischen ihnen zu schließen.

Melville hatte Angst, und keine noch so zärtliche Geste konnte sie verbannen. Edward war nicht so leichtsinnig, es überhaupt zu versuchen. Er verharrte bewegungslos und musterte sein Gegenüber so lange, bis der Wind an Kraft verlor und sich ein Mantel der Stille über den Park legte.

Wahre Angst schlug tiefe Wurzeln. Sie war ein Unkraut, das sich gegen jedes Mittel zu wehren wusste. Wer sie ignorierte, riskierte eine feindliche Übernahme, und wer sie ausreißen wollte, nahm unheilbare Wunden in Kauf. Die Kunst lag darin, jeden neuen Spross zu stutzen, bevor er die Überhand gewinnen konnte.

Angst war Edwards treueste Begleiterin. Sie nährte sich von Gesetzestexten und Bibelversen, nahm die Gestalt von Richtern, Priestern,

Freunden und Nachbarn an, die ihm allesamt das Recht auf ein Leben absprechen wollten. Angst hatte ihn fort aus seiner Heimat und hinein in die sich endlos windenden und stets hungrigen Gassen Londons getrieben. Egal, wo er sich versteckte, er konnte ihr nicht entkommen, selbst als er seinen alten für einen neuen Namen austauschte. Und wenn er es dennoch geschafft hatte, die bösen Stimmen zum Schweigen zu bringen, nahmen neue Sorgen ihren Platz ein. Wie sollte er überleben und gleichzeitig unentdeckt bleiben? Wie konnte er sich selbst und seine Freunde vor Unheil schützen? Wie konnte er bei so viel Hass noch Liebe erwarten?

Angst ließ sich niemals abschütteln. Sie ließ sich höchstens aussitzen, bis die überwältigende Panik abgenommen hatte und man sich wieder vor die Tür traute, bereit, dem nächsten Unwetter entgegenzutreten, während man weiterhin auf Sonnenschein hoffte. Edward weigerte sich, an Angst zugrunde zu gehen, und so hatte er gelernt, mit ihr zu leben.

Melville hingegen hatte keinerlei Übung darin, dieser Angst zu begegnen, sie jeden Tag neu zu bekämpfen.

Edward wusste, was er als Nächstes tun musste. Er musste mit gutem Beispiel vorangehen. Die Worte lagen ihm auf der Zunge, doch er hielt sie für einen letzten Moment zurück, denn danach konnte er sie nie wieder ungesagt machen.

»Über Ihre Gefühle kann ich nur mutmaßen, doch meinen eigenen bin ich mir schmerzhaft bewusst. Ich sehe keinen Sinn, Sie und darüber hinaus mich selbst anzulügen. Daher sollten Sie etwas wissen.« Edward hatte versucht, sich selbst zu täuschen, als er dachte, er könnte einfach so von Melville davonlaufen. Doch die Gefühle, die er empfand, ließen sich nicht verleugnen. Und wenn er ihnen nicht Gehör verschaffte, würde er an ihnen ertrinken.

Es war an der Zeit, ihrem Katz-und-Maus-Spiel ein Ende zu setzen. Entweder wagten sie den nächsten Schritt, oder ihre Wege trennten sich hier.

Im Dunkel der Nacht gab es nichts außer Melville, Edward und seine nächsten Worte.

»Ich habe mich wider besseres Wissen in Sie verliebt«, gestand Edward, »und selbst wenn es keine Chance, keinen Hauch von Hoffnung gibt, dass Sie dieses Gefühl erwidern, so will ich, dass Sie meine Wahrheit kennen.«

Wenn es stimmte, wenn Melville wirklich das für Edward empfand, was er ihm vorwarf, dann hatte Edward nichts zu verlieren und alles zu gewinnen. Aber wenn er sich irrte, war das ihr Ende.

»Ich brauche nur ein Wort, selbst ein Nicken reicht, um mich von dieser Ungewissheit zu erlösen.«

Melville tat nichts dergleichen. Die Nacht hüllte ihn in Dunkelheit und verlieh seinem grob geschnittenen Gesicht eine unnatürliche Härte. Seine Fäuste waren geballt und er sah aus, als würde er jede Sekunde auf Edward losgehen.

Edward hatte mit dieser Reaktion gerechnet, und doch traf ihn der Schmerz bis ins Mark. Verletzt, aber nicht überrascht wich er zurück.

Melville ließ ihn nicht aus den Augen, unternahm aber auch keinen Versuch, Edward zu folgen. Er stand da, still wie ein Obelisk, und wirkte wie der letzte Überlebende eines gnadenlosen Kampfes, stolz und doch verloren.

»Damit habe ich meine Antwort«, schloss Edward tonlos. Er wollte nichts anderes, als sich in Melvilles Arme zu werfen und mit ihm zu verschmelzen. Stattdessen drehte er ihm schweren Herzens den Rücken zu und schritt, ohne sich umzusehen, aus dem Tor.

Das Letzte, was ein Mann brauchte, der Männer nicht lieben wollte, war einer, der seinen Wunsch missachtete.

Edward lief davon, ohne Hast und ohne Ziel. Seine Beine trugen ihn fort von Melville, doch das Bild des verlassenen Lords verfolgte ihn. Je weiter er sich entfernte, umso mehr schrumpfte Melville in Edwards Vorstellung zusammen. Angst machte aus dem erwachsenen Mann einen verwundbaren Knaben, dessen Kleider um die Knöchel schlotterten, bis der Wind ihn gänzlich davonzerrte.

Die Vorstellung tat weh, doch Edward hatte die richtige Entscheidung getroffen. Er würde – konnte – keinen Mann dazu zwingen, sich auf ihn einzulassen, wohl wissend, welch Schicksal dies mit sich bringen würde.

Die Männer, die ihn aufsuchten, taten dies entweder in vollem Wissen oder in glückseliger Naivität, doch sie mussten nicht erst von ihm überzeugt werden. Sie handelten in eigener Instanz, bezahlten Edward für eine Flucht aus dem Alltag, für bittersüße Lügen. Es war seine Aufgabe, eine Fantasie zu spinnen und aufrechtzuerhalten, Sehnsüchte zu erkennen und zu stillen. Mehr nicht.

Er war talentiert darin, seine Kundschaft zu befriedigen, aber es erfüllte ihn nicht. Melville war das genaue Gegenteil. Edward verzehrte sich nach ihm, ohne jeglichen Sinn und Verstand und musste einsehen, dass er seinen Gefühlen machtlos gegenüberstand. Er wusste nicht, wie und warum er sich ausgerechnet in diesen Mann verliebt hatte, aber in seiner Gegenwart fühlte er sich lebendiger als je zuvor in seinem Leben.

Aus diesem Grund würde Edward ihn weder bedrängen noch täuschen. Melville war kein Freier, kein Fremder mit schnell befriedigten Gelüsten. Kein Lügenschloss war so prächtig, dass es sie vor einem bösen Erwachen retten konnte. Edward war nicht selbstsüchtig genug, um einen Menschen, dem er so erlegen war, blind in diese Abgründe zu führen. Wenn sie in dieser grausamen Welt eine noch so kleine Chance haben sollten, mussten sie beide mit offenen Karten spielen. Edward hatte sein Innerstes nach außen gekehrt – in der Hoffnung, Melville würde es ihm gleichtun. Er hatte geglaubt, des Lords Gefühle zu kennen, und war noch immer nicht bereit für die Möglichkeit, dass er sich geirrt haben sollte. Die Verbindung zwischen ihnen war zu tief. Jedes Mal, wenn sie sich trafen, sprühte es Funken. Die Spannung war greifbar, und Edward war, ohne es zu bemerken, süchtig geworden nach dem Augenblick, in dem Melville seine Welt in neue, leuchtende Farben tauchte.

Bisher hatte Edward geglaubt, in seinem Leben alles gesehen, von jedem Süppchen gekostet zu haben, das die Welt bot. Er war satt gewesen; zufrieden mit der Existenz, die er sich in diesen chaotischen Zeiten aufgebaut hatte. Ein Bett zum Schlafen, ein Kater zum Kuscheln, eine Handvoll Freunde für einsame Stunden und eine Reihe anonymer Männer, die seine Taschen füllten und seinen Hunger vorübergehend befriedigten.

Doch Melville hatte diesem Zustand ein jähes Ende bereitet. Kein Mann hatte es je geschafft, ihm so unter die Haut zu fahren, sich an ihm festzukrallen, dass er noch jeden Winkel seiner Welt füllte, egal, ob er wach war oder schlief, ob er Melville gegenübersaß oder in den Armen eines anderen lag. Und Melville trug den gleichen, fieberhaften Ausdruck in den Augen. Edward war geübt darin, die versteckten Gefühle und unausgesprochenen Sehnsüchte anderer Männer zu erkennen, und die des Lords sprangen ihm förmlich entgegen.

Edward hatte alles in die Wege geleitet, hatte ihre Gefühle von falschem Stolz und Ausreden befreit, hatte die Wahrheit ans Licht gezerrt. Melville hatte keine andere Wahl gehabt, als sie anzuerkennen oder sie auf ewig für nichtig zu erklären. Stattdessen war er zu Stein erstarrt, als hätte Edward ihm den Kopf der Medusa präsentiert.

Melville war nicht bereit gewesen. Und so hatte Edward den Rückzug antreten müssen. Es war die einzig logische Konsequenz, auch wenn es schlimmer schmerzte als jede Brandwunde.

Etwas Nasses und Kaltes ergoss sich in seinen Schuh und zerrte ihn aus seinen düsteren Gedanken. Eine dunkle Wolkendecke schluckte alles Licht der Gestirne. Allein der blasse Schimmer einer fernen Laterne enthüllte die zitternde Oberfläche der Pfütze. Er befand sich in einer engen Gasse mit fensterlosen Wänden.

Unter anderen Umständen hätte Edward laut geflucht, aber die Aussprache mit Melville hatte ihm seinen Kampfesgeist geraubt. So ließ er nur einen schlichten Seufzer hören und schüttelte das Wasser von seinem Schuh, als lautes Hufgetrappel ertönte. Noch war nichts zu sehen, aber das Gefährt kam deutlich näher, und zwar schnell. Ohrenbetäubend hallte es durch die nächtlichen Gassen.

Plötzlich sah Edward einen riesigen, sich windenden Schatten um die Ecke stürmen. Mit ungezähmter Hast preschte ein Pferdegespann auf ihn zu. Im Handumdrehen würden die Hufen dieser Teufelsbiester Straßenmatsch aus ihm machen. Diese namenlose Gasse würde sein Grab sein, dabei hatte er soeben erst gelernt, was es hieß, wahrhaftig zu begehren.

Er hatte sich schon oft nachts in London verenden sehen. Sein Beruf brachte dieses Risiko mit sich. Nur war er dabei nie das Opfer einer wild gewordenen Kutsche geworden. Starr vor Schreck wartete er auf den Zusammenprall. Er presste sich gegen die Wand und schloss die Augen.

Der Geruch traf ihn zuerst. Animalischer Schweiß und ein Hauch von Stall. Hart schlugen die Hufen auf den Stein, drauf und dran, ihn unter sich zu begraben. Mit einem ohrenbetäubenden Wiehern stoben die Pferde auf ihn zu, doch der Aufprall kam nicht. Urplötzlich trat Ruhe ein. Der Schmerz blieb aus.

Zitternd öffnete Edward die Augen. Nur eine Handbreit entfernt stand eine nachtschwarze Kutsche. Für eine Sekunde sah Edward sein verzerrtes Spiegelbild im blank polierten Lack der Kutsche. Schreckerfüllt starrten sich die zwei Edwards entgegen.

Die Tür sprang auf.

Edwards Blick fiel auf Melville. Der Lord sah ihn nicht an. Seine bleiche Haut war fleckig, die dichten Brauen angespannt, die Lippen voll und leicht geöffnet. Sein Atem ging stoßweise und rasselte durch die Nacht.

Wie von allein kam Edwards Körper der Einladung nach. Mit zitternden Knien stieg er ein. Willenlos sackte er gegenüber von Melville auf die

Sitzbank, gleich einer Puppe, der die Fäden gekappt wurden. Der Schock saß tief. Sein Herz raste, sein Kopf war leer und sein Blick schoss wild durch die Kutsche, ohne etwas aufzunehmen. Die Tür fiel ins Schloss.

Für wenige, stürmische Herzschläge saßen sie im Dunkeln. Die Vorhänge verhinderten jeden Einfall von Licht, und Edward zweifelte sofort an seinen eigenen Sinnen. Was, wenn er Melville aus reinem Wunschdenken heraufbeschworen hatte? Wenn das hier gar nicht der Lord war? War er freiwillig in die Kutsche eines Unbekannten gestiegen, der nachts mit einer Teufelsgeschwindigkeit die Straßen unsicher machte?

Im nächsten Moment legten sich Fingerspitzen zart wie Samt um sein Gesicht und führten ihn zielbewusst durch die Finsternis. Der Geruch von Leder und Schweiß drang ihm in die Nase, dann streifte heißer Atem sein Gesicht. Ihre Lippen trafen sich. Jede Faser in Edwards Körper kam ins Schwingen.

Der Kuss war weder zart noch zögerlich. Zu lange hatten sie beide auf diesen Moment gewartet, und die Energie entlud sich in einem allumfassenden Knall, wie ein Sturm nach Monaten von Dürre und Hunger.

Melville keuchte auf, und das Geräusch jagte Edward einen Schauder über den gesamten Körper. Er vergrub seine Hände in Melvilles Haar, dieser zog ihn fordernd auf seinen Schoß, und Edward ließ es mit sich geschehen.

Er sog seinen Duft in sich auf, weidete sich an dem Gefühl von Melvilles rauen Stoppeln auf seiner Haut, zitterte vor losgelöster Euphorie. Er presste seinen Körper gegen den Lord, wollte jegliche Distanz ungeschehen machen und ihn niemals, niemals wieder loslassen. Melville durchkreuzte seine Pläne, indem er seinen Mund von Edwards löste und ihn mit dem Daumen auf seinen Lippen davon abhielt, mehr von ihm einzufordern.

Atemlos starrte er Edward entgegen. Seine Augen waren zwei unerschöpfliche, hungrige Brunnen. Er öffnete die Lippen. Hinaus taumelten raue, fieberhafte Worte: »Bring uns an einen Ort, wo uns niemand findet.«

Erwachen

Freddy wusste kaum, wie ihm geschah. Im einen Moment saßen sie noch in der Kutsche, im nächsten küsste Edward ihn in einem dunklen Flur, während er gleichzeitig versuchte, die Tür zu öffnen. Es war kein einfaches Unterfangen, doch Freddy war das egal. Er plante nicht, an diesem Abend auch nur eine Sekunde von Edward abzulassen.

Stattdessen vergrub er das Gesicht an Edwards Hals und sog den Geruch von süßem Parfüm und warmer Haut ein. Er rieb seine Nase in der Grube zwischen Ohrläppchen und Kieferknochen und begann schließlich, mit der Zunge die Linie von Edwards Nacken nachzufahren. Insgeheim hatte er nächtelang davon geträumt, Edwards Körper zu erkunden, doch die Realität übertraf all seine Träume. Sein Kosmos schrumpfte auf diese eine Person. Fernab von Ängsten und einengenden Konventionen zählte nichts als sein Mund auf Edwards bloßer Haut. Er zitterte jetzt schon vor Ekstase, dabei hatten sie sich noch nicht mal ihrer Kleidung entledigt.

Mit einem Klicken öffnete sich das Schloss endlich und Freddy fiel rücklings in die Dunkelheit. Doch nicht ohne Edward. Dumpf landeten sie auf einem Teppichboden.

Edward verfiel in ein helles Kichern. Freddy wollte, dass er niemals aufhörte, diesen Laut von sich zu geben. Er wollte ihm jedes Lachen von den Lippen klauben, um sich ebenfalls daran zu erfreuen, und weil ihn nichts mehr davon abhalten konnte, tat er genau das. Er griff in Edwards Haar und zog den noch immer lachenden Mann zu sich heran. Er war das Süßeste, was er jemals gekostet hatte. Während ihre Zungen miteinander verschmolzen, bebte Edwards Körper vor Lachen unter seinen Berührungen und Freddy überkam das Verlangen, ihn Haut auf Haut zu spüren. Nichts sollte mehr zwischen ihnen stehen. Er wollte jeden Muskel, jeden Knochen spüren, sich gegen Edward pressen, bis kein Fetzen Stoff und kein einziger Lufthauch sie mehr trennte.

Er spürte, wie Edward nach etwas kickte, es schließlich traf, und die Tür eine Sekunde später mit einem dumpfen Laut ins Schloss fiel. Dann setzte er sich auf, wobei er sich rittlings auf Freddy positionierte. Als dessen Gewicht sich auf Freddys Mitte senkte, stöhnte er unwillkürlich auf. Längst war er hart, doch der Kontakt sandte noch mehr Hitze in seine Mitte.

Er hielt die Luft an und spürte, wie Edward das Gewicht verlagerte, wie dessen Oberschenkel seinen Brustkorb rahmten, wie sein Po über Freddys Schoß glitt, während Edward damit kämpfte, erst die Weste, dann das Hemd loszuwerden.

Freddy fuhr mit seinen Händen über Edwards Oberschenkel, hinauf zu seiner Hüfte und ließ zum ersten Mal seine Hände über die nackte Haut gleiten. Sie brannte unter seiner Handfläche.

Freddy wollte Edward unter seinen Lippen spüren, er wollte sie fest auf dessen Brust pressen und jede einzelne Rippe mit seiner Zunge nachfahren. Entschlossen setzte er sich auf – im selben Moment, als Edward endlich sein Hemd loswurde. Edward senkte die Hände auf Freddys Schultern und ließ das ganze Gewicht auf seinen Schoß fallen. Freddy konnte nicht anders, als aufzustöhnen.

In der nächsten Sekunde presste Edward sich auf die Spannung in Freddys Hose, gleichzeitig küsste er seine Wange, sein Kinn, fuhr mit den Zähnen über seine Lippen und quälte ihn mit seiner Zunge. Freddy wollte mehr, doch jedes Mal, wenn er Edward an sich presste, hielt dieser ihn entschlossen zurück. Bei dem Versuch, sich Küsse von Edwards Lippen zu stehlen, löste dieser die Krawatte von Freddys Hals. Mit flinken Fingern öffnete er die Hemdknöpfe und ließ die Hände, ohne zu zögern, zu Freddys Hosen wandern, wo er schließlich innehielt.

»Was ist los?«, hauchte Freddy mit unverhohlener Ungeduld.

»Sag mir, dass du das hier nicht willst, und ich lass sofort von dir ab«, sagte Edward ernst.

Freddy konnte nicht glauben, was er da hörte. Zornig schob er Edward von sich. Im Dunkeln richtete er sich auf. Er warf die Weste ab, zog das Hemd über den Kopf und trat mit einer entschlossenen Geste die Schuhe von den Füßen. Im nächsten Moment zog er auch die Hose aus, warf die Strümpfe fort und stand nun splitternackt in der Finsternis. Er hob den Arm und fand Edward noch immer auf den Knien – keinen Schritt entfernt. Er schloss den Raum zwischen ihnen, ließ sich auf Edwards Schoß gleiten, damit dieser spürte, wie sehr Freddy ihn wollte.

»Lass niemals«, sprach er, »niemals wieder von mir ab.«

Er presste sich an Edwards nackte Brust und gab ihm einen tiefen Kuss.

Edward packte Freddys Hintern, mit der einen, die Hüfte mit der anderen Hand. Freddy spürte, wie Edwards Ringe sich in seine Haut drückten, und fragte sich, ob er sie selbst beim Sex nicht ablegte.

Mit einem Ruck erhob Edward sich, Freddy fest in den Armen, dann fielen sie erneut und landeten auf sanften Kissen und seidigen Laken.

Es gab kein Halten mehr. Jede Scheu fiel endgültig von Freddy ab. Es gab weder oben noch unten, nur Edward in seinen Armen, zwischen seinen Beinen, auf seinen Hüften, bis Freddy tief in ihn hineinglitt. Sein ganzer Leib zitterte. Eine Gänsehaut zog sich über jede Faser seines Seins und Edwards Finger gruben sich tief in seine Brust, bis er vor Ekstase aufschrie und jegliche Kontrolle über seinen Körper verlor.

So lagen sie aufeinander, ineinander, umeinander, während sich ihr Herzschlag langsam beruhigte und sich ihre Brust regelmäßig hob und senkte, und selbst dann blieben sie eng umschlungen in den Kissen liegen und lauschten ihrem Atem in der wohligen Dunkelheit des Raumes.

Freddys Körper wurde von einem zarten Kribbeln erfasst, das bis in seine Zehenspitzen vordrang und dort am mächtigsten war, wo Edwards Haut an seiner lag. Edward roch nach Schweiß und Hitze, und Freddy vergrub seine Nase in seinem Haar. Er schloss die Augen und sog den Geruch in sich auf – in der stillen Hoffnung, ihn nie wieder zu verlieren, ihn mit sich zu tragen, wohin er auch ging.

Bald bemerkte er, dass Edward eingeschlafen war. Schlummernd lag er auf Freddys Brust. Sein Atem fuhr heiß über Freddys Haut und Freddy wagte es nicht, sich zu regen. Edward war genau dort, wo er sein sollte.

In der Nacht schlief Freddy kaum. Die Nähe zu Edwards nacktem Körper und die Realität dessen, was sie soeben miteinander geteilt hatten, machten es ihm unmöglich, in den Schlaf zu finden. In einem Moment warf er das Laken vom Bett, um sich in voller Länge an Edward anzuschmiegen, im nächsten wünschte er es sich zurück, weil sein Körper so mit Hitze aufgeladen war, dass er fürchtete, jeden Moment in Flammen aufzugehen.

Im Dunkeln fuhr er die Höhen und Täler von Edwards Körper nach und brach jedes Tabu noch einmal, dann noch einmal und immer wieder, denn seinen Händen waren keine Grenzen mehr gesetzt. Edwards Leib war ein Buch, in dem er pausenlos blättern konnte, und er wurde nicht müde, jeden Satz wieder und wieder zu lesen, jedes Wort mit seinem Finger nachzufahren und sich in seiner Melodie zu verlieren. Er ertastete die Falte zwischen Edwards Oberschenkel und seinem Po. Fuhr ihm mit dem Daumen tief zwischen die Beine und griff zärtlich zu, bis Edward in sein Kissen stöhnte, nur um von dort ohne Unterbrechung zum untersten Wirbel seines Rückens zu wandern und wieder hinauf, bis er die Stelle in Edwards Nacken ertastete, wo die ersten Haare sprossen.

So ging es die ganze Nacht, und wenn Edward aufwachte, sich auf Freddys Körper rollte, seine stählerne Erregung spürte, dann begannen sie erneut, bis die Spannung brach und Edward nur wenige Sekunden später wieder eingeschlafen war.

Wenn sie für immer so verweilen konnten, zu zweit im Bett zwischen Träumen und Sex, dann wollte Freddy nie wieder auch nur eine Sekunde schlafen. Stattdessen würde er hungrig über Edwards Körper wachen, ihn sättigen, wenn er erwachte, ihn streicheln, bis er einschlief, ein Leben lang.

Als die ersten Sonnenstrahlen durch den Vorhang fielen, erwachte ein Schmerz in Freddys Körper, der sich in seiner Magengegend bündelte und von dort in jeden Winkel seines Bewusstseins vordrang. Es war eine Art Sehnen, ein Phantomschmerz nach den zerflossenen Stunden, die mit dem Aufgehen der Sonne endgültig in die Vergangenheit gerückt wurden. Alles in Freddy lehnte sich dagegen auf, dass die Zeit unerbittlich voranschritt, dass sie ihnen die sorglose, himmelhoch glückliche Utopie stahl, in der nichts von Bedeutung war — außer er selbst und Edward, zwei nackte Männer in einem Bett.

Er presste fest die Lider aufeinander, schlang die Glieder um seinen schlafenden Liebhaber und vergrub seinen Kopf an Edwards Schulter — fest entschlossen, sich nie wieder von ihm zu lösen.

Er war erfüllt von einer wohligen Zufriedenheit, gehüllt in einen Traum voller Wärme und starken Armen, die jegliche Gedanken an die Realität eisen fernhielten. Noch nie hatte er sich mehr geborgen gefühlt als in diesem Moment.

Edwards Finger zogen sanfte Kreise über seine Schultern, kitzelten seine Ohrläppchen und geleiteten ihn liebevoll in den Tag. Irgendwann musste er seine Ringe ausgezogen haben – bis auf einen. Es war ein dünnes, leicht eingedelltes Band mit einem unscheinbaren Stein, kaum größer als ein Salzkorn.

Er wollte nach seiner Bedeutung fragen, vergaß sein Vorhaben aber, als Edward ihm mit der Nase an die Stirn stupste und einen endlosen Strom von hauchzarten Küssen auf seine Lider niederregnen ließ, bis Freddy den Kopf wandte und sie mit den Lippen auffing. Er atmete tief ein und schmiegte sich mit einem behaglichen Knurren enger an Edwards Körper. Er konnte spüren, wie Edward ein Grinsen an seinen Hals presste, und wurde an den allerersten Moment erinnert, als sein Blick auf ihn gefallen war. Damals war er von so vielen Emotionen überwältigt worden, dass er nicht gewusst hatte, wohin mit ihnen.

»Was hatte es mit diesem Lächeln auf sich?«, flüsterte er und bewegte dabei kaum die Lippen, denn er war viel zu bequem, um die Laute ordentlich zu formen.

Edward antwortete nicht sofort. Stattdessen drückte er sich enger in die Kuhle zwischen Freddys Schulter und Nacken. Noch immer lächelte er in sich hinein, Freddy spürte es wie einen warmen Sonnenstrahl auf bloßer Haut.

»Du meinst das erste Mal? Auf dem Ball?«

Freddy brummte seine Zustimmung und ließ eine Hand blind von Edwards Rücken zu den Hüftknochen gleiten, ehe er mit einem Finger der Linie zum Penis folgte und diesen sanft bis zur Spitze streichelte.

»Es galt dir«, sagte Edward schlicht, »nur dir.« Er drückte einen weiteren Kuss auf seinen Hals und Freddy spürte, wie sich unwillentlich auch ein Lächeln auf seinem eigenen Gesicht ausbreitete.

»Wusstest du es?«, fragte er, noch immer mit geschlossenen Augen. Er hob den Arm und legte seine Hand an Edwards Wange, um dieses einzigartige Lächeln zu ertasten. Er sah ihn vor seinem inneren Auge, wie er im Eingang zum Ballsaal erschien und die Lippen stumm von einem lockenden Geheimnis erzählten. Das Lächeln war so zart, Freddy dachte, er würde sich täuschen, hätte er nicht die Gewissheit in Edwards Augen erkannt und die überwältigenden Gefühle gespürt, die in diesem Moment durch seine Venen schossen.

»Was wusste ich?«, flüsterte Edward.

Seit warmer Atem löste ein Kitzeln auf Freddys Haut aus. Er öffnete die Augen. Sein Blick fiel auf Edwards schlanken Nacken und die zierlichen Schultern, glitt dann hinab zu der Kurve seines Hinterns. Er hätte für immer in dieser Position verharren können, doch er stützte sich nun auf seine Ellbogen, um Edward anzusehen.

Edwards Blick war erfüllt von Zärtlichkeit und Freddy schmolz sofort dahin.

»Wusstest du von mir?«, erläuterte Freddy. »Wusstest du damals, dass ich dich wollte?«

»Das lässt sich unmöglich sagen. Aber ich hatte Hoffnung.«

»Hoffnung?«

Edward stahl sich einen Kuss von Freddys Lippen, bevor er weitersprach. »Ich habe dich gesehen und sofort gewusst, dass ich dich begehre. Unverzüglich. In deinen Augen glaubte ich das gleiche Sehnen zu lesen, von dem auch ich erfüllt war, auch wenn es da noch etwas anderes gab. Vielleicht eine Erkenntnis und Furcht. Widerwillen. Aber vor allem diesen Hunger, den ich in meiner eigenen Seele spürte. Ich wollte dich, mit Haut und Haaren, wollte deine Brust zurückfalten und sehen, was dein Herz zum Schlagen bringt, wollte mich dort einnisten und ein Teil von dir werden, damit du mich bei dir hast, wohin auch immer dich deine Beine tragen.« Edwards Augen funkelten.

Freddy spürte, wie sein Herz immer schneller schlug, wie er erneut hart wurde, und das, obwohl Edward keine Anstalten machte, ihn zu berühren.

»Ich wollte Sex mit dir. Ich wollte eine Verbindung schaffen, zu diesem betörenden Menschen, der alles andere um sich herum verblassen ließ. Ich wollte deinen Körper und deine Gedanken erkunden, von deinen Träumen und Sehnsüchten kosten. Ich wollte, dass du mich nie wieder vergisst.«

Freddy senkte den Kopf und küsste Edward, als hätten sie alle Zeit der Welt. In der vergangenen Nacht waren sie erfüllt gewesen von einer zügellosen Ungeduld, die sich seit Wochen aufgestaut und schreiend Erfüllung gefordert hatte. Sie waren mehr als willig gewesen, dieser Forderung endlich nachzukommen. Jetzt küsste er seinen Liebhaber bewusst ohne Hast. Er genoss das Gefühl, wie Edwards Zunge gemächlich über seine wund geküssten Lippen glitt, wie ihr Atem sich vermischte und eins wurde.

»Ich wollte dich auch«, gestand er schließlich, »vom ersten Moment an. Ich wusste es nur noch nicht. Aber wenn ich jetzt darauf zurückblicke …« Er ließ sich zurück auf das Kissen fallen und verwob seine Finger mit Edwards. »… dann ist nichts offensichtlicher. Nur war ich geblendet. Und je näher die Erkenntnis rückte, umso mehr weigerte ich mich, sie anzunehmen.«

»Du hast dich ziemlich gesträubt«, bemerkte Edward.

»Es hatte weniger mit Angst zu tun und vielmehr mit meinem eigenen Stolz. Ich habe noch nie solche Gefühle erlebt. Ich dachte, die Wahrheit einzusehen, diese Gefühle zuzulassen, wäre eine Schwäche, als würde ich nachgeben. Du hast mich um den Verstand gebracht, und ich wollte nicht annehmen, dass ich in Wirklichkeit längst mein Herz an dich verloren hatte. Es war viel einfacher, wütend auf dich zu sein.«

»Als ich dir also deine eigenen Gefühle offenbarte ...«

»... dachte ich, ich hätte verloren. Du hattest die Oberhand, hattest mich um deinen kleinen Finger gewickelt und konntest mit mir tun und lassen, was du wolltest. Ich war machtlos. Dann hast du mir erneut den Wind aus den Segeln genommen. Du hast mir deine Gefühle für mich gestanden, und ich war irritiert. Ich dachte, du würdest aufgeben, dich selbst geschlagen geben im Moment deines Triumphs. Erst als du fort warst, erkannte ich, dass du dieses Spiel nie gespielt hast. Es ging dir nicht um irgendeinen Gewinn. Du wolltest keine Macht über mich, du wolltest mich.«

»Schlicht und ergreifend dich«, bestätigte Edward und setzte einen warmen Kuss auf jeden Knöchel von Freddys Hand. »Nur muss ich gestehen, ein bisschen gespielt hab ich schon. Es macht Spaß, dich aufzuziehen, dich zu reizen. Aber du hast recht, Liebe ist nicht nur, sich zu offenbaren, die eigene Seele zu entblößen und zu hoffen, dass dein Angebeteter dich nicht zerbricht. Es hat etwas mit Hingabe zu tun, sicher, doch nichts mit Machtlosigkeit. Liebe ist ein gegenseitiges Versprechen. Man gibt sein Herz für ein anderes, auf dass man dieses hüte wie den kostbarsten aller Diamanten.«

Freddy musste schmunzeln.

»Ich kann nicht behaupten, dass mir ganz so edle Gedanken durch den Kopf geschossen sind. Aber ich wusste, dass du mich nicht bloßstellen wolltest. Du hast mir die Wahl gegeben, und ich wählte dich. Auch wenn es ein paar Minuten gedauert hat, bis ich alle meine Sinne wieder beisammenhatte, denn du hast mir ordentlich den Boden unter den Füßen weggezogen.«

»Immer wieder gerne. Schließlich will ich, dass du in meinen Armen landest«, sagte Edward mit einem Grinsen und zwickte Freddy in den Po.

Freddy schlug seine Hand weg, schloss die Augen und spürte, wie Edwards Finger sanft über seine Brust, dann langsam zu seinem Nabel glitten. Er folgte der Linie aus dunkelrotem Haar bis zu seinem Schritt, wo die Hand still verblieb. Es gab kaum ein schöneres Gefühl, als Edwards Hand an Stellen seines Körpers zu haben, die sonst nie jemand zu sehen bekam, und dabei weder Scham noch Schuld zu fühlen. Nichts als ein leichtes, erregtes Kitzeln im Bauch und das Wissen, Edward so nah wie irgend möglich bei sich zu haben.

Freddy öffnete die Lider und sah hinauf zur Decke des Himmelbetts. Faune und Nymphen erquickten sich an einem Bach, sprangen über Steine und tanzten zu den Klängen von Harfen- und Flötenmusik, die er nur erahnen konnte.

»Wo sind wir hier?«, fragte er und wurde sich erstmals der fremden Umgebung bewusst. In ihrer Zweisamkeit war er losgelöst von Raum und Zeit gewesen, doch wie er seinen Blick nun durch das Zimmer gleiten ließ, über den stilvollen Waschtisch in der einen Ecke, die gepolsterte Liege in der Mitte des Zimmers und die Gemälde an den Wänden, welche romantische Fantasielandschaften wiedergaben, so sank er langsam zurück auf den Boden der Tatsachen.

Dies war kein losgelöster Ort, kein Niemandsland. Dieses gemütliche Zimmer war genauso verankert in das Straßennetz der Stadt wie alles andere in London. Es war so real wie sein Zuhause am Berkeley Square oder die Argyll Rooms. Er musste nur die schweren Vorhänge zurückziehen, und die Welt würde auf sie einstürzen.

»Holborn, nahe Lincoln's Inn Fields«, sagte Edward.

»Und dieses Zimmer?«

»Was ist damit?«, fragte Edward.

Ungeduld stieg Freddys Kehle hoch. Er hatte das Gefühl, Edward verheimlichte ihm etwas.

»Wem gehört es?«

Es sah wohnlich aus. Nicht überfüllt mit persönlichen Gegenständen, doch mit genügend Charakter, dass es kein anonymes Gästezimmer in einem beliebigen Inn sein konnte. Jemand verweilte hier regelmäßig.

»Es ist meins«, sagte Edward bedächtig, ohne Freddy dabei anzusehen.

»Aber du wohnst hier nicht«, schloss Freddy.

Er entfernte Edwards Hand von seiner Hüfte. Die Ungeduld wandelte sich langsam in Groll. Wieso rückte er nicht einfach raus mit der Sprache?

Edward sah auf, und die träumerische Zärtlichkeit war aus seinem Blick gewichen.

»Nein«, sagte er schlicht.

Freddy setzte sich auf. Plötzlich fühlte er sich verwundbar, und das Gefühl passte ihm gar nicht. Er griff sich ein Kissen und klammerte sich daran.

»Was ist es dann?«, forderte er.

»Freddy«, begann Edward, doch er unterbrach ihn brüsk.

»Nenn mich nicht Freddy«, knurrte er.

Edwards Züge verhärteten sich. Und auch er setzte sich auf, tat jedoch nichts daran, seine Nacktheit zu bedecken. Freddy wünschte, er würde sich etwas anziehen.

»Lord Melville«, sagte Edward mit leichtem Spott, »ich werde Sie nicht anlügen, daher sollten Sie keine Fragen stellen, deren Antwort Sie nicht kennen wollen.«

»Wem gehört diese Wohnung?«, forderte Freddy durch zusammengebissene Zähne.

»Sie gehört mir. Gekauft von einem Baron, als geheimer Treffpunkt, damit seine Familie nichts von unseren Verabredungen erfuhr. Vor einem Jahr ging er nach Italien und überschrieb die Wohnung mir.«

Hitze breitete sich in Freddys Nacken und auf seiner Brust aus.

»Ein nettes Abschiedsgeschenk«, sagte er und krabbelte von dem Bett, das Kissen weiterhin an sich gepresst. Er musste weg von hier. Er ertrug diese Enge nicht mehr. Der Geruch der letzten Nacht hing ihm persistent in der Nase und noch immer konnte er das Echo von Edwards Fingern auf seiner Haut spüren. Vor wenigen Augenblicken wollte er auf ewig in Edwards Armen verweilen, nun wollte er nichts lieber, als jede Erinnerung daran abzuschütteln.

»Das ist also deine Sexhöhle. Und ich bin nur einer von Hunderten Männern, die sich mit dir in diesen Kissen gewälzt haben.«

Übelkeit stieg ihm die Kehle hoch. Er ekelte sich. Vor Arden, vor dieser Wohnung und allen voran vor sich selbst. Noch nie hatte er sich so schäbig gefühlt. Leichtgläubig, wie er war, hatte er sich Arden hingegeben, hatte alle Ängste und Hüllen fallen lassen, nur um festzustellen, dass er sich wie unzählige andere von dessen schillerndem Äußeren und leeren Versprechen hatte blenden lassen. Es war nichts als ein einstudierter Akt, und Freddy war ahnungslos darauf hereingefallen.

Rasch griff sich Freddy Strümpfe und Hemd, musste aber wohl oder übel von dem Kissen ablassen, um sie anzuziehen. Er kehrte Arden den Rücken zu und warf sich das Hemd über.

»Hunderte? Du überschätzt mich. Vielleicht ein, zwei Dutzend.«

Freddy warf ihm über die Schulter einen wütenden Blick zu. Arden erwiderte ihn garstig, doch dann trat die Kampfeslust in den Hintergrund und wurde mit Zärtlichkeit ersetzt.

»Freddy, bitte«, sagte er.

Beim Klang seines Spitznamens fuhr ihm ein Stich in den Magen. Seine Augen brannten und er machte sich schnell daran, die Strümpfe überzuziehen, damit er Arden nicht länger ansehen musste.

»Ich habe dir nie verheimlicht, womit ich meinen Lebensunterhalt verdiene. Aber letzte Nacht … war anders. Das war kein Handel, kein

Tausch. Es ist passiert, weil es passieren sollte. Weil ich es wollte. Weil du es wolltest. Und daran hat sich nichts geändert.«

Er glitt vom Bett und richtete sich auf. Freddys Blick wurde unwillentlich von seiner Blöße angezogen, doch er zwang alle seine Anstrengungen darauf, sich so schnell wie möglich in die Hosen zu zwängen. Er war drauf und dran, vor Scham zu vergehen, während Arden nackt durch den Raum spazierte, ohne auch nur das kleinste Anzeichen von Reue an den Tag zu legen. Freddy hatte ihn noch nie so verabscheut wie in diesem Moment.

Als Edward auf ihn zukam, wich er zurück und hob abwehrend die Hände.

»Keinen Schritt näher«, befahl er. Seine Stimme wackelte und klang seltsam verstopft. Er konnte Ardens Nähe nicht ertragen. Nicht, wenn da noch unzählige andere waren, mit denen er sie teilte.

Er hob den Frack vom Boden und schlüpfte in einen Ärmel, wobei einige Münzen klimpernd von seiner Tasche auf den Teppich fielen. Er schenkte ihnen keine Beachtung. Er griff nach seinem grünen Mantel, doch die Krawatte war nirgends zu finden. Es war ihm egal, er wollte nur weg.

Arden bückte sich, sammelte die Münzen auf und hielt sie ihm entgegen. In seinen Augen lag eine stille Bitte, doch Freddy wollte die Aufrichtigkeit und das Mitgefühl darin nicht sehen. Er besah sich die Münzen in Ardens Hand und wurde von einer Welle der Abscheu überkommen.

»Herzlichen Dank für Ihre Dienste, Mister Arden.« Ohne einen weiteren Blick schritt er hinaus.

Er folgte dem engen Korridor auf die Straße, hielt Ausschau nach einer Droschke und winkte diese heran. Von der Morgensonne war nichts mehr zu sehen. Stattdessen legte sich ein dichter Nieselregen auf seine Schultern. Rasch verschwand er im dunklen Inneren der Droschke, die nach kaltem Rauch und Moder roch. Er musste so schnell wie möglich weg von hier. Freddy wollte nicht wissen, wo er war oder was er hinter sich zurückließ. Er würde die Erinnerung der letzten Nacht so tief in sich wegsperren, dass er sein Lebtag nicht mehr daran denken musste. Nie wieder wollte er sich so beschämt und so beschmutzt fühlen.

Den gesamten Weg zum Berkeley Square versuchte er, Arden in den dunkelsten Teil seiner Gedanken zu verbannen, dorthin, wo sein Gesicht und sein Name an Bedeutung verloren, und scheiterte gnadenlos. Alles erinnerte an ihn. Er konnte förmlich spüren, wie Edwards seidiges Haar durch seine Finger glitt, wie die Hitze seiner Haut in Freddys Händen kribbelte, wie der Geschmack seiner Küsse noch jetzt an seinen Lippen hing.

Säure breitete sich in seinem Rachen und Mund aus und erstickte die aufbrandende Sehnsucht im Keim. Jedes Mal, wenn die Droschke in die Kurve ging, wurde er von Übelkeit geschüttelt.

Dennoch dröhnte immer und immer wieder der letzte Satz, den er Edward vor die Füße gespuckt hatte, durch seinen Kopf. Eine teuflische Endlosschleife von Dank und Dienste. Mit jeder Wiederholung festigte sich das elendige Gefühl, dass er vielleicht einen Fehler begangen hatte. Zweifel schlichen sich in seine Gedanken, wuchsen und nahmen Form an, bis er die Reue nicht mehr hinunterschlucken konnte.

Er wollte nicht nach Hause, wollte weder Florence noch Brock noch sonst wen sehen. Wollte Edward und wollte ihn doch nicht. Er war versucht umzukehren, die Droschke herumzureißen – um was zu tun? Er konnte keinen Fuß in diese Wohnung setzten. Es war ihm unmöglich, seinen Körper zurück in diesen Raum zu zwängen. Und selbst wenn er es bewältigte, vor Edward zu treten, hatte er keine Worte, um das zu erklären, was in ihm vorging. Das Netz aus Lust und Schuld, Pein und Zuneigung war so verstrickt, dass er die einzelnen Stränge nicht mehr auftrennen konnte.

Bevor er zu einer Entscheidung kommen konnte, hielt die Droschke vor der Nummer 47. Freddy bezahlte den Fahrer und ließ sich ein. Er hoffte, ungesehen auf sein Zimmer verschwinden zu können. Sein Fuß traf die unterste Stufe, als jemand schon seinen Namen rief.

»Bist du das, Freddy?«

Er hörte trippelnde Schritte, dann steckte Tante Marian den Kopf aus dem Salon. Sie trug eine Miene, als wäre jemand gestorben.

Freddy wollte ihr so schnell wie möglich entkommen, doch sie streckte die Hand aus und bat ihn in den Salon, noch immer mit dem merkwürdigen Ausdruck von Trauer auf dem Gesicht. Ein Gefühl der Beklemmung schlich sich in den Wirbel aus Emotionen, der bereits in Freddys Magen rumorte. Widerwillig ließ er sich von seiner Tante in den Raum führen, wo Florence und Brock bereits stumm auf einem Sofa saßen. Seine Schwester warf ihm einen mitfühlenden Blick zu und Brock vermied es völlig, ihn anzusehen.

»Wo ist Francis?«, fragte Freddy und setzte sich auf den Stuhl, der am weitesten von allen entfernt war.

Er fühlte sich schmutzig und unwohl. Edwards Duft hing ihm noch immer in der Nase und er brauchte dringend ein Bad. Er wollte nicht, dass seine Familie ihn so sah, ungewaschen und verschwitzt von einer Nacht voller – Tante Marian rettete ihn davor, den Gedanken zu beenden.

»Francis ist auf seinem Zimmer. Dies ist keine Unterhaltung für einen kleinen Jungen.«

Freddy wollte einwerfen, dass fünfzehn zu alt war, um als kleiner Junge bezeichnet zu werden, doch dann bekam er es mit der Angst zu tun.

Wussten sie etwa, was er letzte Nacht getan hatte? Hatte seine Familie davon erfahren, dass er sich mit einem Mann eingelassen hatte? Das würde erklären, warum Brock es nicht wagte, ihn anzusehen. Freddys Kehle war wie ausgetrocknet. Seine Augen schossen zu dem

Kabinett, das den Whisky beherbergte. Er würde diese Konfrontation nicht ohne die betäubende Wirkung von Alkohol überleben.

»Was ist es?«, presste er zwischen seinen Zähnen hervor. Wenn es das war, was er glaubte, wollte er es schnell hinter sich bringen.

»Oh, Freddy«, sagte Florence mit Wehmut in der Stimme, »es geht um deine Verlobte.«

Kurz herrschte Stille in seinem Kopf. Es brauchte einen Moment, bis seine Gehirnwindungen in Fahrt kamen und er das Wort zuordnen konnte. Er ließ den Blick von dem Kabinett zu seiner Schwester gleiten. Sie sah aus, als würde sie ihn am liebsten in die Arme nehmen.

»Elizabeth Ailesbury?«, fragte er überrascht. Es war das Letzte, womit er gerechnet hatte. Flüchtig hatte er sogar den Tod seines Vaters in Erwägung gezogen, doch dann wäre auch Francis hier anwesend.

»Wurde ihr etwas gestohlen?«

Freddy hätte das Theater gestern nicht so voreilig verlassen sollen. Schon wieder hatte er die Chance verpasst, die Diebe dingfest zu machen.

Tante Marian schüttelte verwirrt den Kopf.

»Gestohlen? Nein«, sagte sie. »Freddy, es ist unvorstellbar! Es bringt uns in eine schrecklich peinliche Lage.«

»Ach ja?«, fragte er.

Brock hob überrascht die Augenbrauen, schwieg jedoch.

»Nun, ja!«, sagte Tante Marian. »Wo warst du denn die ganze Nacht? Ich dachte, du würdest deine Sorgen in Gin ertränken. Hast du noch nichts davon gehört?«

»Wovon?«, wollte er wissen.

So langsam grub sich Neugierde durch den Klumpen von Elend und Übelkeit in seinem Inneren.

Tante Marian und Florence schwiegen, als wäre die Nachricht zu anstößig, um darüber zu sprechen. Beide sahen Brock erwartungsvoll an. Dieser seufzte.

»Miss Ailesbury wurde letzte Nacht in … unglücklichen Umständen erwischt.«

Freddy betrachtete ihn verständnislos.

»Mit einem Mann«, erklärte der Cousin und senkte den Blick.

Als Freddys Reaktion ausblieb, warf Florence ein: »Im Akt! Nackt!«

Tante Marian keuchte und rief: »Florence Albinia Melville!«

»Ist doch wahr!«, entgegnete seine Schwester.

Freddy entwich ein Kichern. Sofort wandten sich ihm alle Köpfe zu.

»'tschuldigung«, sagte er und wurde sofort wieder ernst.

Florence grinste.

»Und wer war es, der Miss … meine Verlobte beglückt hat?«, erkundigte Freddy sich.

Brocks Mundwinkel zuckten verräterisch. Er legte sich die Faust an den Mund und hustete.

Tante Marian nahm einen entrüsteten Atemzug. Sie sah Freddy mit zusammengekniffenen Augen an und er setzte schnell eine – wie er hoffte – betrübte Miene auf.

Seine Tante ließ mehrere Sekunden vergehen, in denen Freddy, Florence und Brock es nicht wagten, einen Laut von sich zu geben, und sagte schließlich: »Ein gewisser Lord Sims.«

Freddy klappte den Mund auf. Das hatte er nicht kommen sehen. Sicher, er hatte gewusst, dass Elizabeth einen heimlichen Liebhaber hatte, aber Peregrine Sims?

»Es ist ein Skandal!«, hauchte Tante Marian.

Und was für einer. Der Londoner *Ton* liebte Kuriositäten, doch sah es gar nicht gern, wenn Außenseiter in seinen Reihen tanzten. Sims' Hautfarbe machte ihn unweigerlich zu einem Fremden, egal, wie reich sein Vater, wie scharf sein Verstand und wie glatt sein Akzent war. Er hatte es gewagt, Englands Eigen zu beschmutzen, und es würde ihn das kümmerliche Ansehen kosten, das ihm die Leute entgegengebracht hatten. Lord Sims hatte mit einem Fehltritt, den jeder andere Adelige wie Staub von seiner Schulter wischen konnte, jede Brücke Londons hinter sich lichterloh in Brand gesteckt.

»Du musst schrecklich gekränkt sein, Freddy«, sagte Florence, die längst durchschaut hatte, wie wenig er von diesen Neuigkeiten betroffen war.

»Ja, sehr«, sagte er und senkte gespielt die Augen.

»Er ist nicht nur reicher als du, sondern sieht auch besser aus«, gab sie feixend zurück.

Freddy konnte das nicht leugnen. Er erkannte, was Elizabeth in ihm sah. Neben den Augen, dunkel wie tiefe Seen, auf deren Grund ein Geheimnis lauerte, besaß der Mann Schneid. Er spielte gern mit dem Feuer, und Elizabeth war eine Motte, die es genoss, mit Flammen zu tanzen. Die Attraktion war unweigerlich. Doch sie hatten sich beide verbrannt.

»Von seinem Geld wird sie nichts sehen«, sagte Tante Marian pikiert.

»Bitte?«, fragte Florence.

»Es heißt, sein Vater, der Earl of Lennox, habe ihn noch letzte Nacht auf ein Boot gesteckt und nach Indien verschiffen lassen.«

Florence' Augen wurden rund.

Sie wussten alle, was das hieß: Elizabeth Ailesbury war eine geächtete Frau. Kein Adeliger würde jemals ihre Hand in der Ehe nehmen wollen. Ihr Ruf war ruiniert.

Freddy fühlte aufrichtiges Mitleid mit ihr, gleichwohl blieb ihm nichts anderes übrig, als schnellstens die Verbindung zu ihr zu kappen, bevor auch sein Ruf langfristigen Schaden davontrug. Sie war ihm sympathisch, selbst wenn er nie die Absicht gehabt hatte, sie zu heiraten. Aber die Hochzeit war nun offiziell abgeblasen, das verstand sich von selbst. Freddys Familienname würde sich schnell von dem Skandal erholen, doch die Ailesburys waren gebrandmarkt.

Selbst sein Vater konnte ihm nun nicht vorwerfen, dass er Schuld an dieser Misere trug. Obwohl, so wie Freddy ihn kannte, würde der

Marquess es fertigbringen, seinen Sohn für den Seitensprung der Verlobten verantwortlich zu machen. Doch es sollte ihm egal sein. Sein Vater versteckte sich noch immer auf Melville Manor, Die giftigen Briefe, die zweifellos in den nächsten Wochen eintrudeln würden, konnte Freddy ohne Gewissensbisse wegstecken.

So unerfreulich die Lage auch war, Freddy genoss das Gefühl der Erleichterung, das die Spannung in seinen Muskeln löste und einen Teil der Übelkeit vertrieb. Wenn alle sich den Mund über Elizabeth und Sims zerrissen, hatte niemand von Freddys nächtlichem Tun erfahren. Kaum merklich atmete er aus.

»Drei Verlobte, drei geplatzte Hochzeiten«, seufzte Tante Marian. »Die Leute werden denken, auf unserer Familie würde ein Fluch lasten.«

Freddys Miene versteinerte sich. Früher oder später würden seine Tante und sein Vater versuchen, ihm eine neue Verlobte anzudrehen. Aber er konnte keine Verbindung eingehen, nicht in dem Wissen, dass er niemals glücklich werden würde.

»Oh, Freddy«, sagte Tante Marian mit einer Hand an der Brust, »ich weiß, der Verlust von Miss Poplar schmerzt noch immer.«

Freddy stand auf. Es war nicht die Erinnerung an seine verstorbene Kindheitsfreundin, die ihm die Luft abschnürte, auch wenn er ihren Tod bedauerte. Er hatte sich längst damit abgefunden, dass sie in seiner Vergangenheit lag.

»Entschuldigt mich, aber ich brauche dringend Schlaf«, sagte er und verließ mit einem höflichen Nicken den Salon.

Was ihn wirklich beschäftigte, war der kurzlebige Traum eines selbstbestimmten Lebens, in dem nur er und Edward existierten.

Für ein paar Stunden hatte er gedacht, er habe endlich seinen Platz in der Welt gefunden. Alles hatte sich richtig angefühlt, friedvoll – zum ersten Mal, seit er denken konnte.

Dann war der Traum geplatzt und hatte sich als das enthüllt, was er wirklich war: nichts als ein Fantasiekonstrukt, das auf solch wackeligen Beinen stand, dass es keine Nacht überdauern konnte. Die Wirklichkeit hatte es mit einem einzigen Faustschlag zum Einsturz gebracht.

Er hätte niemals aufwachen sollen.

Schwesterlicher Rat

Freddy saß in der Bibliothek und sank immer tiefer hinein in die Sofapolster. Francis las aus einem der zwei Cantos von *Childe Harold's Pilgrimage* vor. Aus welchem genau, konnte Freddy nicht sagen. Sein Kopf war so voll, dass Byrons Worte darin keinen Platz mehr fanden.

Freddys Blick glitt träge von Francis zu Florence, die aussah, als würde sie jeden Moment über der Stuhllehne einschlafen. Sie hatte bereits vor einer halben Stunde aufgegeben, das Rotkehlchen auf ihrem Stickkissen zu vollenden.

Freddy fühlte sich, gelinde gesagt, wie Mist. Er bereute sein Verhalten gegenüber Edward inzwischen sehr, auch wenn es ihm schwerfiel, daraus eine Konsequenz zu ziehen. Er hatte ihre Verbindung zu Hunderten kleinen Scherben zertrampelt und wusste nun nicht, wo anfangen, um sie wieder zusammenzusetzen.

Die ganze Nacht hatte er keinen Schlaf gefunden. Sobald er die Augen schloss, war Edward da, sein blondes Haar zerzaust, seine blauen Augen voll wunder Zärtlichkeit. Bei Nacht war Freddys Kopf ein Boxring, in dem Lust und Reue sich gegenüberstanden wie zwei Kampfhähne.

Verzaubert von der Erinnerung an Edwards Berührungen fuhren Freddys Hände stetig zwischen seine Beine, bis das Klimpern von Münzen wie ein Dolchstoß durch seine Brust rannte und die Erregung kläglich versiegte. Er war grausam gewesen.

Aber er kam nicht über den Gedanken hinweg, dass es neben ihm noch andere gab, mit denen Edward ein Bett teilte. Die er küsste, die ihre Hand an seinen Schwanz legten, die ihn nahmen, wie Freddy ihn genommen hatte.

Wie konnte jemand aufrichtige, wahrhaftige Gefühle für eine andere Person empfinden, wenn er sich jede Nacht einen anderen Liebhaber gönnte?

Denn die Gefühle waren da, keine Frage. Diese Wahrheit hatte er akzeptiert, als Edward ihm im Park den Rücken gekehrt hatte. Hätte Edward ihm seine Gefühle nie gestanden, so wäre Freddy wohl noch immer mit geschlossenen Augen und stumpfen Gefühlen durch die Welt gestolpert.

Zu wissen, dass es möglich war, als Mann einen Mann zu lieben, hatte Mauern in seiner Fantasie niedergerissen, die er sich nie erlaubt hatte, zu erklimmen. Er wollte keine Frau lieben, konnte keine Frau lieben. Noch nie in seinem Leben war er von derart überwältigenden Emotionen erfüllt gewesen, wie Edward sie in ihm auslöste. Er hatte ihm zu verstehen gegeben, dass an dieser Art der Liebe nichts sündhaft oder gar teuflisch war. Zuvor hatte Freddy sich nie getraut, die Möglichkeit einer Beziehung zu einem anderen Mann, die weder freundschaftlicher noch familiärer Natur war, in Erwägung zu ziehen. Schließlich waren solche Herren vor der Gesellschaft kranke und von Gott verlassene Wesen, auf die nichts als Verderben wartete.

Aber das, was er in Edwards Beisein verspürt hatte, hatte nichts mit Verderben zu tun. Freddy war nie lebendiger, nie glücklicher gewesen als in den wenigen Stunden, die er in Edwards Armen gelegen hatte.

Dennoch – war es wirklich Liebe, wenn sie mit ein paar Münzen zu erkaufen war? Wenn jeder sich ein Stück von ihr abschneiden konnte, als wäre sie eine Torte auf einer Feier? Freddy wusste von mindestens zwei Personen, die bereits davon gekostet hatten. Der Franzose und der Baron, der Ardens Wohnung bezahlt hatte. Er konnte nur vermuten, dass der Richter, der den Vere-Street-Fall betreute, ebenfalls einer von Ardens Kunden war, und dann war da noch dieser schnauzbärtige Riese von Lady Montagus Ball.

Der Gedanke an all diese Männer brachte Freddys Blut zum Kochen. Vor allem diesen französischen Adeligen hätte er gerne in einem Brunnen ertränkt. Er hatte sie gesehen, wie sie aus der Nummer 11 traten, vorletzte Nacht. Der Franzose hatte kaum die Finger von Arden lassen können und hätte ihn wohl an Ort und Stelle verschlungen, hätte Freddys Ankunft die geschmacklose Turtelei auf offener Straße nicht unterbrochen.

Das Knarzen einer Tür riss Freddy aus seiner Gewaltfantasie. Brock trat in den Raum und sah aus wie ein eifriger Bote, der eine Nachricht zu überbringen hatte. Florence richtete sich in ihrem Stuhl auf und unterdrückte ein Gähnen, während Francis das Buch sinken ließ.

»Tut mir leid, dass ich dich unterbrechen muss, Francis«, sagte Brock.

»Schon in Ordnung. Mir hört sowieso niemand zu.«

»Francis! Das ist nicht wahr!«, warf Florence ein.

»Ist es wohl! Seit fünf Minuten denke ich mir eigene Verse aus, und keiner von euch hat etwas bemerkt.«

Florence sah schuldbewusst drein und auch Freddy versuchte sich an einer reumütigen Miene.

»Nur weil du so ein einzigartiger Dichter bist«, sagte sie schwach.

Freddy schnaubte und Francis verdrehte die Augen.

»Lady Edney lässt ausrichten, dass wir noch heute nach Somerton verreisen«, verkündete Brock.

»Wer?«, fragte Freddy.

»Wieso?«, kam es von Florence.

»Heute?«, hakte Francis nach.

Brock schien überfordert bei dem Ansturm von Fragen und blieb stumm.

»Hast du soeben wirklich gefragt, wer Lady Edney ist?« Florence wandte sich mit hochgezogenen Augenbrauen Freddy zu.

»Oh«, antwortete er und erinnerte sich, dass Tante Marian selbstverständlich noch ihren Mädchennamen trug. Sie hatte nie geheiratet.

»Was ist los mit dir?«, fragte Florence, schien aber glücklicherweise keine Antwort zu erwarten, denn schon senkte sie wieder den Blick.

»Wir sollen sogleich unsere Sachen packen. In zwei Stunden brechen wir auf«, kam Brock auf den eigentlichen Grund seines Erscheinens zurück.

»Aber wieso?«, wiederholte Florence.

»Sie meint, es würde uns guttun, etwas Landluft zu schnuppern«, erklärte Brock schlicht.

»Und dem Gerede zu entkommen«, fügte Francis hinzu.

Brocks Schweigen bestätigte den Verdacht.

Freddy sah keinen Grund, sich Tante Marians Geheiß zu widersetzen. Er hatte keine Verlobte mehr, mit der er sich sehen lassen musste, er wagte es nicht, Edward unter die Augen zu treten, und selbst die Diebessuche war ihm bei all dem Durcheinander ziemlich schnuppe. Ein Ausflug aufs Land kam ihm wie gerufen.

»Mir soll es recht sein«, sagte Francis. »Vielleicht lässt sich dort in der Bibliothek ja etwas finden, das es vermag, meine Geschwister aus den Fängen der Langeweile zu retten.«

Er verließ den Raum. Brock nickte, als wäre damit alles geklärt, und folgte Francis.

Florence warf das Stickkissen beiseite und streckte sich in ihrem Sessel.

Jetzt, wo er allein mit seiner Schwester war, kam Freddy eine Eingebung. Nur war er sich nicht sicher, ob es klug war, der Idee nachzugehen. Er nahm allen Mut zusammen und wagte den Versuch.

»Florence«, begann er mit einem bemüht gleichgültigen Ton, »du weißt doch Dinge.«

Florence hörte damit auf, sich müde die Augen zu reiben, und sah ihn belustigt an.

»Ich weiß Dinge, soso«, wiederholte sie.

»Dinge über Gefühle. Und Beziehungen. Solche Dinge eben.«

»Das eine oder andere, Bruderherz. Aber du musst schon konkreter werden, wenn du meinen Rat willst.«

Freddy war sich nicht sicher, ob er das wirklich wollte. Florence hatte eine erhabene Miene aufgesetzt, und er konnte ihr ansehen, dass sie die Situation ausgiebig genoss. Dabei war er noch nicht mal zu seiner eigentlichen Frage gekommen.

»Wenn ich es mir recht überlege, ist das vielleicht keine gute Idee«, wehrte er ab und wandte sich zum Gehen.

Florence sprang auf und hastete durch den Raum. Sie warf die Tür zu und presste sich dagegen.

»Auf gar keinen Fall! Ich kann helfen! Ich weiß alles über Gefühle!«

Freddy war überzeugt, dass seine Schwester von allen guten Geistern verlassen war, so aufgebracht, wie sie nun wirkte. Er verschränkte die Arme vor der Brust und sah sie aus zusammengekniffenen Augen an.

»Du weißt schon, dass du mich nicht aufhalten kannst. Wenn ich gehen will, tu ich's einfach.«

Florence biss entschlossen die Zähne zusammen. Mit einer flinken Geste drehte sie den Schlüssel im Schloss und ließ ihn in ihrem Dekolleté verschwinden. Freddy entwich ein hämisches Lachen.

»Und du weißt auch, dass ich noch nie zu schüchtern war, mich mit meiner Schwester anzulegen.«

Ein familiärer Kampfgeist trat in Florence' Antlitz. Ihre grünen Augen funkelten gefährlich.

»Versuch es ruhig. Aber vergiss nicht, dass du nie ohne einen Haufen Blutergüsse davongekommen bist. Wenn man sich zu Tode langweilt, verbringt man überraschend viel Zeit damit, sich die Nägel zu feilen.«

Sie bleckte die Zähne zu einem wenig damenhaften Grinsen.

»Du bist eine Furie!«

»Wir sind aus demselben Holz geschnitzt, Brüderchen.«

Freddy stöhnte auf. »Florence! Gib mir einfach den Schlüssel!«

»Freddy! Seit diesem blöden Juwelenraub lässt mich Tante Marian nicht mehr aus dem Haus, und wenn ich noch eine Minute länger über Stickmuster oder Henry Burgess' Teerunden reden muss, dann fang ich an, ein Wollknäuel zu fressen, Somerton hin oder her!«

Ihre Verzweiflung war so echt, dass Freddys Entschlossenheit Risse bekam.

»Ich bin still, du stellst deine Frage, und ich antworte ehrlich. Danach müssen wir nie wieder darüber reden«, schlug sie vor.

»Na schön! Aber wenn du dich über mich lustig machst, dann erzähl ich allen, wer wirklich Vaters teure Vasen zerbrochen hat.«

Als junges Mädchen hatte Florence sich einst in die ihr verbotene Bibliothek des Vaters geschlichen, um die dort aufbewahrten Kostbarkeiten zu bewundern. Nur war sie dabei etwas zu nah an ein Paar französischer Sèvres-Vasen gekommen. Einzig Freddys fadenscheinige Ausrede, dass die zwei jungen Doggen des Marquess wild durchs Haus getollt seien und dabei das Porzellan mitgerissen hatten, bewahrten Florence vor einer Tracht Prügel.

»Einverstanden«, sagte Florence schlicht.

Als wäre nichts geschehen, stolzierte sie zum Sofa und ließ sich elegant darauf niedersinken. Sie faltete ihre Hände über ihren Röcken und sah ihn geduldig an.

»Noch einmal von vorne: Ich weiß Dinge über Gefühle.«

Freddy setzte sich in einen Sessel und starrte an die vertäfelte Decke. Er glaubte noch immer, dass er lieber den Mund halten sollte.

Warum genau er seine Schwester fragte, wo sie doch noch weniger Erfahrung im Umgang mit Männern hatte als er, war ihm ein Rätsel.

»Bereit, wenn du es bist«, sagte Florence.

Freddy kniff die Augen zusammen und rieb sich vor Erschöpfung die Stirn. Letztendlich besaß sie den Schlüssel, und entgegen seiner Drohung hatte er nicht die Absicht, ihn von ihren Brüsten zu fischen oder seine Schulter bei dem Vorhaben zu ruinieren, die Tür aufzubrechen.

»Woher weiß jemand, dass die Person, für die er, sagen wir, Gefühle romantischer Natur empfindet, auch wirklich zu einem passt?«

Für ein paar Sekunden herrschte Stille, dann räusperte Florence sich.

»Nun, wenn jemand Gefühle romantischer Natur empfindet«, sagte sie mit triefendem Sarkasmus, »dann weiß ich nicht, ob der Person noch zu helfen ist.«

»Florence!«, rief Freddy und setzte sich entrüstet auf. Hier entblößte er seine intimsten Gedanken, und sie machte sich über ihn lustig.

»Na, ist doch so!«, entgegnete sie. »Entweder gefällt sie dir oder eben nicht!«

»So einfach ist es nicht!«

»Ist es wohl!«

»Ob …« Fast wäre ihm das Wort er über die Lippen gerutscht. Im letzten Moment konnte er sich bremsen. »… sie mir gefällt, spielt keine Rolle. Darum geht es nicht.«

»Was ist es dann? Gibt es noch einen anderen?«

»Nein«, sagte er beleidigt.

Glaubte er zumindest. Dann wiederum hatten sie es mitten im Liebesnest von Edwards Gönner getan. Also ja, es gab andere, aber nein, nicht auf diese Art.

»Ist sie, na ja, etwas unansehnlich?«

»Nein!«

Edward war aufrichtig schön. Selbst seine Finger waren filigran. Die schmalen, makellosen Handgelenke, die sehnigen Arme, das feine, fast unerkennliche Haar, das sich über die Haut zog, und dann das Muttermal an seinem Ellbogen. Er konnte sich nicht an ihm sattsehen.

»Sie ist arm!«, rief Florence, als hätte sie ein besonders schwieriges Rätsel gelöst.

»Das ist es auch nicht«, sagte Freddy, auch wenn sie mit ihrer Annahme sicher nicht danebenlag. Edward war weder von Stand noch konnte er besonders viel sein Eigen nennen. Schon wieder schoss Freddy die verdammte Wohnung durch den Kopf.

»Sie ist schwer von Begriff«, tippte Florence.

»Sicher nicht«, antwortete er und schnaubte, woraufhin Florence die Arme in die Luft warf.

»Na, dann rück endlich mit der Sprache raus! Ich bin keine Hellseherin. Du musst mir deine Probleme schon erklären, anstatt sie dir aus der Nase ziehen zu lassen.«

Freddy beschlich der Verdacht, dass seine Schwester viel zu viel Spaß an seiner misslichen Lage hatte.

»Ich will einfach wissen, ob die Person die Richtige für mich ist.«

»Aha!«, rief sie aus. »Sag das doch gleich.«

Freddy war kurz davor, doch seine Schulter in die Tür zu rammen – allein um des Schmerzes willen.

»Das ist ganz einfach. Liebst du sie?«

Freddy musterte seine Schwester. Er hatte sich die Frage noch nie so direkt gestellt, doch hing sie unausgesprochen zwischen Edward und ihm. Und im Grunde hatten sie beide längst ihre Antwort. Ihr Streit im Park und die darauffolgende Nacht bewiesen es.

»Ja«, sagte er schlicht.

»Und würdest du alles für sie tun?«

»Ja«, sagte er erneut.

»Aber würdest du sie auch Vater vorstellen?«

Freddy glaubte, ein verschmitztes Grinsen auf ihrem Gesicht zu erkennen, wenn er sie nun ansah, doch sie war voller Ernst. Er dachte über ihre Worte nach. Die Sache war etwas komplizierter als das, doch theoretisch, unter den richtigen Umständen und ohne zu erwähnen, dass sie ein Bett teilten …

»Ja«, antwortete er nach wenigen Augenblicken, »auch wenn er mich ein Leben lang meiden würde.«

Florence sah ihn voller Zärtlichkeit an.

»Freddy, Papa bringt es kaum über sich, auch nur eines seiner Kinder anzuschauen. Manchmal fühle ich mich, als hätten wir in der Nacht, als Mama starb, gleich beide Elternteile verloren.«

»Flo«, sagte Freddy zärtlich. Als sie noch Kinder waren, hatte er sie jedes Mal so genannt, wenn sie bei ihm Trost suchte, doch seither war der Name in Vergessenheit geraten. Nun war er erschüttert über die Trauer, die in der Stimme seiner Schwester mitschwang.

»Ist schon gut.« Sie wagte ein Lächeln.

»Nein, ist es nicht«, erwiderte er und stand auf.

Er ließ sich neben sie auf das Sofa fallen und hielt die Hand auf. Ohne Zögern verwob sie ihre Finger mit seinen.

»Ich glaube, wir haben uns angewöhnt, unseren Gefühlen nur hinter verschlossenen Türen freien Lauf zu lassen, wo niemand sehen kann, wie sehr wir leiden. Aber ich habe den Verdacht, dass das nicht die beste Lösung ist, um den Schmerz zu verarbeiten.«

Florence sah ihn verwundert an. »Das sind die weisesten Worte, die ich je aus deinem Mund gehört habe. Wer auch immer dir das Herz gestohlen hat, scheint dir etwas Sinn eingebläut zu haben.«

Freddy entschied, nicht auf die Kränkung einzugehen.

»Anscheinend weiß ich auch Dinge über Gefühle«, sagte er.

»Vielleicht«, gestand Florence, »sollten wir uns regelmäßiger austauschen.«

Freddy betrachtete seine Schwester argwöhnisch.

»Vielleicht. Aber wenn du irgendwem hiervon erzählst, war es das letzte Mal.«

»Jaja, Vaters Vasen, ich weiß doch. Aber lass uns kein Trübsal blasen. Wer verliebt ist, kennt kein schlechtes Wetter. Alles, was ich sage, ist: Wenn dir eine Frau so wichtig ist, dass du keine Scheu hast, sie Vater vorzustellen, dann ist sie es wert.«

Freddy drückte ihre Hand ein letztes Mal, bevor er sie losließ und sich aufrichtete.

»Der Schlüssel?«

Florence fischte ihn umständlich aus ihrem Dekolleté, gab ihn jedoch nicht zurück. Freddy bedachte sie mit einem drohenden Blick. Er hatte für einen Tag genug von ihren Spielchen.

»Ich gehe nicht davon aus, dass es um Elizabeth Ailesbury geht?«, fragte sie.

»Da liegst du richtig.« Rasch schnappte er sich den Schlüssel aus ihrer Hand.

»Das war abzusehen, nachdem deine Reaktion gestern so schwach ausgefallen ist. Hättest dich schon ein bisschen mehr anstrengen können, Tanta Marian von deinem falschen Herzschmerz zu überzeugen. Und jetzt sag es mir!«

»Nein.«

»Freddy, bitte! Denk an all die Wollknäuel, die ich fressen werde.«

»Florence«, erwiderte er in sanfterem Ton und öffnete die Tür, »selbst wenn ich es wollte, so könnte ich es dir nicht sagen.«

»Du bist so unglaublich dramatisch. Aber schön. Bewahre dir dein Geheimnis! Es sei dir gegönnt.«

Sie sah ihn mit einem unheilvollen Funkeln an, als schmiede sie schon einen Plan, wie sie ihm diese Information entlocken konnte. Aber ausnahmsweise machte er sich keine Sorgen. Sie würde niemals darauf kommen, dass er Frauen in dieser Hinsicht gänzlich uninteressant fand.

Sie stolzierte mit fliegenden Röcken an ihm vorbei und war bereits am Kopf der Treppe angekommen, als Freddy ihren Namen rief.

»Was?«, sagte sie außerordentlich pampig und blickte über die Schulter zu ihm.

»Denkst du, Tante Marian hätte etwas dagegen, wenn ich einen Freund nach Somerton einlade?«

Sie betrachtete ihn eingehend, dann zuckte sie mit den Schultern.

»Nein. Ganz im Gegenteil. Sie fürchtet immer, du hättest keine Freunde.«

Rum, Kaffee, Indigo

Das Feuer im Kamin schlug hohe, knisternde Flammen. Es füllte den Raum mit einem warmen Flüstern, doch die Kälte steckte noch immer tief in Edwards Knochen. Sie ließ sich nicht vertreiben.

Er spielte mit dem schmalen Ring, den seine Mutter ihm zugesteckt hatte, an dem Morgen, als der Pfarrer von der Treppe stürzte. Als Pfand für die brotlosen Tage, die nach seiner Flucht fraglos auf ihn zukommen sollten. Nur hatte er es nie über sich gebracht, den Ring einzulösen.

Seit er mit dem Ring an der Hand vor seinem Schicksal geflohen war, hatte er es nicht zu träumen gewagt, je wieder in einem Menschen ein Zuhause zu finden. In all den Jahren wechselnder Gesichter – ob jung oder alt, grob oder zart, ausdrucksvoll oder nichtssagend – war da nicht ein einziger Mann gewesen, der auf diese Sehnsucht eine Antwort gehabt hätte. Bis Freddy seine Welt erobert hatte. Zumindest für eine Nacht.

Edward hatte früh gelernt, dass das Leben kein Zuckerschlecken war; eher glich es einem Wühlen im Schlamm. Ein Leben lang kämpfte man damit, nicht unterzugehen und mit etwas Glück ein Juwel aus dem Dreck zu befreien. Für die Dauer eines Flügelschlags hatte er einen Smaragd in Händen gehalten, bis das Anbrechen eines neuen Tages ihn wieder entriss.

Er wollte wütend sein, doch der Zorn setzte nicht ein. Seit Edward aus der Wohnung gestürzt war, spürte er nichts als klamme, bittere Enttäuschung, die sich um seine Brust schlang und das Atmen erschwerte. Er hatte sich selbst betrogen, hatte aufrichtig geglaubt, dass sie sich gemeinsam eine Insel in dem Meer aus Schlamm bauen konnten.

Lord Frederick Melville – launisch, nobel und unverschämt reich – war für Edward so unerreichbar wie ein königlicher Thron oder der Mond am Himmel. Ihre Leben waren grundverschieden. Selbst wenn sie in gleiche Umstände hineingeboren worden wären, wenn Edward kein Stricher und Melville kein angehender Marquess wäre, blieb da immer noch der Fakt, dass Männer keine Männer lieben durften.

Ein männerliebender Mann konnte sich entscheiden zwischen Tod oder Einsamkeit. Wer die Liebe wählte, würde alsbald auffliegen und zweifelsohne ein grausames Ende finden. Wer das Leben wählte, entsagte sowohl Gewalt als auch wahrhafter Geborgenheit.

Edward hatte ein paar unbeschreibliche Stunden im Paradies verbracht. Vielleicht sollte er dankbar sein, dass er diese Erfahrung hatte machen dürfen und nur mit einem angeknacksten Herzen statt einem gebrochenen Hals davongekommen war. Aber die Erinnerung an Freddys warmen Körper, der sich an ihn schmiegte, an den Duft seiner Haut, der ihm alle Sinne vernebelte, an das Gefühl vollkommener Geborgenheit ließ eine unerbittliche Leere in seinen Knochen zurück.

»Du trägst noch immer Hemd und Hosen«, brummte jemand hinter ihm.

Edward kehrte dem Feuer den Rücken zu und sah, wie Leslie Browne ein Tablett mit zwei Gläsern und mehrere Flaschen abstellte, in denen goldbrauner Alkohol gegen das Kristall schwappte.

»Als ich sagte, ich wolle dich nackt sehen, wenn ich zurückkehre, war das kein Witz.«

Edward wagte ein steifes Lächeln.

»Entschuldigen Sie«, sagte er, »ich war in Gedanken versunken.«

Browne winkte die Worte mit seiner Bärenpranke ab. »Ist in Ordnung, Junge. Ich weiß schon, wie ich dich dafür bestrafen werde.«

Edwards Nacken versteifte sich. Er dachte an Carrs Peitsche und hoffte, dass Browne nicht ähnliches Werkzeug in seinem Zigarrenraum versteckt hielt.

»Whisky oder Rum?«, fragte der Herr des Hauses.

»Rum«, antwortete Edward schlicht.

Als er Brownes Nachricht erhalten hatte, ihn gen Mittag an seiner Adresse aufzusuchen, war Edward kurz versucht gewesen, die Einladung zu ignorieren. Ein Anflug von Schuldgefühlen überkam ihn, doch er weigerte sich, sich von Freddys Demütigung beeinflussen zu lassen. Die Tatsache, dass er gelernt hatte, reiche Männer zu melken wie Bauern ihre Kühe, hatte ihm ein Dach über dem Kopf beschert, wo er sonst auf der Straße geendet wäre. Es war nicht die feine Art, aber man sollte ihm einen einzigen Mann zeigen, der sich mit aufrichtiger Arbeit eine goldene Nase verdient hatte.

Browne füllte summend die Gläser. Mit einem hellen Klirren setzte er den Kopf wieder auf die Kristallkaraffe, dann kam er entschlossenen Schrittes auf Edward zu.

Edward nahm das ihm gereichte Glas entgegen und gönnte sich einen Schluck. Die beißende Süße legte sich auf die Zunge und kitzelte den Gaumen. Bevor er das Glas absetzen konnte, hatte Browne seine breiten Hüften bereits gegen Edward gepresst und begann damit, ihm das Hemd zu öffnen.

Er hoffte auf Brownes Talent, ihn so heftig ranzunehmen, dass ihm die Kälte aus den Knochen und Melville aus dem Kopf getrieben wurde, zumindest für ein paar Stunden.

»Gut, nicht?«

Edward nickte und beobachtete, wie Brownes Finger sich flink an den Knöpfen zu schaffen machten. Er strich Edward über die Brust, fuhr die Hügel und Täler seiner Rippen nach, grub sich in Edwards Hüftknochen. Das Gefühl der Schwielen auf seiner Haut löste die ersten Regungen in seinem Körper aus. Seine Schultern entkrampften sich und er schloss lustvoll die Augen als er spürte, wie Brownes harter Schwanz sich gegen seine Mitte presste.

»Ist mein eigener Zucker«, sagte Browne, der nun die Knöpfe an Edwards Bundhose erreicht hatte.

Edward runzelte die Stirn.

»Wie meinen?«

»Der Rohrzucker, aus dem der Rum hergestellt wird; er kommt von meinen Plantagen.«

Edward versteifte sich. Mit einem Ruck setzte er das Glas auf dem Tisch ab.

»Sie sind Plantagenbesitzer?«

Browne riss das Hemd aus Edwards Hosenbund und schmatzte genüsslich. Der nasse Laut und die schockierende Erkenntnis lösten sofort Ekel in ihm aus.

»In Jamaika«, erklärte er, »was denkst du, wie ich mir das hier alles leisten kann?« Er nickte in Richtung des holzvertäfelten Salons mit den Porzellanbüsten und dem mannshohen Kamin, der aussah, als wäre er aus Obsidian gefertigt.

Browne war soeben dabei, ihm die Hose von den Hüften zu reißen, als Edward ihm Einhalt gebot.

»Also sind Sie ein Sklavenhalter.«

Browne hielt abrupt inne und sah Edward überrascht ins Gesicht.

»So kann man es auch sagen.« Erneut zerrte er an der Hose, doch Edward schob ihn entschieden zurück.

»Dann war das hier eine dumme Entscheidung«, murmelte Edward und stopfte sich schnell das Hemd wieder in die Hose. Der Nachgeschmack des Rums war schal und bitter.

Browne lachte grunzend und beobachtete Edward mit offenem Amüsement.

»Du machst Scherze.«

Edward dachte an Emmeline, der regelmäßig Hass entgegenschlug, weil sie arbeitete und bezahlt wurde wie alle anderen auch. Er dachte an ihren Vater, der als versklavter Mann aus den West Indies eingeschifft worden war und erst nach Jahren der Gefangenschaft die Freiheit erhalten hatte. Der Gedanke, Emmeline wieder vor die Augen treten zu müssen, nachdem er sich von Browne hatte bezahlen lassen, verschaffte ihm heftige Gewissensbisse.

»Nein, ich mache keine Scherze über Sklavenarbeit.«

Brownes Lachen versiegte. Ohne Edward aus den Augen zu lassen, ließ er sich in einen Ledersessel fallen.

»Ich biete das Doppelte von dem, was du letztes Mal bekommen hast«, bot er an. Er schien den Protest für ein Spiel zu halten. Edward war versucht, ihm vor die Füße zu spucken.

»Es spielt keine Rolle, wie viel Sie mir bieten. Ich will Ihr Geld nicht.«

»Was ist es dann? Eine Wohnung in Mayfair? Ein Rennpferd? Nur ein Wort, und es gehört dir.«

Edward steckte das Hemd zurück in die Hosen und knöpfte hastig die Knöpfe am Hals zu.

»Wer anderen den Rücken bricht, um sich selbst zu bereichern, könnte mir ein ganzes Königreich bieten, und ich würde es nicht annehmen.«

Browne brach erneut in beherztes Lachen aus. Er schlug mit einer Hand auf die Sessellehne und erzeugte ein peitschendes Klatschen. Edward wurde schmerzhaft an Carrs ausartende Gewaltspiele erinnert und unterdrückte soeben noch ein Zusammenzucken.

»Dann bist du dümmer, als ich dachte«, sagte Browne schallend.

»Lieber dumm als tyrannisch«, entgegnete Edward und griff nach der Krawatte.

»Mach dir nichts vor, Junge. Du nennst mich einen Tyrann, aber du bist keinen Deut besser. Schlag dir die Flausen wieder aus dem Kopf und setz dich zu mir.«

Er klopfte sich einladend auf den Schenkel.

»Ich werde weder Ihr Geld noch ein Pferd noch irgendeine andere Großzügigkeit von Ihnen annehmen.«

Browne rieb sich den mächtigen Schnauzer und sah Edward aus dunklen Augen an.

Edward konnte kaum glauben, dass dieser Bär von einem Mann, der ihm so aufrichtig und gutmütig erschienen war, sein Vermögen aus dem Blut und Schweiß versklavter Menschen gewann. Edward wusste von den Umständen auf den Plantagen, wusste, dass Familien entzweit und Kinder geraubt, Frauen vergewaltigt und allesamt als Ware gehandelt wurden. Keine Bezahlung, keine Rechte, nichts als Gewalt und knochenharte Arbeit. Und nun klebte die Schuld an seinen Fingern und zwischen seinen Zähnen.

»Trinkst du Tee, Junge?«, fragte Browne noch immer mit Leichtigkeit in der Stimme.

»Bitte?«, sagte Edward verwirrt.

»Tee? Oder lieber Kaffee?«

»Was spielt das für eine Rolle?«, forderte Edward.

»Keine, denn sicher genießt du beides mit einem Löffelchen Zucker.«

Edward starrte ihm stumm entgegen.

»Sicher zündest du dir ab und an eine Zigarre an. Mit Tabak aus Jamaika. Und das Hemd, das du trägst? Die Baumwolle wird vielleicht in England gesponnen, aber geerntet wird sie in Amerika. Und das Blau deines Fracks?«

Edward sah zu der Jacke, nach der er soeben gegriffen hatte.

»Indigo. Ebenso wie an Zucker, Tabak, Baumwolle, Kaffee und Tee klebt daran das Blut von Menschen, die mit Peitschen zur Arbeit gezwungen werden.« Browne faltete die Hände vor seinem Bauch und sah Edward siegessicher an.

»Ihr Briten haltet euch für etwas Besseres, weil ihr den Sklavenhandel abgeschafft habt, aber Sklavenarbeit ist nicht unter eurer Würde, was? Ihr erntet gerne, was braune Hände säen. Und von dem Hungerlohn, den die heimischen Arbeiter bekommen, die alle diese eingeschifften Waren abfertigen, wollen wir gar nicht erst anfangen.«

Edward fühlte sich völlig überrumpelt. Da saß Browne, schwang eine selbstgefällige Rede und warf ihm all diese Fakten an den Kopf, denen er nichts entgegenzusetzen hatte.

Weil sie der Wahrheit entsprachen.

Weil Edward Zucker in seinen Tee tat.

»Du tätest besser daran, deine wunderhübschen Lippen für nützlichere Dinge einzusetzen, als von Moral und Schuld zu schwafeln«, sagte Browne und griff sich bedeutungsvoll zwischen die Beine.

Edward wurde von einer neuen Welle des Ekels gepackt. Er warf sich den Frack über und stiefelte auf den Ausgang zu.

Bevor er die Tür erreichte, drehte er sich noch einmal um. Er wollte Browne etwas an den Kopf werfen, irgendetwas, um klarzustellen, dass sie nicht aus demselben fauligen Holz geschnitzt waren. Aber ihm fiel nichts ein.

Browne griff nach seinem Rum und schlürfte genüsslich daran, noch immer mit diesem schadenfreudigen Ausdruck auf dem Gesicht.

Ohne ein weiteres Wort zu verlieren, floh Edward aus dem Salon und auf die Straße hinaus. Der Regen drückte ihm das Haar gegen die Stirn und kroch ihm den Nacken hinunter. Er wusste nicht, wohin er ging, aber solange er Abstand zwischen sich und diesen Sklaventreiber bringen konnte, war es ihm egal.

Am meisten ärgerte Edward seine eigene Sprachlosigkeit. Er hätte sagen können, dass es einen deutlichen Unterschied gab zwischen einem, der Menschen versklavte, und einem, der Kaffee trank. Dass ein Tyrann im Angesicht solcher Brutalität lachte, während ein armer Teufel bereits Schuldgefühle bekam, weil er die falsche Farbe für seine Kleidung gewählt hatte.

Dabei ging es Edward nicht darum, einen Moralwettkampf zu gewinnen. Welches Gewissen blieb schon rein in einer Welt, die aus Schlamm geschaffen war? Jeder Mensch hatte das Potenzial, unendliches Übel zu entfesseln, aber nur wenige manifestierten dieses Übel auch. Browne hat einen Weg gewählt, den Edward nicht mit ihm gehen würde.

Entschlossen lief er an eleganten Reihenhäusern vorbei, mit makellos weißen Stuckwänden und schwarz glänzenden Vordertüren, die je von zwei Säulen eingerahmt wurden. Der Stil war typisch für Mayfair, doch er sehnte sich nach Holborn zurück, wo der Putz von den Wänden abblätterte, wo die Häuser sich dicht aneinanderdrängten und über die Straßen beugten wie alte Frauen mit Rückenschmerzen, wo in einem Dachzimmer einer Schneiderei ein schnurrender Kater darauf wartete, gefüttert zu werden.

Edward war bis auf die Strümpfe durchnässt, als er endlich eine Droschke auftrieb. Er musste aus diesen Klamotten raus, wenn er sich nicht eine fiese Erkältung einfangen wollte. Normalerweise würde er den Hintereingang ins Hamilton's benutzen, da Samuel es nicht gerne sah, wenn Edward vor der Kundschaft durch den Laden stolzierte. Doch als der Wagen vor dem Damenschneider hielt, prasselte der Regen so gnadenlos auf die Straßen hinab, dass Edward den kurzen Weg zur Vordertür wählte. Samuel konnte so viel murren, wie er wollte.

Die Klingel über der Tür kündigte seine Ankunft an. Der Laden war leer, bis auf Emmeline, die bei dem Läuten der Glocke aus dem Nebenzimmer trat. Sie sah für einen Augenblick zu, wie sich eine Pfütze um Edwards Stiefel bildete, dann schnappte sie sich etwas zum Aufwischen und scheuchte ihn aus dem Weg.

Er trat beschämt zur Seite und sah ihr still bei der Arbeit zu, bis sie aufsah und ihm einen forschenden Blick zuwarf.

»Geht es Ihnen nicht gut, Mister Arden?«

Edward wusste nicht, wie er das beantworten sollte. Die wahre Antwort war Nein, es ging ihm nicht gut. Aber er konnte ihr kaum von all seinen Wehwehchen erzählen.

»Es ging mir schon besser«, antwortete er schließlich.

Emmeline stand da, das Haar ordentlich unter die Haube gebunden, die feuchten Lumpen von sich fernhaltend, sodass ihr dunkler Rock nicht beschmutzt wurde.

»Vielleicht würde eine trockene Garderobe helfen, finden Sie nicht?«, schlug sie vor, den Blick auf die Stelle gerichtet, die Edward nun volltropfte.

Edward stimmte ihr im Stillen zu, rührte sich jedoch nicht von der Stelle.

»Miss Emmeline«, setzte er zögerlich an, »sind Sie ... fühlen Sie sich wohl hier? Im Hamilton's?«

Emmelines Augenbrauen wanderten leicht in die Höhe. Sie ließ den Lumpen unter einem Regal verschwinden und wischte sich langsam die Hände trocken, bevor sie sich ihm zuwandte.

»Mister Arden, darf ich frei sprechen?«

»Selbstverständlich.«

»Die Antwort mag Ihnen nicht gefallen.«

»Ich hab gefragt, richtig? Ich werde es schon verkraften.«

Er hatte das Bedürfnis, sich im Nacken zu kratzen, doch er versuchte, sich seine Befangenheit nicht anmerken zu lassen, immerhin hatte er das Gespräch gesucht.

»In all den Jahren, die Sie bereits hier wohnen, haben Sie sich nie nach meinem Empfinden erkundigt. Woher das plötzliche Interesse?« Edward fühlte sich ein klein wenig ertappt. Es stimmte, sie kannten sich, tauschten immer wieder Späße aus und verdrehten die Augen hinter Samuels Rücken, wenn er grimmig durch den Laden stapfte, aber sie waren nie darüber hinaus ins Gespräch gekommen. Alles, was Edward über sie und ihren Vater wusste, wusste er von Samuel.

»Ich musste feststellen, dass ein … Vertrauter von mir sein Geld mit der Versklavung von Menschen in Jamaika macht«, gestand er.

Emmeline starrte ihn regungslos an. Edward fühlte sich unwohl in seiner Haut und es lag nicht an den nassen Klamotten. Er kam sich reichlich dämlich vor, dass er zum ersten Mal ein aufrichtiges Gespräch mit ihr suchte, und direkt die Grausamkeiten des Sklavenhandels erwähnen musste.

»Wir sind nun keine Vertrauten mehr«, setzte er schnell hinzu.

Emmeline nickte, verhüllte dabei aber noch immer vorsichtig ihre Emotionen.

»Ich war nie dort«, erklärte sie. »Ich wurde hier geboren. Ich kann nicht von dem Leiden sprechen, das meinem Volk auf einem anderen Kontinent widerfährt.« Sie wrang langsam ihre Hände, wobei ihre Knöchel stark hervortraten. »Aber das Wissen, dass es weiterhin passiert, schmerzt mich«, setzte sie hinzu.

Sie wurde still und schien in Gedanken versunken, bis sie sich ihrer Umgebung wieder bewusst wurde und ihre Aufmerksamkeit auf Edward richtete. »Mister Arden, ich weiß nicht, was Sie von mir hören wollen. Ich bin kein Pfarrer. Ich kann Ihnen Ihr schlechtes Gewissen nicht abnehmen.«

»Das ist es nicht. Ich will nur sagen – es tut mir leid, dass die Leute so grausam zu Ihnen sind.«

»Wenn ich jedes Mal, wenn eine wie Lady Gronow in die Schneiderei kommt, verzweifeln würde, hätte ich keine Zeit, meiner Arbeit nachzukommen. Ich sage nicht, dass es nicht wehtut, aber es gibt wichtigere Dinge als die Bösartigkeit einer alten Lady, verstehen Sie?«

Edward nickte.

»Und um Ihre Frage zu beantworten: Ja, ich fühle mich wohl hier. An manchen Tagen mehr, an anderen weniger. Mister Hamilton ist ein offenherziger Mann und die Marys sind stets lieb zu mir. Man behandelt mich nicht wie eine Außenseiterin.«

Edward lächelte zaghaft. Es ging ihm nicht anders. Irgendwie hatten Sally und Edward zu Samuel gefunden und entschieden, dass sie hier verweilen würden. Der Schneider hatte sie grummelnd aufgenommen, aber Edward spürte, dass zwischen ihnen eine Verbindung herrschte, die auch er nicht verleugnen konnte. Sie alle hatten etwas an sich, das sie von der großen Mehrheit unterschied. Und diese Dinge konnten und wollten sie nicht ändern, egal, wie oft ihnen vermittelt wurde, dass etwas mit ihnen nicht stimmte.

Emmeline erwiderte das Lächeln kurz, dann wandte sie sich wieder ihrer Arbeit zu und erklärte die Unterhaltung stumm für beendet.

Edward konnte es ihr nicht übel nehmen. Er hatte sie aus dem Nichts in ein Gespräch verwickelt, das sie sicher nicht hatte führen wollen. Trotzdem hoffte er, dass sie ihm noch eine Chance gab. Er nahm sich vor, in Zukunft kein ganz so oberflächlicher Tölpel mehr zu sein.

Die Klingel bimmelte erneut, und als Edward sich der Tür zuwandte, erkannte er eine stämmige Frau, deren Gesicht und Haube von einem Netz verhüllt wurden. Sie kam ihm bekannt vor, doch er konnte sie nicht zuordnen. Sie trug ein grelles Kleid aus violettem Stoff mit kanariengelben Stickereien. Die Farben bissen sich scheußlich. Irgendwie hatte sie es geschafft, keinen einzigen Tropfen auf den

Saum ihres Rocks zu bekommen. Edward dagegen sah aus wie ein begossener Pudel und fühlte sich auch so.

»Mister Arden?«, erkundigte sich die Frau in Violett.

Edward brach in ein Grinsen aus, gleichzeitig überkam ihn die Furcht, als er erkannte, wen er da vor sich hatte.

»Betty Blackstone, was tust du hier?«

»Was eine Dame nun mal bei einem Damenschneider tut«, antwortete sie und breitete die Arme aus, »sich neu einkleiden, natürlich.«

Edward packte sie an den Armen und führte sie in die hinterste Ecke des Raums. Nicht dass es einen Unterschied machte. Emmeline konnte jedes Wort problemlos verstehen.

»Du bist in diesem Aufzug hergekommen?«, flüsterte Edward.

»Bezaubernd, nicht?«, sagte sie und drehte sich einmal im Kreis.

Emmeline gluckste, woraufhin Betty sich verbeugte.

»Damen verbeugen sich nicht, sie knicksen, Betty«, sagte eine neue Stimme. Es klang mehr amüsiert als mahnend.

»Mister Hamilton«, antwortete Betty, »Ihr Anblick ist wie immer ein Genuss.«

Samuel errötete doch tatsächlich und Edwards Augenbrauen schossen fast über seine Stirn hinaus. Emmeline hingegen sah aus, als wäre sie gefangen zwischen Belustigung und – war das etwa Eifersucht? Als sie Edwards forschenden Blick auffing, verschwand sie hastig in den Nebenraum.

»Betty, du solltest vorsichtiger sein«, sagte Samuel mit einem raschen Blick aus dem Fenster. Er musste sich keine Sorgen machen. Bei dem Wetter trat niemand vor die Tür, der bei Sinn und Verstand war. Etwas, was offensichtlich nicht auf Betty zutraf.

»Ihr seid … befreundet?«, fragte Edward, der bisher weder Betty im Hamilton's noch Samuel im Purple Palace angetroffen hatte.

»Man kennt sich«, sagte Betty mysteriös.

Edward sah von ihr zu Samuel, der seinen Blick unbeirrt, aber mit unerkennbarer Farbe in den Wangen erwiderte. Edward fühlte sich fast ein wenig betrogen, dass seine Freunde ihre Bekanntschaft vor ihm verheimlicht hatten. Sie drei hätten sicher eine amüsante Teerunde abgegeben. Gleichzeitig hatte er Verständnis für ihre Verschwiegenheit. Gewisse Dinge konnten nur Menschen nachvollziehen, die in dieselben Umstände geboren wurden. In der sonderbaren Familie, die sie gewissermaßen formten, mochten sie Cousinen und Cousins sein, doch, so schätzte er, Betty und Samuel vereinte ein geschwisterliches Band.

»Wie kann ich dir behilflich sein, Betty?«, fragte Samuel, ehe Edward genauer nachhaken konnte, und schlug einen Geschäftston an.

»Sosehr ich deinen Anblick genieße, Samuel, bin ich doch für unseren hübschen jungen Freund hier«, erklärte Betty.

Edward wunderte sich, was Betty dazu veranlasst hatte, ihn aufzusuchen, wenn sie auch einfach im Purple Palace auf ihn hätte warten können. Sie wusste besser als sonst jemand, dass er jeden zweiten oder dritten Abend dort aufkreuzte.

Sie griff nach ihrem Retikül, das wie ein perlenbesetztes Bonbon von ihrem Handgelenk baumelte, und zauberte einen Brief hervor.

»Eilpost«, sagte sie schlicht.

Edward wollte sich den Brief schnappen, doch Betty hielt ihn zurück.

»Erst die unschöne Nachricht.«

Edward erstarrte und tauschte einen besorgten Blick mit Samuel.

»Noch ist nichts Schlimmes passiert, also beruhigt euch. Ich überbringe schlicht die Kunde, dass der Gerichtstermin in vier Tagen stattfinden wird. Mittwoch werden wir wissen, was mit John Cooke passieren soll.«

Betty streckte ihm den Brief entgegen, doch er brauchte einige Sekunden, um die Neuigkeiten zu verarbeiten. Seit Wochen hatte ihm

Cookes bevorstehende Verurteilung schlaflose Nächte bereitet, und nun stand der entscheidende Moment kurz bevor.

Betty schlug ihm sachte den Brief gegen die Brust und sah ihn aus verständnisvollen Augen an.

»Nun lies schon! Du kannst nichts mehr ändern. Cookes Schicksal liegt nicht in deinen Händen.«

Edward hoffte nur, dass er genug bewirkt hatte, um ebendieses Schicksal zum Guten zu wenden. Er nahm das Schreiben geistesabwesend entgegen, nur um festzustellen, dass das Siegel bereits gebrochen war.

»Hör endlich damit auf, in meinen Korrespondenzen herumzuschnüffeln!«, rügte er Betty.

»Wieso denn? Darin steht nichts, was eine alte Schachtel wie mich noch erschrecken kann. Außerdem solltest du mir danken.«

»Danken? Ich denke nicht.«

Er drehte den Brief um und warf einen Blick auf den Absender. Das Blut gefror ihm in den Adern. Hastig entfaltete er das Papier. Die Schrift war geschwungen, doch schnörkellos. Ein einsamer Tropfen fiel aus Edwards Haar auf das Pergament. Die Tinte zerfloss und bildete einen dunklen Fleck.

»Nun?«, fragte Betty.

»Was auch immer der Brief sagt, Edward, könntest du aufhören, meinen Laden in einen Teich zu verwandeln?«, mahnte Samuel.

Betty schlug ihm auf den Arm.

»Lass den Jungen in Ruhe. Siehst du nicht, dass er was durchmacht?«

Edward überflog die Zeilen ein zweites Mal, bevor er den Blick hob. Betty und Samuel sahen ihn erwartungsvoll an. Ein weiterer Tropfen fiel von Edwards Ärmel und landete mit einem dumpfen Schmatzer auf dem Teppich.

»Wie es aussieht«, erklärte Edward, »werde ich einen kleinen Ausflug machen müssen.«

Apollos Gastfreundschaft

Als die Kutsche durch den Torbogen glitt, verrenkte Edward sich fast den Hals, um einen Blick darauf zu erhaschen. Es schien eher wie der Eingang zu einem griechischen Göttertempel als zum Familiensitz eines Marquess. Wobei zwischen Göttern und Adel wohl kaum noch ein Unterschied bestand. Wenn das Tor mit seinen ausladenden Seitenflügeln, in denen ebenfalls je ein weiterer Bogengang lag, bereits von solcher Pracht war, konnte er sich auf das Hauptgebäude gefasst machen.

Kaum eine Stunde war vergangen, seit die Kutsche vor dem Hamilton's aufgefahren war und ihn gen Westen aus London getragen hatte. Das Wetter konnte sich nicht zwischen Regenschauern und Windstille entscheiden, und so erhaschte Edward ab und an einen Blick auf die grüne Landschaft und die Ausläufe der Themse, bis der Regen wieder gegen das Fenster trommelte, um ihm die Sicht zu nehmen.

Edwards Laune war ähnlich wechselhaft. Eine Unzahl an Fragen schoss ihm durch den Kopf, und er wurde abwechselnd von Vorfreude und unheilvollen Vorahnungen heimgesucht.

Einerseits war ein Wochenende mit Freddy vielleicht genau das, was sie brauchten, um sich auszusprechen, fernab von dem Trubel der Stadt. Andererseits hatten sie nie mehr als ein paar Stunden unter demselben Dach verbracht – und bis jetzt hatten sie sich noch jedes Mal in die Haare bekommen.

Sie passierten das Tor, und Edward schien es wie die Ankunft in einer neuen Welt. Der Himmel hellte sich auf und Edward war sich sicher, hinter den Wolken ein paar seltene Sonnenstrahlen zu erspähen. Das Gras war zweifellos grüner hier und Spatzen huschten von Ast zu Ast, wobei sie munter vor sich hin zwitscherten. In der Ferne sah Edward eine Ansammlung brauner Tupfer auf immergrünem Grund; Rehe, die den Hals streckten und flink ins Unterholz schossen, als die Kutsche sich näherte.

Eine von Pappeln gesäumte Allee schlängelte sich durch die Landschaft. Sie glitten um eine Biegung und wie aus dem Nichts tauchte ein Herrenhaus zwischen den sanften Hügeln auf. Es war, wie Edward es vermutet hatte: Der Torbogen war nichts als ein Vorgeschmack auf das gewesen, was sich ihm am Ende der Zufahrt präsentierte.

Er verstand nicht, warum sie es Herrenhaus nannten, wenn es ein ernst zu nehmendes Schloss war. Bescheidenheit war vollkommen überflüssig an einem Ort wie Twickenham, wo die reichsten der Reichen überwinterten und sich eine Auszeit von den so grausig beengenden Stadtvillen nahmen.

Wie beim Torbogen schon, so führten auch hier zwei Seitenflügel von einem zentralen Hauptgebäude ab. Das Schloss war honiggelb und erstreckte sich über vier Stockwerke. Sechs mächtige Säulen wuchsen aus dem Boden empor und stemmten ein spitz zulaufendes Vordach, auf dem mittig ein Wappen prangte. Auf den Dächern der Nebengebäude sowie dem Hauptsitz thronte eine ganze Armee aus Statuen, eine Steinkrone schweigender Wächter. Schnörkelige Reliefs zierten die Bogenfenster und gaben dem massiven Anwesen einen sommerlichen, fast schon verspielten Charakter.

Edward starrte noch zu den Statuen hoch, als die Kutsche vor dem Hauptportal hielt. Er war so in den Anblick versunken, dass er kaum wahrnahm, wie die Kutschtür aufging.

»Mister Arden, Sir?«, sagte eine tiefe Stimme.

Edward blickte einem paar tief liegender Augen entgegen und erkannte einen Butler in schwarzer Uniform.

»Das bin ich«, sagte er und schalt sich innerlich. Wer auch sonst? Ein einfaches Ja hätte es auch getan. Nun redete er schon wie eine Märchenfigur.

»Willkommen auf Somerton«, sagte der Butler. »Wenn Sie mir folgen würden?«

Edward stolperte aus der Kutsche, noch immer völlig überwältigt. Er trat in eine haushohe Eingangshalle aus weißem Marmor und mit einem Kamin, in dem Edwards Dachzimmer gleich zweimal Platz gefunden hätte. Der Butler führte ihn durch ein weiteres Portal am gegenüberliegenden Ende, und Edward fand sich nur wenig später in einer Bibliothek mit Ausblick auf einen See wieder, der sich an ein Wäldchen aus Laub- und Nadelbäumen schmiegte. Er trat staunend ans Fenster und erkannte zwischen Schloss und See eine Parkanlage, die mit schlafenden Löwen und kunstvollen Hecken geschmückt war.

Edward bemerkte kaum, wie der Butler noch etwas sagte, ehe er durch eine Seitentür verschwand. Edward selbst konnte sich an dem Bild vor sich nicht sattsehen. Manchmal vergaß er, dass außerhalb der verwinkelten und rußverstopften Gassen Londons noch Orte wie diese existierten.

Sein Blick wurde magisch von dem See angezogen, der ein umgekehrtes Bild der Baumwipfel malte. Wenn eine Brise über die Oberfläche jagte und sich unzählige Wellen darauf kräuselten, verwandelte sich der See in eine Palette aus moosgrünen, grauen und kobaltblauen Farbtupfern, gesprenkelt mit dem Gold der flüchtigen Sonnenstrahlen, die zögerlich durch die Wolkendecke brachen.

Während Edward aufs Land flüchtete, entschied Carr über das Schicksal des Lakaien. Fast wäre er in London geblieben, aber Betty hatte gedroht, ihm ihren Fächer in den Allerwertesten zu stecken, wenn er nicht ging, und das sei kein Euphemismus. Edward sehnte sich danach, die Schuhe mitsamt jeglicher Sorgen abzustreifen und geradewegs in den See zu schreiten. Er wollte eintauchen, bis er vollkommen von kühlem, seidigem Wasser umgeben war, wollte eins werden mit der friedvollen Stille.

»Du kommst aus dem Staunen kaum noch raus«, sagte eine bekannte Stimme.

Die Härchen auf Edwards Armen stellten sich auf, doch es war ein wohliges Schaudern, das er gerne über sich ergehen ließ. Die Sorgen würden früh genug zurückkehren.

Edward ließ nur zögernd den Blick vom See ab.

Freddy lehnte an einem Bücherregal. Er sah gelassener aus denn je – ohne Krawatte und das Hemd war nicht zugeknöpft. Edward erhaschte einen Blick auf die sanft geschwungenen Schlüsselbeine. Etwas löste sich in seiner Brust.

Das kurze lockige Haar des Lords war ungekämmt und selbst die Augenbrauen wirkten verwuschelt. Vielleicht war es nur die Art, wie das Licht durch die hohen Fenster in den Raum fiel, doch selbst Melvilles Gesichtszüge waren zarter, weniger kantig als sonst. Er sah aus, als wäre er soeben von einem Nickerchen erwacht.

»Ich war mir nicht sicher, ob ich die Einladung überhaupt annehmen sollte«, gestand Edward nach mehreren Herzschlägen, in denen sie sich stumm entgegenblickten.

»Aber?«, begann Melville.

»Aber jetzt werde ich nie wieder von hier fortgehen können.«

Melville schenkte Edward ein Lächeln voll schlaftrunkenem Verständnis. »Es ist ein friedvolles Stückchen Erde«, entgegnete er.

Edward hielt das für eine Untertreibung.

»Warst du schon die ganze Zeit hier?«, erkundigte er sich und wunderte sich im selben Zug, wie lange er in die Aussicht versunken gewesen war.

»Erst seit wenigen Minuten. Astell rief mich«, erklärte er.

»Astell?«

»Der Butler, der dich begrüßte.«

»Ah«, sagte Edward und ließ seinen Blick erneut wandern.

Bisher hatte er der Bibliothek kaum Beachtung geschenkt, doch nun nahm er den Anblick der Regale in sich auf, die in zwei Halbmonden links und rechts neben der Tür saßen. Sie formten Leseecken für einen gemütlichen Nachmittag mit einer spannenden Lektüre, doch wie man sich auf die Schrift konzentrieren sollte, wenn sich vor den Fenstern ein kleines Paradies erstreckte, war Edward ein Rätsel. An Lesematerial mangelte es jedoch nicht. Die Regale waren voll mit ledergebundenen Büchern in dunklen Braun- und Rottönen, teils von der Größe eines zierlichen Parfümflakons, teils so hoch und wuchtig wie Edwards Oberkörper.

»Das Haus wurde von John Soane entworfen«, eröffnete Melville. »Er war es, der die Räume so auslegte, dass Besucher direkt vom Eingang durch die Bibliothek auf die Parkanlage sehen können.«

Edward musste zugeben, dass ihm das vorzüglich gelungen war.

»Der Mann, der auch die Regent Street plant, weswegen die Argyll Rooms weichen müssen?«

Melville schmunzelte.

»Das wäre John Nash«, erklärte er.

»Wer heißt nicht John heutzutage?«, amüsierte sich Edward. Seine Worte verhallten in der Weite der Bibliothek und Stille breitete sich aus.

Edward war sich nicht sicher, wie er sich verhalten sollte. Er hatte die Einladung als Olivenzweig im Schnabel einer Taube verstanden, doch noch immer hing so viel Ungeklärtes zwischen ihnen. Er wollte die Distanz zwischen ihnen überbrücken, gleichzeitig schreckte er vor dem Gedanken an die unmittelbare Nähe zu Freddy zurück. Seine Freier lösten nie derart Bedenken in ihm aus, nur setzte er bei ihnen auch nie seine Gefühle aufs Spiel. Er war es nicht gewohnt, diese Verwundbarkeit zu verspüren. Es war angsteinflößend und aufregend zugleich.

Melville begegnete seinem Blick, und in den Augen des Lords las Edward die gleiche Unsicherheit, die auch ihn umtrieb.

»Sind wir allein?«, fragte Edward, um die Wasser zu testen.

Melville schüttelte langsam den Kopf.

»Wir sind gestern gesammelt aus London geflohen«, sagte der Lord.

»Wir? Und wieso geflohen?«

»Du kennst meine Schwester, Florence, und vielleicht auch Brock, meinen Cousin. Dann wären da noch mein Bruder Francis und Tante Marian.«

Also waren sie nicht allein. Edward wusste nicht, was er davon halten sollte, dass er sich in denselben Wänden bewegte wie Melvilles Familie. Was würden sie von ihm denken? Sofort machte sich Aufregung in seiner Brust breit. Ob es Vorfreude war oder Furcht, konnte er nicht sagen.

»Und der Marquess?«, fragte Edward. Nun war es zweifelsfrei Angst. Er hatte noch nie die Väter seiner Partner getroffen und hoffte stark, dass es so blieb. Es war eine albtraumhafte Vorstellung.

Melville lachte, doch es klang alles andere als unbeschwert.

»Nein, der würde Melville Manor nicht verlassen. Und ich würde dich ihm niemals einfach so vorwerfen – so ohne Vorbereitung. Ein Lamm zur Schlachtbank führen, nein. Dafür brauchst du ein dickeres Fell.«

Nun war Edward doch etwas gekränkt. Ganz so wehrlos war er nicht, trotzdem wollte er nicht zwingend herausfinden, was es mit dem berüchtigten Marquess auf sich hatte.

»Ich bin schon mit einigen unbequemen Männern fertiggeworden, Melville«, sagte er tadelnd.

»Das bezweifle ich nicht.« In Melvilles Stimme lag ein Zögern. Sie kamen dem Grund ihrer letzten Auseinandersetzung immer näher. Bisher waren sie um das Thema herumgeschlichen, nun war der Zeitpunkt jedoch gekommen. Entweder würden sie den Streit oder ihre Zukunft begraben. Eins von beidem musste endgültig verabschiedet werden, und Edward hoffte inständig, dass er nicht sofort wieder in eine Kutsche steigen und nach London zurückkehren musste.

»Freddy, wie …« Bevor er den Satz vollenden konnte, tauchte ein rothaariger Kopf im Türrahmen auf. Edward schluckte hastig die Worte, die im Begriff waren, von seiner Zunge zu purzeln.

»Habe ich richtig gehört? Unser Gast ist angekommen?«

Florence trat in den Raum. Ihre Locken waren ungezähmt und sie trug ein schlichtes weißes Kleid. Sie hielt schnurstracks auf Edward zu, nahm seine Hand und drückte sie sanft.

»Mein Gast, Florence«, betonte Melville.

Sein Gast. Edward zerfloss nahezu auf dem Perserteppich.

»Ich wollte nur anbieten, ihn auf sein Zimmer zu führen, damit er sich frisch machen kann«, sagte sie und sah ganz so aus, als würde sie Edward ausquetschen wollen, sobald sie allein waren. Ihr Bruder hatte wohl den gleichen Gedanken.

»Das übernehme ich«, sagte er in strengem Ton.

»Wie du meinst.« Florence zuckte mit den Schultern und drückte Edwards Hand erneut. »Ich bin ja so froh, dass mein Bruder etwas Ablenkung hat. Nach allem, was mit Miss Ailesbury passiert ist, ist er untröstlich. Vielleicht werden Sie ihn auf andere Gedanken bringen«, sagte sie schelmisch und mit offensichtlicher Übertreibung.

»Florence!« Melvilles Stimme war verräterisch in die Höhe geschossen. »Ich brauche niemanden, der mich tröstet!«, sagte der Lord aufgekratzt. Es kostete Edward außerordentlich viel Kraft, eine neutrale Miene zu bewahren. Wenn Florence wüsste. Außerdem hätte er gerne eine Erklärung, was es mit der Flucht und Miss Ailesbury auf sich hatte. Vielleicht hätte er längst davon wissen müssen, doch er war zu sehr in seine eigenen Sorgen verwickelt gewesen, um sich mit Tratsch zu beschäftigen.

»Aber beeilt euch. Das Frühstück wird jede Minute aufgetischt, und solange das Wetter anhält, sollten wir die Gelegenheit nutzen und eine Bootstour über den See machen.«

Bei der Erwähnung des Sees machte Edwards Seele einen kleinen Hüpfer.

Melville lief wortlos an ihm vorbei und bedeutete ihm, sich an seine Fersen zu heften. Sie ließen Florence in der Bibliothek zurück und folgten einer gewundenen Treppe in den ersten Stock. Von dort aus führte ein lichtdurchfluteter Korridor in einen Seitenflügel des Haupthauses. Vasen und Büsten säumten den Flur. Der Läufer schluckte das Geräusch ihrer Schritte. Melville hielt neben einer Statue von Apollo inne, der vor einer Doppeltür Wache hielt.

»Dein Zimmer«, erklärte er, »Astell hat dein Gepäck schon heraufbringen lassen.«

Edward drückte die schwere Eichentür auf. Sein Blick fiel zuerst auf das Himmelbett, gehüllt in kostbaren Brokat und himmlisch weiche Laken. Er wandte schnell den Blick ab und trat in die Mitte des Zimmers.

Auf dem Kaminsims wartete neben einer von zwei Putten gestemmten Uhr eine Vase voll frischer weißer Lilien. Über dem Kamin hing ein goldgerahmter Spiegel, der bis zur stuckverzierten Decke reichte. Durch die Fenster, die mit demselben schimmernden Stoff behangen waren wie das Himmelbett, erhaschte Edward einen Blick auf die Parkanlage und den See. Apollo sah auch in diesem Raum wohlwollend von einem Gemälde auf Edward hinab. Umringt von einer Schar Satyrn spielte er auf einer Leier, doch Edwards Blick wurde von der Rundung seines Hinterns angezogen, der nur nachlässig von einem Tuch verschleiert war.

»Etwas sehr zweideutig, findest du nicht?«, fragte er Melville, der im Türrahmen verharrte und ihn beobachtete.

Melvilles Mundwinkel zuckten.

»Ich dachte, die Aussicht würde dir zusagen.«

Nun, so viel war sonnenklar.

»Willst du nicht hereinkommen?«, fragte Edward.

Melville zögerte, doch er folgte der Einladung. Sacht schloss er die Tür hinter sich. Mit gesenktem Kopf stand er da und schien etwas zu überdenken, dann lief er geradewegs auf Edward zu. Er hielt erst inne, als nur wenige Zoll zwischen ihnen verblieben. Ihre Schuhspitzen stießen aneinander.

Edward konnte Melvilles warmen Atem auf der Haut spüren. Das Herz flatterte ihm in der Brust, während er den Mann ansah, der seine Gefühlswelt unabdingbar ins Taumeln brachte. Melville hob die Augen unter seinen rötlichen Wimpern.

»Ich habe dich vermisst«, sagte er.

Erneut überkam Edward ein Schaudern, das von seinem Nacken die Wirbelsäule hinabkletterte und noch in seinen Zehenspitzen kribbelte. Die Kälte der letzten Tage verließ endlich seine Knochen. Vier Worte, und sein ganzer Körper blühte auf.

»Ich dich auch«, antwortete er ehrlich.

Wie von Zauberhand glitten ihre Hände aufeinander zu und verschränkten sich, ein Finger nach dem anderen, bis eine Hand nicht mehr von der anderen zu unterscheiden war.

Edward legte seine Stirn an Freddys und schloss die Augen. Er kostete die Nähe aus, spürte, wie Freddys Wimpern seine Wange kitzelten, wie ihre Nasen sich berührten und ihre Lippen wie von selbst den Raum zwischen ihnen schlossen.

Er hatte sich danach verzehrt, seine Lippen zu küssen, sich ihm hinzugeben und vollkommen in seiner Berührung zu versinken. Der Kuss war sanft und doch fordernd, eine Versöhnung und gleichzeitig ein Versprechen.

Freddy fiel in Edwards Umarmung. Er presste sich gegen seinen Bauch und vergrub seine Hände in Edwards Haar. Edwards Knie wurden weich, ganz im Gegenteil zu anderen Körperteilen. Er fuhr mit der Hand von Freddys Kiefer zu der Kuhle an seinem Hals, wo sich die Schlüsselbeine trafen. Seit Freddy in der Bibliothek erschienen war, hatte er nichts anderes tun wollen, als ihn dort zu berühren.

Freddy unterbrach den Kuss zuerst, ließ aber nicht von Edward ab. Er atmete schwer. Das Herz pochte wie wild gegen seinen Brustkorb, sodass Edward jeden Schlag spüren konnte.

»Ich bin nicht sonderlich geübt darin, um Vergebung zu bitten«, sagte Freddy leise.

»Dann tu es nicht«, erwiderte Edward. Er erstickte Freddys Widerspruch mit einem zweiten Kuss. Er musste nicht hören, dass Freddy seine Worte bereute. Dass Edward hier war, auf Freddys Landsitz, in seinen Armen, war Zeichen genug.

»Aber vielleicht solltest du für die Zukunft etwas üben«, fügte er hinzu, als sie wieder auftauchten.

Freddy löste sich von ihm. Bei dem Wort »Zukunft« hatte der Zauber einen Riss bekommen. Es trieb einen Keil in die Idylle der Zweisamkeit.

Früher oder später würden sie das Thema anschneiden müssen und Edward sah keinen Sinn darin, es noch weiter von sich zu schieben. Er wollte Gewissheit und er wollte sie jetzt.

»Wir müssen über meine Arbeit reden«, verkündete er.

Freddy trat einen Schritt zurück, doch Edward ließ ihn nicht weit kommen. Er griff wieder nach Freddys Hand und vereitelte dessen Rückzug.

»Müssen wir?«, fragte Freddy unsicher.

»Sie zahlt meine Miete, mein Essen, meine Klamotten. Und gleichzeitig ist sie der größte Dorn in deinem Auge. Also ja, wir müssen.«

Freddy nickte ernst. Er zog Edward zu der Sitzbank vor dem Bett und ließ sich darauf nieder.

Edward gab ihm Zeit, sich zu sammeln. Ihm fielen einige Dinge ein, die er in diesem Moment lieber tun würde, als über die Tatsache zu reden, dass er sich sein täglich Brot mit Sex verdiente. Trotzdem empfand er keine Scham.

Freddy dagegen musste sich nicht nur eingestehen, dass er aufrichtige Gefühle für einen Mann empfand, sondern auch, dass dieser regelmäßig mit anderen Männern schlief.

»Wie kam es dazu?«, wollte Freddy schließlich wissen.

Edward betrachtete die Lilien auf dem Kaminsims und deren Zwillinge im Spiegel dahinter.

»Als ich vor einigen Jahren nach London kam, versuchte ich, mich mit Schauspieljobs über Wasser zu halten. Obwohl ich öfter in die engere Auswahl kam, war ich nicht bei der Sache. Ich wollte diese Rollen nicht, wollte nicht auf einer Bühne stehen, während alle Augen auf mich gerichtet waren. Ich kam mir entblößt und verwundbar vor und die Spielleitung verlor schnell die Geduld mit mir. An einem Tag überhörte ich eine Gruppe junger Schauspieler, die, wenn es besonders schlimm um sie stand, einen Abstecher nach Covent Garden oder Lincoln's Inn Fields machten. Was genau sie dort taten, konnte ich nur vermuten, doch ich wusste, dass es nichts war, was man bei Tageslicht vor aller Augen tun konnte. Aber es war eine effiziente Methode, um schnell an ein paar Münzen zu kommen, und so fing ich ebenfalls an, diese Orte aufzusuchen. Es begann damit, dass mir fremde Männer ein paar Münzen in die Hand drückten, nur um mich anzufassen und sich schnell Befriedigung zu verschaffen. Das war auszuhalten. Andere wollten mehr.« Edward sah, wie Freddys Hand zuckte und sich verkrampfte, als packte er in Gedanken jemanden an der Kehle. Er nahm die Hand des Lords in seine und strich sanft, aber bestimmt die Anspannung aus dessen Fingern. »Der Umgangston war nicht gerade freundlich. Doch meine Taschen füllten sich schneller, als ich es erwartet hatte. Ich erkannte, dass Männer mich wollten und bereit waren, viel dafür zu zahlen. Zu Beginn ging ich viele unnötige Risiken ein. Wenn jemand sich deine Dienste erkauft, denkt er, du seist sein Hab und Gut, komplett willenlos. Ich ging mit Männern nach Hause, nur um mit den Hosen um die Knie aus ihrem Fenster steigen zu müssen. Meistens kam ich mit einem blauen Auge davon. Ich ließ mir nicht alles gefallen, doch manchmal blieb mir keine Wahl.«

Freddy versteifte sich neben ihm. Sein Atem ging flach und er sah unnatürlich blass aus. Aber es gab nichts, das er sagen konnte, um das Geschehene rückgängig zu machen. Edward drückte beruhigend seine Hand und fuhr fort. »Ich lernte Vorsicht auf die harte Tour. Ich lernte, Angebote abzulehnen, Ärger schon von Weitem zu erkennen und ihm so gut wie möglich aus dem Weg zu gehen. Das Geld, das ich verdiente, steckte ich in mein Aussehen. Ich begann, mich besser einzukleiden, verzichtete für einen guten Haarschnitt auf Mahlzeiten, legte mir Seife und Duftwasser zu. Ich sah teuer aus und konnte so mehr Geld verlangen. Außerdem hörte ich auf, mich in Gassen und Klohäusern rumzutreiben, und suchte stattdessen Molly-Häuser auf.«

»Molly-Häuser?«

»Geheime Klubs unter dem Deckmantel eines Pubs oder einer Privatgesellschaft, in denen sich Männer treffen, die auf der Suche nach anderen

Männern sind. Mollys eben. Nicht zwingend für Sex, aber auch. Es wird getanzt, getrunken, gewettet. In manchen Häusern gibt es sogar Priester, die Paare segnen. In jedem gibt es mehrere Betten, in die man sich zurückziehen kann, wenn einem danach ist. Meist sind dort Arbeiter zu finden, Metzger, Schuster und dergleichen. Doch immer wieder trifft man dort auch Gentlemen aus besseren Verhältnissen. Ich wusste es, ihre Aufmerksamkeit auf mich zu ziehen. Ich traf sie nicht mehr in Hinterhöfen, sondern in einem Raum, wo wir von mehreren Leuten beobachtet wurden. Es gab mir eine gewisse Sicherheit, zu wissen, dass auch andere das Gesicht der Männer kannten, die mich zu sich nahmen. Die Umgangsform hatte sich geändert, aber das Geschäft blieb das gleiche. Nur besaßen diese reichen Männer das nötige Kleingeld, mich auch für längere Zeit bei sich zu halten. Nach und nach baute ich mir einen kleinen, aber treuen Kundenstamm auf.« Edward machte eine kurze Pause und blickte in das blasse Gesicht Freddys. Auch wenn seine Vergangenheit kein unschuldiges Liebesmärchen war, tat es gut, einfach nur ehrlich zu sein. »Manchmal geht es ihnen nicht um Sex, sondern schlicht um Gesellschaft und darum, jemanden zu haben, der ihnen wirklich zuhört, ohne dass sie ihr wahres Ich verstecken müssen. Sie können es sich leisten, jemanden dafür zu bezahlen, einfach nur in einem Sessel zu sitzen, Wein zu schlürfen und sich ihre Sorgen anzuhören. Und im Gegenzug wurde mein Leben um einiges bequemer. Versteh mich nicht falsch, Freddy. Hätte ich mir ein Leben aussuchen können, hätte ich dieses nicht gewählt. Das Risiko ist zu hoch. Wenn dich nicht einer deiner Freier kleinschlägt, tun es andere, die dich für krank und widernatürlich halten. Es passiert nicht selten, dass einer wie ich spurlos verschwindet, und dann kann man nur hoffen, dass er nicht Tage später leblos in der Themse auftaucht.«

Freddy hatte reglos ins Leere gestarrt, doch nun trat ein Feuer in seine Augen. Zu Recht. Niemand sollte sein Leben für eine Mahlzeit riskieren müssen.

»Ich hatte Glück. Habe es immer noch. Nur wenige schaffen es, sich ein schönes Leben aus diesem Misthaufen zu bauen. Schau dir Lady Montagu an. Sie schmeißt Bälle, schwimmt in Geld und Bewunderung. Aber es sieht schöner aus, als es ist. Und doch ist es besser als die Alternative. Wenn man sich erst mal ein Stück Luxus und Freiheit erkämpft hat, gibt man es auch nicht mehr auf.« Edward verstummte. Vor dem Fenster zogen sich die Wolken zurück. Ein goldener Schimmer legte sich über die Landschaft. Seit Wochen hatte Edward nichts als Nebel und Regen gesehen. Fast hatte er vergessen, wie sich die Welt verwandelte, wenn sie voll und ganz in Sonnenschein getaucht wurde.

»Was, wenn ich dir Luxus und Freiheit jenseits dieser Männer bieten kann?«, warf Freddy ein.

»Kannst du das?«, antwortete Edward. »Luxus, vielleicht. Freiheit? Du bist selbst nicht frei, Freddy.«

»Niemand von uns ist frei, Edward. Wir alle müssen uns gewissen Regeln beugen.«

Regeln, die eine Beziehung wie diese vollkommen unmöglich machten.

»Wie stellst du dir ein Leben mit mir vor?«, forderte Edward.

»Du klingst, als hättest du dich bereits gegen mich entschieden«, sagte Freddy. Er entzog Edward seine Hand und raufte sich das Haar. Verschwunden war die Leichtigkeit, mit der sie sich geküsst hatten.

»Ich frage, weil ich keine Antwort darauf habe. Und in der Hoffnung, dass du einen Ausweg findest, wo ich nur Sackgassen sehe.«

Freddy lehnte sich gegen einen Bettpfosten und schloss die Augen. Sein Kiefer zuckte und seine Lider flatterten unruhig. Nach einer Weile öffnete er die Augen. Es schien, als hätte er einen Entschluss gefasst.

»Gib uns nur ein paar Tage, Edward. Lass uns nicht darüber nachdenken. Wir werden uns den Bauch vollschlagen, ein paar Runden Faro spielen, ausreiten und uns ordentlich betrinken. Und das alles, ohne einen Gedanken daran zu verschwenden, was das zu bedeuten hat. In Ordnung?«

Edwards erster Impuls war, laut zu protestieren, aber die Verlockung war zu groß. Einfach nur existieren, ohne die eigene Existenz zu überdenken. Wenigstens für einen Augenblick in einer Fantasie leben, König spielen, sorglos lieben und Morgen für Morgen in Freddys Armen aufwachen.

»In Ordnung.«

Er schlüpfte aus den Stiefeln und begann damit, seine Hosen aufzuknöpfen.

»Was tust du da?«, fragte Freddy alarmiert.

»Mich umziehen«, erklärte Edward. »Ich kann schlecht in meiner Reisekluft vor deine Familie treten.«

Er war kurz davor, die Hosen fallen zu lassen, als Freddy protestierte. »Warte zumindest, bis ich hier raus bin!«

Edward sah ihn erheitert an.

»Es ist nichts, was du nicht schon gesehen hast.«

Freddy rannte zur Tür.

»Ich weiß, was du tust,« sagte er und vermied es, Edward anzusehen, »aber unten wartet man bereits auf uns und ich werde nicht auf deinen Trick reinfallen. Ich warte im Flur auf dich.«

Er huschte durch die Tür und schloss sie resolut hinter sich.

Edward hütete wahrhaftig keine Hintergedanken. Er war es schlicht gewohnt, wenn andere Männer ihn sahen, wie Gott ihn geschaffen hatte. Auch Freddy würde sich daran noch gewöhnen. Edward konnte es kaum abwarten.

Himmelskörper

Tante Marian stand am Seeufer, die Hände um ein Kopftuch geschlungen, als könnte der Himmel jeden Augenblick die Schleusen öffnen und sie bis auf die Knochen durchnässen. Sie hatte sich geweigert, mit ins Boot zu steigen, doch so ganz konnte sie sich den Spaß nicht entgehen lassen. Oder sie wollte ein Auge auf Florence werfen, schließlich war Freddys Schwester die einzige Dame in einem Haufen ungehaltener Männer, selbst wenn drei davon mit ihr verwandt waren und der vierte sich ganz sicher nicht an ihrer Unschuld interessiert zeigte.

Freddy grinste in sich hinein. Florence hatte keine Anstandsdame nötig. Sie wusste sich zu behaupten. Nicht umsonst steuerte sie das Boot, während Freddy nach Wolkenbildern Ausschau hielt. Hin und wieder fing er Edwards Blick auf, den Francis in ein anderes Boot mit Brock gezogen hatte. Francis schien direkt Gefallen an Edward gefunden zu haben, doch Brock wurde merkwürdig still, wann immer er sich in Edwards Nähe befand. Wobei der Cousin noch nie zur Geschwätzigkeit geneigt hatte. Vielleicht brauchte er einfach etwas Zeit, sich aufzuwärmen.

Edward ließ einen Finger durch das Wasser gleiten, wie Freddy aus dem Augenwinkel sah. Es war zu kalt, um ein Bad im See zu nehmen, dabei hätte er gerne etwas mit Edward herumgeplanscht. Das Blut schoss ihm in den Schritt und er justierte ein Bein so, dass seine Schwester keinen Schreck bekam. Er fragte sich, ob Edward eine ähnliche Reaktion hatte, wenn sein Blick auf ihn fiel.

Mit einem nassen Klatschen fuhren die Ruder aus dem Wasser. Freddy sah sie gefährlich näher kommen, bis sie über seinem Kopf haltmachten und ihn gnadenlos volltropften.

»Florence!« Er wagte es nicht, sich aufzusetzen. Zwar flaute die Erregung genau dann ab, als das kalte Wasser sein Hemd durchnässte, doch er wollte nicht Gefahr laufen, das Holz vor den Kopf zu bekommen und den Rest des Wochenendes mit einem dicken Schädel im Bett verbringen zu müssen.

Florence ließ die Ruder wieder ins Wasser sinken und hielt die Griffe Freddy hin.

»Du bist dran. Jetzt will ich auch mal die Augen schließen.«

Freddy nahm sie entgegen, jedoch nicht, ohne das Boot dabei extra ins Schwingen zu versetzen. Er würde dafür sorgen, dass Florence ihr Nickerchen nicht genießen konnte.

Er wartete, bis sie es sich bequem gemacht hatte, und nahm langsam an Fahrt auf, den Blick fest auf das andere Boot gerichtet. Francis plapperte den Männern die Ohren voll, während Brock halbherzig Bahnen zog und Edward aus dem Augenwinkel Freddy beobachtete.

Freddys Boot wurde immer schneller. Florence, die den Geschwindigkeitsunterschied bemerkte, blinzelte erschrocken. Sie kamen dem anderen Boot immer näher. Edwards Augen wurden groß, als er Freddys Vorhaben verstand. Francis verstummte und Brock drehte sich um, nur um ihm inständig Warnungen und Flüche an den Kopf zu schleudern.

Florence setzte sich auf. Ein wildes Grinsen erschien auf ihrem Gesicht. Selbst Tante Marian schrie wüste Beschimpfungen über den See. Sie waren nur noch eine Paddellänge voneinander entfernt. Brock stand auf. Er ruderte wild mit den Armen und beugte sich vor, wie um den Aufprall abzufangen.

Der Versuch war zwecklos. Brock verlor das Gleichgewicht und rutschte aus. Er kippte rücklings aus dem Boot. Der Platscher badete sowohl Francis als auch Edward in eiskaltem Wasser.

Francis schimpfte, Tante Marian schimpfte, Edward saß stocksteif im schwankenden Boot und sah reichlich bedröppelt aus. Florence und Freddy kugelten sich vor Lachen, doch die Freude blieb ihnen in der Kehle stecken, als eine Hand aus dem Wasser schoss und sich an das Holz des Bootes krallte. Brock tauchte auf, mit knallrotem Gesicht und Rache in den Augen. Florence schrie, als sie zu kentern drohten, doch Brock war nur an Freddy interessiert. Er packte ihn und warf sich mit ihm zurück ins Wasser.

Das Nächste, was Freddy spürte, war ein brutaler Schlag Kälte. Wasser füllte Nase und Mund und umgab ihn von allen Seiten. Er war von einem unnachgiebigen Rauschen umgeben, wusste weder, wo oben noch unten war. Dann stieß er durch die Wasseroberfläche. Er spuckte Seewasser aus und röchelte nach frischer Luft. Florence lachte wieder, doch Tante Marian schrie noch immer.

Freddy fand Brocks Kopf einige Armlängen entfernt. Er holte aus und schwamm direkt auf ihn zu. Brock roch die Gefahr und machte sich daran, Freddys Vergeltung zu entkommen. Sie schwammen um die Wette, und sosehr Freddy versuchte, seinen Cousin einzuholen, erreichte Brock doch vor ihm das Ufer. Keuchend pellte Brock sich aus dem Wasser und ging erschöpft in die Knie. Tante Marian legte ihm ihr Tuch um die Schultern und warf Freddy einen bösen Blick zu, als auch dieser aus dem See stieg, schlotternd und schlammgetränkt.

»Ab ins Trockene mit euch, ihr dämlichen Schurken, ihr Hornochsen!«

Freddy reichte Brock den Arm. Brock erwog das Friedensangebot, ließ sich aber doch auf die Beine ziehen. Gemeinsam stolperten sie zurück zum Haus, wobei jeder Schritt ein fettes Schmatzen produzierte.

Während Freddy wenig später in der Badewanne hockte und sich aufwärmte, dachte er an den Morgen zurück, als er in einer ähnlichen Wanne nach einer stürmischen Nacht einen feuchten Traum von seiner Haut gewaschen hatte. Vielleicht ergab sich ja bald die Möglichkeit, ein Bad mit Edward zu nehmen. Er wüsste zu gerne, wie es sich anfühlte, einen nackten, in Dunst und Schaum gehüllten Mann zwischen seinen Beinen zu haben. Bevor die Fantasie ihn vollkommen überkam, verließ er schnell die Wanne und trocknete sich ab. Er wollte sie sich für später aufheben.

Den Rest des Tages verbrachten sie im Musikzimmer, das zwar so hieß, aber nur selten seiner Funktion nachkam. Stattdessen saßen sie um einen Spieltisch herum, aßen Käse und Weintrauben und begannen ein Kartenspiel nach dem anderen.

»Ich hasse Glücksspiele«, sagte Edward irgendwann.

»Ach, Quatsch! Sie sind der beste Zeitvertreib«, warf Florence ein.

»Wenn man in einem Schloss lebt, ist das eine Sache, verehrte Lady Florence, aber ein einfacher Mann wie ich ist schnell ruiniert.«

Tante Marian schürzte die Lippen. Sie saß in einer Ecke des Musikzimmers und stickte. Freddy wusste, dass sie Gespräche über Geld noch mehr verabscheute als selbst Spiele um Geld. Es gehörte sich nicht, solche Dinge mit Fremden zu besprechen. Brock dagegen nickte.

»Vor allem, weil die Melvilles jeden Trick nutzen, um andere auch noch um das Wenige zu erleichtern, was sie haben.«

»Ihr seid einfach schlechte Verlierer«, empörte sich Florence. Edward stellte sich dann doch außerordentlich talentiert an, wenn man seine Abneigung für Glücksspiele bedachte.

Tante Marian hatte schnell genug von ihrer Kabbelei und verabschiedete sich für den Abend. Francis warf kurz darauf seine Karten hin und stampfte ebenfalls aus dem Raum, wobei Freddy schwören konnte, dass Rauch aus seinen Ohren kam. Florence erging es nicht besser. Auch wenn sie sich mehr unter Kontrolle hatte als ihr kleiner Bruder, wurde ihr Gesicht mit jeder Runde verkniffener.

»Wer unschuldige Damen so übers Ohr Haut, wird nie eine Chance haben, bei Lady Elphinston zu landen!«, rief sie anklagend.

Freddy schnaubte.

»Die Dame ist die Erbin einer Goldgrube. Ich zerschlage nur ungern Hoffnungen, aber Brock müsste schon selbst auf Edelsteine stoßen, um ihr Interesse zu wecken.«

»Ich weiße nicht, wer dieses Gerücht in die Welt gesetzt hat«, begann Brock und legte ein Ass ab, »aber ich bin nun wirklich nicht an ihr interessiert, egal, wie groß besagte Grube ist.«

»Und wessen Grube reizt dich dann?«, erkundigte sich Freddy, nur um die Reaktion seines Cousins zu sehen. Brock stotterte nur zusammenhangslos vor sich hin, blieb die Antwort jedoch schuldig.

Nach einem letzten fatalen Verlust erhob Florence sich steif und verkündete mit verdächtig hoher Stimme, dass sie sich nun zurückziehen werde.

Freddy selbst hatte beachtlich viel Geld verloren, doch es kümmerte ihn nicht. Er hatte Spaß, Brock und Edward dabei zuzusehen, wie sie um die Krone kämpften. Als Brock den Großteil des Gewinns einsackte und Edward ihn einen verschlagenen Fuchs schimpfte, verschluckte er sich fast und brachte nach einem kurzen Hustenanfall ein seltenes Grinsen zutage. Pfeifend wünschte Brock ihnen eine gute Nacht und ließ Freddy und Edward allein im Musikzimmer zurück. Darauf hatte Freddy den ganzen Tag hin gefiebert.

Er beugte sich über den Tisch, wobei er ein paar Münzen und Ringe auf den Boden wischte, und drückte Edward einen Kuss auf die Wange.

»Ich mag es, wie gut du dich mit meiner Familie verstehst.«

Edwards Mundwinkel verzogen sich zu einem Lächeln, das fast schon schüchtern wirkte.

»Sie sind einfach zu mögen«, antworte er.

»So einfach wie ich?«

»Einfacher«, gestand Edward.

Freddy nahm es ihm nicht übel. Er war sich bewusst, dass er Edward das Leben ziemlich schwer gemacht hatte. Aber er bereute nichts. Immerhin saßen sie nun hier, zu zweit, um ein Schlachtfeld aus Karten und Münzen.

»Komm, ich möchte dir etwas zeigen.«

Edward sah ihn mit hochgezogenen Augenbrauen an.

»Nichts Unanständiges«, versicherte Freddy.

»Wenn es nicht unanständig ist, will ich es nicht.«

Freddy erhob sich mit einem Grinsen. Er schritt durch den Raum und löschte die meisten Lichter, bis Edward fast im Dunkeln saß. Dann griff er sich zwei Decken und ging zu der Glastür, die auf die Terrasse führte. Flink öffnete er sie und gab Edward einen Wink, ihm zu folgen.

»Willst du mir den Mond zeigen?«, fragte Edward und nahm eine der Decken entgegen.

»Wohl kaum. Letzte Nacht war Neumond. Da ist nicht sonderlich viel zu sehen.«

Sie setzten sich auf die Stufen, die zu den Gärten führten. Ein stetiger Wind trieb dunkle Schatten über den Himmel, aber sie hatten Glück. Hier und da gaben die Wolken den Blick auf ein Stück Himmel frei, eine mit Sternen gesprenkelte Decke hinter tintenschwarzen Flecken.

»Venus ist schon weitergezogen«, murmelte Freddy und hielt angestrengt nach etwas Ausschau. Endlich fand er, wonach er suchte. »Da, der hellste Planet am Himmel, jetzt, wo Venus nicht mehr sichtbar ist.«

Er zeigte auf einen funkelnden Punkt über dem Horizont. Zwischen lauter kleinen Lichtspritzern strahlte ein Objekt heller als alle anderen. Edward folgte der Richtung seines Fingerzeigs.

»Hätte Galileo dank Jupiter nicht herausgefunden, dass die Erde sich um die Sonne dreht, wären wir heute noch immer komplett ahnungslos.«

Edward gluckste.

»Und hätte Galileo diese Entdeckung nicht gemacht, würden wir hier nicht sitzen, während du mir den Nachthimmel erklärst.«

»Ein Hoch auf Galileo«, wisperte Freddy.

Sie sahen Jupiter schweigend dabei zu, wie er mit den Sternen um die Wette leuchtete und dabei als eindeutiger Gewinner hervorging.

»Ich vermisse die Sterne«, sagte Freddy. »Dieses Jahr hat uns nicht nur die Sonne am Tag, sondern auch das Funkeln am Nachthimmel geraubt.«

»Man vergisst fast, wie einzigartig hell sie leuchten können. Erinnerst du dich noch an den großen Kometen?«

Freddy bekam eine Gänsehaut bei dem Gedanken. Vor fünf Jahren war er in aller Munde gewesen; Zeitungen aus jedem Winkel der Welt hatten über zwei Jahre davon berichtet. Freddy hatte mehrere Monate kaum Schlaf bekommen.

Nacht für Nacht war er aus seinem Zimmer geschlichen und hatte in den Himmel gestarrt, bis sein Nacken steif und seine Haut eiskalt geworden waren. Tante Marian hatte ihn noch jedes Mal geschimpft, dass er zu einem Eisblock verkommen würde, sollte er weiterhin seine Nächte für einen lächerlichen Kometen aufs Spiel setzen. Sie hatte sich gefürchtet vor diesem fremden, mächtigen Phänomen, doch Freddy konnte sich dem Bann bis heute nicht entziehen.

Der Komet war eine schimmernde Wunde im Nachthimmel gewesen, sein Schweif ein Schnitt im Firmament, aus dem Sternenlicht blutete. Freddy würde alles dafür geben, ihn noch einmal zu sehen.

»Damals wünschte ich, er würde auf die Erde fallen«, gestand er in die Stille hinein.

»Mir war nicht bewusst, dass du eine fatalistische Ader besitzt«, sagte Edward.

Freddy zuckte mit der Schulter. »Trauer hatte mich fest im Griff. Es war erst zwei Jahre her, dass Mutter gestorben war. Aber ich vermisste sie noch immer. Vater hatte uns nach London abgeschoben und in die Aufsicht von Tante Marian gegeben. Sie muss völlig überfordert gewesen sein. Plötzlich musste sie sich ganz auf sich allein gestellt um drei trauernde Kinder kümmern.« Freddy dachte, dass auch Tante Marian schwer von dem Verlust ihrer geliebten Schwester getroffen worden sein musste. Doch sie hatte sich kaum etwas anmerken lassen. Vielleicht waren Freddy, Florence und Francis eine willkommene Ablenkung gewesen, ein kleiner Segen, wo sie doch alle den Mittelpunkt ihres Universums verloren hatten.

»Alles leuchtete etwas heller, wenn Mutter einen Raum betrat«, erzählte Freddy weiter. »In ihrem Beisein wandelte sich selbst Vater von einem grimmigen Löwen zu einem treuen Welpen. Als man die Krankheit entdeckte, dauerte es nur noch Wochen, bis sie starb. Und alles verlor seinen Glanz. Als schließlich der Komet das erste Mal auftauchte, dachte ich, er würde uns auslöschen. Insgeheim wünschte ich mir genau das. Aber er wuchs und gewann an Leuchtkraft. Er war buchstäblich ein Lichtblick. Als er erlosch, war ich am Boden zerstört. Gleichzeitig hatte er mich eine Sache gelehrt.« Freddy wandte den Blick von Jupiter ab und sah zu Edward, dessen Augen in der Finsternis glänzten. »Sollte jemals wieder ein Komet am Himmel erscheinen, wollte ich hier unten sitzen und Zeuge seines Aufstiegs werden. Ständig werden neue Himmelskörper entdeckt. Um nichts auf der Welt will ich das verpassen.«

»Neue Himmelskörper?«

»Sterne, Planeten, Kometen. Und jedes Mal streiten sich die Wissenschaftler über ihre Namen. Der siebte Planet, der um die Sonne kreist, wurde erst vor wenigen Jahrzehnten ausfindig gemacht. Man hat ihn nach dem König benannt, aber die Europäer akzeptieren keine fremden Herrscher. Sie nennen ihn Uranus, Herr des Himmels. Den achten Planet, Ceres, gibt es auch erst seit Anbruch des neuen Jahrhunderts, wenn man so will.«

Freddy glaubte, Edward in der Dunkelheit lächeln zu sehen.

»Ich könnte dir ewig zuhören, wenn du so sprichst.«

Trotz der Kälte, die sich über Somerton gelegt hatte, als der Tag zur Nacht verfloss, war Freddy warm ums Herz.

»Du bist ein bisschen wie sie, weißt du?«

»Wer?«, fragte Edward.

»Meine Mutter. Wenn du bei mir bist, ist alles etwas leichter, etwas heller. Du machst aus einem verschwendeten Tag einen, den ich niemals verpassen möchte. Ein Himmelskörper, dessen Anblick ich nicht missen will.«

Edward rückte näher. Er hob die Hand und fuhr langsam Freddys Wangen nach. Es war eine Berührung so voller Zärtlichkeit, dass Freddy die Augen schloss und sich ihr vollkommen hingab.

»Was bin ich dann?«, wisperte Edward nach einer Weile. »Ein Stern, ein Planet oder ein Komet?«

Freddy musste nicht lange überlegen. Sofort sah er Edward vor sich, wie er über den Maskenball tanzte; eine königliche Erscheinung in Gold, sein schimmerndes Haupt einer Krone würdig.

»Du bist der hellste Stern von allen. Du bist meine Sonne. Du leuchtest heller als alle zusammen.«

»Und irgendwann erlösche ich.«

»Die schönsten Dinge im Leben sind vergänglich. Umso größer die Pflicht, sie auszukosten.«

Edwards Lippen waren kalt wie die Nacht, selbst als Freddy ihn küsste. Während sich ihre Hände und Arme ineinander verschlangen, ihre Körper aufeinandertrafen wie zwei Planeten, deren Umlaufbahnen sich kreuzten, gewann die Luft zwischen ihnen an Hitze. Freddy drückte sich gegen Edward und wurde sofort hart. Seit er ihn in der Bibliothek erblickt hatte, erstickte er fast an unerfüllter Lust, die es nun zu stillen galt.

Er richtete sich auf und zog Edward mit sich. Zurück im Musikzimmer, schubste er ihn auf einen Sessel und bäumte sich vor ihm auf. Schwer atmend sahen sie einander an. Edwards Lippen flackerten im spärlichen Licht der wenigen entzündeten Kerzen. Er sah aus wie ein Halbwesen, mehr Schatten als Wirklichkeit. Freddy wollte ihn heraufbeschwören und seine Grenzen erzittern lassen.

Er kniete sich auf den Boden und zog Edward erst einen, dann den anderen Schuh aus. Edward beobachtete ihn aufmerksam, doch ohne sich zu rühren. Erst als Freddy zu Edwards Hosenbund griff, packte er ihn an der Hand.

»Freddy!«

»Was?«

»Hier sind zwei Türen, durch die jederzeit jemand in den Raum platzen und uns entdecken könnte!«

»Drei«, sagte Freddy.

»Was?«

»Drei Türen. In der Wand ist noch eine Tür für die Dienstboten eingelassen.«

»Vier, wenn man die Terrassentür mitzählt.«

Für einen Augenblick sahen sie sich an, dann zerrten sie gemeinsam an Edwards Hose.

Während Freddy sich an Edwards Strümpfen zu schaffen machte, befreite Edward sich von Hemd und Weste, bis er vollkommen nackt in einem Chippendale-Sessel lag, die Beine gespreizt und sichtbar erregt.

»Willst du dich nicht …?«

Freddy schüttelte den Kopf. Er würde seine Kleidung anbehalten, auch wenn alles in ihm nach Befreiung schrie. Zu lange hatte er von diesem Moment geträumt. Jetzt sollte er wahr werden.

Freddy legte die Hände auf Edwards Knie. Er begann damit, die Innenseite der Schenkel mit Küssen zu bedecken. Langsam arbeitete er sich vor, wobei Edwards Keuchen ihn stärker und stärker in Erregung versetzte. Doch er übte sich in Geduld. Seine Stirn stieß zuerst gegen Edwards Schwanz, doch auch jetzt nahm er sich Zeit. Mit seiner Zunge fuhr er durch die hauchzarten Senkungen, wo die Haut am dünnsten und süßesten war. Schließlich erreichte er die Hoden und Edwards ganzer Körper erschauderte unter seinen Berührungen. Er spielte mit ihnen, biss vorsichtig in die Haut, fuhr mit der Zunge um sie herum, immer weiter hinunter, bis Edward leicht die Beine hob und sich ihm entgegenpresste. Dann folgte seine Zunge dem Kamm wieder zurück, über die Eier, bis er den Schaft erreichte, hoch bis zur Spitze, die bereits feucht glänzte.

Er nahm Edward ganz in sich auf, fuhr stetig hoch und runter, spürte, wie er unter ihm zitterte.

»Keine ... Zähne«, flüsterte Edward und klang wie ein Ertrinkender.

Freddy ging vorsichtiger vor, erhöhte aber den Druck. Eine Hand senkte er zwischen Edwards Pobacken und führte feste, kreisende Bewegungen aus. Mit der anderen ergriff er den Penis. Freddys Hunger war immens. Er wollte Edward in sich spüren, ihn schmecken, wollte ihn in Ekstase versetzen. Er erhöhte seine Bemühungen, glitt tiefer, wurde schneller, spürte, wie sich Edwards Schenkel gegen ihn pressten, wie die Muskeln sich anspannten.

Mit einem Mal griff Edward in Freddys Haar, versenkte seine Hand in seinen Locken und beugte sich vor. Freddy presste sich ihm entgegen.

Die Spannung brach wie eine tosende Welle über sie herein. Freddy spürte Edwards Adern pochen, schmeckte ihn in seiner Kehle; sein Duft erfüllte Nase und Rachen. Mit einem Keuchen entwich jede Spannung aus Edward.

Freddy wischte sich mit einem Grinsen das Gesicht an Edwards Schenkeln ab. Er setzte einen sanften Kuss auf Edwards Penis, dann auf seinen Bauch und seine Brust.

Edward zog ihn auf sich und vergrub sein Gesicht in Freddys Nacken.

»Und?«, flüsterte Edward.

Freddy dachte für einen Augenblick nach.

»Schmeckt nicht so gut, wie ich dachte.«

Edward begann unter ihm zu zittern und zu zucken. Fast dachte er, Edward hätte noch einen zweiten Orgasmus, aber dann verstand er, dass Edward sich vor stillem Lachen schüttelte.

Als er sich beruhigt hatte, wischte er Freddy die Locken aus dem Gesicht und sagte: »Nein, das tut es selten. Aber es gibt kaum ein besseres Gefühl.«

Er küsste Freddys Ohr, dann seine Lippen.

»Jetzt du.«

Es dauerte keine Minute. Edward musste ihn nur berühren, da erlag Freddy ihm schon. So sehr hatte sich die Erregung in ihm aufgestaut, dass Edward kaum etwas tun musste, um Freddy kommen zu lassen.

»'tschuldigung«, nuschelte Freddy, doch er war zu erfüllt, um etwas anderes als Glück zu empfinden.

»Du musst dich nie für etwas entschuldigen, das dein Körper mag oder tut, Freddy.«

Freddy zog den splitterfasernackten Edward auf sich, wickelte die Arme fest um seinen Körper und gab ihm einen langen, erschöpften Kuss.

Luftschloss

Es sollte die erste und einzige Nacht sein, die sie in getrennten Betten verbrachten. Es fiel Edward nicht leicht, Freddy in sein eigenes Schlafzimmer zurückkehren zu lassen, doch er sagte sich im Stillen, dass es eine weise Entscheidung war. Weise, weil sie so am nächsten Morgen unangenehme Fragen vermieden, und ebenfalls weise, weil sie den Schlaf brauchen würden. Wer konnte schon sagen, wie viel Ruhe sie die folgenden Nächte bekommen würden?

Am nächsten Tag gab Freddy Edward eine Tour durch Somerton. Er führte ihn durch den Ballsaal, gedeckt in Spiegel und roten Samt, den festlichen Speisesaal mit einer Tafel, die so lang war, dass Edward im Leben nicht genügend Freunde ansammeln könnte, um sie zu füllen. Es folgte eine Galerie mit Gemälden von Rubens und Tizian, Dürer und Caravaggio, wobei erstaunlich viele Männerhintern zur Schau standen. Edward fragte sich still, wie es sein musste, in einem Museum zu leben, umgeben von schönen und teuren Dingen, die unter keinen Umständen berührt werden durften. Es kam ihm gänzlich absurd vor.

Da die Installation einer einzigen Bibliothek von schlechtem Geschmack für ein Haus dieser Größe und solch wohlhabende Besitzer zeugen würde, gab es selbstverständlich noch eine zweite. Der Unterschied bestand rein in dem aus Madrid stammenden Wandteppich, der dem Raum seinen Namen gab. Auch Salons gab es in großer Fülle, allesamt ausgestattet mit kunstvollem Chippendale-Mobiliar. Da waren das Alabasterzimmer, der Blaue Salon, die Prinzenkammer und das Frühlingszimmer.

Letzteres machte seinem Namen alle Ehre. Auf einer hellen, handbemalten Tapete rankten sich zart blühende Sträucher, in deren Ästen Pfauen und Papageien hausten. Doch das Kernstück des Raums war ein lebensechtes Gemälde einer jungen Frau, deren sommersprossiges Antlitz Edward bereits in anderen Zimmern aufgefallen war.

»Das ist sie, oder?«, fragte Edward ehrfürchtig.

Freddy sah zu dem Porträt hinauf. Sein Blick wurde weich und rückte in die Ferne.

»Sie ist überall hier. Als Vater Somerton bauen ließ, übertrug er Mutter die Aufsicht über die Inneneinrichtung. Doch sie sah die Fertigstellung nie. Und auch Vater hat noch nie eine Nacht hier verbracht. Am Ende übernahmen Tante Marian und Florence die Raumplanung. Sie wollten sichergehen, dass es ihr gerecht wurde.«

»Und wurde es das?«

Freddy nickte bedächtig.

»Es ist ein sonniger Ort, selbst in Zeiten wie diesen, wo wir regelmäßig von schlechtem Wetter heimgesucht werden. Man kann ihre Präsenz spüren. Es gibt noch mehrere Porträts von ihr. Ein kleines im Alabasterzimmer, zwei in der madrilenischen Bibliothek und je eins in den Schlafsälen der Familie.«

Edward betrachtete die Frau im Goldrahmen. Sie trug ein wallendes weißes Kleid, verziert mit blauen Bändern und Spitze, den Hals und die Schultern freigelegt. Bis auf vereinzelte Perlen in ihrem aufgetürmten Haar zierte kein Schmuck ihre ebenmäßige Haut. Obwohl ihr Gesicht keine Regung zeigte, strahlte sie Wärme aus. Vielleicht bildete Edward es sich ein, doch wie sie ihn so direkt ansah – eine geschwungene Augenbraue leicht angehoben –, schien sie einen Witz mit ihm teilen zu wollen.

Edward hätte sie zu gerne getroffen. Sie teilte das rote Haar und die grünen Augen mit ihren Kindern, doch da hörten die Ähnlichkeiten auf. Wo ihre Züge rund und voll waren, schmückten scharfe Kanten die Gesichter ihrer Nachkommen. Francis ähnelte ihr am meisten, dessen jugendliche Weichheit noch nicht vollkommen aus seinen Zügen gewichen war.

»Sie sieht …« Edward suchte nach dem richtigen Wort. »… spitzbübisch aus.«

Freddy lehnte sich an Edwards Schulter.

»Sie hat Vater um den Verstand gebracht. Er war immer schon ein schweigsamer Mann, recht grimmig und eigenbrötlerisch, aber Mutter triezte ihn so lange, bis er die Fassung verlor und aufbrauste. Und mit nichts als dem Streich eines Fingers konnte sie ihn wieder besänftigen.« Freddy warf ihm einen Blick unter seinen dichten Wimpern zu. »Wie gesagt, sie erinnert mich an dich.« Edward legte eine Hand an Freddys Nacken und begann, das dichte Haar darüber zu kraulen. »Ja, das mit dem Aufbrausen kannst du auch ziemlich gut«, sagte er und setzte einen zarten Kuss auf Freddys Ohrläppchen. »Auch wenn du heute bisher einen tiefenentspannten Eindruck machst. So kenne ich dich kaum.«

Freddy lächelte.

»Seit ich damit aufgehört habe, dich zu hassen, gibt es für mich weniger Gründe, missgelaunt zu sein. Noch dazu bin ich wieder offiziell ein freier Mann.«

»Richtig, die mysteriöse Miss Ailesbury, die die Familie Melville in die Flucht geschlagen hat.«

Freddy führte Edward in das nächste Zimmer, das fast schon schlicht wirkte mit seinen Erdtönen, dem Klavier, das schon bessere Tage gesehen hatte, und einem einzelnen Schaukelstuhl vor dem Kamin.

»Miss Ailesbury hat nichts Falsches getan. Sie war schlicht etwas unvorsichtig, als sie sich mit Lord Sims erwischen ließ. So waren wir gezwungen, die Verbindung offiziell zu lösen.«

»Ich will mich nicht beschweren«, sagte Edward.

Gerade als er seine Finger bei Freddy einhaken wollte, platzte Florence ins Zimmer, ausgerüstet mit Handschuhen und einer hochgeschlossenen Spenzer-Jacke. Er nahm beiläufig seine Hand zurück und tat so, als müsste er sich an der Schläfe kratzen.

»Wie wär es mit einem Ausritt?«, fragte sie. Herausforderung blitzte in ihren Augen auf.

Freddy grinste, doch Edward war mulmig bei dem Gedanken, sich auf einem Pferd gegen die Melville-Geschwister behaupten zu müssen.

»Ich bin kein besonders guter Reiter«, gestand er.

»Das halte ich für eine Lüge«, sagte Freddy, ohne ihn anzusehen.

Zwanzig Minuten später fand Edward sich auf dem Rücken eines schwarzen Wallachs wieder. Glücklicherweise schien auch das Pferd nicht sonderlich interessiert an einem Wettrennen, und so trotteten sie gemeinsam durch das Wäldchen, während Freddy und Florence einander in halsbrecherischem Tempo über die Ländereien jagten. Ihre Haut war schweißnass und beide trugen ein teuflisches Grinsen im Gesicht, als sie nach einer Stunde von den Pferden stiegen.

Nachdem Edward sich frisch gemacht hatte, machte er es sich in die Bibliothek mit dem malerischen Ausblick auf den See gemütlich und wartete dort auf die Geschwister. Er fuhr mit dem Finger über die unzähligen Buchrücken, zog hin und wieder ein Exemplar hervor und las die Titel, wenn er konnte. Weder sein Latein noch sein Französisch reichten aus, um die Worte zu entschlüsseln. Ein besonders kleines Büchlein trug nichts als den Umriss eines sonderbaren Wesens auf dem Umschlag. Das Tier war ins Leder gestanzt, die Rillen mit Gold gefüllt, und so wirkte es noch zauberhafter, als es sowieso schon war. Edward erkannte ein Geweih, mächtige Pranken und die Lefzen eines Raubtiers. Es war ein so hübscher Anblick, dass Edward versucht war, das Büchlein einzustecken. Ein Buch mehr oder weniger würde in diesem Haus kaum auffallen, doch wohlerzogen, wie er war, schüttelte er den Gedanken gleich wieder ab.

»Was hast du da?«

Edward zuckte kaum merklich zusammen, ehe er sich umsah. Freddy hatte sich angeschlichen. Das Haar war kaum getrocknet und von einem dunkleren Ton als sonst. Edward betrachtete ihn und sog die Luft ein. Er roch angenehm nach Seife, rein und warm.

»Ich bin mir nicht sicher«, sagte er und steckte das Buch wieder zurück an seinen Ort, »aber ich habe einen Mordshunger.«

»Worauf genau?«, wollte Freddy wissen. Ein Funkeln lag in seinen Augen.

»Nun, wenn es ums Essen geht, hat man entweder Hunger oder man hat keinen. Die Speise ist egal. Aber die Art von Hunger, die ich gerade verspüre, lässt sich nicht stillen, egal, wie oft ich versuche, mich zu sättigen.«

Freddys grüne Augen funkelten. Als seine Zungenspitze verzückt zwischen seinen Lippen hervorschoss, setzte Edwards Herz kurzzeitig aus.

Nach einem Abendessen aus Wild und Schmorgemüse und einer weiteren Runde Karten, in der Brock alle abzog, trieb die einfallende Dunkelheit alle auf ihre Zimmer zurück.

»Deins oder meins?«, flüsterte Freddy, als sie den ersten Stock erreichten.

»Deins«, antwortete Edward ebenso leise.

Er wollte sehen, wo Freddy seine Kleidung ablegte, bevor er schlafen ging, worauf er seinen Kopf bettete und wo er von Träumen übermannt wurde, wo er sich wusch, bevor er den Tag bestritt.

Eine Skulptur von Atlas wartete vor Freddys Tür, die Welt auf seinen Schultern. Das Zimmer war kleiner, als Edward es erwartet hatte, und weniger raffiniert eingerichtet als das Gästezimmer, in dem Edward untergebracht war. Möbel und Farben schienen wild zusammengewürfelt; Kerzenhalter aus Bronze wechselten mit Spiegeln aus Silber. Ebenso fanden sich hier zwei wuchernde Pflanzen am Fenster, ein Himmelbett aus dunklem Holz und mit bunten Kissen bestückt sowie ein einziges Gemälde von Lady Albinia Melville, einige Jahre älter als auf dem Porträt im Frühlingszimmer, doch mit demselben wissenden Gesichtsausdruck. Es sah aus wie ein Zuhause, nicht wie ein Museum.

Freddy schmiegte sich von hinten an Edwards Körper. Er schlang die Arme um seine Mitte, bedeckte seinen Nacken mit Küssen und legte schließlich das Kinn auf seine Schulter.

»Wer hat gesagt, dass du aufhören sollst?«, flüsterte Edward.

Er konnte spüren, wie Freddys Brust mit jedem Atemzug anschwoll und wieder in sich zusammenfiel.

Freddy antwortete nicht. Still standen sie da, verschlungen wie zwei Stämme eines einzigen Baums, bis ihre Herzen in einem Takt schlugen.

»Edward?«, fragte Freddy nach ein paar Sekunden, und bei dem warmen Klang schloss Edward die Augen.

»Freddy?«, antwortete er schließlich.

»Weißt du noch, in unserer ersten Nacht, also vor dem Streit … ?«

Edward erinnerte sich. An unstillbares Verlangen, rastlose Träume und Stunden mit nichts als Freddys Namen auf seinen Lippen. An Freddys Arme um seine Brust und seine Finger zwischen seinen Beinen. An die sorgenfreien Minuten am Morgen, kurz bevor Freddy aus der Tür stürmte. Ja, er erinnerte sich an alles.

»Oh, so schnell vergesse ich das nicht.«

Freddy drückte ihn noch enger an sich.

»Was wir da gemacht haben – wie wäre es, wenn wir das noch mal tun, nur … umgekehrt?«

Edward schlug die Augen wieder auf und starrte auf das Bett. Er wandte sich aus Freddys Armen, nur um ihn in einen tiefen Kuss zu ziehen.

»Eine gute Idee«, wisperte er und fuhr mit der Hand über Freddys Brust, dann über den Bauch und drückte sie schließlich fest gegen die Beule in seiner Hose.

»Ich muss nur noch etwas aus meinem Zimmer besorgen. Und wenn ich zurückkomme, bist du besser nackt«, befahl er.

Freddy stutzte, doch Edward ließ ihm keine Zeit, Fragen zu stellen. Schnellen Schrittes verließ er das Zimmer, lief den Korridor hinunter, vorbei an dunklen Gemälden und Götterstatuen, und war dankbar, dass der Läufer seine Schritte dämpfte.

Als er wenig später wieder in Freddys Gemach trat, eine schlichte Dose in der Hand, brannte nur die Glut im Kamin. Sie spendete gerade ausreichend Licht, dass Edward die Umrisse von Freddys Körper auf dem Bett erkennen konnte. Wie eine feine Spur brannte sich das Licht einen Weg von den Zehen über die leicht behaarten Waden und die muskulösen Schenkel, nur um schließlich von der Dunkelheit der halb zugezogenen Bettvorhänge geschluckt zu werden.

Wortlos schälte Edward sich aus Hemd und Hose und spürte dabei, wie Freddy jede seiner Bewegungen verfolgte. Nach und nach ließ er seine Ringe zu Boden fallen, genoss das Gefühl von Freddys schwerem Blick auf seiner Haut, versteckte seinen anschwellenden Penis nicht und ließ ihn all das mit den Augen erkunden, was er gleich zu spüren bekommen würde. Als er sich völlig entkleidet hatte, trat er ans Fußende des Bettes. Ohne Hast kletterte er auf die Matratze. Mit einer Hand stützte er sich ab, mit der anderen schob er sachte Freddys Beine auseinander. Freddy erschauderte unter seiner Berührung. Edward konnte die Gänsehaut spüren und die Anspannung darunter.

»Willst du es denn?«, fragte er und küsste vorsichtig Freddys Hüftknochen.

»Will ich es denn?«, wiederholte Freddy atemlos.

»Was sagt dir dein Bauch?«, fragte Edward.

Er ergriff Freddys Hand und führte sie sanft zu seiner Mitte. Freddy schien in sich hineinzulauschen.

»Da ist Neugier«, wisperte er, »und Lust und etwas Angst.«

»Angst?«

»Dass es wehtut. Oder schlecht riecht. Oder unschön wird. Und ...« Er warf einen vielsagenden Blick auf Edwards Penis. »... du bist größer als ich.«

»Berechtigte Sorgen. Aber wenn ich mich recht entsinne, bist du erst vor wenigen Stunden aus einem Bad gestiegen.«

»Richtig.«

Edward griff nach der Dose am Bettende.

»Das hier hilft«, erklärte er und öffnete den Deckel. Eine glibberige, durchscheinende Substanz kam zum Vorschein.

Freddy sah ihn bestürzt an.

»Das ess ich nicht.«

Edward unterdrückte ein Lachen.

»Kann ich auch nicht empfehlen«, witzelte er. »Nein, es macht die Dinge einfach etwas ... geschmeidiger. Wie Spucke, nur besser.«

»Will ich wissen, woraus das besteht?«

Edward dachte an die Süßkartoffeln, aus denen das Gleitmittel gewonnen wurde.

»Es ist nicht gerade ansprechend.«

»Dann lieber nicht.«

»Und es tut nicht weh?«

»Nicht, wenn wir langsam vorgehen. Wenn du dich entspannst und mir genau sagst, was sich gut anfühlt und was nicht.«

Freddy beugte sich vor und biss auf Edwards Unterlippe.

»Das bekomme ich hin.« Er ließ sich auf den Rücken fallen und sah Edward schelmisch entgegen. Edward liebte dieses lockere Halblächeln, das frei von jeglicher Sorge und voll kindlicher Torheit steckte.

»Also, worauf wartest du?«

»So viel zu Angst«, sagte Edward, doch er gehorchte.

Er wärmte Freddy langsam auf. Seine Hände wanderten über Freddys Körper, streichelten und massierten ihn, bis er eine stetige Melodie von kehligem Raunen und tiefen Seufzern von sich gab. Mit der Zunge vergrub Edward sich zwischen Freddys Beinen, bis dieser völlig entkrampft war. Mit dem erwärmten Mittel auf der Hand wagte er sich langsam vor, erst einen Finger, irgendwann zwei, schließlich drei.

»Jetzt du«, keuchte Freddy.

Edward konnte nicht sagen, ob Minuten oder Stunden an ihnen vorbeigezogen waren. Auch jetzt ließ er Vorsicht walten, doch er genoss jede Sekunde, die Freddy sich unter ihm wand. Seine Haut war seidig, seine Brust schimmerte, Schweißtropfen rannen seinen festen Bauch hinab und verschwanden im dichten Haar zwischen seinen Beinen.

Sie fanden einen gemeinsamen Rhythmus. Freddy begann mehr zu fordern, schlang die Beine um Edwards Hüften und presste sich an ihn, griff nach seinen Schultern und biss stöhnend in Edwards Nacken.

Freddy überwältigte jeden von Edwards Sinnen. Sein Duft, seine Hitze, seine Härte und seine Laute waren alles, das er noch wahrnahm. Freddys Finger vergruben sich in seinem Hintern. Er buckelte, schrie auf, pulsierte, und Wärme ergoss sich zwischen ihnen.

»Komm«, befahl Freddy.

Edward stieß tief zu, einmal, dann ein zweites Mal, ehe sich etwas in ihm löste. Er kämpfte damit, die Kontrolle zu bewahren, war überkommen von einer Mischung aus Lust und Befreiung. Er ließ sich fallen und Freddy fing ihn auf, suchte seine Küsse, ließ ihn nicht los.

So lagen sie da, erschöpft und erfüllt von einer tiefen Genugtuung. Edward schmeckte Freddy noch immer auf seinen Lippen; ein Hauch von Frische und eine salzige Note von Schweiß.

Als ihr Puls sich allmählich beruhigte und ihre Haut an Wärme verlor, krochen sie unter die Decke, noch immer eng ineinander verschlungen.

»Ich wusste nicht, dass sich etwas so ... Eindringliches so gut anfühlen kann«, hauchte Freddy.

»Du wurdest soeben in das offenste Geheimnis der Männerliebe eingeweiht«, sagte Edward.

»Was für Geheimnisse hütest du noch?«, fragte Freddy. Er fuhr mit seinem Finger über Edwards Rippen, umkreiste die Nippel und wiederholte die Bewegungen.

»Ein Mann meiner Sorte hat viele an der Zahl«, gestand Edward und knabberte an Freddys Ohr.

»Nicht so was«, sagte Freddy, zog Edwards Kopf jedoch ein Stückchen näher. »Etwas über dich, das du noch nie jemandem erzählt hast.«

Edward rieb seine Nase an Freddys Hals und dachte nach. Zwar stellte sich oft das Gefühl einer tiefen Verbundenheit ein, wenn er nach dem Sex in den Armen eines Mannes lag, doch hütete er sich stets davor, dieser Nähe zu vertrauen. Er war immer auf der Hut, selbst in solch intimen Momenten. Es war kompliziert, seine emotionalen Hüllen fallen zu lassen, wenn diese Verbundenheit auf einem Handel beruhte, wenn er vorgab, bloß ein Verführer, ein Spielzeug zu sein.

Freddy dagegen umging diese Mauer gekonnt. Edward wusste, dass er machtlos war, und doch fühlte er sich beschützt. Und so ließ er es zu, dass seine Gedanken tiefer schürften, dass Erinnerungen hervortraten, die er sonst hinter Schloss und Riegel bewahrte.

»Ich habe Angst vor Treppen«, gestand er.

»Bitte?«

Edward wiederholte die Worte mit Bedacht.

»Das erste Mal, dass wir miteinander sprachen, war auf einer Treppe.«

»Und fast wärst du gestürzt und hättest dir sonst was getan«, sagte Edward.

»Weil du mich geschubst hast.«

»Weil du mich gerammt hast.«

»Schön. Vielleicht hab ich das. Aber das erklärt die Angst nicht. Du erklimmst ständig Treppen. Gäbe es keine, würdest du nicht in diesem Bett liegen.«

Das war ihm durchaus bewusst. Treppen waren nicht wegzudenken, und es gab für ihn keine Möglichkeit, ihnen auszuweichen, doch wenn er könnte, würde er sie ein für alle Mal verbannen.

»Vor vielen Jahren war ich in einen Unfall verwickelt, bei dem jemand die Treppe in meinem Haus hinabstürzte und starb.«

Freddy hielt mitten in der Bewegung inne. Seine Hand verweilte auf Edwards Brust.

»Jemand, der dir nahestand?«, fragte er vorsichtig.

»Nein«, sagte Edward und klang dabei verbittert, »im Gegenteil. Jemand, der mir wehtun wollte.«

Freddys Hand verkrampfte sich. Es dauerte mehrere Atemzüge, bis er erneut sprach. »Dann hat diese Person bekommen, was sie verdient hat.«

Es war das erste Mal, dass Edward diese Worte hörte. Seine Unterlippe begann zu beben und er biss sich fest darauf. Seit dem Vorfall hatte er zwischen Schuldgefühlen und Rachegelüsten geschwankt. Es hatte lange gedauert, bis er sich eingestehen konnte, dass er nur Schuld empfand, weil er nichts als Erleichterung verspürte bei dem Gedanken, dass der Pfarrer aus der Welt geschieden war.

Es war ein Befreiungsschlag gewesen, auch wenn ihn das Bild des leblosen Pfarrers weiterhin in seinen Albträumen verfolgen würde. Doch er wollte nicht über dessen toten Körper nachdenken, wenn Freddy, so lebendig und strahlend vor Kraft, an seiner Seite lag und ihm Wärme spendete.

»Jetzt du«, flüsterte Edward. »Erzähl mir etwas über dich, das ich nicht weiß.«

Freddy begann wieder, Edwards Brust zu streicheln. Edward schloss die Augen und gab sich der Berührung hin, bis nichts mehr von Bedeutung war außer den kreisenden Bewegungen von Freddys Fingern und dem rauen Tonfall seiner Stimme.

»Ich glaube nicht, dass es da etwas zu erzählen gibt. Ich bin nicht sonderlich mysteriös.«

»Das ist eine Lüge«, murmelte Edward, »denn wer hätte gedacht, dass hinter der Maske des Pechraben ein wahrer Sternengucker sitzt?«

»Pechrabe?«

»Du weißt schon, auf dem Ball. Launisch, düster, Unheil verkündend.«

»Ich nenn dich eine Sonne, und du schimpfst mich einen Pechraben?«

Edward zog Freddys Mund an seine Lippen, doch sein Pechrabe weigerte sich mit aller Kraft.

»Das hast du nicht verdient«, drohte Freddy keuchend.

Edward verdoppelte seine Anstrengungen, doch Freddy war stärker. Ein siegessicheres Lachen entwich ihm, was dazu führte, dass seine Spannung brach und er Edward entgegenfiel.

»Vielleicht bist du ein Pechrabe«, sagte Edward zwischen hungrigen Küssen, »aber du bist mein gutes Omen.«

Freddys Hand glitt von Edwards Brustkorb zum Po, dann hob er das Bein und schlang es um seine Hüften.

»In Ordnung, hier ist etwas«, flüsterte Freddy. »Ich denke oft daran, einfach wegzurennen. Fort aus London, von meinem Titel, der Pflicht, heiraten oder Kinder zeugen zu müssen, die Linie zu erhalten. Ich hätte gedacht, dass der Drang weggeht, jetzt, wo ich dich habe. Aber in Gedanken renne ich noch immer.«

Edward biss sich auf die Zunge. Freddy lebte ein Leben im Überfluss, und trotzdem wollte er rennen. Edward verstand den Fluchtgedanken und das Bedürfnis, ein Leben hinter sich zu lassen, das man nicht führen wollte, und für ein anderes einzutauschen. Manche Dinge, so unscheinbar sie von außen auch wirkten, konnten einen Menschen unter ihrem Gewicht erdrücken.

Er hoffte nur, dass in Freddys Fluchtgefährt noch Platz für ihn war.

»Wohin würdest du rennen?«, fragte er schließlich.

»Spielt es eine Rolle? Egal, wie verdorben und hässlich ein Ort ist, egal, wie schön er ist, was will ich dort, wenn du nicht da bist? Ich könnte in einem Palast stehen, aber ohne dich wäre er schmucklos. Mit dir würde jeder gottlose Ort zum Paradies.«

Diese unerschrockene Ehrlichkeit überraschte Edward. Sie hatten sich zwar eingestanden, dass sie tiefgehende Gefühle füreinander empfanden. Wenn Freddys Ausraster eines bewiesen hatte, dann das. Und sie hatten ebenfalls ein stilles Abkommen getroffen, dass sie sich dem, was zwischen ihnen entstand, nicht in den Weg stellen würden. Sonst wäre Edward kaum hier. Und doch fühlte er sich plötzlich, als wäre alles leichter, als würde er schweben. Eine Feder im Freudentaumel.

»Es gibt noch eine andere Sache, vor der ich Angst habe. Oder hatte. Ich bin mir nicht sicher«, sagte Edward.

Freddy fuhr mit der Hand von Edwards Knie zur Hüfte und wieder hinab. Er drückte sanft zu; eine stille Aufforderung.

»Ich dachte immer, dass Liebe …« Das Wort flatterte von seinen Lippen wie ein Schmetterling, der sich aus dem Kokon befreit und zum ersten Mal zaghaft die Flügel ausgebreitet hatte. »... dass Liebe ein Ding der Unmöglichkeit sei für Menschen wie mich. Nicht mehr als ein Luftschloss. Zu märchenhaft, um in der Wirklichkeit verankert zu sein.«

Freddy legte seine Stirn an Edwards Schläfe. »Wenn es ein Luftschloss ist, dann lass mich dein Wächter sein. Wen kümmert es schon, was da ist und was nicht? Manche Dinge sind eben nur für unsere Augen bestimmt. Wenn ich über das Tor wache, wird niemand je die Mauern niederreißen können. Ich werde den Schlüssel und die Feste hüten wie Zerberus die Unterwelt.«

Edward lächelte in die Dunkelheit.

»Also lass uns rennen, mitten in die Wildnis. Und dann holen wir das Luftschloss aus den Wolken und setzen es auf einen friedvollen Flecken Erde. Wenn uns niemand finden kann, kann uns auch niemand wehtun.«

»Eine schöne Vorstellung. Aber ich würde die Leute vermissen. Und meine Freunde.«

»Wir wären nicht völlig allein«, erklärte Freddy. »Wenn wir uns ein Schloss erbauen, können wir einladen, wen wir wollen.«

»Und was ist mit deiner Familie? Würdest du sie nicht vermissen?«

Edward dachte an seine Mutter. Er wusste nicht einmal, ob sie noch lebte. Alles, was ihm von ihr geblieben war, war der Ring an seinem Finger, den er niemals ablegte. Er hatte ihn aufbewahrt, selbst als die Zeiten hart wurden. Eine Erinnerung, dass es jemanden gab, der sich wiederum an ihn erinnerte, dessen Fleisch und Blut er war. Er war gerannt und hatte sie nie wieder gesehen.

»Du kannst nicht rennen, Freddy. Du musst bleiben, für sie.«

Freddy hob die Hand von Edwards Schenkel und legte einen Finger an seine Lippen.

»Pst«, flüsterte er. »Im Luftschloss wird nicht vermisst.«

Das beantwortete Edwards Frage nicht, doch er ließ die Ablenkungsstrategie durchgehen. Ihm war auch nicht nach Trauerstimmung zumute. Nicht, wenn sich Freddys Körper an ihn presste, wenn die Hitze unter der Decke anstieg und es in seinem Blut schneller und schneller pochte.

»Wenn du Zerberus bist, macht mich das zu Hades?«, fragte Edward verdrießlich.

»Hm«, murmelte Freddy. »Du bist viel hübscher und weniger rachsüchtig. Ich sehe dich eher als meine Persephone.«

»Vom Herrscher der Hölle zum Gefangenen im Luftschloss.«

»Edward«, sagte Freddy, »du weißt, ich würde dich niemals festhalten. Wir sind umgeben von Käfigen. Ich sehe keinen Sinn darin, uns hinter zusätzliche Gitterstäbe zu stecken.«

Er legte die Hand zurück auf Edwards Schenkel und zog ihn auf sich. Sie küssten sich, zärtlich und in dem Wissen, dass die ganze Nacht noch vor ihnen lag.

»Persephone ist frei«, wisperte Edward in Freddys Mund.

»Und Zerberus ein Schoßhund«, antwortete Freddy.

»Ein Schoßhund? Du hast drei Köpfe. Drei Zungen. Setz sie ein!«

Freddys Hände festigten sich um Edwards Po. Er presste die Finger in Edwards Fleisch und fuhr mit der Zunge Edwards Kehle entlang.

»Immer zu Euren Diensten, Mylord.«

Die Rückkehr
der Ordnung

Die Tage glitten schleppend dahin. Zwar waren die Leberpasteten gut wie eh und je, und selbst der Nebel, der morgens noch zwischen den Bäumen lauerte, verzog sich, sobald der Mittag anbrach, doch Freddy konnte es kaum erwarten, bis der Abend kam und er wieder ungestörte Stunden mit Edward verbringen durfte. Jedes Mal, wenn Freddy sich setzte, fuhr der Hauch eines Schmerzes durch seinen Hintern, und er wurde daran erinnert, was sie in der vorigen Nacht getan hatten. Es schürte seine Ungeduld und steigerte sein Verlangen zu einem fast schmerzhaften Grad. Mehrmals war er versucht, Edward aus dem Raum zu zerren und sein Gesicht zwischen dessen hinreißend knackige Pobacken zu pressen.

Die Nächte waren gefüllt mit Euphorie und Wollust, Sehnsucht und Erfüllung. Falls jemand sich wunderte, warum sie so viel später als alle anderen ins Frühstückszimmer traten, so stellte niemand ungewollte Fragen. Nur Tante Marian nahm sich Edward tagsüber immer wieder beiseite und erkundigte sich nach dessen Meinung zu allen möglichen Dingen, von der Unbeständigkeit des Wetters zu dem altersschwachen König bis hin zu Freddys – wie sie fand – misslicher Körperhaltung. Freddy dankte ihr insgeheim, dass sie nur selten ihrer Neugier nachgab und tiefgehende Fragen zu Edwards Beschäftigung und Vergangenheit in die Gespräche einfädelte, die Edward noch jedes Mal gelassen und mit ausgesprochen unspektakulären Antworten befriedigte. Freddy taumelte zwischen Freude, dass die zwei sich so großartig verstanden, und dem Drang, ihn ihr zu entreißen und ganz für sich zu beanspruchen.

Die Empörung war groß, als Tante Marian sie am vierten Tag zwang, ihre Sachen zu packen.

»Schluss mit der Nörgelei!«, herrschte sie am Morgen des Aufbruchs. »Eine kurze Auszeit ist eine Sache, doch die Leute sollen nicht glauben, dass die Melvilles sich von einem Skandal unterkriegen lassen. Wir werden alle wieder brav unsere Gesichter in London zeigen.«

Florence beschwerte sich den ganzen Vormittag in einem fort, und selbst Brock, der normalerweise recht gefällig war, sah grimmiger drein als sonst.

Tante Marian, Florence, Francis und Brock teilten sich eine Kutsche, auch wenn Brock so aussah, als würde er Freddys und Edwards Gesellschaft bevorzugen. Freddy versprach, Edward in Holborn abzusetzen, bevor er in den Berkeley Square zurückkehrte. Es war eine plausible Erklärung. Wer wollte schon eine Stunde zusammengepfercht mit seiner Familie in einer Kutsche verbringen, wenn es eine weit bequemere Alternative gab?

Edward verabschiedete sich dankend bei Tante Marian, die ihm beteuerte, dass er immer ein gern gesehener Gast auf Somerton sein würde.

»Wir sehen uns auf dem Ball der Carringtons«, flüsterte Florence Edward zu, als sie ihm einen Kuss auf die Wange drückte. Freddy wollte nicht darüber nachdenken, was in ein paar Tagen passieren würde. Er hielt an jeder Sekunde fest, die sie fern von der Stadt verbrachten.

»Ja, bitte, Freddy«, sagte Edward, als er ihn in die Kutsche schubste und sie binnen Sekunden Fahrt aufnahm, »lass das nicht das letzte Mal gewesen sein, dass du mich in dein Schloss eingeladen hast.«

Freddy zog ihn von der gegenüberliegenden Bank und legte einen Arm um seine Schultern.

»Ich kann nie wieder ohne dich hierhin zurückkehren«, gestand Freddy. »Du weißt doch, kein Ort ist schön genug, um deine Abwesenheit zu übertünchen.«

Edward grinste.

Die Kutsche passierte das Tor, und bald war Somerton wieder zwischen den Hügeln verschwunden.

Sie saßen wortlos nebeneinander und sahen zu, wie der Nebel die Bäume umwob. Der Zauber der letzten Tage verlor bereits seine Wirkung. Freddy schloss die Vorhänge.

»Freddy«, begann Edward.

»Nein«, sagte er, weil er wusste, was jetzt kam.

»Freddy …«

»Du hast es versprochen, Edward.«

»Ich habe versprochen, das Thema für ein paar Tage ruhen zu lassen, aber die Schonzeit ist vorbei. Wir können dem nicht länger aus dem Weg gehen.«

Freddy setzte sich auf, wobei er Edward etwas unwirsch von sich schob.

»Schön. Was sind deine Forderungen?«

Edward stutzte.

»Forderungen? Wie wär es damit: Meine erste Forderung ist, dass du aufhörst, dich wie ein Freier zu verhalten, der nur an meinen Diensten interessiert ist!«

»Das kam falsch raus«, sagte Freddy entschuldigend. »Also noch mal: Wie stellst du dir eine Zukunft vor, in der wir beide ... in der wir zusammen sind?«

Edward schenkte ihm einen langen Blick. Darin lagen Unsicherheit, aber auch der eiserne Wille, diese Zukunft zu ermöglichen. Freddy ging es nicht anders.

»Ich möchte dich an meiner Seite wissen. Das ist alles, was ich weiß.«

»Dann gib deine Arbeit auf und lass mich für dich sorgen.«

»Es ist nicht ganz so einfach, Freddy. Ich kann dich schlecht heiraten.«

»Was macht es schon für einen Unterschied? Wenn die Dinge anders stünden, dann wärst du meine Frau.«

»Ich bin eben keine Frau. Das ist das Problem«, erklärte Edward. »Außerdem weigere ich mich, eine Form der Abhängigkeit für eine andere zu tauschen. Also hör bitte damit auf, mich zu behandeln, als wäre ich bloß deine Konkubine.«

»Es ist ein gefährliches Leben, das du führst. Du hast es selbst gesagt. Und ich möchte dich in Sicherheit wissen! Nicht als dein Gefängnisvorsteher, sondern als dein Vertrauter. Weil du mir etwas bedeutest!«, rief er und senkte die Stimme für die nächsten Worte. »Weil du mir alles bedeutest.«

Es war kein leichtes Geständnis für ihn, der sich erst noch daran gewöhnen musste, solch verborgene Gefühle in Worte zu fassen und sie seinem Gegenüber zu eröffnen. Es erforderte Kühnheit, doch für Edward wollte er mutig sein.

Edward biss sich auf die Lippen und sah ihn zärtlich an. Er nahm Freddys Hand und verflocht die Finger mit seinen.

»Ich will mich nicht zwischen dir und meiner Freiheit entscheiden. Ich will beides. Ich habe etwas Geld in Reserve, aber das wirft bei Weitem kein Jahresgehalt ab, mit dem ich mich über Wasser halten kann.

Zurück auf die Bühne kann ich nicht. Sally mag es dort gefallen, aber es ist kein Beruf für mich. Und ich habe nichts anderes gelernt.«

Freddy legte den Kopf in den Nacken. Ihre Probleme begannen bei der vermaledeiten Wohnung. Freddy wollte sie nur noch loswerden. Doch vielleicht konnte sie ihnen einen Ausweg bieten.

»Was sagst du dazu, wenn ich dir die Wohnung in Lincoln's Inn Fields abkaufe?«

Verwirrung breitete sich auf Edwards Gesicht aus.

»Aber du hasst diese Wohnung. Und so viel ist sie nicht wert.«

Freddy schnaubte.

»Ich habe nicht vor, darin zu wohnen. Mir wird schon ein Zweck für sie einfallen. Aber wenn wir ein gutes Abkommen treffen, könntest du das Geld ebenfalls anlegen.«

Edward wollte protestieren, doch Freddy ließ ihn nicht zu Wort kommen.

»Edward, ich habe mehr Geld, als ich ausgeben könnte. Und ich weiß, dass du dir deinen Stolz bewahren willst. Aber wenn wir ein Leben teilen, dann auch alles andere. Also lass mich das mit dir teilen. Bitte.«

Edward kaute auf seiner Unterlippe, was Freddy als Zeichen erkannte, dass er in Gedanken versunken war. Er ließ ihm den Raum, um das Gesagte zu verdauen und zu überdenken.

»Freddy?«

»Hm?«

Edward wich seinem Blick aus.

»Woher hat deine Familie ihr ganzes Geld?«

Er klang zögerlich und fast ein bisschen ängstlich.

»Ländereien, und von der Kohle, die in diesen Ländereien unter der Erde liegt«, sagte Freddy prompt. »Dazu ein paar Brauereien. Langweiliger Kram. Wieso?«

»Nur so.«

Freddy runzelte die Stirn.

»Nein, nicht ›nur so‹.«

Was verschwieg Edward ihm? Endlich sah er ihn an. Entschlossenheit trat in seinen Blick.

»Besitzt dein Vater Plantagen in den Kolonien? Haltet ihr Sklaven?«

Damit hatte Freddy nicht gerechnet.

»Nein,« antwortete er, »aber das liegt nicht an der Herzensgüte der Melvilles.« Freddy lachte bitter auf. »Vater hält schlicht nichts von Investitionen, bei denen er über den Horizont seiner Teetasse hinausschauen müsste. Er hat sein Vermögen gerne dort, wo er es bequem im Auge behalten kann.«

Freddy sah Edward neugierig an.

»Was hättest du getan, wenn ich Ja gesagt hätte?«

»Ich würde lieber nicht darüber nachdenken.«

Zum ersten Mal in seinem Leben war Freddy dankbar für die Engstirnigkeit seines Vaters. Wenn die Verweigerung des Einstiegs in den Überseehandel Freddy vor einem Bruch mit Edward bewahrte, verzichtete er nur zu gerne weiterhin darauf.

»Ich hab mir was überlegt«, nahm Freddy den Faden wieder auf. »Was hältst du davon, dein Zimmer im Hamilton's zu behalten und …«

»Woher weißt du davon?«, unterbrach Edward schockiert.

»Ich kann eins und eins zusammenzählen«, tadelte Freddy ihn. »Was ich sagen will, ist: Ich werde mir ein Apartment suchen, irgendwo in Mayfair. Und wenn du möchtest, kannst du dort mit einziehen. Du kannst kommen und gehen, wie es dir beliebt. Oder ich kaufe gleich zwei direkt nebeneinander und wir besuchen uns unbemerkt. Immerhin hätten wir dann einen Ort, der nur uns gehört.«

Edward sah Freddy mit großen Augen an. Er hob die Hände und rahmte Freddys Gesicht, strich zärtlich mit den Daumen die Brauen glatt und setzte einen Kuss in ihre Mitte.

»Ist das ein Ja?«

Edward lächelte.

»Unter einer Bedingung«, sagte Edward. »Wenn die Lage zu brenzlig wird, brechen wir den Versuch ab. Ich hänge zu sehr an deinem Leben, als dass ich es riskieren möchte, Freddy.«

Edward mochte nicht überzeugt sein, dass eine gemeinsame Zukunft im Rahmen der Möglichkeiten lag. Aber Freddy hatte genug Glauben für sie beide. Er würde es möglich machen.

Die Vorhänge an den Fenstern verbargen die Landschaft dahinter, doch der Dunst war mittlerweile so dicht, dass es sowieso nichts zu sehen gab. Die einzigen Anzeichen, dass sie die Stadtgrenze passierten, waren die holprigen Straßen und die vielen Abzweigungen, welche die Kutsche ins Schaukeln brachten. Unwillkürlich rückten sie voneinander ab, verschränkten jedoch ihre Hände ineinander. Edward spielte mit Freddys Daumen, bis die Kutsche schließlich zum Stehen kam. Freddy schob den Vorhang beiseite. Durch das Fenster konnte er die gelbe Schrift über dem Eingang des Damenschneiders erahnen.

»Ich würde dich jetzt küssen, aber ...« Edwards Worte verloren sich in der Stille zwischen ihnen, doch Freddy verstand ihn ohnehin. Seit sie Somerton verlassen hatten, war die Leichtigkeit abhandengekommen. Jede zärtliche Geste wurde nun begleitet von dem Gefühl, dass sie unter konstanter Beobachtung standen – von dem *Ton*, von Freunden, von Verwandten und vollkommen Fremden. Alle von ihnen waren potenzielle Zeugen, die aus privaten Angelegenheiten und intimen Gesten eine Straftat machten. Attwood war selbst in seinem eigenen Heim nicht vor der Verfolgung sicher gewesen.

»Wann sehe ich dich wieder?«, fragte Freddy, unwillig, sich von dieser düsteren Aussicht unterkriegen zu lassen.

Edward stieg aus der Kutsche. Milchige Schwaden woben sich um seinen Körper und dämpften die Farben seines Mantels. Er hatte etwas von einem Flaschengeist. Betörend schön und unantastbar zugleich.

»Spätestens auf dem Carrington-Ball. Schließlich haben wir noch einen Dieb zu fangen.«

Freddy hatte dieses Detail schon völlig vergessen. Noch immer rannten zwei Klunker-klauende Halunken mit der Brosche seiner Mutter durch London und planten wohl schon den nächsten Überfall. Nun, da Edward und er alle Uneinigkeiten aus der Welt geschafft hatten, verspürte er geradezu Vorfreude, mit ihm zusammen einen Diebstahl aufzudecken. Darüber sollte man Romane schreiben. Zwei Männer, ein kaltblütiger Raub, und viel leidenschaftlicher Sex. Wer brauchte noch Byron?

Der Kutscher gab Edward sein Gepäck in die Hand, bevor er sich wieder auf den Wagen schwang.

»Lord Melville«, sagte Edward, und sein Mundwinkel deutete den Hauch eines unwiderstehlichen Lächelns an. »Es war mir ein Vergnügen.«

Freddy hätte ihn am liebsten direkt wieder in die Kutsche gezerrt und an Ort und Stelle verschlungen.

»Immer«, begann Freddy und sah Edward tief in die strahlend blauen Augen, »immer zu Ihren Diensten, Mister Arden.«

Die Tür fiel zu und Freddy schob den Vorhang beiseite. Er sah noch, wie Edward die Hand zum Abschied hob, dann erklang der Ruf des Kutschers und sie setzten sich in Bewegung.

Sofort wurde Freddy sich der Leere das Wagens bewusst. Jegliche Wärme war mit Edward ausgestiegen und die feuchtkalte Luft hatte sich einen Weg ins Innere der Kutsche erkämpft. Freddy hatte selten etwas so sehr gehasst wie die Distanz, die mit jeder Meile zwischen ihm und Edward wuchs. Am liebsten wäre er wieder umgekehrt, doch sie spielten wieder nach fremden Regeln, sosehr ihm diese missfielen. Er hoffte, dass irgendwann der Tag kam, an dem sie nicht wie Mörder und Verräter durch London schleichen mussten, stets auf der Hut vor dem Gesetz.

Als Freddy das Haus am Berkeley Square erreichte, stand Florence bereits in der Tür. Es schien, als hätte sie auf ihn gewartet. Sie beobachtete still, wie er aus der Kutsche stieg. Freddy sah mit Sorge, wie sie an ihren Fingerspitzen pickte, als würde sie die Nägel von ihrer Haut ziehen wollen. Etwas musste zwischen der Abreise von Somerton und der Ankunft in London vorgefallen sein, und er ahnte nichts Gutes.

»Freddy«, sagte sie, als er ihr entgegentrat. Sie war blasser als sonst und hatte rote Ränder um die Augen.

»Was ist es?« Er nahm ihre Hände in die seinen und zwang seine Schwester sanft, von ihren Nägeln abzulassen.

Florence öffnete den Mund, doch bevor sie sprechen konnte, donnerte eine andere Stimme durch das Haus.

»Frederick!«

Freddys Magen verkrampfte sich. Von der einen Sekunde auf die nächste wurde jeder Tropfen Blut in seinen Adern zu Blei. Es gab nur einen Menschen, der ihn so nannte.

»Frederick!« Es war keine Frage, sondern ein Befehl. Freddy hatte Folge zu leisten.

Florence zog ihn durch die Tür. Sie sah ihn erwartungsvoll an, doch er regte sich nicht. Der Marquess of Ripon verließ nur mit triftigem Grund Melville Manor, und jeder einzelne davon bereitete Freddy Magenschmerzen: Rauswurf, Enterbung, Prügel. Er hatte erfahren, dass sein Sohn, sein Erstgeborener, sein Nachfolger, sich von einem anderen Mann hatte flachlegen lassen, und war gekommen, um ihm den Teufel aus dem Leib zu treiben. Freddy konnte keinen Muskel rühren.

Mit einer stillen Entschuldigung in den Augen nahm Florence ihn an der Schulter und führte ihn den Korridor hinunter, auf die Bibliothek zu. Im letzten Moment gab sie ihm einen kleinen Schubs, dann zog sie sich zurück.

Die Bibliothek war ein kleiner Raum, besonders düster im Vergleich zu Somertons einladendem Charme. Freddy hätte alles dafür gegeben, weiterhin in den sorglosen Hallen des Herrenhauses und Edwards himmlischen Armen zu verweilen. Stattdessen sah er sich einem älteren Mann gegenüber, der hinter dem Sekretär saß und ihm angriffslustig entgegenblickte.

Freddy stellte überrascht fest, dass er ihn größer in Erinnerung hatte. Die Wangen wirkten hohl, die Gesichtszüge noch schroffer als sonst. Das Haar dagegen war noch immer schwarz; keine einzige graue Strähne auf dem dichten Haupt.

»Frederick«, sagte der Marquess of Ripon weder unfreundlich noch mit Wärme versehen.

»Vater«, erwiderte Freddy, unfähig, auch nur eine weitere Silbe zu äußern.

»Du fragst dich sicher, was ich hier mache.« Seine Stimme war bestimmt, jedes Wort präzise gesetzt. Er gewährte keine Begrüßung, erkundigte sich nicht nach dem Gemüt seines Sohnes. Und er wartete nicht auf eine Antwort. »Deine Verlobung ist geplatzt, deine Schwester wurde beraubt, und was macht mein Sohn? Nichts. Es fehlt ein richtiger Mann im Haus, wie ich bitter feststellen muss.«

Seine Hand fuhr zu dem Tier, das aufrecht neben ihm saß und bisher keinen Muskel gerührt hatte. Freddy hatte es gar nicht wahrgenommen, so unheimlich ruhig war es. Die Dogge, hüfthoch und reinrassig, sah Freddy über den Tisch hinweg an. Die Augen waren dunkel und ausdruckslos wie Glasperlen. Das Familienoberhaupt erzog seine Hunde wie seine Kinder. Mit harter Hand und ohne Geduld für Fehltritte. Nur Schwächlinge brauchten Wärme und Zuneigung, und die Kinder des Marquess waren nichts dergleichen.

»Ich verabscheue London. Aber ich werde nicht gehen, bevor Florence ihre Brosche zurückerlangt hat und ihr beide verheiratet seid. Ihr hattet lange genug ein warmes Nest. Zeit, dass ihr es verlasst und dem Familiennamen den nötigen Respekt erweist.«

Nur langsam sickerte die Erkenntnis durch, dass Edward noch immer sein alleiniges Geheimnis war. Die Erleichterung wollte sich dennoch nicht einstellen. Die erdrückende Präsenz seines Vaters füllte jeden Winkel der Bibliothek und nahm ihm die Luft zum Atmen. Fast zuckte er zurück, als der Arm des Marquess vorschnellte und ihm einen Brief präsentierte.

»Hier ist Post für dich«, sagte er, als wären sie Geschäftspartner, nicht Vater und Sohn. »Ich war soeben dabei, sie zu öffnen, da hörte ich dich an der Tür.«

Freddy trat vor und nahm ihn, vorsichtig darauf bedacht, die Hand seines Vaters nicht zu berühren. Es war die erste Bewegung, die er während der gesamten »Predigt« getan hatte.

»Ich lasse dich damit in Ruhe.«

Der Marquess erhob sich. Sie waren auf Augenhöhe, dabei war er Freddy immer wie ein Riese vorgekommen. Sein Vater war nicht der Einzige, der gealtert war. Auch Freddy war kein siebzehnjähriger Bursche mehr. Doch wo er jeden Zoll seines Anzugs ausfüllte, schlotterten seinem alten Herrn die Hosen um die Beine.

Ohne ein weiteres Wort verließ sein Vater die Bibliothek. Die Dogge folgte ihm.

Freddys Hände zitterten, als er den Brief öffnete. Sein Magen war ein Knoten. Sein Kopf leer. Er folgte schlicht den Bewegungen, die seinem Körper am logischsten erschienen.

Er wusste nicht, wie lange er auf das Papier starrte, ohne dass die Worte Sinn ergaben. Es waren nichts als Tintenflecken auf einem blanken Hintergrund. Erst als Freddy sich erinnerte, dass er lesen musste, um das Geschriebene zu verstehen, nahmen die Wörter Gestalt an.

An Lord Frederick Melville,

50 Pfund oder das Geheimnis ist kein Geheimnis mehr.

Morgen Abend, bei Anbruch der Nacht, der kleine Park in Covent Garden. Sie wissen schon, der romantische mit der grossen Eiche. Perfekt für Liebesbekenntnisse.

X

Pranger und Pein

Die zahnlose Frau hielt Edward einen Eimer voll stinkender Tomaten unter die Nase, als wären es Rohdiamanten.

»Nur Sixpence für den Eimer, der Herr«, sagte sie mit einem Grinsen und präsentierte Edward damit ihr wundes Zahnfleisch. Eine Welle der Fäulnis schlug ihm entgegen, und er wich angeekelt zurück.

»Danke, nein«, wies er sie kühl ab.

»Es gibt auch Äpfel, Birnen und faulen Fisch.«

Edward war schon den ganzen Tag übel, doch nun konnte er die Säure auf der Zunge schmecken. Sein Magen rebellierte, seit er am Abend seiner Rückkehr aus Somerton Bettys Nachricht erhalten hatte. Darin standen Ort und Uhrzeit der Vollstreckung. Seit zwei Tagen hatte er kaum einen Bissen hinunterzwingen können. Bei dem Gedanken an Nahrung zog sich sein Magen schmerzhaft zusammen. Es half nicht, dass es ausgesprochen ruhig um Freddy geworden war. Sicher, sie würden sich morgen auf dem Ball treffen, aber nach vier ununterbrochenen Tagen an Freddys Seite, war seine Abwesenheit und sein Schweigen umso spürbarer. Anstatt noch länger tatenlos auf ein Lebenszeichen zu warten, nahm er sich vor, später eine Botschaft zum Berkeley Square zu schicken, um Freddy das morgige Wiedersehen zu versüßen. Dafür musste Edward aber erst mal die Gräuel des heutigen Tages überstehen. Er hätte auf Betty hören und dem Spektakel fernbleiben sollen. Aber er fühlte sich verpflichtet.

Was er hier vorfand, war ein Markt für alles, das stank und faulte. So stellte er sich die Hölle vor. Dabei war es nur zwanzig Droschkenminuten entfernt vom Hamilton's.

Edward sprang über eine übel riechende Rinne und vermied es, sich anzuschauen, was alles darin schwamm. Die Leute tummelten sich schon aufgeregt auf dem Platz. Einige standen auf Mauern und Kisten, andere hatte die Fenster geöffnet, um das Geschehen gemütlich aus ihren eigenen vier Wänden zu verfolgen. Alle hatten ein kleines Lager aus verfaultem Obst und Gedärmen bereitstehen. Spätestens jetzt hätte Edwards Magen rebelliert. Ein Glück, dass er leerer war als der Hyde Park bei Dauerregen.

Edward flüchtete in einen Hauseingang und folgte einem Strom von Menschen in eine Wohnung im zweiten Stock. Die Besitzer boten zur Feier des Tages billigen Gin und Schnaps an. Er ignorierte sie und bahnte sich einen Weg zum Fenster, wobei er die Ellbogen ausfuhr, um eine Gruppe schnoddriger Halbwüchsiger aus seinem Sichtfeld zu schieben. Die Bengel wollten protestieren, doch ein strenger Blick genügte, und sie trollten sich quengelnd und grummelnd.

Die Menge auf dem Vorplatz und in den umliegenden Gebäuden wurde bereits ungeduldig. Es würde nicht mehr lange dauern, bis der Wagen auftauchte. Das Keifen der Händler nahm stetig zu und Kinder begannen, sich gegenseitig mit Dreck zu beschmeißen, aus Mangel an dem eigentlichen Zielobjekt.

James Cooke war nicht des Todes verurteilt worden, doch das waren die einzigen guten Neuigkeiten. Die Chance bestand, dass er den heutigen Tag nicht überleben würde.

Es gab keine Frage, dass er die Sünde, derer er bezichtigt wurde, auch ausgeführt hatte. Etwas hatte ihm beim Gerichtsprozess jedoch das Leben gerettet. Vorerst.

Laut Berichten waren die Zeugnisse des Butlers und der Hausdame so übertrieben, dass, wenn man ihnen Glauben schenkte, Attwood und Cooke zwei Schlangenmenschen seien, die ihre Leiber in die fantasievollsten Stellungen biegen konnten und Feuer aus ihren Körperöffnungen spien.

Edward konnte aber nur vermuten, dass Freddys Einfluss der wahre Grund war, warum Cooke noch atmete. Er hatte seine Beziehungen spielen lassen, oder Carr hätte niemals ein milderndes Urteil gesprochen. Wobei »mild« das falsche Wort war. Der Pranger war nicht gerade für seine friedvolle Atmosphäre bekannt.

Es würde das letzte Mal sein, dass ein Mann aufgrund des Verbrechens der Sodomie auf eine Bühne gezwungen, gefesselt und für eine Stunde mit Unrat beschmissen wurde. Das Parlament hat kürzlich entschieden, dass nur Verbrecher, die des Meineids überführt wurden, noch derart bestraft werden konnten. Der Rest wanderte ins Gefängnis oder eben direkt zum Schafott.

Edward hörte sie, lange bevor er sie sah. Das Grölen wurde immer lauter, je näher sie kamen, und zwischen Beleidigungen und Wutschreie mischte sich das eindeutige Geräusch von Wurfobjekten, die ihr Ziel fanden und entweder dumpf abprallten oder mit einem lauten Knall zerplatzten.

Die Leute auf dem Vorplatz hielten ihre Waffen im Anschlag. Edward erkannte faule Äpfel und Essensreste. Die waren das kleinste Übel. Andere hielten Pferdemist, Tierkadaver und Knochen in Händen, zweifellos bereitgestellt von den umliegenden Schlachthöfen.

Edward war sich plötzlich nicht mehr sicher, ob der Pranger dem Seil wirklich vorzuziehen war. Sobald sich die Schlinge um den Hals legte, war ein Ende in Sicht, doch am Pranger regnete ein endloser Strom aus Fäkalien und Dreck auf die Schuldgesprochenen herab. Darunter mischten sich Steine und scharfe Knochen. Er wollte sich den Schmerz und die schonungslose Entwürdigung gar nicht ausmalen.

Edward hoffte, dass James Cooke nichts Schlimmeres als blaue Flecken davontragen würde. Schon oft waren Leute durch ein spitzes Wurfgeschoss umgekommen. Andere trugen schwere Wunden davon, und wenn diese sich entzündeten, gab es wenig Hoffnung auf Heilung.

Der Pranger war eine grausame Methode der öffentlichen Folter, doch solch ein Spektakel füllte die Straßen wie ein Löwenbaby die Menagerie im Tower of London. Unter den Schaulustigen befanden sich Menschen aller Art und Klassen. Edward konnte in einigen Fenstern Herren in makellosen Anzügen und Damen mit fein gerümpfter Nase ausmachen.

Der Wagen ruckelte um die Ecke. Eine Welle aus Ekel und gieriger Vorfreude kam über die Zuschauer. Hinter den verdreckten Gitterstäben war James Cooke nicht von den zwei anderen unglücklichen Gestalten zu unterscheiden. Eine Schicht aus Schlamm und Blut verwandelte alle drei in zur Unkenntlichkeit verdreckte Sumpfmonster. Edward wusste nicht, wofür die anderen beiden verurteilt worden waren, doch es spielte keine Rolle. Niemand verdiente solch leidenschaftlichen Hass.

Die ersten Geschosse flogen auch hier, da waren die drei Gestalten noch nicht mal auf der Bühne.

Ein Aufseher gebot schreiend Ruhe, sodass er das Urteil verkünden konnte. Doch er verbrachte die meiste Zeit damit, den Pferdeäpfeln auszuweichen und sich die Nase zuzuhalten, bis er schließlich den Rückzug antrat.

Edward hatte genug gesehen. Er war gekommen, um Cooke stillen Beistand zu leisten, doch nun musste er einsehen, wie zwecklos das

Vorhaben war. Er konnte weder ihn noch die zwei anderen retten. Dort unten waren sie völlig auf sich allein gestellt.

Zutiefst angewidert bahnte er sich einen Weg aus der Wohnung und duckte sich auf die Straße. Hier unten war der Geruch noch schlimmer. Er hielt sich die Nase zu und versuchte, nicht im Schlamm auszurutschen. Dabei schenkte er den Schaulustigen keine Beachtung, glaubte aber, die hasserfüllten Blicke der Menschen auch auf sich zu spüren. Scheiße, Fäulnis und Abfall. Das war es, was ein Mann seines Schlags verdiente.

Edward lief, bis er die Wutschreie nicht mehr hören konnte, er lief, bis der Geruch aus seiner Nase floh und die beengenden Gassen von der Weite eines Parks und sich träge im Wind wiegenden Bäumen abgelöst wurden. Trotz allem wollten sich die Bilder in seinem Kopf nicht verdrängen lassen. Noch immer taumelten drei besinnungslose Gestalten durch Schlamm und Gedärme, ihre schutzlosen Körper unter endlosem Beschuss.

Es war eine Sache, von Hass zu wissen, und eine völlig andere, ihn so brutal zu bezeugen. Edward hatte sich wiederholt Prügel nächtlicher Aufseher eingezogen, wenn er sich unbedacht anderen Männern näherte, war schlimmeren Folgen jedoch immer entgangen. Fast war er geneigt, auf die Knie zu gehen und zu beten. Nur das Wissen, dass er der letzte Mann in London war, den der Herrgott jemals erhören würde, hielt ihn davon ab. Er würde allein dafür sorgen müssen, dass er und Freddy niemals in die Finger des Gesetzes fielen. Es war schwierig, aber nicht unmöglich. Für Freddy würde er alles tun.

Trauerfeier

Es war nicht leicht gewesen, den Fängen seines Vaters zu entkommen. Der Marquess behielt seine Kinder fest im Auge und wollte über jeden Schritt, den sie taten, in Kenntnis gesetzt werden. Tante Marian versuchte, mit ihrer Heiterkeit die Strenge des Vaters auszugleichen, während Florence ihm kühn die Stirn bot. Früher hätte sie nie ein Widerwort verloren, heute dagegen ließ sie sich nicht mehr den Mund verbieten.

Während der Marquess Florence in die Bibliothek geordert hatte, um mit ihr ein ernstes Wörtchen über Respekt und Tugend zu verlieren, nutzte Freddy den Zeitpunkt, um aus dem Haus zu schleichen und ein paar Straßen entfernt in eine Droschke zu steigen. Er konnte nicht riskieren, dass der hauseigene Kutscher etwas von seinem Vorhaben mitbekam und ihn am Ende an seinen Vater verpfiff.

Als Freddy nach einem Besuch bei der Bank auf die Straße trat, seine Schritte erschwert von fünfzig Pfund und einem Klumpen Angst im Magen, sog der anbrechende Abend das wenige Licht aus der grauen Wolkendecke. Mit zitternden Beinen stieg er erneut in die Droschke und ließ sich in der Drury Lane absetzen.

Für mehrere Minuten verharrte er in der Dämmerung. Seine Beine verweigerten ihm den Vorstoß zum Park mit der einsamen Eiche. Die Furcht vor der Erkenntnis, wer hinter dem Drohbrief steckte, hielt ihn fest im Griff. Aber er musste herausfinden, was sein Erpresser wusste, welche Beweise er in der Hand hielt. Nicht nur Freddys, sondern auch Edwards Leben hing daran.

Wie gerne hätte er ihn jetzt an seiner Seite gewusst. Er sehnte sich nach Edwards Rat, nach seiner Ruhe und Wärme, aber er hatte ihn bewusst nicht kontaktiert, seit er den Brief erhalten hatte. Er fühlte sich überwacht, und das lag nicht allein an dem Marquess. Der unbekannte Erpresser konnte überall lauern.

Schweren Schrittes setzte Freddy sich in Bewegung. Er suchte die Straßen nach verdächtigen Gesichtern ab, aber bis auf ein paar Händler und vereinzelten Kutschen begegnete ihm niemand. Seine Beine verlangsamten sich, als er das schmiedeeiserne Tor zum Park erspähte. Er zwang sich voran und erreichte den Eingang zu dem kleinen Flecken, in dem jemand Edwards Liebesgeständnis überhört hatte.

Der Park war in Schatten und schwachen Nebel getaucht. Alles wirkte farblos und einschüchternd. Das Grün der Eichenblätter war nicht von der knochigen Rinde des Stamms zu unterscheiden.

Eine Bewegung zu seiner Linken schreckte ihn auf. Eine Gestalt trat in sein Sichtfeld, klein, aber stämmig. Freddys Mund war wie ausgetrocknet und er spürte den Puls hinter seinen Augen pochen. Der Mann kam näher, nur rief sein nichtssagendes Gesicht keine Erinnerungen hervor. Freddy kannte diese Person nicht.

»Das Geld?«, sagte er mit einem groben Akzent, der ihn eindeutig als einfachen Arbeiter auszeichnete. Auch seine Kleidung wirkte unscheinbar.

»Wer schickt dich?«, forderte Freddy mit einem Anflug von Mut.

Der Mann schüttelte den Kopf. Er war jünger, als der harte Blick in seinen Augen vermuten ließ, vielleicht sogar jünger als Freddy.

»Wenn niemand von deinen Schandtaten erfahren soll, dann überreichst du mir jetzt das Geld.«

Das bisschen Kühnheit, das Freddy soeben noch verspürt hatte, verpuffte inständig. Mit schwachen Fingern griff er nach dem Beutel und warf ihn dem Fremden vor die Füße. Für eine Sekunde dachte er an den Morgen zurück, als Edward nackt vor ihm stand, eine Handvoll Münzen auf dem Boden zwischen ihnen. Damals hatte er sich elender gefühlt denn je, aber die heutige Demütigung übertrumpfte selbst diese Erinnerung.

Der Mann hob den Beutel auf und wog ihn abschätzend in der Hand. Dann nickte er zufrieden und stieß einen Pfiff aus.

Freddy zuckte zusammen und warf den Kopf in die Richtung, aus der plötzliches Hufgetrappel erschallte. Kurz dachte er an Flucht, dann verwarf er den Gedanken. Er musste wissen, wer hinter diesem grausamen Spielchen steckte.

Die Kutsche kam neben dem Tor zum Stehen und verschmolz mit der eingebrochenen Nacht, mehr eine Andeutung als ein wirkliches Gefährt. Freddy vernahm das Schnauben der Pferde und das nervöse Klappern ihrer Hufen.

»Nur zu«, sprach der Fremde, der Freddy unbemerkt näher gekommen war. »Du wirst erwartet.«

Freddy hasste es, dass er keinerlei Kontrolle über die Lage hatte. Er war nichts als ein ahnungsloser Teilnehmer in einem Spiel, dessen Regeln er nicht kannte. Am liebsten hätte er dem Mann seine Faust ins Gesicht gerammt, sich das Geld geschnappt und den Heimweg angetreten, aber er war ihm vollkommen ausgeliefert.

Mit knirschenden Zähnen trat er auf die Kutsche zu und klopfte ein einziges Mal an, laut und fordernd. Die Tür schwang auf, und auch hier war das Licht spärlich. Er hörte jemanden atmen, Stoff raschelte, und ein Schemen hob sich gegen das Innere der Kutsche ab.

Freddy hielt inne und besah die Gestalt. Sie versteckte sich hinter einem Schleier, der nur wenig preisgab.

Bevor Freddy einen Schluss ziehen konnte, wurde er von hinten gepackt und hineingestoßen. Mit dem Kopf voran stolperte er in die Kutsche, stieß sich das Schienbein und fiel mit einem Keuchen auf die Sitzbank. Er streifte einen Schuh, der sich flink zurückzog. Als er nach Luft schnappte, atmete er eine Lavendelwolke ein, die seine Kehle füllte und seine Sinne überwältigte.

Mit tränenden Augen warf er einen Blick zurück und sah, dass der Bote ihm gefolgt war. Der stämmige Mann stand im Rahmen der Kutsche, schenkte ihm jedoch keine Beachtung. Der Beutel war noch immer in seiner Hand. Er öffnete ihn, tauchte seine Hand hinein und klaubte einige Münzen zusammen, bevor er ihn in die Kutsche warf.

»Stets zu Ihren Diensten«, sagte er emotionslos, bevor er die Tür mit einem Knall zuwarf und die Kutsche ruckartig anlief. Freddy wäre fast von der Sitzbank gefallen, rettete sich aber gerade noch in eine aufrechte Position. Sein Schienbein schmerzte, seine Nase kitzelte und er wusste noch immer nicht, wer ihn erpresste und nun drauf und dran war, ihn zu entführen.

»Sie sind meinem Ruf gefolgt«, sagte eine honigsüße Stimme, in der Selbstgefälligkeit mitschwang. »Eine dumme Entscheidung für Ihren Part, aber umso besser für mich.«

Freddy kannte diese Stimme. Schreck und Ungläubigkeit kämpften in seinem Inneren und stahlen ihm die Worte.

Das Licht einer Straßenlaterne gewährte Freddy den Blick auf eine behandschuhte Hand, die sich den Beutel griff. Mit einem Klimpern verschwand er in den Untiefen eines Rocks.

»Sie ließen mir keine andere Wahl«, presste er hervor. Seine Stimme glich einem trockenen Kratzen, mehr Kreide auf Schiefer als richtige Worte.

»Ein Mann wie Sie hat immer eine Wahl. Womit wir auch schon bei meiner zweiten Forderung wären.«

Ein kaltes Lachen entwich Freddys Kehle. Er konnte nicht anders. Die Situation war zu bizarr, der Schock zu groß.

»Sie können nicht glauben, dass Sie noch irgendetwas von mir bekommen. Sind fünfzig Pfund nicht genug, Lady Ailesbury?«

Die Viscountess lehnte sich vor und erneut fiel ein Schimmer Licht durch die Fenster. Freddy konnte Genugtuung in ihren Augen lesen.

»Wissen Sie, dass die Nacht, in der ich Ihnen allein aufgrund einer Ahnung zum Park folgte, eine der schlimmsten meines gesamten Lebens war?«, begann sie. Freddy erkannte eine rhetorische Frage, wenn sie gestellt wurde, und blieb stumm. »Zuerst erfuhr ich, dass der Verlobte meiner Tochter, ein hochangesehener Earl, womöglich ein dreckiger Molly war. Aber damit nicht genug. Nur eine Stunde später erreichte mich die Nachricht, dass meine Elizabeth auf einer Abendversammlung mit einem anderen Mann erwischt wurde.« Nun klang eindeutiger Zorn durch ihre Worte hindurch. »Ich sah uns völlig ruiniert. Zumindest, bis mir dieser kleine Plan hier einfiel. Denn Sie, Lord Melville, haben Ansehen und Geld im Übermaß. Also nein, fünfzig Pfund sind nicht genug, wenn ich Ihr gesamtes Vermögen und den guten Ruf dazu haben kann.«

»Nein«, sagte Freddy heftig. Jede Faser seines Körpers schrie laut ihren Protest.

»Nicht so vorschnell«, gurrte die Viscountess, »noch haben Sie meine Forderung gar nicht gehört. Vielleicht wird sie Ihnen sogar gefallen. Aber bei Ihrem Geschmack bezweifle ich das.«

Die Viscountess schien sich prächtig an Freddys Zorn zu weiden. Am liebsten hätte er sie angeschrien und wäre aus der fahrenden Kutsche gesprungen. Stattdessen presste er die Lippen fest zusammen.

»Ihre Wahl ist die folgende: Entweder Sie riskieren sowohl Ihren Ruin und den Ihrer Familie als auch das eigene Leben sowie das Ihres hübschen

Freundes. Edward Arden, nicht wahr? Ich hoffe, Sie haben die gemeinsame Zeit in Somerton ausgiebig genossen, denn damit ist es jetzt vorbei.«

Freddy schloss die Augen und spürte, wie ihm der Schweiß ausbrach. Die Viscountess dagegen trällerte fröhlich weiter.

»Oder, und das halte ich für die bessere Option, Sie heiraten meine Tochter, und ich werde nie ein Wort über Ihre Untaten verlieren.«

Freddy riss die Augen auf und starrte die Viscountess an. Sie lehnte sich entspannt zurück und zupfte an einem Faden ihres Handschuhs. Erneut verspürte Freddy den Drang, hysterisch zu lachen, schluckte den Reflex aber mit größter Anstrengung hinunter.

»Sie machen sich lustig.«

»Die Zukunft und Sicherheit meiner Tochter ist kein Witz, Lord Melville. Lord Sims mag Schande über sie gebracht haben, aber an Ihrer Seite wird ihr Ansehen wieder aufblühen.«

Sie hob den Arm und klopfte mit der Faust an die Decke, woraufhin das Gefährt sich verlangsamte und schließlich stoppte.

»Niemand wird einer unbedeutenden Viscountess glauben, wenn das Wort eines namhaften Earls gegen ihres steht«, behauptete Freddy giftig und wusste, dass er recht hatte. Sein Wort, sein Name, sein Geschlecht wog mehr als das von Lady Ailesbury.

Sie aber schien unbesorgt und fing seinen Blick siegessicher auf. »Unbedeutend mag ich sein, aber ich habe mehr als Worte, glauben Sie nicht?« Sie tätschelte ihren Rock, wo die Münzen verräterisch klimperten. »Ich erwarte Ihre Antwort bis morgen um Mitternacht. Wenn nicht … nun, Lord Attwood freut sich sicher auf Gesellschaft in der Hölle.«

Mit einem Klicken öffnete sich die Tür. Der Kutscher trat beiseite und gab den Blick auf matschigen Boden und eine einzige, schwache Laterne frei, die stetig von Nebelschwaden verzehrt wurde.

»Auf Wiedersehen, Lord Melville.«

Freddy wurde den penetranten Geruch nach Lavendel erst nach einer schlaflosen Nacht und einem gründlichen Bad los. Selten hatte er einen Duft so gehasst. Mit den Sorgen verhielt es sich ähnlich. Während er sich nachts von Seite zu Seite wälzte, schwankte er zwischen bodenloser Angst und der Gewissheit, dass Lady Ailesbury ihn zu rein gar nichts zwingen konnte. Sie war die einzige Zeugin und er würde es sich nicht nehmen lassen, was er soeben erst gefunden hatte. Je mehr er darüber nachdachte, umso überzeugter wurde er, dass die Viscountess einen bösen Fehler beginge, sollte sie derartige Gerüchte über Freddy in die Welt setzen. Der Gerichtsprozess, den sie damit riskierte, würde ihr nicht nur den letzten Rest Würde rauben, sondern auch jegliches Vermögen, das sie ihr Eigen nennen konnte. Die Frage war nur, ob er sich traute, Mitternacht verstreichen zu lassen und seinen Hals – und auch Edwards – aufs Spiel zu setzten.

Dem Krach, der dem Gespräch zwischen Florence und ihrem Vater folgte, war zu verdanken, dass niemand Freddys Abwesenheit bemerkt hatte. Wie es schien, war Florence nicht bereit, sich nach jahrelanger Abwesenheit den Launen des Marquess widerstandslos zu beugen. Tante Marian versuchte, sowohl beim Dinner als auch beim Frühstück am darauffolgenden Morgen eine neutrale Miene aufrechtzuerhalten, aber die stolzen Blicke, die sie Florence zuwarf, verrieten ihre Loyalität. Auch Francis betrachtete seine Schwester mit neu gewonnenem Respekt. Brock dagegen sah aus, als litte er an Zahnschmerzen. Es war offensichtlich, dass er es bereute, jemals seine Heimat verlassen und sich mit den Melvilles eingelassen zu haben. Freddy konnte es ihm nicht übel nehmen und verspürte einen Anflug von Reue darüber, dass er ihm den Anfang so schwer gemacht hatte.

Den ganzen Tag über spielten die Bewohner der Nummer 47 ein Versteckspiel mit dem Marquess. Wo auch immer er sich befand, leerte sich schnellstens der Raum. Nur Florence blieb stur dort sitzen und hüllte sich in rebellisches Schweigen.

Freddy war erleichtert, als der Abend eintrat und sich die Gelegenheit bot, der Kriegsstimmung endlich zu entfliehen.

»Lass sie nicht aus den Augen«, befahl der Marquess mit unterdrückter Wut. »Ihr seid Melvilles. Verhaltet euch dementsprechend.«

Tante Marian zupfte eben noch eine Locke in Florence' Nacken zurecht, bevor Freddys Schwester wortlos aus dem Haus schritt und in der Kutsche verschwand. Brock und Freddy folgten ihr eilends. Während der gesamten Fahrt zum Anwesen der Carringtons verloren sie kein Wort miteinander, bis auf den Moment in dem Florence mit der Zunge schnalzte und sagte: »Sollte auch nur einer von euch versuchen, mir heute Nacht etwas vorzuschreiben, seid gewarnt, dass ich einen Aufstand proben werde, den ihr euch in euren kühnsten Träumen nicht ausmalen könntet.« Brock und Freddy hielten weise den Mund. Dort angekommen, waren sie kaum durch das Portal getreten, da wurden sie schon von einer schrillen Stimme überfallen.

»Florence, hier! Hier!«, kreischte Clementina.

Freddy unterdrückte ein Stöhnen. Clementina war selbst an guten Tagen schwer zu ertragen, doch nun hatte er nicht einen Zipfel Geduld für sie übrig. Egal, wie sehr er sich einredete, dass die Viscountess ihm nichts anhaben konnte, er konnte die Paranoia nicht im Zaum halten, dass die Leute bereits von ihm und Edward wussten. Er hätte mehr Vorsicht walten lassen sollen. In Anbetracht der Umstände war es eine leichtsinnige Idee, sich mit Edward auf einem Ball sehen zu lassen. Es wäre weiser gewesen, ihn zu warnen, ihn zu bitten, den Ball nicht zu besuchen, bis die Gefahr vorbei war. Es war ein an Dummheit grenzender Wagemut, das Schicksal so herauszufordern, und seine Nervosität steigerte sich mit jedem Schritt, der ihn tiefer in das Gemenge trug.

Während Clementina sich einen Weg durch die ankommenden Besucher bahnte, ließ Freddy den Blick durch die Eingangshalle wandern.

Sie war ein Meisterwerk der Architektur und bestand aus nichts als Treppenstufen in weißem Marmor. Wer durch das eiserne Portal trat, wurde vor die Wahl gestellt: Entweder folgte man der zentralen Treppe hinab in einen weiten Korridor, von dem unzählige Säle abzweigten, oder man erklomm links und rechts an den Wänden entlang die Stufen zu einer Empore, wo ein steinerner Bogen in den Ballsaal führte.

Brock starrte mit halb geöffnetem Mund auf die Wand- und Deckengemälde, auf denen sich Engelchen und selig aussehende Menschen in flatternden Gewändern tummelten. Freddy hatte selten eine offensichtlichere Metapher gesehen. Die Carringtons hielten ihr schlichtes Heim wohl für das Tor zum Paradies.

Brock schloss den Mund, als er Freddys Blick bemerkte. Er nickte Clementina zu, die es aufgegeben hatte, sich dem Strom der Gäste entgegenzusetzen, und jetzt winkend auf der Treppe innehielt. Nun war es Florence, die stöhnte.

»Können wir wieder gehen?«, fragte sie zu Freddys großer Überraschung.

»Gerade eben konntest du es kaum abwarten, Vater zu entkommen«, sagte er und führte sie zu der linken Treppe, auf der Clementina noch immer wartete. Brock folgte ihnen.

»Vater lässt mich doch nur teilnehmen, weil er in dem Glauben ist, ich ginge auf den Ball, um einen heiratsfähigen Mann zu finden«, beschwerte sich Florence.

»Aber Frauen gehen nur auf einen Ball, um einen heiratsfähigen Mann zu finden«, entgegnete Freddy und suchte die Gäste nach einem weißblonden Haarschopf ab. Das einzige bekannte Gesicht war das von Piers Slater, der ihn wie jedes Mal an eine hungrige Bulldogge erinnerte.

Ein heftiger Schmerz fuhr Freddy durch den Arm.

»Aua!«, rief er und sah Florence erschrocken an. Sie hatte ihm die geballte Faust in die Schulter gerammt.

»Was ist in dich gefahren? Vor ein paar Tagen warst du noch umgänglich und jetzt führst du dich auf wie der letzte Esel!«, fauchte sie.

Freddy murmelte eine Entschuldigung.

»Weißt du, vielleicht will ich das gar nicht«, flüsterte Florence, während sie sich Clementina näherten.

»Heiraten?«, fragte Freddy.

»Ja. Lieber mach ich es wie Tante Marian.«

Freddy wusste nicht, was sie ihm damit sagen wollte, doch er hatte keine Chance, genauer nachzufragen. Clementina zog Florence in ihre Arme.

»Du wirst es nicht glauben!«, kreischte sie beinahe und schloss sich der Gruppe auf dem Weg nach oben an.

»Was denn?«, sagte Florence und klang dabei wenig interessiert.

Clementina dagegen konnte sich kaum halten.

»Lady Ailesbury ist hier!«, verkündete sie mit weit aufgerissenen Augen. »Diese Schmach würde ich mir nicht geben.«

Florence sah unbeeindruckt aus, aber Freddy blieb stocksteif stehen. Das Blut gefror ihm in den Adern. Er war geradewegs in einen Albtraum gelaufen.

Brock stolperte in Freddy hinein und zwang ihn die letzten Stufen hinauf. Der unaufhörliche Strom von Neuankömmlingen trieb sie durch den Bogen in den Ballsaal.

Clementina plapperte in einem fort. »Nachdem du weißt schon was passiert ist ...« Sie warf Freddy einen wenig unauffälligen Blick zu. »... sind die Ailesburys abgetaucht und man hat für eine ganze Woche keinen Mucks von ihnen gehört. Zu Recht, wie ich finde! Ich würde mich in Grund und Boden schämen, wenn, nun ja ...« Ein weiterer vielsagender Blick folgte. »... wenn meine Verlobung geplatzt wäre, weil die Leute von meiner Affäre mit einem Inder erfahren hätten.«

»Miss Carrington, machen wir uns nichts vor«, sagte Freddy kalt, »zu solch einem Kunststück wären Sie nicht fähig.«

Wut loderte in Florence' Augen auf und sie legte schützend den Arm um Clementina, doch es war Freddy egal, wem er heute auf die Zehen trat.

Lady Ailesburys Anwesenheit bedeutete nichts als Unheil. Wo war Edward? Mit etwas Glück blieb er dem Ball fern, nur schien das Glück seit der Ankunft seines Vaters im Berkeley Square nicht mehr auf seiner Seite zu sein.

»Ich hol mir was zu trinken«, sagte Freddy zu Brock und wandte sich zum Gehen.

»Wein gibt's dort drü...«, begann Brock, doch Freddy war schon in der Menge abgetaucht.

Er kämpfte sich durch plaudernde Paare, die allesamt an die Decke starrten, welche die Carringtons so aufwendig hatten renovieren lassen. Freddy hatte keinen Blick für solche Nichtigkeiten über. Sein Ziel war es, Edward zu finden. Oder, besser gesagt, Edward nicht zu finden, denn dann war er vorerst sicher.

Er drehte eine Runde durch den Saal und versuchte, so wenig Aufmerksamkeit wie möglich auf sich zu ziehen. Er hielt sich geduckt und schlich an den Wänden entlang, in der Hoffnung, dass niemand ihn erkannte und in ein Gespräch verwickelte.

Er sah Henry Burgess, dessen stolzer Bauch in ein dunkelblaues Wams gehüllt war, auf dem kleine Einhörner tanzten. Kurzzeitig war Freddy so von diesem Anblick abgelenkt, dass er den französischen Marquis gar nicht bemerkte, mit dem Burgess angeregt plauderte. Noch ein Anblick, den Freddy sich gerne erspart hätte. Er wollte sich nicht ausmalen, was der Franzose mit Edward getrieben hatte.

Einige Schritte weiter umzingelten Titus Andersey und sein Kumpel Piers Lady Elphinston. Sie schien deren Versuche, sie beeindrucken zu wollen, eher öde als beängstigend zu finden. Sie fing Freddys Blick auf und verdrehte lethargisch die Augen.

Schnell wandte er sich ab und bahnte sich einen Weg zurück zum Eingang. Fast war er bei der Bar angekommen, als er einen Blick auf einen rotgoldenen Stoff erhaschte. Dort stand die Viscountess, nippte an einem Glas und flirtete, was das Zeug hielt, mit einem eingeschüchterten Dienstboten, der ein Tablett mit Glasscherben in der Hand hielt. Abscheu stieg ihn ihm hoch und verbrannte ihm fast die Kehle. Sie labte sich an Wein und piesackte Dienstboten, während Freddys Welt zunehmend tiefere Risse bekam.

Freddy flüchtete hinter den breiten Rücken von Sidney Sykes. Ein schneller Blick an dessen perfekt gestutzten Koteletten vorbei sagte ihm, dass sie ihn nicht gesehen hatte.

»Die Frau hat Mumm«, sagte Sykes zu seiner Begleitung, ohne Freddy zu bemerken, »einfach hier aufzutauchen und sich besinnungslos zu saufen, als gäbe es etwas zu feiern, wo ihre Familie doch bis zum Hals in der Scheiße steckt.«

Lady Ailesbury war noch immer abgelenkt, aber zu seinem Schreck spazierte soeben die letzte Person durch die Tür, die er auf diesem Ball sehen wollte. In der klassischen Abendgarderobe eines Gentlemans sah er so umwerfend aus, dass Freddy sich für einen Moment in dem Anblick verlor. Die Bewegungen waren sanft und elegant, wie wogende Grashalme in einer sommerlichen Brise, das Haar schimmerte golden, und als sein Blick über die Gäste wanderte und sich zur Decke hob, trafen ihn Edwards himmelblaue Augen direkt ins Herz.

Schuldbekenntnis

Die Decke des Ballsaals lud zum Staunen ein. Sie war gewölbt und bildete einen Bogen über den Köpfen der Gäste, doch am eindrucksvollsten waren die reliefartigen Muster, die sich wie goldene Spinnweben über die gesamte Länge des Saals zogen. Edward verlor sich in den spielerischen Linien und verschlungenen Spiralen und fragte sich, wie viel Geld man für solch aufwendige Kunst hinblättern musste.

»Mister Arden«, sagte eine wohlige Stimme, die Edward ein Lächeln auf die Lippen zauberte.

»Hast du die Decke gesehen?«, fragte Edward, ohne den Blick von ihr zu lösen. »Die ist unglaublich.«

»Mister Arden …«

»Anscheinend aus Pappmaschee. Glaubt man kaum, bei all dem Gold, was?«

Als er den Blick senkte, stand Freddy nur wenige Fuß von ihm entfernt. Am liebsten hätte er ihn in eine Umarmung gezogen, aber solch öffentliche Zurschaustellungen von Zärtlichkeit blieben ihnen verwehrt.

Die Freude darüber, seinen Partner zu sehen, versiegte, als er dessen düstere Miene registrierte. Ein paar hellrote Strähnen versteckten nur dürftig die gerunzelte Stirn, und die breiten Schultern waren steif und angespannt.

»Was ist los?«, fragte er und trat näher.

Freddy wich sofort einen Schritt zurück.

»Nicht hier«, antwortete er.

Er warf einen prüfenden Blick in die Menge, wo eine Lady dem Streichquartett zusah und sich mit Wein bekleckerte.

»Folgen Sie mir«, sprach er und schritt auf den Eingang zu, als eine Horde Damen in Lavendel- und Pfirsichtönen kichernd und plaudernd darin erschien und ihm den Weg versperrte. Sofort drehte Freddy sich wieder um und lief in die entgegengesetzte Richtung davon.

Edward wusste nicht, was hier vor sich ging. Nach der Scheußlichkeit des gestrigen Tags hatte er gehofft, den bitteren Nachgeschmack des Prangers mit oberflächlichen Plaudereien, angenehmer Musik und mehreren Gläsern Alkohol zu übertünchen. James Cooke lag schwer verletzt im Purple Palace und es blieb Edward nichts anderes übrig, als zu warten und hoffen, dass er wieder aufwachte. Freddys distanziertes und erratisches Verhalten schürte seine Sorgen nur.

»Du wirkst … Verzeihung, Sie wirken gehetzt, Lord Melville«, sagte Edward, als er ihm nachsetzte.

Freddy schien ihn nicht zu hören. Er trat zur Wand des Ballsaals und tastete fahrig die Tapete ab. Edward beobachtete ihn verwirrt.

»Ich erzähle es Ihnen gleich. Ziehen Sie einfach keine Aufmerksamkeit auf sich«, wisperte Freddy, bevor er den Weg fortsetzte, vorbei an jungen Frauen in blütenweißen Kleidern und stattlichen Gentlemen, die Wein schlürften und die gelöste Stimmung genossen.

Es war Edward noch nie leichtgefallen, keine Aufmerksamkeit auf sich zu ziehen. Die Leute starrten nun mal, und immerhin war er nicht auf den Ball gekommen, in der Hoffnung, dass man ihn ignorierte. Eine Veranstaltung wie diese war dazu da, gesehen zu werden.

Freddy sah sich nervös um und legte in regelmäßigen Abständen die Hand an die Tapete, wobei er leise fluchte. Bei dem dutzendsten Versuch sprang er plötzlich zurück, denn die Wand kam ihm unerwartet entgegen. Ein Dienstbote huschte durch einen Seiteneingang, den Edward selbst niemals bemerkt hätte. Freddy sprang vor und fing die Tür ab, bevor sie wieder zufiel.

»Hier rein«, wies er Edward an und verschwand in dem dunklen Gang. Edward folgte ihm, Brocks fragenden Blick im Rücken. Freddys Cousin hatte ihre Flucht wohl bemerkt, aber Edward hatte keine Erklärung für das sonderbare Verhalten.

Der Dienstbotengang war beengend und erschreckend dunkel im Vergleich zu dem in Gold getauchten Ballsaal. Edward folgte Freddy zögerlich und war erleichtert, als er dessen warme Hand spürte, die sich beruhigend mit seinen Fingern verschränkte. Schweigend stiegen sie einige Stufen hinab in ein dunkles, staubiges Nichts. Erst, als sie einen Streifen Licht erspähten, der am Boden in den Gang fiel, hielten sie inne. Freddy löste sich von Edward und wenige Sekunden später ertönte ein leises Klicken, woraufhin die Tür aufglitt. Ein erleichtertes Seufzen entwich Edwards Lippen.

Nacheinander traten sie aus der Finsternis und fanden sich in dem weiten Säulengang wieder, der unter dem Ballsaal durch das Haus führte. Aus angrenzenden Räumen sickerte heiteres Stimmengewirr zu ihnen herüber.

Freddy stiefelte bereits den Flur entlang, wobei er den Kopf in die Räume steckte, nur um schnurstracks zur nächsten Tür zu laufen.

Ungeduld kroch Edwards Kehle hoch. Er hatte es satt, Freddy ahnungslos hinterherzurennen, nicht wissend, ob sie auf einer Suche oder einer Flucht waren.

Weder das Billardzimmer noch der Musiksalon schienen Freddy zufriedenzustellen, und auch ein Raum, der zum Bersten mit Palmen und fremdartigen Pflanzen gefüllt war, genügte seinen Ansprüchen nicht. Überall tummelten sich Gäste in teuren Gewändern, die haltlos flirteten und sich gegenseitig hungrige oder neidvolle Blicke zuwarfen. Erst bei einem kleinen, verstaubten Salon machte Freddy halt und winkte ihn heran.

»Freddy«, sagte Edward, doch dieser gebot ihm Einhalt. Er schloss die Tür hinter sich ab, und drehte eine Runde durch den Raum, wie um sicherzugehen, dass sich kein betrunkenes Paar hinter einem Sofa versteckte und sie belauschte. Dann erst kehrte er zu Edward zurück, der ratlos bei der Tür stand, und nahm seine Hand. Ihre Finger verflochten sich wie von selbst ineinander. Für wenige Herzschläge ließ er Freddys Nähe auf sich wirken. Sie hatten sich seit zwei Tagen nicht gesehen, dennoch schien es ihm, als wäre ein ganzer Monat vergangen. Er hatte Freddys Berührung vermisst, genauso wie den klaren Duft seines Rasierwassers und die Wärme seiner Haut.

»Sagst du mir jetzt, was in dich gefahren ist?«, bat er sanft.

Freddy sah ihn nicht an, als er Edward zu einem der Sofas führte und sie sich darauf niederließen. Er atmete tief ein, bevor er den Blick hob. Das Jadegrün seiner Augen stach aus seinem blassen Antlitz hervor.

»Ich werde erpresst. Jemand hat unser Gespräch nach der Theatervorstellung gehört und forderte fünfzig Pfund von mir, wenn unsere Beziehung ein Geheimnis bleiben sollte.«

Edward starrte ihn entsetzt an. Es war wie ein grausiges Schauermärchen, das plötzlich Gestalt annahm und zu einer realen Bedrohung wurde.

»Aber du bist nicht darauf eingegangen, oder?«

Freddy biss sich auf die Lippen, bis sie blutleer wirkten.

»Du hast den Brief und die Forderung ignoriert, richtig?«

Freddy schüttelte den Kopf und sah ihm halb schuldbewusst, halb trotzig entgegen.

»Das Geld war nichts als ein Trick, um mich aus dem Haus zu locken. Die eigentliche Forderung ist eine andere. Die Mutter meiner ehemaligen Verlobten, Lady Ailesbury, will, dass ich Elizabeth zur Frau nehme, um den Namen ihrer Familie nach dem Skandal mit Lord Sims zu retten.«

Edward stöhnte auf und vergrub den Kopf in den Händen. Von hier an gab es nur zwei Möglichkeiten: Entweder heiratete Freddy oder er war so gut wie tot. Die Wahl war offensichtlich.

»Aber es ist nicht so schlimm, wie es klingt«, versicherte Freddy und löste Edwards Hände von seinem Gesicht.

»Ich weiß nicht, Freddy, es klingt verdammt schlimm, wenn du mich fragst.«

»Ich werde meine Hand nicht von ihr zwingen lassen. Sie hat nichts als ihr Wort.«

Edward betrachtete ihn ungläubig. So viel Naivität hatte er ihm nicht zu getraut.

»Sie hat außerdem das Eingeständnis deiner Schuld in Form von fünfzig Pfund.«

»Das heißt gar nichts.«

Edward unterdrückte ein Kopfschütteln. Nur ein elend reicher Hochgeborener wie Freddy konnte glauben, dass fünfzig Pfund »gar nichts« waren, wenn manche Menschen in ihrem Leben nie so viel Geld sahen.

»Was glaubst du, was passieren wird, wenn man dich mit einem in Verbindung bringt, der seine Miete mit der Verführung anderer Männer bezahlt? Kombiniert mit der Tatsache, dass wir mehrmals zusammen in der Öffentlichkeit gesehen wurden, heißt das ziemlich viel!«

Endlich schien die Erkenntnis auch bei Freddy einzusinken. Sein Blick sprang wild durch den Raum, als könnten die beigen Möbel und bestickten Kissen eine Lösung bieten.

»Warum hast du mir nicht eher davon erzählt?«, fragte Edward leise.

»Ich wollte dich nicht in Gefahr bringen. Was dumm war, ich weiß, weil du es jetzt so oder so bist. Edward, sie ist auch hier. Die Viscountess stolziert durch den Ballsaal, als hätte sie bereits gewonnen.«

Er ließ den Kopf in Edwards Schoß fallen. Edward strich abwesend seinen Rücken auf und ab und starrte ins Nichts. Am liebsten würde er heulen. Für wenige Tage hatten sie die Vorstellung genossen, sich ein gemeinsames Leben aufzubauen. Und mit nichts als einem Schwung ihrer Schreibfeder hatte die Viscountess diese Möglichkeit zunichtegemacht.

»Was machen wir, Edward?«, nuschelte Freddy in Edwards Oberschenkel. Er klang völlig ratlos. Dabei lag die Antwort auf der Hand.

»Du wirst sie heiraten müssen.«

Freddy setzte sich auf. Erschrocken blickte er ihn an.

»Das werde ich nicht.«

»Du wirst Miss Elizabeth Ailesbury heiraten, um dich zu schützen.«

Die Worte glitten wie Scherben über Edwards Zunge. Er fand keinen Gefallen daran, Freddy so eiskalt auf den Boden der Tatsachen zu holen. Aber er hatte die letzten Wochen nicht zitternd zugesehen, wie zwei Männer durch die Mangel genommen wurden, bis einer sich selbst das Leben nahm und der andere soeben noch mit dem seinen davonkam, nur um Freddy in das gleiche Schicksal rennen zu lassen. Er spürte, wie ihm die Tränen in die Augen schossen, und biss sich auf die Zunge, damit der Schmerz sie wieder verdrängte.

»Und du?«, wisperte Freddy, der ähnlich mit Emotionen zu kämpfen schien.

Edward wandte den Blick ab. Er brachte es nicht über sich, Freddy in die Augen zu sehen. Wenn sie beide weiterhin atmen wollten, ohne dass eine Schlinge ihnen die Gurgel abschnürte, dann mussten drastische Maßnahmen folgen.

»Ich gehe.«

Freddy zeigte keine Reaktion, nur der Druck seiner Hand um Edwards Finger verstärkte sich, bis seine Knöchel knacksten.

»Ich gehe«, wiederholte er schlicht, »und du ...«

»Nein.« Freddy schüttelte erst langsam, dann immer heftiger den Kopf, aber Edward ließ sich nicht beirren.

»Ich werde gehen und du ...«

»Niemand geht irgendwohin!«, schrie Freddy. Als Edward seinen Blick auffing, kochte der Zorn in seinen sonst so beruhigend grünen Augen.

»Weißt du, was mit James Cooke passiert ist, Freddy?«, fragte Edward. Er gab ihm keine Chance auf eine Antwort. »James liegt seit gestern besinnungslos in einem Zimmer des Purple Palace, mit einem zur Unkenntlichkeit zerschmetterten Gesicht, mehreren gebrochenen Rippen, offenen Wunden am ganzen Körper und einem Fieber, das nicht weichen will. Allein die Fürsorge meiner Freunde hält ihn am Leben. Das könntest du sein. Das könnte ich ... «

Ein Klopfen stahl ihm das Wort. Er zuckte zusammen. Jemand hämmerte an die Tür, laut und aggressiv, wild entschlossen, sich Einlass zu verschaffen.

Aufgeflogen

»Freddy? Mister Arden? Seid ihr da drin?«

Freddy atmete erleichtert aus. Die Unterbrechung setzte Edwards Übelkeit erregender Rede ein vorzeitiges Ende. Er stand auf und ignorierte Edward, der warnend den Kopf schüttelte. Freddy hatte das Gespräch satt. Er ging auf die Tür zu, aber Edward sprang auf und stellte sich ihm in den Weg, eine stille Bitte in seinen Augen. Freddy wollte dessen Einwände nicht ignorieren, nur stand eine Hochzeit – und vor allem eine Trennung – völlig außer Frage.

Es klopfte ein letztes Mal, dann entfernten sich schnelle Schritte.

»Brock?«, rief Freddy, lauter als nötig, und erntete einen erbosten Blick von Edward. Er eilte zur Tür und entriegelte sie. Vor dem Raum stand sein Cousin, etwas atemlos und mit nervösen Flecken im Gesicht.

»Was gibt es?«, wollte Freddy wissen. Er konnte spüren, wie Edwards Blicke sich in seinen Rücken bohrten.

Brocks Augen flackerten zwischen Freddy und Edward hin und her.

Es dauerte länger, als Freddy lieb war, bis Brock die Aufmerksamkeit von Edward löste, und ein kleiner, heißer Stich zuckte durch Freddys Brust. War das Angst, dass Brock von ihnen wusste, oder etwa Eifersucht? Dabei bezweifelte er, dass ausgerechnet sein Cousin ihm seinen Liebhaber streitig machen würde. Ungeduldig stellte er sich zwischen die beiden und zwang sie, den Blickkontakt zu unterbrechen.

»Brock? Was ist so dringend, dass du fast die Tür eingeschlagen hättest?«

Hinter ihm rannten Ballgäste aufgeregt aus den Räumen und stürmten in Richtung der Eingangshalle.

»Ich dachte, ihr solltet das nicht verpassen«, sagte Brock schließlich. »Die Diebe haben wieder zugeschlagen, aber dieses Mal wurden sie erwischt.«

Er trat schnell ein paar Schritte in den Gang und gab ihnen den Wink, ihm zu folgen.

»Mister Brock, wir brauchen nur noch einen Augenblick«, erklärte Edward mit gezwungen ruhiger Stimme.

Der Cousin schüttelte flott den Kopf.

»Wollen Sie nun wissen, wer Florence' Brosche gestohlen hat oder nicht? Lord Andersey ist drauf und dran, die Verbrecher im Alleingang zu schnappen.«

Noch immer taumelten Leute den Gang entlang auf die Treppen zu, wobei sie ununterbrochen tuschelten. Brock ließ einen kleinen Seufzer hören.

»Nun kommt schon. Ihr verhaltet euch verdächtig genug.«

Den letzten Teil murmelte Brock vor sich hin, aber Freddy vernahm jedes Wort. Das Gefühl, dass Brock mehr ahnte, als er ahnen sollte, verstärkte sich zunehmend, und mit einem schnellen Handgriff zog er seinen Cousin in den Raum und schlug die Tür zu. Er presste Brock gegen das Holz, und obwohl dieser eine Fingerbreite größer war als Freddy, schrumpfte er unter seinem Blick zusammen.

»Was hast du gesagt?«, herrschte Freddy ihn an. Brock sah aus, als bereute er jedes Wort.

»Freddy, lass ihn los«, warf Edward besorgt ein und drängte sich sanft zwischen die Cousins. »Kein Grund, ihn zu erdrosseln, ja?«

Freddy hatte Schwierigkeiten, seine Atmung und sein Herz unter Kontrolle zu bekommen. Er hatte sich nicht ausmalen können, dass dieser Abend so drastisch bergab gehen würde. Zögerlich ließ er von Brock ab und merkte dabei, wie seine Finger vor steigender Angst und unterdrückter Wut zitterten. Schnell ballte er sie zu Fäusten, um dem Zittern ein Ende zu setzen.

»Mister Brock, was genau unterstellen Sie uns hier?«, fragte Edward und sah dabei um einiges ruhiger aus, als Freddy sich fühlte.

Brock richtete sein Hemd und vermied es, sie anzusehen.

»Ich unterstelle niemandem etwas«, erwiderte Brock. »Aber ich habe Augen im Kopf.«

Freddy war kurz davor, ihm erneut an die Gurgel zu gehen, als Edward ihm besänftigend eine Hand auf die Brust legte.

»Was soll das heißen?«, knurrte Freddy.

»Wir sollten uns wirklich beeilen«, entgegnete Brock und wich weiterhin ihren Blicken aus.

»Nein. Ihnen liegt offensichtlich etwas auf dem Herzen. Ich wüsste zu gerne, was genau«, forderte Edward.

Erst jetzt wagte Brock es aufzusehen. Sein rundes Gesicht sah aus, als litt er an einem heftigen Fieber, puterrot und glänzend.

»Ich … es ist nicht … niemand weiß davon. Nur ich.« Er nahm einen heftigen Atemzug, wie ein Ertrinkender, der die Wasseroberfläche durchbrach. »Ich verstehe besser, als ihr denkt, und würde euch nie verraten.«

Freddy blinzelte ihm verständnislos entgegen. Sein Cousin hatte selten mehr Unsinn von sich gegeben.

»Wir müssen schnellstens zurück zu Florence«, sagte Brock in das angespannte Schweigen hinein und fummelte an der Tür hinter sich, bis sie aufsprang. Freddy stand noch immer regungslos da und auch Edward schien zu perplex, um Folge zu leisten.

Brock packte Freddy kurzerhand an der Schulter und schob ihn den menschenleeren Flur hinunter. Er ließ sich willenlos mitreißen. Denn was kümmerten ihn noch Diebe, wenn seine Zukunft mit Edward auf dem Spiel stand? Wenn Lady Ailesbury ihn zwang, Elizabeth zu heiraten, und Edward es einfach geschehen ließ, dann würde er alles verlieren. Dann machte es keinen Unterschied, ob er sich wehrte oder einknickte.

Schweigend eilten sie zur Eingangshalle und als Freddy einen Blick zurückwarf, sah er, dass Edward ihnen mit grübelnder Miene folgte. Brock scheuchte ihn die Treppen hinauf, Edward im Schlepptau. Sie erreichten die Empore und wollten gerade durch den Bogen gehen, als Freddy wie vom Blitz getroffen stehen blieb.

Lady Ailesbury schritt aus dem Ballsaal direkt auf ihn zu. Die stahlgrauen Augen funkelten. Der Wein schwappte über den Rand ihres Kelchs. Mit erhobenem Haupt trat sie an ihm vorbei, ohne ihn aus den Augen zu lassen. Ihre Hand streifte seine Schulter, was ihn kaum merklich zusammenzucken ließ. Sie trug sich wie eine Königin, die einem Dienstboten ihre Gunst zukommen ließ.

Die Berührung schnürte Freddy die Luft ab. Sein Magen verknotete sich; Galle stieg ihm in den Rachen. Die Viscountess glitt vorüber, ohne ihm einen weiteren Blick zukommen zu lassen.

Freddy hatte keine Chance, sich zu erholen. Brock stieß ihn endgültig durch den Bogen, dann dröhnte Titus' Stimme durch den Saal.

»Schließt die Tür! Niemand verlässt den Ball, bevor die Diebe gefasst sind!«

Piers stürmte an Freddy vorbei. Wie ein Hund, der Beute gerochen hatte, stürzte er sich auf die Tür und warf sie zu. Er drehte den Schlüssel im Schloss und wandte sich der Menge zu – bereit, jeden Einzelnen von ihnen von der Flucht abzuhalten. Sie waren eingesperrt.

Panik packte Freddys Herz und hielt es fest im Griff. Er sah sich um, reckte sich, suchte nach weißblondem Haar. Es war zwecklos. Er hatte Edward aus den Augen verloren. Dann fiel sein Blick auf das Portal.

Piers bewachte grinsend die Tür, Lefzen stramm, Zähne gebleckt.

Die Erkenntnis traf Freddy wie ein Dolchstoß, brutal und unvorhergesehen. Edward war noch draußen.

Und Lady Ailesbury mit ihm.

Stolpern und fallen

Edward hatte viele Stunden damit verbracht, über den Tod nachzu-denken. Er klebte ihm an den Fersen wie ein ausgemergelter Kläffer, treu und hungrig. Ab und an stieß er vor und versuchte, seine Zähne in Edwards Waden zu versenken. Edward scheuchte ihn davon, doch irgendwann wurde er wieder von ihm eingeholt.

Irgendwie war er immer mit dem Leben davongekommen, doch das-selbe konnte er nicht von den Menschen in seinem Umfeld behaupten. Er hatte sie hängen und fallen sehen. Gebrochene Glieder, zerstochenes Fleisch, gnadenloses Fieber. Nur Edward wurde übergangen. Bis jetzt.

Er fragte sich, ob der Tod einen Blutzoll forderte, ein Schutzgeld, sodass Edward weiterhin atmen durfte, während andere an seiner Stel-le starben.

Einmal hatte er bereits bezahlt. Nicht mit seinem Leben, doch mit dem eines Pfarrers. Er konnte nicht sagen, wo ein Unfall aufhörte und die eigene Schuld begann, aber er balancierte durch die Grauzone wie ein Seilkünstler zwischen zwei Klippen.

Es gab kein Muster, kein Regelwerk. Alle fielen sie. Der Mann, der sich schlicht in einen Mann verliebte, und ein anderer, der sich skrupellos an einem Kind vergriff. Einer mit einem faustgroßen Geschwür in der Brust, und einer, der von der Flasche nicht wegkam. Durch eigene und fremde Hände, durch Launen der Natur und königliche Dekrete.

Ohne Eile schritt Lady Ailesbury die Empore entlang auf die Treppe zu. Sie hatte Edward nicht bemerkt. Erst als die Tür mit einem Schlag zufiel, der durch die Eingangshalle schallte, und ein Klicken das Blockieren des Schlosses verkündete, warf sie einen Blick über die Schulter.

Erkenntnis huschte über ihr Gesicht, dann hoben sich ihre Mundwinkel zu einem gönnerischen Lächeln.

Sie machte kehrt, wobei ihr Kleid elegant über den Läufer wogte, und sah Edward unverhohlen an.

»Mister Arden, richtig?« Ihre Stimme war kräftig. Der Wein rundete kaum merklich die Kanten ihrer Worte ab.

»Lady Ailesbury«, entgegnete Edward und neigte den Kopf.

Die Lady ließ ihren Blick über ihn wandern. Sie ließ sich Zeit. Nippte an ihrem Kelch und schluckte genüsslich, bevor sie erneut sprach. »Ich weiß, was Lord Melville in Ihnen sieht. Sie sind ein schöner Mann ...«

Edward hob eine Augenbraue.

»Kein Grund, überrascht zu sein. Der Lord ist nicht der erste Mann, der ein etwas anderes Vergnügen bevorzugt als die meisten, und er wird bei Weitem nicht der Letzte sein. Es gibt schlimmere Laster unter der Sonne.«

Edward wünschte, er hätte es ihr gleichgetan und sich ebenfalls einen Kelch Wein gekrallt. Oder auch eine ganze Flasche.

»Und doch setzen Sie alles daran, Lord Melville das Leben schwer zu machen.«

Die Viscountess verzog das Gesicht zu einer übertrieben schuldbewussten Grimasse. »Es ist nichts Persönliches«, sagte sie und kam ihm entgegen, »er war einfach zur falschen Zeit am falschen Ort.«

Edward konnte den Wein in ihrem Atem riechen.

»Ich dagegen«, fuhr sie fort, »war genau zur richtigen Zeit dort, um den Namen meiner Familie wieder aus dem Dreck zu ziehen. Verstehen Sie?« Sie hob die freie Hand und tätschelte ihm mitfühlend die Schulter. Ihre Nähe brachte seine Haut unangenehm zum Kribbeln, als würde Ungeziefer über seine Arme kriechen. Er zwang sich, nicht zurückzuweichen. Er würde ihr nicht noch mehr Spielraum geben für das Drama, in dem sie sich als tragische Heldin inszenierte und zugleich als willenloses Opfer ihrer Umstände. Unschuld stand der Lady nicht.

»Ich verstehe«, sagte Edward. »Auch ich sah mich schon zu unschönen Dingen gezwungen.«

»Daran besteht kein Zweifel«, entgegnete Lady Ailesbury mit falschem Mitgefühl.

Edward steckte die Beleidigung weg. Er hatte größere Probleme als die Giftpfeile einer gehässigen Adeligen.

»Sie könnten alles haben. Warum die Hochzeit?«

Lady Ailesbury riss theatralisch die Augen auf. »Aber die Hochzeit ist alles«, erklärte sie.

»Nur stürzen Sie dabei sowohl Lord Melville als auch Ihre Tochter in Elend und Unglück. Beide wollen diese Vermählung nicht.«

Die Lady schnalzte mit der Zunge. In der leeren Eingangshalle klang es wie ein Peitschenschlag.

»Mir ist bewusst, dass Lord Melville ebenso wenig Interesse an Elizabeth hat wie sie an ihm. Aber sobald das Paar einen Erben hervorgebracht hat, kann jeder wieder seinen privaten Gelüsten und Neigungen nachgehen. Wen kümmert es schon, was hinter verschlossenen Türen passiert, solange nach außen hin der Anschein der Tugend bewahrt wird?« Sie zuckte mit den Schultern, als würde sie das Schicksal einer Fliege betrauern, nicht das ihrer Tochter. »Wenn Lord Melville und Elizabeth wissen, was gut für sie ist, werden sie sich meinem Willen beugen.« Mit dieser Drohung wandte sie sich ab und schritt zur Treppe. Edward folgte ihr.

»Sie scheinen sich nicht daran zu stören, dass Lord Melville private Gelüste hat«, warf er ein.

Die Viscountess hielt auf dem Treppenabsatz inne.

»Ich könnte mich empören, aber was habe ich davon? Nur eine verstoßene Tochter ohne Ehemann, die ich in ein paar Jahren, wenn etwas Gras über die Sache gewachsen ist, an einen steinalten Neureichen übergeben muss, der sie in die Kolonien verschleppt und ihr nobles Blut beschmutzt. Nein, das hier passt mir viel besser. Lord Melville wird sich mir bedingungslos fügen. Und sollte er sich doch einen Fehltritt leisten, wird Elizabeth eine dicke Abfindung bekommen, wenn sie sich von ihm trennt. Sodomie ist ein ausgezeichneter Scheidungsgrund. Er dagegen wird hängen.«

Erst jetzt ging Edward auf, was die Hochzeit mit Elizabeth Ailesbury bedeutete. Sie war alles andere als ein Befreiungsschlag. Selbst wenn Freddy und Elizabeth Kinder zeugen sollten, würde die Viscountess ein Leben lang die Puppenstränge ziehen. Freddy war ihr ausgeliefert.

Lady Ailesbury sah die Erkenntnis auf Edwards Gesicht und zuckte in einem falschen Ausdruck von Mitleid mit der Schulter.

Edward schaffte es nicht länger, die Wut in seiner Brust unter Kontrolle zu halten. Heiß und schmerzhaft bahnte sie sich den Weg durch seine Kehle und brach durch die kühle Fassade. Edward merkte, wie seine Lippen sich verzogen und er gehässig die Zähne bleckte. Aber die Viscountess sah nichts davon. Sie stieg summend eine Stufe hinab, dann noch eine.

Edward eilte vor und streckte den Arm aus. Er wollte sie aufhalten, sie schütteln, doch er besann sich im letzten Moment. Wenn er aus der Reihe tanzte, würde Freddy die Folgen tragen müssen. Er nahm die Hand zurück und blieb ernüchtert auf dem Treppenabsatz stehen.

»Eine Sache noch«, sagte Lady Ailesbury und schwankte dabei ein wenig. Als sie das Gleichgewicht gefunden hatte, sah sie zu Edward auf. »Sie werden sich von Lord Melville fernhalten. Ich will gar nicht wissen, was Sie alles mit sich rumtragen. Meine Tochter wird sich jedenfalls keine Syphilis einfangen. Und Lord Melville wird nie mehr wieder auch nur einen Penny an Sie verschwenden. Sein Geld ist jetzt meins. Und für Huren jeglicher Art habe ich keine Verwendung.« Die Viscountess wandte sich ab, als wäre die Unterhaltung damit beendet. Sie nahm eine weitere Stufe hinab, aber Edward war noch nicht fertig mit ihr.

»Lady Ailesbury?«, sagte er.

Die Lady hielt inne. Sie drehte den Kopf, sah ihn jedoch nicht an. Er war keines Blickes mehr würdig. In ihrer Haltung lag eine stolze Erhabenheit.

Edward zeigte mit der Hand auf seinen Schuh. Die Lady folgte der Geste. Unter Edwards Fuß steckte ein Stück roter Stoff. Von dort, dem obersten Treppenabsatz, ergoss sich der Stoff über die Stufen, bis er den Körper der Lady hinaufwanderte und sich unter ihrer Brust bündelte. Edward stand auf dem Saum von Lady Ailesburys maßgeschneidertem Kleid.

Er lächelte ihr besonnen zu.

»Passen Sie auf, wo Sie hingehen. Sie wollen doch nicht fallen.«

Edward hob den Fuß, um sie freizugeben und sah, wie Zorn in ihr Gesicht trat. Mit einer plötzlichen Geste riss sie den Saum ihres Kleides an sich. Rot flatterte er durch die Luft.

Aber die Lady hatte ihre Wucht unterschätzt. Edward gab dem Wein die Schuld. Was folgte, war die Neuauflage eines altbekannten Skripts. Wieder und wieder hatte es sich abgespielt. Nun begann es von Neuem. Nicht in Edwards Kopf. Direkt vor seinen Augen.

Die Lady taumelte. Sie warf einen Arm in die Luft und suchte Halt, doch da war nichts. Erkenntnis trat in ihr Gesicht, dann Schock. Der Kelch flog aus ihrer Hand und traf die Balustrade. Wein ergoss sich auf den Läufer.

Lady Ailesbury öffnete den Mund zu einem Schrei, aber kein Laut entwich. Ihr Körper kippte nach hinten. Ein Bein fuhr in die Luft. Der Kopf schlug an die Marmorwand, prallte ab, knickte weg.

Dumpf landete sie auf der Treppe, doch dabei blieb es nicht. In einem Knäuel aus purpurnem Stoff und bleichem Fleisch purzelte sie die Stufen hinab. Vom oberen Treppenabsatz sah Edward zu, wie sie sich mehrmals überschlug. Ihr Körper krachte auf den Boden, schlug gegen die Wand und kam dort zum Liegen.

Edward regte sich nicht. Still sah er auf die Viscountess hinab, reduziert zu einer leblosen Hülle in nichts als einem Atemzug.

Treppen waren sowohl Fluch als Segen.

Irgendwer rief seinen Namen, immer und immer wieder, in einer dumpfen Endlosschleife. Erst als sich jemand über den Körper am Fuß der Treppe beugte, ging ihm auf, dass es kein Hirngespinst war, keine lautlose Melodie, die nur in seinem Kopf stattfand.

Freddy richtete sich auf und sah Edward todesblass entgegen. Sein Gesicht war eine Leinwand aus smaragdgrünen und rostroten Flecken, aus purem Entsetzen, Angst und einem Hauch Erleichterung.

»Edward«, sprach er erneut, der Name Frage und Antwort zugleich.

Edward hatte viele Stunden damit verbracht, über den Tod nachzudenken. Egal, wie man ging: Sterben war stets ein radikaler Akt; manchmal sanft, oft brutal, doch stets für immer. Dabei war es nichtig, auf welche Weise der Atem entwich. Ein Mensch war verloren, ein Leben auf ewig ausgelöscht.

Nur eine Wahrheit verblieb: Ein Tod war nie gerecht. Er war schlicht ein Tod.

Nichts als ein Spaß

Entgegen jeglichen Behauptungen war Brock ganz und gar nicht von Lady Elphinston hingerissen. Auf dem Ball der schrulligen Alten mit der Riesenfeder im Haar hatte die Lady ihn völlig ignoriert, womit Brock gänzlich zufrieden war. Er fühlte sich unwohl, wenn zu viele Augen auf ihn gerichtet waren. Lady Elphinston dagegen schien keine derartigen Hemmungen zu haben. Ein Kreis aus Gentlemen in teuren Fracks und Damen mit komplizierten Frisuren hatte sich um sie und Titus Andersey gebildet. Es kam Brock vor wie eines der herrschaftlichen Gemälde von feierlichen Versammlungen, bei denen die Menge sich in Prachtsäle mit ähnlich kunstvollen Decken drängte, um einen Blick auf das Kaiserpaar oder den Kriegshelden zu erhaschen. Nur waren die Blicke, die auf die Lady niederregneten, alles andere als ehrfürchtig und wohlwollend.

»Lady Rebecca Elphinston!«, donnerte Titus. Seine Stimme war äußerst penetrant, als wäre er dem Stimmbruch nie ganz entkommen. »Sagen Sie die Wahrheit!«

Neben Titus, der hauptsächlich aus groben Muskeln und absurd langen Armen bestand, sah die zierliche Lady aus wie eine Prinzessin, die vor einem Biest gerettet werden musste. Falls sie eingeschüchtert war, ließ sie sich nichts anmerken. Ob Titus' schrillem Schrei sah sie kurzzeitig überrascht aus, dann kehrte der träge Ausdruck zurück in ihre silbergrauen Augen.

»Die Wahrheit ist«, antwortete sie heiter, »dass Sie sich zu weit aus dem Fenster lehnen, Lord Andersey.«

Titus sah aus, als würde er gleich überkochen.

»Sie hat einen Komplizen!«, kreischte er. »Ich weiß es genau! Es waren zwei Diebe, die sich verkleideten und Lady Melvilles Brosche stahlen!«

Brock sah sich nach Florence um und fand sie neben Clementina, eine Hand erschrocken auf den Mund gepresst, die andere fest mit ihrer Freundin verschränkt. Von ihrem Bruder war nichts zu sehen, obwohl er eben noch neben Brock gestanden hatte. Auch Edward Arden ging in der Menge unter, dabei hatte er sonst die Angewohnheit, überall herauszustechen wie der Prinzregent persönlich. Nur war er etwas schöner anzusehen.

»Sidney Sykes!«, rief Titus und deutete mit dem Finger in die Luft. »Wo ist er?«

Die Masse teilte sich, bis Sykes mit unverhohlener Furcht im Gesicht zum Vorschein kam. Ganz im Gegenteil zu seiner angeblichen Komplizin sah er alles andere als sorglos aus.

In Windeseile war Titus bei ihm angelangt und zerrte ihn in die Mitte des Saals. Sykes stemmte die Hacken in den Marmorboden, doch gegen den massigen Lord hatte er keine Chance. Titus hatte ihn mit seinen unnatürlich großen Händen im Nacken gepackt, als sei dieser nichts als ein Sack Kartoffeln.

»Ich bin unschuldig!«, keuchte Sykes, während er versuchte, sich aus dem Griff zu befreien.

»Still!«, keifte Titus zurück und Brock konnte Speicheltröpfchen fliegen sehen. »Ich weiß, was ich gesehen habe. Wo ist Mister Bur-

gess?«, rief Titus. Ein Mann in einem samtenen Frack trat mit gerecktem Kinn in den Zirkel, den die Schaulustigen um das wundersame
Trio von Sykes, Titus und der Lady gebildet hatten.

»Mister Burgess, wo ist Ihre Taschenuhr?«

Brock bemerkte, wie Lady Elphinston einen Blick mit Sykes tauschte,
der in Anderseys Würgegriff immer bleicher wurde. Burgess tastete erst
seine Taschen, dann seinen Bauch ab, doch seine Hände blieben leer.

»Meine Uhr«, sagte er schließlich, »die Uhr meines Urgroßvaters,
dem ersten Earl of Orford, ist verschwunden!«

Brock dachte für sich, dass der Mann die Aufmerksamkeit etwas
zu sehr genoss. Ein einfaches »Ich weiß es nicht« hätte es sicher auch
getan. Selbst die Lady rollte mit den Augen.

»Ich dachte, meine Augen täuschen mich, als ich Lady Elphinston
dabei zusah, wie sie die Uhr mit äußerst flinken Fingern vom Frack des
Earls löste und in der Menge verschwand«, verlautete Titus theatralisch.
»Also, frage ich Sie, Lady Elphinston: Wissen Sie, wo die Taschenuhr ist?«

Brock erwartete ein Schulterzucken oder ein Kopfschütteln, aber er
hatte nicht mit der Antwort der Lady gerechnet.

»Ich weiß es sehr wohl«, verkündete sie.

Ein Murmeln ging durch den Saal.

»Natürlich wissen Sie das«, sagte Titus, noch immer mit einem über-
triebenen Grinsen im Gesicht. »Schließlich haben Sie und Mister Sykes
seit Wochen wertvolle Schmuckstücke gestohlen! Geben Sie es zu!«

Sykes schüttelte verzweifelt den Kopf, aber Lady Elphinston seufzte
nur, als sei sie des Theaters um ihre Person bereits überdrüssig.

»Schon richtig«, antwortete sie.

Die Menge keuchte.

»Miss Raines Collier?«, fragte Titus.

»Ja«, sagte Lady Elphinston.

»Und Lady Melvilles Brosche?«

»Sicher.«

Nun sah Sykes tatsächlich aus, als würde ihm die Luft ausgehen.

»Was haben Sie zu Ihrer Verteidigung zu sagen?«

Die Lady wandte sich Florence zu, die nun ziemlich wütend dreinblickte. Mit dem angespannten Kiefer und dem vernichtenden Ausdruck in den Augen sah sie ihrem Bruder ähnlicher denn je.

»Es war nur ein Scherz. Nichts als ein kurzer Spaß«, gab die Lady reuelos zu.

Florence ließ ein kurzes, verbittertes Lachen hören. Die Leute murmelten empört. Brock dagegen verstand, wie ein kleiner Juwelenraub nichts als ein Spaß für eine Hochgeborene sein konnte. Wer den lieben langen Tag nur Tee trank, Tratsch austauschte und so viel Geld hatte, dass man es für seltene Vasen und lebendige Pfauen ausgab, dem konnte nur langweilig werden.

Aber sich Dinge unter den Nagel zu reißen, die bereits in festem Besitz waren, verlangte eine große Prise Waghalsigkeit. So wie er das sah, gaben Lady Elphinston und Sykes das perfekte Team ab. Beide waren charmant und begehrt. Er verwickelte das angetrunkene Opfer in ein Gespräch – am besten in einem schattigen Raum oder einer besonders kuscheligen Nische –, und Lady Elphinston machte sich schnell und geschickt an dem Verschluss zu schaffen.

»Geben Sie mir die Uhr!«, befahl Titus.

Lady Elphinston rührte sich nicht.

»Sofort!«, keifte er.

Die Lady wich einer neuen Ladung Spuckefäden aus und lief auf Sykes zu, der noch immer in Titus' Griff hing. Er flüsterte eindringlich auf sie ein, doch was immer er sagte, stoppte sie nicht davor, ihren Arm tief in die Innenseite seines Fracks gleiten zu lassen und ein goldenes Objekt hervorzuholen.

Eine anklagende Stille breitete sich im Saal aus.

»Sie war es! Sie hat mich angestiftet!«, schrie Sykes. Sein sonst so hübsches Gesicht war scheußlich verzerrt und seine Locken hingen ihm wirr in die Stirn.

Brock verstand nicht, was Menschen wie Sykes und Lady Elphinston dazu trieb, ihr Ansehen derart zu riskieren. Im *Ton* war der gute Ruf alles. Nur wenn die Lady tatsächlich nach Amerika auswanderte, konnte ihr der Ton egal sein. Und mit Gold ließen sich all die gestohlenen Erbstücke leicht wieder aufwiegen. Aber Sykes würde wohl kaum mit ihr nach Virginia gehen.

»Du bist derjenige mit untilgbaren Schulden und einem unersättlichen Hunger nach neuen Duftwässerchen und sonstigem Schnickschnack, Sykes«, sagte die Lady mit einer hochgezogenen Augenbraue. »Kein Wunder, dass dir niemand mehr etwas leihen will. Seidentaschentücher sind keine gute Wertanlage.«

Sykes brüllte und trat Andersey ans Schienbein, der vor Schmerz den Griff lockerte. Mehr brauchte es nicht. Mit einem Fauchen warf Sykes sich auf Lady Elphinston. Die Menge schrie auf und wich zurück. Brock sah die Nase der Lady schon schrecklich gebrochen, da sauste eine Faust auf Sykes nieder. Brock klappte der Mund auf, als er Henry Burgess mit erhobener Faust zwischen dem Paar stehen sah. Der Mann war schneller, als seine plumpe Gestalt vermuten ließ.

Es war ebendieser Moment, in dem Sykes stöhnend am Boden lag, dass Brock entschied, London zu verlassen. Er hatte genug von der Exzentrik und Realitätsferne dieser Menschen. Sosehr er die Melvilles mögen gelernt hatte, sein Herz war das eines Landjungen. Er würde in der Stadt keine Zukunft und mit Sicherheit keine Frau finden.

Burgess schnalzte verächtlich mit der Zunge und versetzte Brock zurück in die Gegenwart des Ballsaals. Der Gentleman fasste Lady Elphinston mit einem strengen Blick ins Auge und hielt erwartungsvoll die Hand auf.

»Die Uhr, meine Liebe«, sagte er.

Lady Elphinston übergab sie mit zitternden Fingern.

Andersey packte Sykes erneut und schleifte ihn humpelnd durch den Saal, wobei er eine eindrucksvolle Tirade an Schimpfwörtern losließ. Er kam Brock immer näher. Als er zurücktrat, um dem Lord und seinem Gefangenen Platz zu machen, sah Brock, wie Freddy, blass und deutlich erschüttert, neben seine Schwester trat und sie erleichtert an sich drückte. Edward Arden stand direkt hinter ihnen und bewegte keinen Muskel. Er sah starr in Brocks Richtung. Seine ungewöhnlich blauen Augen waren völlig ausdruckslos.

Brock folgte seinem Blick und beobachtete, wie Titus und Sykes das Portal erreichten. Piers Slater nickte seinem Kumpel feixend zu, bevor er den Ausgang freigab. Die Türen zur Eingangshalle glitten auf.

Das Nächste, was Brock hörte, war ein Schrei. Schrill gellte er durch den Saal. Brock sah noch, wie Sykes erneut zu Boden fiel, wie Andersey sich plötzlich übergab, dann strömten die Leute aus dem Ballsaal zu den Treppen. Brock wurde unwillentlich mitgerissen. Er drehte sich um, versuchte, sich zu Florence und Freddy durchzukämpfen, doch es war aussichtslos. Er wurde durch das Portal hinaus auf die Empore getrieben. Was folgte, war eine Übelkeit erregende Kakofonie aus Klageschreien und Würggeräuschen. Von Neugier gepackt, zwängte Brock sich zur Balustrade.

Er hatte nicht erwartet, dass die spektakuläre Entlarvung der Diebe an diesem Abend noch überschattet werden konnte. Wie es schien, hatte er sich geirrt. Sein Magen zwickte unangenehm und seine Sicht verschwamm, aber es gab keinen Zweifel.

Wie sie dort am Ende der Treppe lag, merkwürdig verrenkt und wächsern, war Lady Ailesburys Lage weitaus prekärer als die von Sidney Sykes und Lady Elphinston.

In der Dämmerung

Ein dicker Tropfen zerplatze auf Freddys Hutkrempe, als er auf die Straße vor das Hamilton's trat. Der Himmel war von einem bleiernen Grau. Es würde noch eine, vielleicht zwei Minuten dauern, bis sich die Schleusen vollends öffneten.

Freddy sah an dem schmalen Gebäude hoch. Er legte den Kopf in den Nacken und blinzelte dem Regen entgegen. Versuchte, in dem Dachfenster eine Bewegung auszumachen.

Tatsächlich saß dort jemand – oder besser gesagt, etwas – und begegnete seinem Blick. Ein pelziger Schatten, der sich gemächlich die Pfote leckte, ohne Freddy aus den Augen zu lassen. Als hätte Freddy etwas zu verbergen. Er hatte den seltsamen Eindruck, dass der Kater direkt in seine Seele sehen konnte.

Bei der Erkenntnis erschauderte er. Früher hatte er nie solch morbide Gedanken gehegt. Doch seit den Ereignissen der letzten Nacht war da eine ungewohnte Dunkelheit in ihm, die sich nicht abschütteln ließ. Er hatte einem Ereignis beigewohnt, das so brutal und so unwiderruflich gewesen war, dass er nie ein Wort darüber verlieren würde.

Eine Bürde, die er in Kauf nahm.

Ewiges Schweigen für Edwards Freiheit. Sollte jemand erfahren, dass sowohl Edward als auch Freddy in der Eingangshalle gewesen waren, als die Viscountess in den Tod stolperte, wurde aus einem Missverständnis ein Mord. Niemand würde ihnen glauben, dass es der Wein gewesen war, der Lady Ailesbury aus dem Gleichgewicht gebracht hatte. Alle Finger würden auf Edward zeigen. Und dann hieße es ein Leben für ein Leben.

Freddy hatte die ganze Nacht kein Auge zugetan, in der Angst, dass es an der Haustür der Nummer 47 klopfen würde und er zu einem Verhör gerufen wurde. Aber niemand war gekommen. Erst gegen Morgen, als die zwei Drohbriefe in Freddys Kamin gänzlich zu Asche verkommen waren, hatte sich die Panik langsam gelegt. Wenn jemand beobachtet hätte, wie Freddy den Ballsaal durch den Dienstbotengang verlassen und mit Edward wieder betreten hatte, dann wäre er längst vorgeführt worden.

Das Geräusch vereinzelter Regentropfen, die auf Stein zerplatzten, ging in ein rhythmisches Plätschern über. Freddy stand noch immer vor dem Eingang des Damenschneiders und sah zu Edwards Fenster. Der Kater hatte die Katzenwäsche aufgegeben und starrte zurück.

Letzte Nacht hatte Edward ihn wortlos an der Hand genommen und zurück in den Korridor geführt. Weg von dem leblosen Körper, hinein in die Schatten des Dienstbotengangs. Sein Griff war sanft gewesen, doch bestimmt. Er hatte Freddy nicht ein einziges Mal angesehen. Sie waren durch den schmalen Korridor wieder zurück in den Ballsaal geschlichen und hatten sich unbemerkt unter die Menge gemischt.

Es war zu einfach gewesen.

Ein Klingeln riss Freddy aus den Gedanken. Sein Blick schoss vom Dach zur Eingangstür, in der eine junge Frau mit dunkelbrauner Haut und einer schlichten Haube stand und ihn wachsam beobachtete.

»Lord Melville«, sagte sie und schaffte es nicht ganz, die Neugier in der Stimme zu unterdrücken, »wollen Sie nicht eintreten?«

Freddy nickte und versuchte sich an einem Lächeln. Es saß merkwürdig steif auf seinen Wangen. Er warf noch einen letzten Blick nach oben, doch der Kater war verschwunden.

Freddy folgte der Näherin in das Verkaufszimmer, wo es nicht viel wärmer war als draußen. Er schüttelte den Regen vom Zylinder und setzte ihn wieder auf.

Dann sah er sich im Laden um. Er war allein mit der Näherin.

»Ich werde Mister Hamilton benachrichtigen, Mylord«, sagte sie und duckte sich mit einem Knicksen aus dem Zimmer.

Freddy war nicht gekommen, um den Damenschneider zu besuchen, aber Hamilton würde ihn hoffentlich zu Edwards Dachkammer führen können.

Als die Näherin wieder erschien, glaubte Freddy, für einen Augenblick tiefe Falten auf ihrer Stirn zu sehen, doch als sie vor ihn trat, war ihre Haut glatt und frei von jeglichen Emotionen.

»Mister Hamilton bittet Sie nach oben«, erklärte sie. »Wenn Sie mir folgen würden.«

Freddy trat in einen dunklen Flur und erklomm hinter der Näherin die Treppe. Ihr Rock schwang bei jedem Schritt über die knarzenden Stufen. Obwohl dieses lichtarme Treppenhaus nichts mit der glamourösen Eingangshalle der Carringtons gemein hatte, sah er Lady Ailesburys Röcke erneut durch die Luft flattern, wie einen todgeweihten Vogel in einem goldroten Federkleid. Jetzt, wo Freddy Augenzeuge des tödlichen Potenzials von Treppen geworden war, verstand er endlich Edwards Angst.

Zusammen gelangten sie in einen niedrigen Raum, in dem mehrere Kerzen brannten. Die Näherin verschwand mit einem höflichen Nicken zurück ins Erdgeschoss und ließ Freddy mit zwei bekannten Gesichtern zurück.

Mister Hamilton saß am Ende eines langen Tischs, der mit Stoffen und Nähutensilien überhäuft war. Neben ihm, eine Tasse Tee vor sich, saß Miss Savage. Das letzte Mal, als er sie gesehen hatte, war ihr Gesicht unter einer dicken Schicht Theaterschminke versteckt gewesen. Heute machte sie einen besorgten Eindruck.

»Lord Melville«, begrüßte ihn der Damenschneider. Er stand auf und schüttelte ihm die Hand, mit einer Kraft, die Freddy seiner schmalen Gestalt nicht zugetraut hätte.

»Sie sind sicher nicht wegen mir hier«, fügte er hinzu.

Ihr letztes Treffen war alles andere als friedvoll gewesen, und nur Edwards plötzliches Erscheinen hatte sie vor einem Handgemenge gerettet. Nun lag eine andere Art der Anspannung in der Luft.

Freddy fragte sich, wie viel Hamilton über ihn und Edward wusste. Dass Edward reichen Männern seine Dienste anbot, war wohl kein Geheimnis. Falls Hamilton jedoch auch über Freddys und Edwards Beziehung im Bilde war, ließ er sich nichts anmerken.

»Ich wollte Mister Arden einen Besuch abstatten«, bestätigte Freddy.

»Er kommt nicht aus seinem Zimmer«, sagte Miss Savage besorgt. »Seit er letzte Nacht zurückgekehrt ist, hat er es nicht verlassen. Er lässt niemanden ein und ignoriert jeden Annäherungsversuch.«

Freddy wusste nicht, was er sagen sollte. Ihm fiel keine Ausrede für Edwards Verhalten ein.

»Muss der Schock sein«, fügte Hamilton hinzu.

»Der Schock, ja«, bestätigte Freddy.

»Dabei kannte er die Lady doch gar nicht«, sagte Miss Savage.

»Nach allem, was man hört, war es ein grausiger Tod. So plötzlich. Haben Sie sie gesehen?«

Hamilton warf Miss Savage einen tadelnden Blick zu.

»Ähm. Kurz, ja. Es war kein schöner Anblick.« Freddy und Edward waren unfreiwillig vom Strom der Leute mitgerissen worden. So hatten sie einen zweiten Blick auf die Leiche erhaschen können. Der Kelch, die Weinflecken auf dem Läufer und der zusammengesackte Körper der Adeligen erzählten eine überzeugende Geschichte. Es waren schon weitaus weniger betrunkene Menschen gestolpert und hatten sich dabei das Genick gebrochen.

Miss Savage sah ihn still, aber bittend an, in der Hoffnung, er würde noch mehr Details preisgeben. Aber Freddy bevorzugte es, nicht darüber nachzudenken.

Hamilton schien Freddys Befangenheit zu spüren.

»Nun, das war wohl nicht die einzige unangenehme Überraschung der letzten Nacht«, sagte er schließlich und lenkte das Gespräch geschickt in eine andere Richtung. Freddy nahm den Faden dankbar auf.

»Es war ein erinnerungswürdiger Ball, wenn man so will.«

»Wer hätte gedacht, dass ausgerechnet Lord Andersey die Schurken überführen würde? Man muss schon sehr blöd sein, wenn man von solch einem Narr ausgetrickst wird«, bemerkte Miss Savage.

Freddy fühlte sich selbst wie ein Narr. Er hätte es sein sollen, der die Diebe zur Rechenschaft zog. Aber gleichzeitig hatte Titus unfreiwillig für eine willkommene Ablenkung gesorgt.

»Miss Raine muss überglücklich sein, dass sie ihr Collier mitsamt Ohrringen wieder zurückbekommen wird«, sagte Freddy.

Miss Savage verzog das Gesicht.

»Nun ja, sie steht nicht gerne in Lord Anderseys Schuld.«

Freddy verstand nur zu gut. Auch die Melvilles hatten Titus die Wiedergewinnung der Brosche zu verdanken. Und Titus würde sich noch lange als Held feiern lassen. Er war auch ohne diesen Triumph schon unerträglich genug. Aber Freddy war nicht hier, um mit einem Schneider und einer Schauspielerin über einen Ball zu tratschen. Er sorgte sich um Edward und wollte schnellstmöglich zu ihm.

»Mister Arden wohnt ganz oben, richtig?«

»Oh ja, sicher«, lenkte Hamilton ein. Er wies mit der Hand auf die Tür zum nächsten Stockwerk.

Freddy nickte dankend und ließ das Paar in der Kammer zurück.

Er nahm eine enge Treppe in den zweiten Stock, dann eine weitere ins Dachgeschoss.

Licht flackerte durch den Türschlitz. Freddy hörte den Fußboden knarzen, während Edward im Zimmer auf und ab ging.

Er wusste nicht, weshalb, doch sein Herz klopfte aufgeregt in seiner Brust. Seit sie den Ball getrennt verlassen hatten, hatte Freddy jede Sekunde gegen den Drang angekämpft, alle Vorsicht in den Wind zu schießen und Edward aufzusuchen. Gleichzeitig hatte er sich vor dem Wiedersehen gefürchtet. Auch jetzt, wo sie nur ein paar Holzbretter trennten, ging sein Atem schnell und unregelmäßig.

Freddy setzte die Knöchel an die Tür und klopfte.

Das Knarzen verstummte. Einen Atemzug später setzte Edward seine Wanderung durch das Zimmer fort. Die Tür blieb verschlossen.

Freddy klopfte noch mal.

»Edward?«

Er hörte ein Miauen, dann öffnete sich die Tür einen Spaltbreit und ein durchdringend blaues Auge blinzelte ihm entgegen.

»Du hättest nicht kommen sollen.« Bei Edwards abweisendem Ton sackte Freddys Herz in die Kniekehlen.

Edward verschwand aus der Tür, ließ sie aber offen. Freddy trat ein und spürte sofort, wie sich etwas Warmes gegen seine Waden presste. Der schwarze Kater sah treu zu ihm auf. Er schien sich mehr über Freddys Anwesenheit zu freuen als Edward.

Freddy, der sich noch nicht entschieden hatte, ob er Katzen mochte oder nicht, bückte sich und nahm das Tier vorsichtig auf den Arm. Der Kater begann zu schnurren.

Erst jetzt sah Freddy sich in der Kammer um. Er konnte gerade so stehen, ohne dass sein Kopf die Decke streifte, doch Edward musste gebückt durch das Zimmer laufen. Schränke und Kisten standen offen, mehrere Koffer lagen auf dem Boden verteilt. Edward stapfte im spärlichen Licht einer Ölkerze zwischen ihnen umher und stopfte den Schrankinhalt hinein.

Die anfängliche Furcht, die Freddy verspürt hatte, wuchs mit jedem Stück, das in Edwards Gepäck verschwand.

»Du packst?«

Mit hochgekrempelten Ärmeln und zerzaustem Haar zog Edward einen Stapel Hemden aus dem Schrank. Er sah Freddy nicht an. Auch letzte Nacht hatte er seinen suchenden Blick strikt vermieden.

»Ich packe«, bestätigte er dumpf.

»Hör auf damit«, sagte Freddy, doch Edward beachtete ihn nicht. Er öffnete eine Schublade und griff nach einer Schatulle, als wäre Freddy Luft.

Panik schoss in Freddy hoch wie glühendes Magma.

»Hör sofort auf damit und sieh mich an!« Freddys Stimme peitschte durch die Kammer. Der Kater hörte auf zu schnurren. Edward hielt mitten in der Bewegung inne. Er legte die Schatulle ab und drehte sich langsam um. Das Eis in seinen Augen schmolz dahin. Dahinter erkannte Freddy Schmerz und die gleiche Angst, die auch er verspürte.

»Wo gehst du hin?«, fragte Freddy und wollte die Antwort doch nicht hören.

Edward kam ihm entgegen. Er streckte eine Hand aus, doch anstatt Freddy zu berühren, begann er den Kater zu streicheln. Der nahm sofort das Schnurren wieder auf.

»Ich gehe nach Paris«, antworte Edward mit gesenktem Blick.

Seine Hand glitt den Körper des Katers hinunter und streifte Freddys Brust, in der sich etwas schmerzhaft verkrampfte.

Er konnte spüren, wie ihm das Blut den Nacken hochkroch und seine Wangen färbte. Was er jetzt spürte, war keine Angst, sondern Wut.

»Mit dem Franzosen, stimmt's?«, fragte er bissig.

Er stieß Edward unsanft den Kater vor die Brust. Das Tier ließ ein leises Fauchen hören.

Edward musste nicht antworten. Freddy erkannte die Schuld daran, wie er sich an den Kater klammerte. Als könnte ihn das Tier vor Freddys Rage bewahren.

»Du verlässt mich für diesen Greis von einem Marquis! Machst dir ein schönes Leben auf dem Kontinent und lässt mich hier im Stich!«

Das hatte er nicht verdient. Wenn Lady Ailesburys Erpressung und ihr schicksalhafter Fall eins bewirkt haben sollten, dann doch nur, dass sie enger zusammengewachsen waren. Es gab niemanden außer Freddy, der Edwards Leid teilen konnte, niemanden außer Edward, der Freddys Ängste kannte, und doch war Edward drauf und dran, einfach abzuhauen, und noch dazu mit einem anderen!

»Freddy, ich kann hier nicht bleiben«, nuschelte Edward in das Fell des Katers.

»Kannst du wohl! Niemand weiß, was gestern passiert ist!«

»Darum geht es nicht.«

»Worum dann?«, schrie Freddy außer sich. Verzweiflung und Angst schlugen in Wut um. Dass Edward ihn nach allem, was sie durchgemacht hatten, einfach verlassen würde, war unverzeihlich. Freddy hatte nie vermutet, dass Edward zu derartiger Kaltblütigkeit fähig war. Seine Hände zitterten vor Zorn.

Am liebsten hätte er die Dachkammer in ihre Bestandteile zerlegt, mitsamt den Koffern, die Edwards gesamtes Hab und Gut hielten.

»Ich habe jemanden getötet. Und nicht zum ersten Mal.«

Edwards Antwort nahm Freddy den Wind aus den Segeln. Sie war so wirklichkeitsfremd, dass er für eine Minute gar nichts sagte. Er beobachtete, wie der Kater aus Edwards Armen sprang und es sich in einem der Koffer gemütlich machte.

»Das erste Mal war ein Unfall«, antwortete Freddy schließlich, »das hast du selbst gesagt!«

»Du warst nicht dabei, oder? Als mein Stiefonkel sich an mir vergehen wollte, war das kein Unfall. Und als ich ihn die Treppe hinunterstieß, war das kein Unfall. Ich wollte, dass er fiel.«

»Du hast dich verteidigt!«

»Die Ausrede funktioniert vielleicht bei dem Pfarrer, aber nicht bei Lady Ailesbury. Ich wusste, was ich tat.«

Und Freddy wusste, was er gesehen hatte. Edward hatte die Viscountess nicht angerührt. Er hätte nicht wissen können, wie sie reagieren würde. Letztendlich war sie das Opfer ihres eigenen Rauschs geworden.

»Edward«, sprach Freddy vorsichtig und ging bestimmt auf ihn zu. Er legte beide Hände auf Edwards Schultern und sah ihn entschlossen an. »Ich will, dass du bleibst. Ich will dich.« Seine Stimme zitterte, doch er war sich in seinem Leben noch nie einer Sache sicherer gewesen.

»Dann bist du lebensmüde«, sagte Edward zärtlich.

»Nein, ich bin verliebt.«

»Sag ich doch«, entgegnete Edward, »lebensmüde.«

»Ich bin lieber lebensmüde als herzlos.«

»Ziemlich herzlos, einen Mörder zu lieben, findest du nicht?«

»Du bist kein Mörder!«, fauchte Freddy und ließ von ihm ab.

Er wollte Edward nicht länger zuhören, wollte sich nicht sagen lassen, er sei herzlos, wenn sein Herz so heftig schlug, dass er gar nicht wusste wohin mit den ganzen Gefühlen.

Edward sah erschöpft aus. Wäre Freddy nicht so wütend auf ihn, hätte er ihn am liebsten in die Arme geschlossen und so lange gedrückt, bis er von diesen mörderischen Gedanken loskam.

»Selbst wenn das stimmt«, erklärte Edward, »dann gibt es noch andere gute Gründe, warum ich nicht bleiben kann.«

»Du kannst dir deine Gründe sonst wo hinstecken«, sagte Freddy pampig. Er wollte Edwards Ausflüchte nicht hören.

»Ich hätte mich nie in dich verlieben dürfen. Ich habe meine eigenen Regeln missachtet und dabei zu viel riskiert, zu viele Menschen in Gefahr gebracht. Allen voran dich.«

»Oh, ich verstehe, du verschwindest aus Edelmut! Wie gesagt, steck's dir sonst wo hin!«

»Kein Edelmut. Ganz so selbstlos bin ich nicht. Aber es wird nicht mehr lange dauern, bis mir ein ähnliches Schicksal zuteilwird wie James Cooke. Darauf lasse ich es nicht ankommen.«

»Das ist Mist. In Frankreich wirst du nicht weniger verachtet als in England.«

»Und egal, wohin ich gehe, Verachtung wird mich überall verfolgen. Aber zumindest gibt es Orte, an denen das Gesetz mich nicht tot oder eingesperrt sehen will. Frankreich ist für mich einer davon.«

»Bisher bist du hier bestens klargekommen, ohne dich erwischen zu lassen!«

»Bisher bin ich mit blauen Flecken und Schürfwunden davongekommen! Aber das war, bevor ich dich getroffen habe.«

»Wie bitte? Du verschwindest, und es ist meine Schuld?«

Der Mann hatte die Frechheit, die eigene Feigheit auf Freddy zu schieben.

»Nein«, sagte Edward, »ich habe den Fehler gemacht und mich ebenfalls verliebt.«

»In den Franzosen!«, fauchte Freddy. Da war sie, die Wurzel ihrer Probleme, die Wahrheit hinter Edwards übereiltem Abgang.

»In dich, du Esel!«, rief Edward.

Freddy verstummte. Er war endlos verwirrt. Wenn Edward ihn liebte, sollte er an seiner Seite bleiben und nicht mit einem Marquis auf den Kontinent abhauen. Kraftlos ließ er sich auf das Bett sinken.

»Wie kannst du jetzt noch glauben, dass ich irgendjemand anderen liebe als dich?«, fragte Edward sanft.

»Weil du gehst«, erklärte Freddy, »weil du von Schuld sprichst und von Fehlern, als würdest du jede Minute in meiner Gegenwart bereuen.«

Edward setzte sich neben Freddy auf das Bett. Wortlos nahm er Freddys Hand und verwob ihre Finger miteinander. Freddy starrte auf ihre verschränkten Hände hinab. Trotz des Zorns, der Furcht, der Verzweiflung, die Edward in ihm auslöste, reichte die zärtliche Geste, um seinen Herzschlag zu beruhigen.

»Kaum mehr als eine Woche ist seit unserer ersten gemeinsamen Nacht vergangen«, begann Edward, »und innerhalb dieser Zeit hat jemand von uns erfahren und dich erpresst. Fast hättest du dein Leben riskiert oder jemanden geheiratet, den du nicht liebst. Und am Ende musste jemand sterben. Wenn es nicht Lady Ailesbury gewesen wäre, dann irgendwann du oder ich.«

Er hob Freddys Hand zu seinen Lippen und setzte einen hauchzarten Kuss auf jeden Fingerknöchel. Freddy schloss die Augen. Jede Berührung fühlte sich an wie ein Abschied. Er wollte Edward von sich stoßen und ihn gleichzeitig fest umklammern.

»Ich bereue vieles, aber du gehörst nicht dazu. Du bist mehr, als ich je zu wünschen gewagt habe. Stünden die Sterne anders, würde ich deine Seite nie verlassen. Aber du musst einsehen, dass wir vom Pech verfolgt werden. Ich bin nicht gerade ein Glücksbringer, Freddy.«

Edward wusste gar nicht, wie falsch er damit lag. Freddy entzog ihm seine Hand, nur um sie in Edwards Nacken zu legen und ihn sanft an sich zu ziehen.

»Edward, ich habe dir die glücklichsten Momente meines Lebens zu verdanken«, flüsterte er.

»Und nun den unglücklichsten.«

Freddy dachte an den Tag zurück, als seine Mutter starb. An den Tod jeglicher Gefühle. An den Verlust von Hunger und Durst und Wärme.

Lady Ailesburys Tod hatte ihn bis auf die Knochen erschüttert, ja, doch die Einzige, die aufrichtig behaupten konnte, unglücklich zu sein, war Elizabeth Ailesbury. Freddy dagegen war mit einem Schrecken davongekommen.

»Nein, bei Weitem nicht«, antworte er schließlich.

Ein Mahlstrom aus bitterer Angst und müder Hoffnung, zielloser Wut und dem verzehrenden Bedürfnis nach Zärtlichkeit wirbelte in seiner Brust und vernebelte seine Gedanken.

»Freddy, mir hängt sehr viel an deinem Leben. Mehr als an meinem eigenen. Ich will, dass du glücklich wirst, dass du alt wirst, geliebt wirst. Ich will dich in Sicherheit wissen, und deine Familie auch. Denk an Florence und Francis. Was würden sie ohne ihren Bruder tun?«

Freddys Augen brannten verräterisch. Edward sprach von Glück und verstand doch nichts davon. Wenn Edward unerreichbar war, war es das Glück auch.

Und doch konnte Freddy seine Worte nicht von der Hand weisen. Freddys Familie würde untergehen, sollte er alles für Edward riskieren.

»Du spielst nicht fair, Edward Arden.«

»Nein«, stimmte er zu, »aber nur, weil du einsehen musst, dass wir nicht überleben können. Nicht in einem Land, das unsere Köpfe will. Allein vielleicht, aber nicht zusammen. Wer liebt, macht Fehler, und noch dazu solche, die wir uns nicht leisten können. Wir waren so kurz davor, ruiniert zu werden. Das passiert kein zweites Mal. Deswegen gehe ich.«

Freddys Verstand sagte ihm, dass Edwards Worte Sinn ergaben, doch sein Herz wehrte sich vehement gegen jede Logik. Edward aufzugeben, wo er ihn gerade erst gefunden hatte, war das Härteste, das er je tun musste. Er hatte Ambrosia gekostet, und nun blieb ihm nichts als saure Zitronen. Alles in ihm schrie danach, Edward niemals loszulassen. Seine Hand verkrampfte sich, seine Brust begann zu beben.

»Weißt du noch, als du sagtest, du würdest mich niemals festhalten?«, fragte Edward, als wüsste er genau, was in Freddy vorging.

Dies war der Moment, in dem Freddys Herz brach. Er wusste, dass er sich geschlagen geben musste.

»Freddy, es liegt mir fern, dich an dein Versprechen zu erinnern, doch bleibt mir keine andere Wahl. Auch ich gab dir einst ein Versprechen. Eher verzichte ich auf dich, als dich tot zu sehen.«

Freddy wollte, dass Edward aufhörte zu reden. Er konnte nichts sagen, das er selbst nicht bereits wusste. Jedes Wort war ein weiterer Sprung in seinem angeknacksten Herzen.

Und so tat Freddy das Einzige, das ihm einfiel, um Edward zum Schweigen zu bringen. Er küsste ihn.

Er küsste ihn innig, küsste ihn hemmungslos.

Er küsste ihn, als wäre es das letzte Mal, dass ihre Lippen sich fanden, ihre Körper sich verbanden, ihr ganzes Sein miteinander verschmolz.

Der Kuss schmeckte nach Salz und Abschied. Wessen Tränen den Kuss benetzten, konnte Freddy nicht sagen, nur dass sich ein Klagelaut aus seiner Kehle befreite und er erschöpft gegen Edwards Brust fiel. Er spürte, wie Edwards Arme sich um seine Schultern legten und ihn fest umschlossen, während er in das Hemd seiner großen Liebe schluchzte.

Edwards Hände waren in seinem Haar und auf seinem Rücken. Sie rieben Wärme in seine müden Schultern, fingen die Tränen auf seinen Wangen, nahmen jede Scherbe, die Freddys Namen trug, und setzten sie wieder zu einem Ganzen zusammen, bis die Laute in seiner Kehle versiegten und nicht mehr drohten, ihn auf ein Neues auseinanderzubrechen.

Ineinander verflochten lagen sie auf Edwards Bett und lauschten ihrem Atem.

»Du gehst«, sagte Freddy.

Edward küsste Freddys Stirn.

»Ich gehe«, sagte er.

»Wann?«

»Wenn der Morgen dämmert.«

Schwerfällig richtete Freddy sich auf. Noch halb in Edwards Körper verknotet, bückte er sich und zog einen Stiefel vom Fuß.

»Was tust du da?«

»Meine Schuhe ausziehen«, sagte Freddy und entfernte auch den zweiten Stiefel. Dann machte er sich an der Krawatte zu schaffen.

»Wieso?«

»Ich werde bleiben.«

»Hier?«

»Eine Nacht, Edward. Mehr lässt du mir nicht. Ich plane, sie fest an deiner Seite zu verbringen. Von diesem Augenblick an, bis du mich verlässt.«

Er ließ die Krawatte zu Boden fallen und warf das Wams hinterher.

»Ich muss mich von Samuel verabschieden«, erklärte Edward, »von Sally, Käthe und Betty.«

Freddy gefiel der Gedanke nicht, dass ihnen wertvolle Momente durch die Hände rannen, aber Edwards Freunde hatten einen richtigen Abschied verdient.

»Ich warte hier«, sagte Freddy, »dein Kater leistet mir Gesellschaft.« Er ließ sich zurück in die Kissen sinken.

»Du wirst kaum merken, dass ich fort bin«, versprach Edward und belog sie damit beide. Wenn es ihm ging wie Freddy, war ein Essen nur ein Festmahl, ein Haus nur ein Palast, wenn sie beisammen waren.

Edward stahl sich einen Kuss von Freddys Lippen, dann warf er sich einen Mantel über und war aus der Kammer verschwunden, bevor Freddy blinzeln konnte.

Freddy starrte auf die Tür und wartete darauf, dass sie sich wieder öffnete, doch Edwards Schritte entfernten sich. Stille senkte sich über den Raum.

Freddy rollte sich auf das Bett und drückte die Nase in das Kopfkissen, entschlossen, in Edwards Duft zu ertrinken.

Er hatte erwartet, kein Auge zudrücken zu können, doch kaum war der Kater auf das Bett gehüpft und in Freddys Armbeuge gekrochen, da wurden seine Lider schwer. Anderthalb Tage ohne Schlaf forderten ihren Zoll. Der Streit mit Edward hatte ihm den Rest gegeben. Jede Faser in Freddys Körper ächzte vor Erschöpfung. Selbst seine Gedanken waren nur halb geformte Schemen, zu träge, um Gestalt anzunehmen.

Eingelullt vom Schnurren des Katers und Edwards Duft auf den Laken glitt Freddy in eine behagliche Schwärze.

Als Freddy das erste Mal aufwachte, ließ Morpheus nur widerwillig von ihm ab. Freddy wusste nicht, ob es ein Traum war, in dem das Hemd von seinen Schultern fiel, in dem geisterhafte Finger über seine Haut glitten und ihn zärtlich von Stoff und Strümpfen befreiten.

Erst als das vertrauliche Gewicht des Katers verschwand und sich ein menschlicher Körper an Freddys Seite schmiegte, als ein Arm um seine Hüften glitt und ihn fremde Wärme einhüllte, wurde Traum zu Wirklichkeit.

Edward war zurück.

Freddy blühte unter Edwards Berührung auf. Er zog ihn an sich und schlang die Arme um seinen Rücken. Wie von selbst glitten seine Hände über Edwards Rippen zu seinen Hüften und versenkten sich in seinen Oberschenkeln, in den Rundungen seines Hinterns. Freddys Lippen folgten. Er versank zwischen Edwards Beinen, ließ sich gehen, gab sich hin und tauchte erst wieder auf, als sie beide gekommen waren.

Edward schmiegte sich an Freddys Rücken, seine Lippen in Freddys Halsbeuge. Immer und immer wieder formten sie dieselben tonlosen Silben. Freddy verstand sie nicht, war zu träge, um sie zu entschlüsseln.

Er wehrte sich gegen die Müdigkeit, wollte sich nicht ergeben und Edwards Botschaft verpassen.

Das Flüstern schwoll an und wurde zu einer stetigen Melodie, bis sich erkennbare Formen aus dem Nebel lösten.

Es war ein Schlaflied, eigens für Freddy bestimmt.

Drei Worte, immer und immer wieder.

»Ich liebe dich.«

Kaum war die Erkenntnis erlangt, sank Freddy wieder zurück in den Schlaf; Edwards Körper sein Bett, Edwards Worte sein Laken.

Als Freddy das zweite Mal aufwachte, lotste ihn ein allumfassendes Schnurren zurück aus der Besinnungslosigkeit. Ein schweres Gewicht saß auf seiner Brust; pelzig und warm.

Freddy musste die Augen nicht öffnen. Die Erkenntnis saß tief in seinen Knochen, schwer wie Blei, das ihn in die Kissen drückte.

Edward war fort. Er würde nicht zurückkommen.

Freddy ließ die Hand über das Bett gleiten. Die Laken enthielten einen Rest menschlicher Wärme, einen letzten Beweis, dass Edward keine Einbildung gewesen war.

Bevor Trauer Edwards leeren Platz einnehmen konnte, streifte Freddys Hand etwas Grobes. Harte Kanten, eine raue Oberfläche.

Er griff zu und schlug die Augen gänzlich auf. Der Himmel vor dem Fenster gewann soeben erst an Licht. Die Kammer bestand aus nichts als tintigen Schemen, die im schwachen Schimmer der Ölkerze tanzten.

Freddy schob den Kater von seiner Brust und richtete sich auf. Er glitt unter den Laken hervor und tapste zum Tisch. Sofort legte sich Kälte auf seine Haut und er begann zu zittern. Edwards Wärme fehlte ihm schon jetzt.

Im Schein der Flamme entfaltete er das Papier und las.

SIR PEMBROKE BRAUCHT EIN NEUES ZUHAUSE.

FÜTTERE IHN FÜR MICH.

Freddy glaubte kaum, dass dies die letzten Worte waren, die Edward an ihn richtete. Zwei kümmerliche Sätze, verschwendet an einen verfressenen Kater. Noch immer schnurrte Sir Pembroke in den Laken, völlig ahnungslos, dass er Freddy den Abschied stahl.

Mit brennenden Augen und Wut im Bauch verfütterte er das Papier an die Flamme. Doch wie es aufleuchtete und Feuer fing, blieb Freddys Blick an etwas hängen. Sein Herz setzte aus. Schnell zog er das Papier zurück, warf es auf den Tisch, schlug darauf ein, bis die Glut erlosch.

Mit zitternden Fingern wendete er den verkohlten Fetzen. Und dort, in derselben geschwungenen Schrift, fand er drei weitere Worte:

VERMISS MICH NICHT.

Ein Jahr später

SONNENKÖNIG,

DU SAGTEST EINMAL, LIEBE SEI MEHR ALS EINE OFFENBARUNG. ES SEI EIN VERSPRECHEN. DOCH DU LAGST FALSCH IN DER ANNAHME, DASS EIN HERZ EIN KOSTBARER DIAMANT SEI. SO SCHÖN ER AUCH SEIN MAG, EIN DIAMANT IST NICHTS ALS TOTER STEIN.

EIN HERZ IST EIN SAMEN. IN NAHRHAFTEM BODEN SCHLÄGT ER WURZELN UND TRÄGT FRÜCHTE, DOCH VERNACHLÄSSIGT MAN IHN, SO VERKOMMT ER UND STIRBT.

ICH WEISS NICHT, WAS SCHLIMMER IST, DASS ICH SEIT ZWÖLF MONATEN KEINEN ATEMZUG TUE, OHNE DICH ZU VERMISSEN, ODER DASS ICH DIESE WAHRHEIT IN EINEM BRIEF OFFENBARE. DU HAST AUS MIR EINEN MENSCHEN GEMACHT, DER LIEBESBRIEFE SCHREIBT. DAS WERDE ICH DIR NICHT VERZEIHEN.

WÄHREND ICH HIER DIE STELLUNG HALTE, GEHEN MIR IMMER WIEDER DIE VERSPRECHEN DURCH DEN KOPF, DIR WIR UNS EINST GABEN. ICH VERSPRACH DIR, DICH NIEMALS FESTZUHALTEN, UND LIESS DICH GE-

HEN. DU VERSPRACHST MIR, AUF MICH ZU VERZICHTEN, SOLLTE MEIN LEBEN IN GEFAHR SEIN, UND VERZICHTET HAST DU. ABER DEIN VERSPRECHEN IST HINFÄLLIG. DENN EIN LEBEN OHNE DICH IST MIR NICHT MÖGLICH. KEINE LUFT ZUM ATMEN, KEIN NAHRHAFTER BODEN. MEIN HERZ SCHLÄGT NUR DORT, WO DEINES IST, WILD UND UNBEUGSAM.

ICH HABE EINEN ENTSCHLUSS GEFASST. ICH WERDE DICH FINDEN, IN DER STADT DER LICHTER. UND IRGENDWO, WENN NICHT DORT, DANN IN EINEM ANDEREN WINKEL DER WELT, SETZEN WIR EINEN STEIN AUF DEN NÄCHSTEN, BIS DAS SCHLOSS AUS LUFT NICHT MEHR AUF FREMDEN WOLKEN SCHWEBT.

DAS IST E N VERSPRECHEN.

AUF EWIG DEIN,

PECHRABE

Nachwort

Bei Medien, die eine vergangene Zeit wiedergeben, stellt sich immer die Frage nach der Authentizität. Daher folgen ein paar Anmerkungen zu den Figuren, Orten und queerer Geschichte, die etwas Licht ins Dunkle bringen sollen.

Einige Namen, die ich durch den Roman verstreut habe, sind nicht meinem Kopf, sondern den Geschichtsbüchern entsprungen. William Beckford und Lord Byron waren beides reale Personen, die sich (unter anderem) zu Männern hingezogen fühlten. Auch Beau Brummel und Sarah Siddons atmeten einst Londoner Luft, wobei ich Letztere auftreten ließ, als sie ihre Karriere bereits beendet hatte.

Die meisten meiner Figuren sind erdacht, wurden aber durch wahre Schicksale inspiriert. Henry Burgess beispielsweise ist meine – sehr freie – Interpretation des Kunstsammlers Horace Walpole, denn 1816 war dieser äußerst schillernde Charakter bereits zwei Dekaden lang tot. Samuels Charakter speist sich aus der Forschung über »Female Husbands«; also Personen, die ihr bei der Geburt zugewiesenes Gender ablegten und sich männlich präsentierten. Wie diese Personen ihre eigene Identität definierten, ist unklar und falsche Zuschreibungen würden ihnen einen schlechten Dienst erweisen. Fakt ist, Samuel ist ein Mann. Daran ist nicht zu rütteln.

Mit den Schauplätzen im Buch verhält es sich ähnlich wie mit den Figuren: Die »Argyll Rooms« waren ein beliebter Ort für abendliche Unterhaltung und der »Berkeley Square« beherbergt noch heute ein paar der ältesten Bäume Londons. Für »Somerton« und andere Orte habe ich mir Facetten verschiedenster Herrenhäuser stibitzt und zusammengesetzt wie Frankensteins Monster – nur etwas hübscher.

Was wir heute über queere Identitäten (eine moderne Zuschreibung, die zu der Zeit noch nicht existierte) des 18. und 19. Jahrhunderts wissen, geht zu einem großen Teil aus Gerichtsdokumenten und Zeitungsberichten vor. Folglich werden dabei Geschehnisse dokumentiert, welche die Verurteilung und Bestrafung dieser Personen wiedergeben. Der Vere-Street-Skandal speist sich aus derartigen Berichten – wobei ein realer Vorfall unter gleichem Namen im Jahr 1810 die Stürmung eines Molly-Hauses durch die Polizei beschreibt. Zwei der gefassten Männer wurden hingerichtet, sechs andere an den Pranger gestellt. Der Pranger selbst wurde im Sommer 1816 für derartige Delikte abgeschafft; Hinrichtungen für Sodomie folgten aber noch bis ins Jahr 1835 und erst 1861 wurde die Todesstrafe für Homosexualität in England offiziell abgeschafft.

Diese Berichte – obwohl oft grausam – liefern uns den Beweis, dass queere Menschen schon immer existierten. Daraus folgt wiederum die logische Schlussfolgerung, dass viele von ihnen trotz der Herausforderungen ihrer Gegenwart lebten und liebten, so wie wir es heute auch tun.

Ein Wort zum Abschluss: Es fällt leicht, einen Blick auf die Vergangenheit zu werfen und zu sagen »Heute sind wir so viel weiter!«, doch so simpel ist es nicht. Queere Menschen werden weltweit ermordet und hingerichtet. Auch Länder, die sich für demokratisch und frei halten, schränken die Rechte der queeren Community zu großen Teilen ein und wenden den Blick ab, wenn sie Gewalt erfährt. Es gilt: hinschauen und Hass nicht tolerieren – im eigenen Heim, vor der Haustür und über Grenzen hinweg.

Danke

An alle Leser*innen, Blogger*innen, Buchhändler*innen und Büchereien, für das Vertrauen in ein Buch mit meinem Namen drauf.

An Karina, ohne die das Buch nicht existieren würde, und Jil, die Ordnung ins Chaos gebracht hat.

An LAGO für die harte Arbeit.

An Niclas für seinen Einsatz.

An Marius für seinen Rat.

An Tina und Anne für die Unterstützung.

An Kathi für die allererste Vorbestellung.

An Fabian für endlose Sprachnachrichten.

An Younes fürs Ablenken.

An Jani, Jule, Annika und Chris fürs Zuhören.

An Maite, für deine Einsicht, Kreativität und Begeisterung.

An Karen für die Geduld und Großzügigkeit.

An Nele, Mama und Papa fürs Liebhaben.

An Stella und Laura für so vieles. An Ben, für alles.

Das Team hinter dem Buch:

Lektorat:
Karina Woller
Jil Aimée Bayer

Presse:
Laura Schaper
Jasmin Schäfer

Cover & Design:
Manuela Amode

Lizenzen:
Pia Franken

Herstellung:
Paula Wächter

Korrektorat:
Susanne Schneider

Sensitivity Reader:
Marius Schaefers
Maite Buhr